ANA ITURGAIZ nació en Getxo (Bizkaia) al borde del mar, aunque por motivos de trabajo se trasladó hace muchos años a Madrid, donde continúa residiendo con su familia. Es licenciada en Historia y compagina su profesión de documentalista y bibliotecaria con la escritura.

Con su primera novela *Bajo las estrellas* —publicada en 2012 en esta misma editorial— quedó finalista del II Premio Vergara-El Rincón de la Novela Romántica. Desde entonces ha publicado *Acordes de seda* (Vergara, 2013), *Tu nombre al trasluz* (Vergara, 2014) y *Es por ti* (B de Bolsillo, 2013), algunos de cuyos personajes protagonizan esta nueva novela.

Ha colaborado también en varias antologías de relatos, entre ellas *Be my Valentine* y *Sueños de verano*, ambas en B de Books.

www.anaiturgaiz.com
Facebook: *www.facebook.com/ana.iturgaiz*
Twitter: *@AnaIturgaiz*

1.ª edición: septiembre, 2014

© Ana Iturgaiz, 2014
© Ediciones B, S. A., 2014
 para el sello B de Bolsillo
 Consell de Cent, 425-427 - 08009 Barcelona (España)
 www.edicionesb.com

Printed in Spain
ISBN: 978-84-9872-980-1
DL B 12097-2014

Impreso por NOVOPRINT
 Energía, 53
 08740 Sant Andreu de la Barca - Barcelona

Todos los derechos reservados. Bajo las sanciones establecidas en el ordenamiento jurídico, queda rigurosamente prohibida, sin autorización escrita de los titulares del *copyright*, la reproducción total o parcial de esta obra por cualquier medio o procedimiento, comprendidos la reprografía y el tratamiento informático, así como la distribución de ejemplares mediante alquiler o préstamo públicos.

Arriésgate por mí

ANA ITURGAIZ

*A Pilar, Laura, Ángeles y Hosanna,
por los «malos» ratos que me hacen pasar
mientras desmenuzan mis historias.
Saberos cerca es lo mejor de todo*

1

Irene se puso cada vez más nerviosa según se acercaba a su destino.

Había salido de Bilbao antes de las tres de la tarde, después de pasarse toda la mañana limpiando el frigorífico y haciendo y deshaciendo la maleta. ¿Cómo decidir qué ropa meter cuando no sabía si se marchaba por dos días, dos meses o dos años? En los momentos más optimistas, se decía que pasaría en Asturias todo el verano; en los pesimistas, que no aguantaría hasta junio, la echarían antes y tendría que regresar a Bilbao con la cabeza gacha.

Le aterraba la idea del fracaso.

A la altura de Villaviciosa miró por el retrovisor. Entre las nubes, vio los últimos trazos de cielo azul. Por delante de ella se extendía una enorme nube gris oscura, casi negra.

Media hora más tarde, dejó atrás Gijón, y Avilés veinte minutos después. Menos de treinta kilómetros y llegaría. Fueron los veintisiete kilómetros más rápidos del mundo, a pesar de que no pasó de noventa. Al parecer su pie tenía el mismo miedo que ella de llegar y no apretaba el acelerador.

Rebasó el cartel de Cudillero y las gotas comenzaron

a caer. Nada de esa ligera lluvia a la que estaba acostumbrada, no. Aquello era una tormenta en toda regla.

Los limpias barrían el parabrisas todo lo deprisa que podían, aunque no lo suficiente para desalojar el aguacero que inundaba el cristal.

Agarró el volante del Clio con fuerza y clavó los ojos en el asfalto.

La primera curva no dio paso a las casas tal y como esperaba. La segunda, tampoco. ¿Había o no había pueblo? A lo lejos, al final de la recta, por detrás de la cortina de agua, le pareció distinguir los primeros tejados. «Menos mal», suspiró. Ahora solo tenía que llegar, esperar a que escampara y...

Un charco enorme en medio de la carretera y los neumáticos patinaron. En una milésima de segundo se llamó insensata por no haberlos cambiado la última vez que llevó el coche al taller. También se acordó de su antiguo jefe y del día en que había rechazado su subida de sueldo. Él era el único responsable de que fuera a matarse en aquel pueblo sin haberlo visto siquiera.

Pisó el freno hasta el fondo a pesar de saber que no debía hacerlo. El coche continuó recto, el problema era que ir recto no significaba seguir por el carril correcto.

Fue consciente de un bulto oscuro justo delante de ella y dio un volantazo que la llevó de vuelta a su carril. El sonido de un golpe le indicó que, fuera lo que fuese lo que había visto, no lo había esquivado, aunque el impacto no había sido muy fuerte. «Al menos, no del todo.» Redujo la marcha e intentó no pisar el freno; metió la tercera, segunda... Las ruedas volvieron a obedecerla. Se arrimó al estrecho arcén, puso las luces de avería y paró.

Abrió la puerta. El agua entró en el coche. En un momento, el interior de la puerta se había calado y el costado de sus pantalones vaqueros, también.

Salió corriendo con las llaves en la mano después de dar un portazo.

Un poco atrás de donde se había detenido, un ciclista, vestido de negro y con chichonera, levantaba una bicicleta del suelo. El hombre parecía estar bien.

—¿Le ha sucedido algo?

Él se dio la vuelta. Tenía los ojos azules y toda la furia del mundo acumulada en ellos.

—¡¿A usted qué le parece?!

A Irene le amedrentó la ira con la que le contestaba. ¿Que qué le parecía? Que no. La bicicleta estaba intacta y él también. Empapado, pero entero.

—¿Puedo ayudarle?

—¿Tiene algo con lo que enderezar una rueda torcida? —le espetó él de malos modos.

Irene miró hacia donde señalaba. La rueda trasera no tenía mala pinta, tenía el mismo aspecto que una nueva.

—Ni un solo destornillador —confesó. No tenía ni idea de cómo cambiar una rueda, ni siquiera una bombilla, y le parecía absurdo llevar herramientas en el coche. Cuando le pasaba algo, llamaba al taller—. ¿Cree que hace falta avisar a la compañía de seguros? —Él, por toda contestación, se inclinó sobre la bicicleta y se puso a hurgar en el juego de piñones, platos o como se llamaran todos aquellos engranajes—. ¿Doy parte entonces? —repitió ella que se estaba poniendo de mal humor. El comportamiento obtuso de aquel hombre la obligaba a seguir debajo de la lluvia. Estaba completamente calada.

—Guárdese el seguro para cuando se lleve a un peatón por delante en el pueblo —gruñó él.

Irene se quedó muda y él aprovechó para subirse a la bicicleta y alejarse.

—¡Chalada! —le pareció oír.

—¡Imbécil! —le insultó ella.

Antes de correr hacia el coche, pudo ver que él giraba la cabeza y la miraba. Tuvo la certeza de que la había oído.

Cuando arrancaba el coche de nuevo y entraba en el pueblo de Cudillero, solo podía pensar en que su nueva vida no podía haber empezado de peor manera.

2

Iago se sentó en el sofá verde del vestíbulo del hotel de Mercedes. Esta se acomodó a su lado, sin ningún cuidado, a pesar de la mano vendada.

—¿Cómo no me has llamado antes?

—Porque no es nada —dijo ella como si estuviera hablando de un grano en vez de un hueso roto.

El cabestrillo que le había puesto el médico había desaparecido para ser sustituido por uno de esos pañuelos inmensos de mil colores que Mercedes usaba para cualquier cosa; cinturón, coletero, jersey y ahora también para sostener la mano en el aire.

—Tienes un dedo fracturado. Tenía que haberte acompañado yo a Avilés.

—Ya lo ha hecho un amigo.

—¿Qué amigo?

—Uno —dijo Mercedes sin más explicaciones.

No era normal semejante moderación verbal en ella. Iago decidió que debía de estar un poco impresionada por el accidente.

—¿Cómo ha sido?

—Tropecé con la falda y me caí por las escaleras.

Iago miró la larga y floreada falda de Mercedes que se extendía sobre el sofá.

—Ibas a toda prisa, como si lo viera.
—Ha sido culpa de Alicia; acababa de discutir con ella. Iago suspiró.
—¿Y por qué ha sido ahora?
—¿Por qué va a ser?, por lo mismo de siempre, «porque no sé qué hago aquí en vez de estar atendiendo mi negocio, porque dije que hoy era solomillo y no entrecot, porque cualquier día me marcho, porque...». Ya ni me acuerdo de por qué era esta vez. Me pone de los nervios y encima tengo que encontrármela a todas horas por el hotel.

—No te quejes, es la mejor opción que tenías. Necesitabas una cocinera con urgencia y ella es una de las mejores del pueblo.

—Y tú uno de los chicos más sexis de por aquí. No pudo resistirse a tus encantos —le aseguró Mercedes al tiempo que le guiñaba un ojo e intentaba acariciarle con la mano herida.

Mercedes se miró la venda tras dar un respingo de dolor.

—¿Qué es lo que te ha dicho el médico?
—Que el dedo meñique es el único que está roto. Te inmovilizan los demás para que no lo muevas.
—Eso ya lo sé —gruñó Iago—. Por si lo has olvidado, soy deportista, estoy acostumbrado a las lesiones. Sé cómo funcionan los médicos.

Mercedes no pareció enterarse de su mal humor.
—¿Quién te lo ha contado?
—Fernando. Acababa de regresar de entrenar y me he pasado por el bar.

Mercedes se le echó al cuello.
—¡Y has venido enseguida a ver lo que me había sucedido! Eres un encanto —dijo y le dio un sonoro beso en la mejilla—. Mi gruñón encantador. —Le hizo mimos.

Iago se soltó del abrazo; y provocó un sinfín de risas en Mercedes.

—Me marcho a casa a por unas cosas. Vengo al hotel, prepárame una habitación. Me quedaré aquí hasta que te manejes bien y la persona que has contratado se entere de cómo funciona todo —dijo mientras se levantaba y cogía la chichonera de encima de la mesita en la que la había dejado.

A Mercedes se le iluminó el rostro todavía más y le dio otro beso, que Iago no acogió con demasiada alegría.

—¿Ves como eres un amor?

—Déjate de amores y busca las llaves de uno de los apartamentos.

—Te daré uno de los dos del fondo.

—Uno que esté lo más lejos posible de los huéspedes.

—El tuyo, el mismo en que estuviste el año pasado.

—Vuelvo en una hora.

Se detuvo un instante debajo del dintel de la puerta principal de la casa de indiano que Mercedes había convertido en hotel. Había dejado de llover.

—¡Ten cuidado que ya está oscureciendo! —le gritó ella desde las escaleras de subida a las habitaciones.

—Lo intentaré —farfulló él—. Si no me tropiezo de nuevo con una loca que intenta llevarme por delante.

—¡Silvia! —se oyó desde dentro de la casa.

Mercedes llamaba a una de las chicas que la ayudaban en el hotel, seguramente para que comprobara si su alojamiento estaba listo para ser ocupado.

Iago cogió el manillar de la bicicleta, que había dejado apoyada en la fachada color teja, a la vez que oyó el ruido de un motor. Era una moto de poca cilindrada. La conducía un chaval.

Tan pronto como el vehículo entró en el jardín del

hotel, Silvia salió corriendo de la parte de atrás de la casona y se subió de paquete.

«Más vale que la habitación esté arreglada porque si no me veo haciéndome la cama yo mismo.»

Los chicos no habían llegado a la cancela de acceso de la finca cuando se cruzaron con los faros de un coche que entraba en la propiedad. Iago vio al conductor de la moto hacer un quiebro y esquivar al coche de milagro. Silvia y su novio salieron del recinto y desaparecieron de su vista.

El propietario del vehículo se acercó hasta la puerta del hotel. Se trataba de un Clío color aceituna y Iago jugó a adivinar el sexo de su propietario. Acertó. Era una chica, una chica a la que conocía. La misma que había estado a punto de atropellarlo hacía un rato.

Esperó antes de montarse en la bicicleta no fuera que aquella mujer hiciera patinar de nuevo su vehículo sobre la gravilla del camino y lo estampara contra la fachada del hotel. Afortunadamente, hizo gala de haber conseguido el carnet de conducir en un sitio distinto a una tómbola y aparcó en una esquina del camino.

Solo cuando vio apagarse los faros y abrirse la puerta, se puso el casco, se montó en la bicicleta y puso el pie derecho en el pedal.

—¡Ah! —oyó que decía ella—, es usted. Era aquí adonde se dirigía cuando tropezamos.

Iago levantó los ojos del pedal y la miró fijamente.

«¿Tropezamos?», pensó, todavía estaba enfadado con ella por el accidente. Sin embargo, nada dijo. Pero la chica no iba a dejarle escapar así como así y se le puso delante antes de que pudiera dar la primera pedalada.

—¿Tanto la he impresionado que es incapaz de dejarme en paz cada vez que me ve?

—¿Perdone?

—¿Puede hacer el favor de quitarse de en medio? Ne-ce-si-to pasar.

—Veo que la rueda de su bici está perfectamente.

—¿Cómo lo sabe si aún no la ha visto funcionar? —gruñó él.

—Porque si estuviera estropeada, como usted sugirió antes, no se montaría en ella sino que la llevaría andando. No me cabe duda de que cuida a su bicicleta mejor que a su perro.

De acuerdo, no era tan tonta como le había parecido antes.

—No tengo perro —farfulló él.

—No me extraña —masculló ella.

¿Qué había querido decir con aquello?

—Apártese.

Pero ella no se movió.

—¿Está la dueña de La casona de la Paca dentro?

—No.

—El hotel no parece grande. ¿Sabe dónde la puedo encontrar?

—Búsquela.

—Usted acaba de salir. ¿No la ha visto?

Él perdió la paciencia y comenzó a pedalear. Ella no tuvo más remedio que hacerse a un lado para que no se la llevara por delante.

—¡Chalada! —repitió él cuando ya la había rebasado.

—¡Imbécil! —le pareció que le contestaba.

Iago atravesó la verja que separaba el recinto del hotel de la carretera y se dirigió hacia el pueblo de Cudillero. No había alcanzado las primeras casas cuando se dio cuenta de que era la primera vez que sonreía en todo el día.

Irene sacó el trolley del maletero y lo arrastró hasta el hotel. La puerta estaba cerrada, pero no tuvo más que empujar una de las hojas y se abrió. Se encontraba en una enorme estancia. A su derecha, habían habilitado una zona para estar. En la pared del fondo, había una chimenea y un espejo antiguo sobre ella. Delante de la chimenea, un sofá de color verde, y a los lados, dos butacas tapizadas en grandes cuadros amarillos y blancos y una silla antigua con la misma tela. Al otro lado de la habitación, una pequeña mesa rodeada de dos butaquitas de teca y otro pequeño sofá de flores granates. Varias lámparas de mesa repartidas y encendidas aquí y allá producían una sensación de lo más acogedora.

«Creo que este sitio me va a gustar», se dijo Irene con ánimos renovados.

La recepción estaba detrás de la mesa y las sillas. Un gran jarrón lleno de flores presidía el mostrador.

Ni rastro del recepcionista. Tampoco había timbre para avisar de su llegada.

—¡Hola! —se animó a decir—. ¡Hola!

Nada. Como si la tierra se hubiera tragado a los moradores de aquel sitio. Por un instante pensó que el ciclista podía ser un asesino en serie que hubiera acabado con los huéspedes, y los de la moto, con los que casi había chocado al entrar en la propiedad, sus cómplices. Le entró la risa.

«Irene, relaja esos nervios.»

Una enorme puerta corredera de cristal separaba la entrada del resto de la casa. Soltó la maleta y se animó a traspasarla. La escalera partía de aquel punto. Irene se fijó en la barandilla, pulcramente pintada de blanco, y decidió que aquella maravilla tenía que tener los mismos años que la casa. Al otro lado de la escalera se abría otra sala, mucho más iluminada que la anterior. Las mesas estaban dispuestas para comer, pero allí no había nadie. Miró el reloj de su muñeca. Eran las ocho y media de la noche. Todavía pronto para cenar.

«Sobre todo si los visitantes están de turismo.»

A su izquierda, se abría un corredor hacia el interior de la casa. Un ruido de cacharros le iluminó la mente. «La cocina.» Se dirigió hacia allí.

No había dado ni dos pasos cuando de una puerta al fondo del pasillo salió una mujer. Era baja y muy ancha e iba hacia ella a toda prisa. Llevaba el teléfono pegado a la oreja y hablaba a gritos.

—Pero ¿cómo que se marchó? ¿No pudiste hacer nada?

—Perdone, pero... —intentó detenerla.

La mujer no le hizo ni caso, al parecer Irene se había vuelto transparente. Se echó a un lado para no ser atropellada. Pasó a su lado al tiempo que se soltaba el lazo del delantal, dio unos pasos más y, de repente, se volvió.

—Toma —le dijo y le tendió el mandil que acababa de quitarse—, te hará falta.

Se marchó, dejándola completamente aturdida.

El desconcierto le duró poco.

—¡Mierda! ¡Alicia! —gritó alguien desde la misma estancia de la que había salido la mujer, y que Irene supuso sería la cocina—. ¡No me hagas esto que tenemos a veinte huéspedes esperando por tu ventresca a la espalda! ¡Prometiste estar todo el verano!

La mujer que chillaba apareció en el pasillo.

—Creo que se ha ido.

—¿Quién eres tú?

—Acabo de llegar. Me llamo Irene, Irene Ramos, vengo a trabajar.

—¡Irene! ¡Soy Mercedes!

Su jefa se le echó encima y le dio un fuerte abrazo, a

pesar de tener un único brazo útil. Al separarse, descubrió que era más joven de lo que había supuesto. No tendría más de cincuenta años, o al menos eso aparentaba con aquellos rizos alborotados sujetos de cualquier manera en lo alto de la cabeza. Vestía una camiseta verde y un chaleco hecho de trozos de telas de mil colores. Una falda larga y desgarbada le caía hasta los pies. Era como si hubiera salido de una comuna de hippies americanos a mediados de los años setenta y continuara usando el mismo vestuario. Llevaba un pañuelo anudado al cuello y la mano vendada apoyada en él.

—¿Qué te ha sucedido? —fue lo primero que le preguntó Irene.

Mercedes levantó la mano.

—¿Esto? No es nada. Un dedo roto. Alicia debe de estar ya en el pueblo. ¿Qué hora es? —preguntó de repente.

—Cerca de las nueve —contestó Irene sin necesidad de volver a comprobarlo.

—¿Ya? ¿Qué vamos a hacer ahora? A las nueve y media empezarán a llegar y Alicia aún no había hecho nada, ni había metido las ventrescas al horno.

—Entiendo que te has quedado sin cocinera.

—Sin cocinera y sin ayudante. Habrá que mandar a los clientes al pueblo a cenar. Voy a por la agenda.

Mercedes retrocedió y se metió en una habitación a la izquierda del pasillo. Irene aprovechó para recoger la maleta que había dejado en la entrada del hotel, pero tuvo un arrebato del tipo «tengo que demostrar de que soy una profesional para que me den el trabajo». Se acercó hasta la estancia donde había desaparecido su jefa, dejó el equipaje y se colocó alrededor de la cintura el delantal que todavía llevaba en la mano.

—¿Dónde está la cocina?

Mercedes pareció quedarse un poco sorprendida, pero

enseguida se le iluminó la cara. Le desapareció el gesto de «no tengo ni idea de qué hacer ahora» y lo sustituyó por el de alguien a quien el problema se le ha solucionado solo.

Su jefa echó a andar hasta la puerta del fondo.

—Esa es la cena —le dijo a Irene y le señaló tres enormes bandejas de horno con dos trozos de pescado cada una—, también había ensalada. Si tienes alguna duda, llama a Alicia. —Le entregó un teléfono móvil—. Yo voy a poner las servilletas en el comedor.

—¿Dónde...? —Pero su nueva jefa había desaparecido sin tener tiempo a confesarle que era la primera vez que usaba la cocina industrial de un establecimiento hotelero. Y la primera que cocinaba para otros.

Su yo sincero empezó a temblar. Aquello era peor que el examen de conducir. Miró a su alrededor y vio un horno parecido al que ella tenía en casa y que nunca usaba, pero mayor. Aunque vacío, estaba funcionando. Tiró de la puerta hacia ella y colocó la primera de las bandejas, después, la otra y luego, la que faltaba. Cabían las tres sin problema. No tocó la temperatura, la dejó igual que estaba; y rezó para que aquello fuera todo lo que había que hacer con el pescado.

Vio un enorme puchero al fuego. Mercedes solo había hablado de las ensaladas. Se acercó a la cazuela y cogió la tapa.

—¡Mierda! —La dejó caer al suelo con gran estrépito. Se llevó el dedo índice a la boca. Se había quemado. En una de las paredes habían colgado un botiquín, pero Irene decidió que no era tan grave como para abrirlo.

Se asomó al puchero a pesar del vapor que emanaba de él. Aquello parecía un caldo; olía igual a los que hacía su madre con las cabezas de merluza que congelaba. A Irene no le pareció nada apetecible y lo dejó cocer.

Sobre una enorme mesa metálica estaban todos los ingredientes para las ensaladas. Se acercó allí. «Lechuga, tomate, cebolleta. Bien, lo normal. Gambas, angulas, bonito en aceite. Mal.» ¿Cuál sería la idea de la cocinera, ponerlo todo junto o las verduras por un lado y lo marino por otro?

Echó un vistazo al teléfono que Mercedes le había dado. Diez minutos en su nuevo trabajo y ya tenía que pedir ayuda. No, no lo haría.

Pero ni tiempo tuvo para pensar. Mercedes apareció en la cocina toda acelerada.

—¿Ya está la comida? Tengo a tres parejas que no quieren esperar hasta las nueve y media.

Irene cogió el teléfono a todo correr.

—¿Cómo decías que se llamaba la cocinera?

Si después de hablar con Alicia se pensó que sus problemas se habían solucionado, estaba completamente equivocada.

Para empezar, el horno se paró cinco minutos después sin que ella hiciera nada. Irene no tenía mucha práctica en la cocina, pero lo que sí sabía era que el pescado no se hacía en tan poco tiempo. Se acercó al electrodoméstico y giró una de las ruedas. El ruido del ventilador, que comenzó a funcionar otra vez, y la luz encendida le indicaron que había tocado el mando correcto.

Se puso con las ensaladas. Mercedes había hablado de veinte comensales. «¡Veinte!» Cogió una pila de platos y los esparció sobre la superficie de acero inoxidable. «Primero la lechuga.» Se puso a repartirla por todos los platos. Cuando ya tuvo una capa verde, siguió con los tomates cherry. Cinco en cada plato. Se quedó sin ellos en la mitad. Revisó los platos servidos y fue quitando dos de cada uno de ellos. «Ahora la cebolleta.» No encontró cómo cortarla. Se puso a abrir cajones hasta que dio con el de los cuchillos.

Una, dos, tres... seis, siete cebolletas. Las lágrimas le corrían por las mejillas, cuanto más se las limpiaba más lloraba.

No había acabado cuando oyó pasos apresurados por el pasillo. Mercedes, sin duda.

—Ya tengo a cuatro sentados, necesito algo que ponerles.

—¿Dónde está la sal? ¿Y el resto para aliñarlas?

Mercedes se encogió de hombros como si le hubiera preguntado cómo pilotar un Airbus.

—No tengo ni idea.

Empezó la búsqueda del aceite y el vinagre. Abrieron todos los armarios de una de las paredes en vano. Comenzó a hacer lo mismo con los del otro lado.

—Mercedes, ¡¿te has dado cuenta de que tienes a un montón de gente en el comedor esperando?!

Irene se dio la vuelta para averiguar quién era el propietario de aquella voz. Era delgado y estaba muy moreno a pesar de ser mayo. Tenía el pelo castaño claro y lo llevaba más largo de lo normal. Vestía vaqueros oscuros y una camiseta gris con unas letras rojas en el pecho en las que ponía «*Go On!*». Era la imagen de uno de esos surfistas que había visto a veces en las playas vizcaínas. Pero ya cercano a los cuarenta.

—¡Iago! Menos mal que has llegado.

—¿Dónde está Alicia? ¿Y Raquel? —preguntó él.

—Raquel ha llamado, se ha puesto enferma. Iba a encargar a Silvia que se quedara esta noche para atender el comedor, pero no la he encontrado y no me coge el móvil. Alicia también se ha marchado.

—¡¿Que se ha marchado?! ¿Has vuelto a discutir con ella? Pero Mercedes, no sabes cómo es y que...

—Sí, que la necesito con locura. Ya lo sé, ya, pero ¡ahora no la tenemos! Además no ha sido culpa mía; un problema con la chica que le atiende el bar. Solo contamos con Irene.

—¿Irene? Ah sí, la persona que has contratado. Así que ha llegado. Por fin.

A Irene le molestó aquel «por fin». Como si no esperara que se presentara aquella noche, tal y como había quedado con Mercedes.

—Sí, Irene Ramos —dijo antes de que siguieran hablando como si no estuviera presente.

—Este es Iago —le presentó Mercedes—, mi salvador desde hace unos años —dijo a la vez que se le tiraba al cuello y le plantaba un beso en la cara—. Siempre se presenta cuando más lo necesito —dijo divertida. Parecía haber olvidado de repente el problema de la cocina.

—Pues hoy he estado a punto de no aparecer porque una loca con un horroroso coche verde casi me tira a la cuneta —dijo él con los ojos clavados en su cara y aspecto de querer hacer con ella lo mismo que contaba.

¿Era él, el de la bicicleta? ¿El novio, marido, amante, o lo que fuera de su jefa? No le había reconocido sin la ropa de ciclista. «Horror.»

—¿Por dónde empezamos? —trasladó Mercedes el problema a Iago.

Este se olvidó de Irene y empezó a preguntar.

—¿Qué es lo que hay?

—Irene es la que ha hablado con Alicia, ella te lo cuenta.

—Ventresca de bonito al horno con una ensalada de guarnición —contestó antes de que él le preguntara.

—¿Y eso? —Iago señaló hacia las gambas y las gulas.

—Eso es parte de la guarnición. Estoy esperando a que la comida esté para...

—De eso nada —gruñó Iago—. Eso va de entrante.

Que parezca que tardan en comer. ¿Qué estás haciendo? ¿Por qué no estás ya con ello? —No esperó la respuesta de Irene y empezó a dar órdenes—. Primero las gambas que tardarán más en comerlas y dará tiempo a preparar el resto. Ahí, la sartén. Allí, la cayena. El aceite, ahí.

Irene tomó aire, se mordió la lengua e hizo lo que le indicaba, en el mismo orden. Echó un puñado de gambas sobre la sartén. Una columna de humo picante se elevó ante ella y comenzó a toser. Pero nadie se apiadó de ella. Ni entonces ni cuando tuvo que cortar las rodajas de limón.

Mercedes cogió un plato de un montón e hizo intención de ponérselo ante Irene.

—De eso nada, que lo haga Marta.

Marta era la chica que limpiaba los platos. Hasta ese momento. A Marta le encantó la idea y se quitó los guantes enseguida. Cogió otra pila de platos y los colocó uno detrás de otro. Irene repartió media docena de gambas en cada uno de ellos.

—¿Y ahora...?

—Los llevará Marta. Mercedes, trae un delantal de los nuevos.

La chica se desprendió de la bata azul que le protegía la ropa y metió los platos llenos en un carro. Dos minutos después se los llevaba hasta el comedor ataviada con un impoluto delantal blanco ribeteado de puntillas.

Mercedes estaba encantada, todo estaba saliendo bien.

—Ahora las gulas —dijo él en cuanto la primera tanda de platos desapareció de la cocina—. Ajos en ese cajón.

Irene peló una docena de ajos mientras que él abría con la punta de un cuchillo los envases de las gulas. Ella lo miraba de reojo. «¡Se cansará de trabajar!»

—¡Todo solucionado! —dijo Mercedes eufórica, que se había escapado para espiar a los clientes—. Se han quedado encantados. Tardarán un buen rato en chuparlas bien.

«¿Seis gambas?» Irene no lo creía así y se dio buena prisa en acabar de picar lo que tenía en las manos.

—En cuanto termines con eso —le ordenó él de nuevo—, haces otra tanda de gambas. El resto de los comensales empezará a llegar en breve. Mercedes, enciende esa placa para que mantengamos los platos calientes. —Su jefa se apresuró a obedecerle. «La tiene comiendo de su mano», pensó Irene—. Yo abriré unos botes de los pimientos que se embotaron el mes pasado para ponerlos con la ventresca.

¿Abrir unos botes? Irene le miró de reojo. Se calló lo que le gustaría haberle dicho: «¿Por qué no coges la sartén y te pones a trabajar de una vez?»

Mercedes hizo un par de viajes más al comedor. Cada vez que iba o venía estaba más contenta. Según ella, todo estaba saliendo genial, aunque Irene tenía ciertas dudas.

—Cariño —llamó Mercedes a Iago varios minutos después—, ¿crees que se puede sacar el bonito?

Él se acercó hasta el horno y decidió que, en efecto, ya estaba listo para servir. Se dignó a sacar las tres bandejas del horno y a meter las tres siguientes.

«Solo porque Mercedes no puede hacerlo y yo estoy ocupada.»

Irene acabó de hacer la última tanda de gambas. Terminaría con la de gulas y ya se podría relajar. No quedaba más que servir el bonito.

Eso se pensaba ella porque a partir de ese instante comenzaron los interrogantes. Iago preguntaba y ella respondía. Bueno, a veces, era ella la que preguntaba y él ladraba.

—¿Qué es esto?
—Una ensalada.

—¿Esto una ensalada?
—Sí.
—¿Qué hacen estos tomates sin partir?
—¿No se ponen enteros?
—No.
—¿Seguro que no?
—No. Pártelos por la mitad.
—Ahora mismo.
—¿Dónde está el caldo del bonito para regarlo mientras se asa?
—¿No será «eso» que se cuece en esa cazuela?
—¿Qué pasa con esas ensaladas?
—Ya están.
—¿Desde cuándo las cebolletas pican? ¡Esto son cebollas! ¡Haz el favor de picarlas de nuevo!
«¿Favor? ¿Obedecer órdenes es hacer un favor?»
—¿Qué hay para postre?
—Flan con nata y nueces.
—¿Dónde están los flanes, dónde está la nata?
—Ni idea.
—¿No eres tú la que has hablado con Alicia?
—Creo que ha dicho algo del frigorífico.
—¿Y no se te ha ocurrido sacarlos antes para que no estuvieran tan fríos? —No, no se le había ocurrido. Y si a los clientes les gustaban fríos, ¿qué?—. ¡Pon agua a calentar! Los meteremos un momento para atemperarlos un poco.

«¡Haz! ¡Pon! ¡Lava! ¡Fríe! ¡Más platos! ¡Deprisa, deprisa! ¡Llevo un rato esperando! ¿No viene ya? ¡Caliéntalo de nuevo! ¿Es que no sabes hacer las cosas más deprisa?»

Las siguientes dos horas fueron las peores de la vida de Irene.

3

Hacía ya más de una hora que el último de los clientes había abandonado el comedor. Iago terminó de revisar que las mesas quedaran perfectamente colocadas para el desayuno del día siguiente y regresó a la cocina. Suspiró con fuerza y se decidió. Se asomó a la puerta de la cocina. Mercedes observaba cómo su nueva ayudante, la que casi lo mata en medio de la carretera, terminaba de ayudar a Marta a organizar los platos y las cazuelas sucias.

—Mercedes, quiero hablar un momento contigo.

—Enseguida, cariño. Irene, ¿te queda mucho? —le dijo alegremente.

Por el gesto que puso la «nueva», Iago supo que no le hacía ninguna gracia la faena que le habían encomendado.

—Estamos a punto de acabar —reconoció y Iago supo que lo que quería era pedir permiso para marcharse.

—Cuando termines, puedes irte a tu habitación. Sobre el mostrador de recepción he dejado la llave de tu apartamento —le explicó Mercedes—. Lo encontrarás en el jardín, por el camino que rodea la casona. Al fondo a la derecha, hay dos apartamentos, el tuyo es el de la izquierda —le indicó antes de seguirlo.

Llevó a Mercedes hasta el salón de la galería, en la parte

de atrás de la casa. Ella se acercó hasta el sofá y se dejó caer sobre él, con cuidado de no hacerse daño en la mano rota.

Iago se acercó hasta los ventanales abiertos, de los que nadie se había acordado hasta entonces, y los cerró.

—Ha sido estupendo, ¿verdad? —dijo ella divertida—. Ninguno de los clientes se ha enterado de que les han servido la cena tres personas que no tienen ni idea.

—¿Estupendo? ¡Estás loca si piensas que no se han dado cuenta! ¿Cómo se te ha ocurrido?

—Todo el mundo me ha felicitado. Reconoce que ha salido maravillosamente bien —cantó ella, orgullosa por su logro.

—¿Qué ha pasado con Alicia? —preguntó él más enfadado aún que antes, por la inconsciencia de Mercedes.

—Ya te lo he dicho, la avisaron por teléfono. La chica que le atiende el bar no ha ido a trabajar. Se marchó a todo correr en cuanto lo supo.

—¿Y no podías haber llamado a otra persona? En este pueblo debe de haber un montón de mujeres que se han pasado la vida entre fogones y que estarían encantadas de haber venido hoy a ganarse unos euros.

—No se me ocurrió.

—Ese es el problema, que no se te ocurren las cosas. Mercedes, esta no es la mejor manera de llevar un hotel.

—No me riñas —le pidió ella con un mohín de niña pequeña.

—¿Qué vas a hacer ahora?

—¿Con lo de Alicia? —Él asintió—. Nada. Si mañana no se presenta, nos arreglaremos como hoy. Además, estará Silvia para ayudarnos —añadió como si no pasara nada.

—¡¿Estás loca?!

—Iago, no te angusties tanto, seguro que todo sale bien.

Fuera del salón alguien apagó una luz y Iago supuso que Marta y la «nueva» habrían terminado en la cocina. Se dejó caer al lado de Mercedes, desesperado ante la habitual despreocupación de la mujer con la que hablaba. Ella le puso los pies en su regazo.

—Eres tú la que tendría que estar alterada, tú eres la propietaria de esto, no yo.

—¿Qué pasa? No me negarás que Irene ha estado fantástica.

—¿Fantástica? ¿Le has visto la cara? Parecía un perro de pelea.

—Ya verás como mañana se levanta con más ánimo. Entiéndela, acababa de llegar.

—¿De dónde la has sacado?

—Me la recomendó María Luisa. ¿Te acuerdas de ella? Venía a veranear hace años y todavía hablamos de vez en cuando. Era una chica morena, muy guapa y con el pelo...

—Ni idea.

—Da igual. Irene es amiga de su hija, trabajaba con ella. Estudió Turismo y tiene un máster en Gestión Turística por una universidad catalana que ha hecho a distancia. Al parecer, lleva años esperando una oportunidad.

—Pero ¿no dices que ya trabajaba?

—Creo que su jefe la tenía como chica para todo y nunca le reconocía su trabajo. Este es el primer hotel que dirige, pero seguro que lo hace muy bien. Además, Luisa dice que es muy buena chica.

—¡Buena chica! —bufó Iago—. No es esa la impresión que yo tengo, sino todo lo contrario. Tú no necesitas una buena chica, sino alguien que te lleve el hotel. ¿Por qué demonios has dejado que se marchara Sofía?

—Se ha ido con su novio a Vigo.

—Porque tú la animaste a hacerlo.

—Llevaban más de cinco años viviendo cada uno en una provincia, se merecían ser felices.

Iago exhaló aire, despacio, para tranquilizarse. Mercedes no tenía remedio. Él la quería, pero no podía con su espíritu «hippie».

—De verdad, creo que esto no va a resultar. Tienes por delante toda la temporada de verano y contratas a alguien sin ninguna experiencia.

—Ya verás como sale bien.

Iago volvió a su intento de abrirle los ojos.

—Pero ¿has visto cómo trabaja? Esa chica no ha hecho esto en la vida. Todo ha sido un desastre. Si no aparezco yo, no sé lo que hubiera hecho. Ni siquiera sabía diferenciar una cebolleta de una cebolla picante.

—Ni yo tampoco —confirmó Mercedes como si fuera lo más normal del mundo.

—Por eso —volvió a la carga Iago—, por eso necesitas a alguien que sepa lo que tiene entre manos y no a una niñata que no ha estado en un hotel más que para deshacer la cama con algún ligue de una noche.

A Mercedes se le escapó una risita.

—No seas cruel. Tiene estudios, incluso un máster en Turismo.

Iago obvió el comentario.

—Lo mejor que puedes hacer es pagarle el día de hoy y despedirla. Que se marche a su casa. Eso sí, recomiéndale que haga un curso de cocina. Le vendrá bien para el futuro.

Mercedes bajó las piernas al suelo.

—No lo voy a hacer. Todo el mundo merece una oportunidad.

Iago se levantó y se encaminó a la puerta que separaba la galería del jardín.

—Mercedes y su bondad. —«O su despreocupación.» Abrió la puerta—. Pues prepárate para que mañana en el desayuno en vez de café ponga achicoria, que el bizcocho esté crudo y las tostadas quemadas —dijo antes de salir.

La apertura de la puerta de la galería pilló a Irene por sorpresa. Intentó esconderse detrás de la enredadera que subía por un lateral de la casona, pero se tropezó con la maleta que arrastraba. Esta se le soltó de la mano y cayó al suelo. Iago la encontró agachada para recogerla.

—¿No tienes nada más que hacer que espiar a los que te contratan? —gruñó.

Imposible hacerse la inocente. Hacía ya un rato que había abandonado la cocina y había apagado las luces del pasillo. En salir del hotel y rodear el edificio no se tardaba más de un minuto. Estaba claro que si ella estaba todavía por allí era porque se había detenido a escuchar la conversación entre Mercedes y aquel hombre. Controló el azoramiento por haber sido pillada y se levantó despacio, cavilando cómo se iba a enfrentar al hombre que la quería despedir. Por lo que había oído, la compasión no formaba parte de él. Ella no iba a ir de víctima ante semejante cretino. No le quedaba otro remedio que decir lo que dijo.

—¿Y tú no tienes otra cosa que hacer que hablar mal de la gente?

Al parecer le hizo gracia su ataque, porque sonrió.

—No miento.

—Ni das otra oportunidad, está claro.

—Solo constato lo que veo.

—Sin pensar en nada más.

—¿Por qué habría de hacerlo?

—¿Por compasión, por altruismo, por humanidad, por justicia?

—Esto es un negocio. Nada de eso importa.

Irene se agarró a las palabras de Mercedes cuando se negó a despedirla.

—Menos mal que «mi jefa» es diferente.

Nada más decirlo, Irene se dio cuenta de que lo que había dicho era un error. Si el tal Iago tenía una relación sentimental con Mercedes —ni siquiera le quedaba claro si era o no su marido—, acababa de firmar su sentencia de muerte; lo había dejado anulado de la toma de decisiones.

Le sorprendió descubrir que a él no le importó el comentario.

—Bastante diferente a mí, aunque no por ello mejor —respondió él sin aclarar nada más.

—¿Qué quieres decir?

—Ya lo entenderás. Lo comprobarás por ti misma «si» te quedas —y puso mucho énfasis en la palabra «si»—. Te lo advierto: echarás de menos mi sinceridad.

Irene no pudo contenerse y soltó una carcajada burlona.

—Tu mordacidad, querrás decir.

Él se encogió de hombros.

—Llámalo como quieras

Sacó del bolsillo delantero de los vaqueros un paquete de tabaco y se llevó un cigarro a la boca sin ofrecerle ninguno.

Irene aprovechó que estaba ocupado buscando el mechero para volver a agacharse y recoger la maleta. Sin despedirse, echó a andar con el *trolley* en una mano y el bolso en la otra.

Las lámparas solares la guiaron por el sendero de gravilla. Apenas había avanzado cuando lo sintió detrás de ella. Ni se molestó en volverse.

—¿No tienes otra cosa que hacer?

Irene lo oyó expulsar el humo de sus pulmones antes de hablar.

—A estas horas, no.

Una docena de pasos más y él continuaba allí.

—¿Vas a seguirme toda la noche?

De nuevo aquella irritante risa.

—No te estoy siguiendo.

—¿Ah, no? Entonces, ¿qué estás haciendo?

—¿Acompañarte?

—Sí, claro —masculló Irene—. ¿Para comprobar si salgo corriendo después de escucharte cómo me difamas?

—Veo que no te tomas muy bien las críticas. A eso se llama tener problemas de inteligencia emocional.

Irene se detuvo y el ruido de las ruedas con ella. Se volvió.

—¿Qué pasa? ¿Ahora eres psicólogo? A eso se llama estar furiosa y... —Él seguía tan tranquilo mientras que ella estaba a punto de perder los papeles. Intentó controlarse. Lo intentó—. ¡Déjame en paz! —farfulló antes de darse la vuelta y continuar su camino.

Él dejó de seguirla, no así su risa, que la acompañó hasta que el sendero terminó.

A su derecha, se abría una explanada de césped con dos casitas, a uno y otro lado. Una lámpara se iluminó por encima de su cabeza. «Luces de presencia. Buena idea.» ¿Qué le había dicho Mercedes? «El tuyo es el de la izquierda.»

Se dirigió hacia allí. Un enorme ventanal ocupaba la fachada de la casa. Fuera, había una pequeña mesa y una silla. Parecía un rincón estupendo para relajarse en los ratos libres.

Metió la mano en el bolso y buscó la llave.

—Los desayunos comienzan a las ocho. Tienes que estar a las siete en la cocina —dijo una voz por detrás de ella.

Con dificultad, la luz apenas alumbraba más allá de su figura, descubrió un bulto apoyado en la fachada de enfrente. La lumbre del cigarrillo se avivó. Esperó a escuchar de nuevo el aire saliendo de sus pulmones.

—Pensaba que no querías verme más y me habías despedido.

Irene imaginó su respuesta, rápida y mordaz, pero ni llegó rápida ni con el tono previsto.

—Ya has escuchado a la jefa; cuenta contigo.

Irene añadió a sus palabras aquellas con las que a él sin duda le hubiera gustado completar la frase: «por ahora». Deliberadamente, hizo como si no lo hubiera oído y entró en la habitación. A tientas buscó un interruptor y lo pulsó. Dejó escapar un suspiro.

Mercedes lo había llamado apartamento, pero solo era una habitación. Sencilla y, sin embargo, coqueta. No tenía más que la cama, la mesilla, una mesa apoyada contra una pared, una silla y una butaca en una esquina, delante de la televisión. El armario estaba en la pared del fondo, al lado de una puerta que supuso sería el cuarto de baño.

Tiró el bolso sobre la cama de matrimonio. «Al menos dormiré a gusto.» Comenzó a explorar la habitación.

Había una pequeña nevera debajo de la mesa. La abrió. Vacía. Estaba claro que los empleados no debían beber en sus horas libres.

Irene acercó la maleta al armario. Después de tantas horas, las camisetas y las camisas estaban completamente arrugadas. A pesar de todo, las colocó con cuidado en una de las baldas. Del fondo, sacó el pijama y lo dejó sobre la cama. Cogió el neceser y se metió en el baño. Era estupendo, amplio y bien iluminado. La ducha era enorme y, lo mejor, no había rastro de las odiosas cortinas de todos los hoteles.

—Lo primero es lo primero —dijo a su reflejo en el espejo. Abrió la mampara y dio al grifo de la ducha.

Un rato después, el vapor de agua le impedía verse en el espejo y su humor había mejorado. Mucho. Se envolvió en una toalla y salió mientras se secaba el pelo con otra más pequeña.

Se acercó al ventanal sin dejar de frotarse. Por curiosidad, apartó la cortina. La lámpara exterior ya se había apagado y fuera solo había oscuridad; igual de negra que el día que había tenido. A punto estaba de soltar la tela cuando le pareció ver un punto rojo en la casita de enfrente, pero cuando se fijó, había desaparecido.

Terminó de secarse la cabeza, y se vistió. Rebuscó en el bolso, sacó el teléfono móvil y el cargador. Lo enchufó debajo de la mesilla. La pantalla se iluminó cuando lo hizo. Tenía un mensaje.

Era de Luz, su hermana. Con su habitual entusiasmo preguntaba: «¿Cómo ha ido el día?» Irene resopló.

—¡Genial! Mejor imposible —masculló. «Todo bien. Mañana te cuento», escribió—. Si es que salgo viva de esta.

«Mañana será todavía mejor», contestó Luz.

Irene sonrió ante el optimismo de su hermana. Tenía razón, se dijo, las cosas solo podían mejorar. Y con ese pensamiento se dejó caer en brazos de Morfeo.

Durmió como un tronco.

Se despertó antes de que sonara la alarma, aunque la había programado a las seis y cuarto de la mañana.

En Bilbao, entraba a las nueve y le bastaba levantarse a las ocho. Comía en casa y de nuevo al trabajo. No salía hasta las siete. Después, unos recados en el supermercado, hacer la comida para el día siguiente y cenar. No tenía tiempo para sí misma hasta las nueve y media de la noche. Un rato de tele y antes de las once a la cama. ¡Las seis y cuarto! Nunca se había levantado tan temprano.

Media hora después estaba en la calle. Se puso unos pantalones negros de corte recto, una camiseta blanca de manga corta y un jersey rosa oscuro con el escote en pico. Se preguntó si tendría que ponerse un traje de chaqueta para trabajar. Por lo que había conocido de Mercedes no parecía que le importaran mucho los formalismos, pero igual a los clientes sí. Se suponía que estaba allí para organizar, no para servir. Eso era lo que Mercedes le había dicho por teléfono, pero, después de lo del día anterior y la orden del tal Iago de que estuviera disponible para los desayunos, ya no lo tenía nada claro. Otro problema más en el que pensar. ¿Hasta qué punto estaba dispuesta a asumir ese nuevo trabajo imprevisto? Hasta todo punto. Dirigir un hotel era algo que siempre había deseado. Se había preparado para ello, había estudiado mientras trabajaba aun sabiendo que era muy difícil de conseguir. Y ahora que se lo habían puesto en bandeja, no iba a desaprovechar la oportunidad. Si tenía que poner cafés, los pondría. Y después, gestionaría todo lo demás.

Mientras recorría el jardín en dirección a la casona, se fijó en unos edificios que no había visto la noche anterior. Su casita y la de enfrente estaban al final del jardín, aparte del resto, pero al dejarlas atrás se encontró con unas antiguas cuadras rehabilitadas. Al ver las puertas de madera, imaginó las cabezas de los caballos apareciendo por la parte superior. Cada edificio tenía cuatro apartamentos en la parte inferior y un enorme balcón corrido con otras cuatro puertas en la superior.

«Desde luego es un sitio precioso.»

Sin embargo, no se detuvo. Entró en la casona y pasó por delante del comedor. Se fijó en las mesas del desayuno. El tal Iago había tenido la decencia de dejarlas preparadas la noche anterior.

Sus pasos se hicieron más cortos según se acercaba a la cocina. Se paró en la puerta. Antes de entrar tomó la resolución: hiciera él lo que hiciese y dijera lo que dijese, ella no iba a entrar a la provocación. Quería ese trabajo. Necesitaba ese trabajo. No iba a desmoralizarse a la primera de cambio. Por muchas razones. La primera, por ella, por convencerse a sí misma de que podía hacerlo. La segunda, por su madre, por demostrarle que saldría adelante sin la ayuda de nadie. Y es que el hecho de que el trabajo anterior se lo hubiera conseguido su padre, tras sucumbir a la insistencia de su mujer para que presentara a su jefe el currículum vítae de su hija pequeña antes de jubilarse, siempre había tenido para Irene un punto de humillación. En su anterior trabajo había aguantado muchas afrentas, no iba a desmoralizarse ahora por los comentarios de aquel... ni palabras tenía para calificarle.

Pero en vez de con él, se encontró con un par de chicas sentadas, charlando tranquilamente.

—Soy Irene —se presentó.
—Sabíamos que vendrías.
—¿No está Mercedes?
—Mercedes nunca está a esta hora. Estamos esperando a Alicia, la cocinera.
—No creo que venga hoy.

Las chicas se miraron la una a la otra.

—¿No? ¿Y quién va a hacer el desayuno?

No desde luego el tal Iago, ya que tampoco se encontraba allí.

—¿Cuándo empiezan a bajar los clientes?
—Depende, a partir de las ocho o así —le contestó una de ellas con un gesto que indicaba que no lo tenía nada claro.
—¿Sabéis lo que tenéis que hacer? —Ellas no contestaron—. ¿Hay cosas que se ponen siempre? Mantequilla, mermelada, pan, bollería... —sugirió.
—Sí, claro.
—Lo podéis ir llevando. Igual que todos los días.

Las chicas se levantaron de un salto.

—Pero... —dudaron.
—Pero ¿qué?

—¿Y los huevos y el beicon? Nosotras no podemos hacernos cargo. Si atendemos el comedor, no podemos estar en la cocina.

—Yo los prepararé —asumió y se acercó al cajón donde ella misma había guardado las sartenes el día anterior.

Las chicas se rieron cuando la vieron con una en la mano.

—No, ahora no. Eso se hace cuando el cliente lo pide. Para que esté caliente, ya sabes.

Irene la dejó sobre el fogón con seguridad, para dar sensación de que sabía lo que hacía.

—Entonces, vosotras os encargáis del resto, ¿no? —Las chicas asintieron—. Pues adelante. Quiero que a las ocho esté todo preparado y nadie se queje de que falta algo.

—El zumo —dejó caer una de ellas. No comentó nada más y a Irene no le quedó más remedio que preguntarlo.

—¿Qué pasa con el zumo?

—Hay que exprimirlo con esa máquina. Lo hacía Alicia.

Irene miró al rincón que señalaba la chica y vio un exprimidor de acero inoxidable, talla XXL al cubo. No parecía muy difícil.

—Yo me encargo —aseguró muy contenta.

Aquello no tenía nada que ver con la locura del día anterior. Huevos revueltos, beicon y zumo de naranja, podría con ello.

Diez minutos más tarde ya había hecho litro y medio de zumo. Eran las siete y cinco de la mañana. El primer huésped apareció a las ocho y veinte. «¡Si será... que estuviera a las siete de la mañana! Sabía perfectamente que no habría nadie a esas horas.» Una hora y diez minutos mirando al techo y en todo ese tiempo no hubo presencia de Mercedes y mucho menos de Iago.

Pasó el rato hablando con Julia y Ana, puesto que así se llamaban las chicas. Se enteró de que Julia vivía con su madre, que era viuda a pesar de que no debía llegar a los treinta, y que Ana estaba casada y tenía dos niños gemelos. Ambas eran de Cudillero. Ana estaba encantada con el trabajo, sobre todo con el horario, que le permitía atender a sus hijos por las tardes. Julia, en cambio, prefería poder trabajar más horas para sacarse un sobresueldo. Irene no le preguntó, pero le dio la impresión de que la pensión de la madre debía de ser francamente baja.

La conversación desapareció cuando la primera pareja se sentó a desayunar. El resto de los huéspedes fue llegando poco a poco y a borbotones, como chaparrones en un día nublado.

Irene se las arregló para atender las comandas a la vez que echaba una mano manteniendo el café y la leche calientes y llenando la jarra del zumo cada vez que se vaciaba.

Dos horas después, ya solo quedaban cuatro personas en el comedor y pudo sentarse a desayunar.

«Mercedes y Iago sin aparecer.» Prefirió quitarse de la cabeza lo que podía hacer una pareja a las diez y media de la mañana. Hacía casi tres horas que había amanecido. Cogió una taza del armario de la loza y la llenó de café. Arrimó al mostrador un taburete alto, que cogió de una esquina, y se sentó en él.

No había dado ni un par de sorbos al líquido amargo cuando apareció él. «Hablando del rey de Roma...» Vestía una vieja camiseta blanca y un bañador color rojo hasta la rodilla. ¿Se iba a la playa? El día no era el más apropiado para darse un baño en el mar. Aunque, claro, ella había salido a la calle a las siete de la mañana, cuando apenas había empezado a amanecer.

Él la miró, pero ni dijo nada ni hizo un gesto que indicara que la reconocía. Ella le pagó con la misma moneda. Iago cogió unas tostadas y un bote de mermelada de frambuesa y se sentó a un par de metros de distancia de Irene.

Los dos observaban la puerta, como si esperaran a alguien, pero lo único que hacían era evitarse uno al otro.

Al final, él ganó el juego. Julia y Ana recogían la cocina. Irene hacía rato que había terminado su café.

—¿Sabes cuándo va a llegar Mercedes? Necesito consultarle unas cosas.

Él tomó dos bocados antes de contestarle.

—Ni idea —dijo escueto.

—¿Cómo puedo localizarla?

Tuvo que esperar de nuevo. Hasta que él hubo dado un largo trago al café.

—Vive arriba.

—¿Crees que puedo llamarla por teléfono?

Otro trago antes de hablar.

—Ni idea —repitió y se bajó de la banqueta.

Irene podía haberlo dejado allí, pero después de lo que había dicho de ella la noche anterior, no pensaba quedarse de brazos cruzados esperando a que su jefa tuviera a bien aparecer. Ni loca le daba a él más argumentos para echarla de aquel trabajo.

—Igual tú puedes explicarme por dónde empiezo.

Él cogió la taza, el plato y el cuchillo que había usado y los llevó hasta la fregadera.

—¿No decías que Mercedes era tu jefa? Espérala entonces —le espetó.

A ella no le dio tiempo a salir de su estupor ante la grosera contestación y él ya había desaparecido de su vista.

La pena era que no lo haría de su vida.

—¡Imbécil! —gruñó al hueco de la puerta.

4

La mañana pasó rápida. Cuando Ana y Julia se marcharon a hacer las habitaciones, y al ver que Mercedes seguía sin aparecer, decidió explorar la casona.

En la planta baja estaban las zonas comunes, salones, comedor, cocina, despensas y la oficina. Llegó al vestíbulo. Sobre el mostrador de recepción, encontró las llaves que habían dejado los huéspedes y las colocó en los casilleros correspondientes. Había diecinueve habitaciones «y veinte apartamentos» contó mentalmente. El hotel no era tan pequeño como había imaginado la noche anterior. Le alegró ser la responsable de todo aquello. Su éxito sería mayor.

Las dos plantas superiores alojaban las estancias de los huéspedes. Decidió explorar el exterior antes de subir.

La casona era en realidad una antigua casa de indianos rehabilitada. Cuadrada y sólida, la pared pintada de color teja y los ventanales en blanco. Sorteó el parterre de plantas que había delante de la puerta principal y se alejó un poco para coger perspectiva.

El edificio constaba de tres plantas y un pequeño altillo en la parte superior, grandes ventanales en cada piso y un balcón corrido en la primera planta de la fachada.

Una mezcla de sobriedad y buen gusto que a Irene le resultó terriblemente atractiva. «Hay que tener mucha suerte para poseer una casa como esta.»

Desde la carretera a la casona apenas habría más de treinta metros. Se accedía por un camino de gravilla y árboles a los lados. El resto del jardín estaba en la parte trasera de la casa. Era maravilloso, una mezcla de prados, árboles, caminos y grupos de plantas delimitándolo todo. A cada poco, se veían algunas hamacas de teca, dispuestas desordenadas en las zonas más escondidas del jardín.

Un paraíso para una pareja, en el que perderse y alejarse de ojos ajenos.

Terminó de recorrerlo y tomó el camino de vuelta. Mercedes apareció en ese momento desde la esquina de la casona, agitando la mano y la melena. Irene fue hacia ella.

Su jefa le enseñó las habitaciones y le explicó que durante la semana no había demasiado trabajo en la recepción. Tampoco hacía falta que se quedara nadie por la noche. El portón tenía una clave de seguridad que se cambiaba todas las semanas y que solo conocían los clientes alojados.

A Irene le pareció una noticia estupenda, bastante duro era levantarse de madrugada y estar disponible a todas horas como para encima tener que hacer guardias nocturnas.

A las doce menos cuarto ya habían terminado el recorrido y no se le ocurrían más preguntas.

—¿Por dónde te parece que podría empezar?

Mercedes la llevó hasta la puerta del despacho y la abrió.

—Comienza por aquí. Si no me necesitas, tengo que bajar al pueblo. —Se disculpó y se marchó antes de que pudiera decir nada más.

Se acercó a la mesa y miró los papeles que se acumulaban sobre ella. Se acomodó en la silla. Después del trajín del día anterior y de aquella misma mañana, le pareció estar en la gloria. Apiló el montón de hojas, dispuesta a no salir de allí hasta no haber ordenado todo aquello.

«Ordenar todo aquello», había pensado. Ilusa de ella.

A la una y media no había conseguido separarlos por años. A las dos, los empezó a meter en carpetas, clasificados por tipo de documento: facturas impagadas en una, pagadas, en otra, presupuestos no aceptados, en una, aceptados, en otras... Pero era tal el caos que a las tres cambió de criterio y comenzó de nuevo: luz, agua, proveedor de café, lavandería, nóminas, declaraciones del IVA, hipermercado, vinos, jardinería...

A las cuatro y media notó que le dolía el estómago. La hora de comer había pasado sin ni siquiera darse cuenta.

Cuando abrió la puerta, descubrió que no era el mejor momento para pasar por la cocina.

Las voces procedían de allí. Eran su jefa y su... lo que fuera. Eran su jefa y «él». No se atrevió a entrar y se detuvo en el pasillo.

—¿Que has convencido a Alicia de que regrese? —Se oyó el ruido de un sonoro beso—. Eres el mejor.

—Tiene que hablar con una sobrina para que le atienda el bar, pero me ha prometido venir esta noche.

—En este pueblo parece que la gente no quiere trabajar. Ni que no le pagara —sentenció Mercedes un momento después.

—El bar de Alicia es un negocio familiar. Y los negocios familiares no se dejan en manos de desconocidos así como así. Tienes que comprenderla.

—Pues no me parece para tanto. Un bar es un bar, no es un hijo.

—A veces, como si lo fuera.

—Yo lo hago, yo delego la responsabilidad en otros.

—Pero tú no eres todo el mundo. La gente tiene apego a sus cosas.

—Mira esta casa —insistió Mercedes—, la heredé de mi madre. Contrato gente que trabaja aquí y confío en ellos.

—A veces, demasiado —sentenció él.

—¿Lo dices por Irene? Pues que sepas que...

—Ya lo sé. No me lo digas otra vez. Es una chica estupenda, buena, responsable y bla, bla, bla... Aunque en realidad no tienes ni idea de cómo es. No ha pasado ni un día desde que la conoces.

—Ayer se puso a trabajar en cuanto llegó —la defendió su jefa.

—No tuvo más remedio. Eres como un torbellino; la pillaste desprevenida y no supo reaccionar. Eso no dice nada bueno de ella.

—Esta mañana ha ayudado con los desayunos. Me lo ha dicho ella.

—¿Les has preguntado a las chicas qué ha hecho en realidad?

Irene dio un respingo al escuchar la desconfianza de aquel hombre.

—Yo la creo. Siempre piensas lo peor. Si no encuentras piedras en el camino, las colocas.

—Soy deportista. Me pongo retos.

—Problemas, a eso lo llamo yo buscarse problemas. Yo prefiero creer que las cosas se solucionan.

—Sí, pero no solas, y no, desde luego, aplazándolas. Eso es lo que has hecho al no llamar tú a Alicia. ¿Cómo pensabas dar las cenas de esta noche?

—Estarán Silvia e Irene.

—¡Una chiquilla de diecisiete años y tu nueva ayudante solas! Imagino el menú: un par de huevos fritos.

—Insistes en que Irene no es capaz.
—¿Lo ha demostrado acaso? ¿Qué ha hecho hoy? La he visto pasearse, primero por el jardín y luego por la casa contigo. Luego se ha encerrado en ese cuarto —Irene se lo imaginó señalando hacia el pasillo— y no la hemos vuelto a ver. ¡Si al menos me hubiera hecho la cama!

Mercedes ahogó la risa.

—No lo dices en serio.

—¿Que no? Acabo de pasar por mi habitación y me la he encontrado igual a como la he dejado esta mañana. ¿No dices que va a organizar el hotel? Pues tendrá que saber los trabajos que se hacen en él y eso no se aprende encerrada en un despacho con la nariz metida entre papeles. Yo, para empezar, la pondría a hacer camas.

Si Mercedes iba a decir algo, se quedó sin hacerlo, porque detrás de ella una voz le preguntó:

—¿Quién es usted?

Una adolescente esperaba su respuesta. Irene contestó a pesar de saber que los de dentro de la cocina se enterarían de que estaba en el pasillo escuchándoles.

—Irene Ramos, «la nueva chica».

Los de la cocina se callaron de repente. La habían descubierto, sabían que lo había oído. Todo.

Silvia era muy joven, apenas una niña. Irene dudaba de si llegaría a los dieciocho años. Sin embargo, tenía un arranque mucho mayor que otra gente. En un segundo la había arrastrado hasta el cuarto de los trastos y la había puesto al día de lo que hacía.

Cuando Irene salió del despacho, tenía intención de hablar con su jefa. Aunque después de lo que había oído, lo último que quería era ponerse delante de él. Era mucho más seguro seguir escuchando la charla de aquella adolescente. Por un momento se preguntó qué habría hecho su hermana Luz en semejante circunstancia. Su hermana era una persona muy echada para delante e, hiciera lo que hiciese, desde luego no sería alejarse del problema y dejarlo para otro momento como hacía ella. Luz era cinco años mayor que ella, y, sin lugar a dudas, la persona más loca que conocía Irene. Nada que ver con ella. Luz era valiente y, sobre todo, guapa, y llevaba el pelo pintado de rojo. Exótica como una orquídea, mientras que ella era sosa e insignificante, como las margaritas. Morena, como la mayoría de las chicas, con melena corta, como la mayoría de las chicas, con los ojos marrones, como todo hijo de vecino. Ni tan siquiera sobresalía por la altura. Vamos, una del montón y completamente distinta a Luz.

Irene la adoraba, a pesar de que era mucho mayor que ella y de que se había marchado de casa en cuanto encontró trabajo, siendo ella adolescente aún. Su falta la había obligado a lidiar ella sola durante muchos años con una madre autoritaria y un padre desautorizado. Luz apenas había aparecido por la casa familiar desde entonces, sin embargo, se las había arreglado para seguir en contacto con su hermana pequeña. Mientras Irene estudiaba en el instituto, la iba a buscar a la salida los lunes, miércoles y viernes y la acompañaba hasta la puerta del portal. Después, en la universidad cualquier excusa era buena para sentarse juntas delante de un café y hablar de lo que había sucedido desde la última vez que se habían visto.

Tenían una relación muy especial. «Sí, pero ahora soy yo sola la que tengo que salir delante», pensó y se dispuso a atender a todo lo que le contara su nueva compañía.

—Te encantará el pueblo, ya lo verás —le decía Silvia mientras se alejaban por el pasillo empujando el carro. Una de sus labores era terminar las habitaciones que no se habían adecentado por la mañana. Después del comentario de Iago sobre ella y las camas, había decidido acompañar a Silvia. No sabía si por mortificarse ella o por darle en las narices a él—. Durante el invierno, los visitantes solo vienen los fines de semana, pero a partir de ahora, y durante todo el verano, se llena de veraneantes y se pone muy animado.

—¿Tú vives en Cudillero?

—¿Dónde si no? —Lo decía como si fuera un crimen vivir en otro lugar.

—¿Con tus padres y hermanos? —adivinó Irene, que prefería centrarse en ella que en «él».

—No tengo hermanos. Mi madre no pudo tener más hijos —dijo la chica. Por la forma en la que lo hizo Irene supo que ser hija única era una carga para ella.

—¿Desde cuándo trabajas aquí?

—Desde hace más de un año. En cuanto terminé en el instituto. —Irene la ayudó a sacar el carro por una de las puertas traseras de la casa. Se dirigían a los apartamentos del jardín—. No quise estudiar. En Avilés no había nada que me interesara y no quería marcharme a Gijón o a Oviedo. Están demasiado lejos. Mi padre me dijo que en casa no me iba a quedar, que ya podía ir buscándome un oficio.

—Y Mercedes te lo ofreció.

—Yo se lo pedí. Podía haberme quedado en uno de los muchos bares y restaurantes del pueblo, pero mi padre no me dejaba trabajar por las noches. Hay otros hoteles, sin embargo, Mercedes es mucho más «guay» que el resto. No manda y nunca te dice nada, aunque metas la pata. Además, siempre está contenta.

«Una caótica feliz.»

Hacer camas con Silvia resultó de lo más entretenido. Mientras respondía a sus preguntas, le contó cuánta gente había en el pueblo y a qué se dedicaban. Se enteró de que ahora la mayoría de los ingresos procedían del turismo, aunque antaño fuera un pueblo de pescadores.

Después de hablar sobre Cudillero, Silvia se puso a contar anécdotas de los clientes del hotel y de lo que se llegaba a encontrar en las habitaciones.

—Una vez, apareció una peluca de mujer en la habitación trece; una melena larga y rubia como de actriz americana antigua. —Irene se imaginó a una actriz del Hollywood de los años cuarenta—. Lo mejor es que el último huésped alojado había sido un señor bajo y gordo al que la calva se le llenaba de sudor cuando subía por las escaleras. ¡Me dio un asco!

Irene hizo un gesto de repulsa y se unió a las carcajadas de Silvia. Salieron del último apartamento, pero en vez de volver a la casona, siguió hasta el final del jardín, donde estaban su habitación y la de Iago.

—¿Adónde vas? —le preguntó Irene cuando la alcanzó—. Aquí ya no hay nada. Yo ya he hecho la cama esta mañana y la habitación no se ha manchado.

—¿Las toallas?

—No te preocupes por ellas. Las he extendido bien en el toallero; se secarán solas.

Pero Silvia seguía delante.

—Silvia, de verdad, no hace falta que te tomes ese trabajo. No soy un huésped, puedo hacerlo yo misma.

—Tú sí, pero el que vive enfrente de ti, no.

—¿Hablas de...?

—Sí, de Iago. Me han dicho que ha vuelto al hotel. Si es como la otra vez que estuvo, cuando le pasó lo de la pierna, la cama se pasará sin hacer un mes entero.

A Irene habría gustado enterarse de más cosas sobre el hombre que le tenía tanta manía, pero recordó las palabras que él había dicho sobre ella y la curiosidad fue sustituida por las ganas de revancha.

Detuvo a Silvia, cogiéndola por un brazo.

—Vuelve al hotel —le dijo. Le quitó el carro—. Yo termino con esto.

—¿Estás segura?

—Segurísima. No he estado tan segura de algo en toda mi vida.

—Toma la llave, no te olvides de devolvérmela, que es la maestra.

Tan pronto como Silvia se dio la vuelta y se alejó, Irene se acercó a la habitación de Iago a todo correr, dejó el carro a un lado, sacó la llave y abrió la puerta. El corazón le latía en el pecho, como cuando tenía diez años y estaba a punto de llenar la pared de su habitación de rotulador rosa porque sus padres no querían pintársela de ese color. Tal y como había predicho Silvia, la ropa estaba a los pies de la cama hecha un montón. Se acercó al baño. Las toallas colgaban de cualquier manera sobre la bañera. Todavía estaban húmedas. Las colocó de nuevo en el toallero, al igual que ella había hecho en su habitación. Si ella podía usarlas varios días, él, también.

Prefirió no tocar el resto de las cosas y las dejó como las encontró: el neceser sobre la balda de cristal y la funda de la máquina de afeitar a su lado.

No se lo pensó dos veces. Apartó la almohada y la puso sobre el sillón, encima del pantalón del pijama, que seguía tirado desde la mañana. De un tirón, sacó la colcha, la manta y la sábana encimera. Las sacudió bien y empezó a hacer la cama. Primero la sábana, después la manta y por fin la colcha. Todo muy bien estirado y muy bien colocado, sin una arruga. Por fin, puso la almohada y lo contempló todo.

Le había quedado perfecta, si no fuera porque donde deberían estar los pies estaba la cabeza. Nadie hubiera dicho que era obra suya. Le divirtió pensar en las veces que se le caería la almohada aquella noche, a menos que prefiriera volver a hacer la cama o «darle la vuelta al colchón que es otra posibilidad».

Estaba a punto de salir cuando escuchó unos pasos en la grava del sendero. Era él, tenía que ser él. Nadie más se acercaría hasta el fondo del jardín. «O Silvia», intentó tranquilizarse. Por si acaso, salió a todo correr y cerró con cuidado para no hacer ruido. Dejó el carro donde estaba y caminó de puntillas, lo más rápido que pudo, hasta su habitación. No tenía otro lugar donde esconderse. Echó la mano al bolsillo trasero de su pantalón, sacó la llave de su propia habitación y entró. Cerró despacio para no hacer ruido.

Se acercó a la abertura de la cortina y la separó un poco. Él estaba aún en la calle y mantenía la puerta abierta. De repente, se dio la vuelta y la miró fijamente.

Irene se separó del ventanal de un salto. A través de la tela, vio que él seguía con la vista fija en su habitación. Irene se convenció de que no podía verla.

Lo vio fruncir el ceño y lo vio relajarlo después. Vio cómo su boca se curvaba hacia arriba y cómo la sonrisa se ampliaba cada vez más. Oyó la carcajada antes incluso de que se produjera.

Lo mejor fue saber que se había vengado por sus palabras de aquellos dos días, aunque fuera con una niñería como aquella. Lo peor, darse cuenta de que le agradaba su risa y que ella también sonreía.

5

Habían pasado nueve días desde el «incidente» de la cama y las cosas parecían haberse normalizado. Mercedes había llegado a un acuerdo con la cocinera: esta se encargaba de las comidas y las cenas y la dueña del hotel de los desayunos. Esa era la teoría, porque en la práctica Mercedes había llegado tarde dos de los tres días y Ana y Julia habían despertado a Irene para que las ayudara. Viendo el desastre que era Mercedes, había resuelto hacerse cargo de los desayunos. Su jefa estaba encantada con ella.

Aunque la jornada empezaba a las siete, las mañanas se le hacían muy cortas. A las diez se metía en el despacho. Atendía los correos electrónicos y las llamadas de los clientes, discutía con los proveedores e intentaba poner un poco de cordura en la caótica situación de las cuentas del hotel. Comía cuando saltaba. Simplemente se acercaba a la cocina y se servía lo que fuera de lo que Alicia tenía previsto en el menú de aquel día. Nunca iba al comedor, aunque Mercedes le había insistido en que lo hiciera con toda tranquilidad. Le gustaba ver a Alicia y al resto de las chicas trajinar por la cocina, pero sobre todo, le encantaba sentirse parte de la maquinaria del hotel.

Mercedes atendía la recepción por las mañanas —desde que llegaba— y por las tardes —hasta que se cansaba y le decía que se quedara ella.

A Iago lo evitaba. O mejor, él la evitaba a ella. Al menos, esa era la sensación que tenía. Si en algún momento coincidían en la cocina, en las escaleras o en el jardín se limitaba a hacerle un gesto con la cabeza como saludo. Siempre que lo encontraba, iba en ropa de deporte. Irene comenzaba a pensar que era un adicto al ejercicio. Lo mismo le veía con maillot y la bicicleta a cuestas, que salía corriendo del hotel en dirección contraria al pueblo, que aparecía con bañador y aspecto de haberse pasado media mañana peleándose con el mar.

Silvia llegaba al final de la mañana. A pesar de la diferencia de edad, a Irene le gustaba hablar con ella. Era la única persona que la trataba como a una amiga. La joven la buscaba todos los días y, cuando Irene podía, la acompañaba en su recorrido por las habitaciones. Menos aquel día, que Silvia no había aparecido por allí.

Echó un vistazo a la pantalla del ordenador. Las cuatro y media. Estaba harta de números y de asientos contables. Cerró la hoja de cálculo que había creado para llevar las cuentas del hotel y decidió buscar a Silvia. Sabía que andaba por el hotel porque la había oído hablar con Mercedes por el pasillo.

Su jefa estaba en el vestíbulo, sentada en uno de los sillones, leyendo una revista y con los cascos de música puestos. Irene no le dijo nada y se dirigió a las escaleras. Sabía que las parejas de la habitación siete y ocho no se habían marchado hasta las dos y media de la tarde y que a Ana y a Julia no les había dado tiempo a arreglar sus habitaciones. La encontraría allí.

Pero no, Silvia no estaba, ni en la siete ni en la ocho ni en ninguna de las otras habitaciones del primer piso. Sin embargo, el carro sí.

«Habrá necesitado coger algo», se dijo y se dispuso a bajar de nuevo. Al pasar al lado de los armarios que se utilizaban para guardar las sábanas y las toallas, oyó los sollozos. Ella no era de esas personas a las que les encanta meterse en la vida de otras. Por un momento, pensó en no detenerse y marcharse, sin embargo, el llanto no cesaba, cada vez se volvía más desgarrado. Tenía que ser Silvia, ¿quién si no? No desde luego alguno de los huéspedes y menos aún una de las otras chicas, puesto que nadie quedaba ya en el hotel a esas horas. Al final se acercó. La puerta del armario se abrió en cuanto tiró de ella.

Silvia estaba sentada en el suelo, con la cabeza entre las manos. Irene se agachó a su lado y le tocó un hombro. No se asustó, como si no se hubiera dado cuenta de que la habían descubierto.

—¿Qué te sucede? —le preguntó en voz baja. Pero Silvia hundió aún más la cabeza en las rodillas y renovó los sollozos—. Silvia, no me asustes. ¿Te ha ocurrido algo?

—No puedo... no puedo contarlo —gimió y continuó llorando desconsolada.

Irene intentó tranquilizarla y le acarició un brazo.

—Seguro que no es tan horrible como piensas.

—Es mucho... mucho más —consiguió decir ella.

—Igual si se lo cuentas a alguien, después te sientes mejor —insistió Irene.

Se quedaron así un rato, Silvia encerrada en sí misma e Irene agachada a su lado, sin soltarla para que notara su contacto. Poco a poco, la adolescente se fue tranquilizando. Irene no insistió más y esperó a que se animara a decir algo.

—Es horrible.

—Vamos, seguro que no es para tanto. Te lo parece a ti, pero si lo hablas...

—Me da vergüenza decirlo. Es lo peor que le puede pasar a una mujer.

Un aciago pensamiento pasó por la mente de Irene. Una chica sola en una habitación abierta, cualquiera podía entrar, cerrar la puerta detrás de sí y atacarla. Normalmente no solía haber nadie por los pasillos, Mercedes estaba con los cascos puestos y ella encerrada en el despacho. Nadie la habría oído gritar.

—¡¿No te habrán...?! ¡Silvia, dime que no te han... que nadie ha intentado...! —Ni las palabras le salían de tan espantosa que le parecía la posibilidad de un ataque sexual.

Por un momento, Silvia olvidó su angustia y se centró en la de Irene.

—No me ha violado nadie.

Irene se dejó caer en medio del pasillo y respiró más tranquila.

—¿Entonces, qué sucede?

Silvia se limpió los ojos con las manos y sacó un pañuelo del bolsillo de su bata azul. Irene esperó a que se sonara.

—Estoy... —comenzó—, estoy embarazada —dijo de corrido.

—¡Oh, Dios! —Irene no sabía qué más decir—. ¿Lo saben...?

Los ojos de Silvia se llenaron de miedo. Negó con la cabeza.

—No lo sabe nadie, solo mi novio.

—Solo tienes diecisiete años —murmuró Irene, incapaz de pensar en otra cosa más que en que era una chiquilla, una chiquilla aterrorizada.

—¿Qué voy a hacer? —gimió de nuevo. Enterró la cabeza entre las manos y dio rienda suelta al llanto otra vez.

—¿Estás segura? Igual es solo un retraso —quiso animarla.

Silvia rechazó la posibilidad.

—Lo he confirmado esta mañana —le explicó con la voz entrecortada.

Irene se la imaginó sola, en el cuarto de baño de su casa y con el test de embarazo en la mano, y la ternura le inundó el pecho. La estrechó entre sus brazos e hizo lo único que pudo en ese momento.

—No te preocupes, ya verás como todo se soluciona —le susurró en voz baja para intentar tranquilizarla.

—Me matará, mi padre me matará. ¿Cómo se lo voy a decir? No voy a poder hacerlo, no voy a poder cuidar de un bebé —gemía ella una y otra vez.

Irene no dijo nada más, se limitó a acariciarle el pelo. Como cuando se lo había hecho a ella su hermana Luz hacía tantos años, tantos que hasta lo había borrado de sus recuerdos. Quiso decirle que ella también había recorrido una vez ese camino y que entendía perfectamente por lo que estaba pasando. Las palabras no le salieron de la garganta.

Acabó de repasar la lista de los alimentos que Alicia necesitaba para el resto de la semana y miró el reloj. En ese mismo instante, le sonó el móvil.

Sabía quién era. La misma persona que la llamaba todos los días para preguntarle qué tal estaba. Su hermana. Se dijo que solo estaba preocupada, que era amor de hermana —a falta del amor de madre, que no le había llamado ni una sola vez desde que se había ido— y que se le pasaría en cuanto se tranquilizara.

Suspiró, puso su mejor sonrisa y pulsó el botón.

—¿Dónde estás? —oyó al otro lado de la línea.

—¿Dónde voy a estar? Trabajando —contestó.

—¿A las siete de la tarde? ¿Es que no sabes hacer otra cosa? —le riñó Luz—. Apuesto a que todavía no has pisado el pueblo.

—Es lunes. Los lunes es un día tranquilo y lo aprovecho para hacer lo que tengo pendiente.

—Lunes, martes, miércoles... Irene, te conozco, te da lo mismo el día que sea. ¿Es algo de vida o muerte que no pueda esperar a mañana?

Irene miró las facturas sobre la mesa.

—No —tuvo que confesar.

—Pues déjalo para mañana y vete.

Irene cogió los papeles y los metió al cajón central de la mesa.

—¿Sabes lo que te digo? Que tienes razón. Ahora mismo lo dejo. Mañana será otro día.

Sintió cómo su hermana botaba allá donde estuviera.

—¡Esa es mi chica!

—Tengo cosas más importantes que hacer —dijo, más para convencerse a sí misma que para contárselo a Luz.

—Irene —Luz tenía voz preocupada—, ¿qué vas a hacer? ¡Vete al pueblo! Ni se te ocurra encerrarte en tu habitación a leer o a hacer cualquier otra tontería.

—¿Cómo sabes que voy a «encerrarme»?

—Porque te conozco.

—No te preocupes. Voy... me iré a Cudillero, que ya es hora de conocerlo.

Luz intentó decirle algo más, pero Irene se despidió a todo correr y colgó el teléfono. Del cajón del escritorio sacó el libro que estaba leyendo: *Anna Karenina*. El teléfono volvió a sonar. Irene lo cogió de encima de la mesa, se lo metió al bolsillo trasero de los vaqueros y salió del despacho. Pasó por la cocina, abrió el frigorífico y cogió una manzana. Qué manía con que saliera. Tumbarse en uno de los sofás de la galería le parecía el plan perfecto.

Sin embargo, tres líneas después había dejado de prestar atención a las páginas que tenía entre las manos. A través de los cristales vio a Silvia con Iago. Él, para no variar, estaba vestido de ciclista. Sujetaba la bicicleta con la mano derecha. A pesar de la diferencia de edad, mantenían una animada conversación y parecían estar pasándoselo muy bien.

Observó a Silvia y se olvidó de Iago. Se empeñó en olvidarse de Iago y se centró en Silvia. No habían vuelto a hablar de su problema. El miércoles anterior, después de que le confesara que estaba embarazada, había preferido dejarla sola y, desde entonces, cada vez que se veían, la adolescente se comportaba como si nada hubiera sucedido, como si el problema se hubiera evaporado por arte de magia.

«Ojalá», se dijo, aunque por experiencia sabía que no por no pensar en ello, desaparecía; tan solo se atrasaba y la mayoría de las veces se agravaba. Cuando a ella le sucedió, cuando se quedó embarazada de aquel noviete de su barrio, era tres años mayor que Silvia. Al principio lo negó, se lo negó a sí misma. El muy canalla no quería saber nada del asunto. «Me debo al deporte. Soy futbolista y no pienso tirar al traste mi carrera», le dijo. Y todo porque jugaba en el Bilbao Athletic, el equipo B del club. «Además vete tú a saber quién es el padre.» Se desembarazó de ella como si de una colilla se tratara; como si fuera una buscona que no valía nada para nadie y mucho menos para él. Ella vivía con sus padres, su madre era una mujer dominante y muy religiosa e Irene estaba convencida de que sería una pésima madre. Dos meses más tarde no pudo más y se lo confesó a Luz. Estaba aterrorizada y no quería tenerlo. Luz le dijo que la ayudaría, que apoyaría la decisión que tomara, fuera la que fuese, pero la obligó a pensárselo durante una semana más con la condición de que si en siete días no había cambiado de opinión, comenzarían a moverse. Dos días después ingresaba en el hospital de Basurto por un aborto natural. Le dijeron que había sido «un embarazo ectópico», un embarazo de alto riesgo.

Pasó dos noches en el hospital. Sus padres ni se enteraron. Luz, que llevaba más de medio año sin pasarse por el domicilio paterno debido a la última discusión con su madre, les llamó y les dijo que Irene se quedaría en su casa un par de días. Según le relató después, los gritos de su madre se debieron de oír desde la calle. El resultado de todo aquello había sido un mes de castigo sin salir de casa por parte de sus padres y su autoestima enterrada a cincuenta metros por debajo del suelo. Después de aquello había tenido varias relaciones más. Con sus mejores amigos. Era mucho más sencillo, los conocía, sabía cómo actuaban y no arriesgaba nada. Mientras estuviera con ellos, la tierra nunca se movería bajo sus pies porque el que pisaba era terreno seguro. No se arriesgaba y no lo haría nunca; la posibilidad de volver a sentir aquella sensación de abandono y de fracaso le resultaba insoportable.

La risa de Silvia la hizo volver a la realidad. Iago y ella se despedían. Irene vio cómo este le daba un par de palmadas en un brazo y se marchaba. Fue volver a mirarlo y encontrarse con sus ojos.

Él la observaba con algo parecido a la burla. No hizo ni un solo gesto, pero Irene supo que se reía de ella.

—Estoy reventada —se quejó Silvia cuando se dejó caer a su lado.

Irene ni se había enterado de que había abierto la puerta de la galería y entrado.

Volvió a poner los ojos en el exterior, pero él ya no estaba. Se dijo que la sensación de desencanto era solo por ver desaparecer un cuerpo tan bien esculpido como aquel, que lo habría sentido por cualquier otro que se le hubiera puesto delante.

—Pues sí que has estado ocupada, no te he visto el pelo en todo el día.

—Es que Mercedes me ha tenido de aquí para allá.

Además, esta mañana, Ana no ha venido, se ha puesto su madre enferma y, a pesar de que Julia ha hecho un montón de habitaciones, se han quedado unas cuantas sin hacer.

Irene ya lo sabía puesto que había sido ella la que había cogido el teléfono cuando llamó.

—Espero que no sea nada.

—Le pasa de vez en cuando, tiene eso del azúcar.

—¿Es diabética?

—Sí, va con ese aparatito para sacarse sangre y tiene que pincharse todos los días. No es la primera vez que se inyecta de más o de menos.

—Pues vaya problema.

—Cada uno cargamos con los nuestros —murmuró Silvia.

Aquella era la primera vez que hacía mención a lo que le sucedía. Pensar en su propia experiencia le había hecho recordar a Irene cuánto había necesitado el apoyo de Luz. Sin ella no habría salido adelante. Irene no sabía si Silvia tenía a alguien más con quien hablar de aquello.

—Silvia... —Estaba a punto de decirle que estaba allí para lo que necesitara, pero no le dio tiempo.

—Es un buen tipo, ¿verdad? —dijo Silvia de repente, señalando a la calle.

Irene siguió su mirada. No había nadie fuera.

—¿Quién, Iago?

—Sí, claro.

—No sabría decirte —dudó—. Tú lo conoces mejor. Yo solo lo veo de vez en cuando por aquí.

—Es amigo de uno de mis tíos. Él me lo presentó cuando apareció por el pueblo.

—Así que no es de aquí.

—Sí, sí es de aquí.

—¿No dices que «apareció»?

—Es que no vivía aquí. Llegó hace un tiempo.

«Se lio con Mercedes y se quedó.»

—¿Sabes lo que hace? Porque se pasa todo el día vestido como si hiciera deporte.

—Es que lo hace. Anda en bici, nada, rema, corre...

—Ya, ¿nada más? —preguntó Irene con sarcasmo—. Un intelectual en toda regla.

Y es que ella prefería meter la nariz entre las páginas de un libro y olvidarse del resto. La última vez que había hecho deporte tenía dieciséis años y estaba en el instituto.

—No, yo no le he visto hacer nada más —contestó Silvia sin notar el tono de burla de Irene.

—No trabaja —constató Irene.

—Algo debe de hacer porque desaparece a ratos y se va a Madrid.

—¿A Madrid?

—Vive allí.

—Así que pasa temporadas allí y temporadas aquí. Está bien, como un rentista cualquiera.

Silvia la observó sin entender qué quería decir, pero Irene no le iba a decir lo que pensaba de él: que era un vago de tomo y lomo que se aprovechaba y vivía a costa de su jefa.

—Viene a Cudillero a entrenar.

—¿A entrenar?

—Eso es lo que dice mi tío.

—¿Y para qué entrena?

—No sé. Para ir a campeonatos supongo. Aunque mi tío dice que no son de los importantes.

—¿Por qué? Claro, por la edad —supuso Irene. Ella tenía treinta y dos años y Iago no era más joven que ella. En realidad, calculó, cuatro o cinco años mayor. Sin embargo, se conservaba bien. «Muy bien.»

—No, por el accidente.

—¿Qué le pasó?

—Le pilló un coche. Estuvo en el hospital. Mi tío iba a verle.
—¿Fue hace mucho?
—Dos años, porque fue el año que empecé a salir con Héctor.
¿Héctor? Irene imaginó que se refería a su novio.
—Debió de ser grave si acabó en un hospital.
—Cojea. ¿No te has dado cuenta?
—No.
Silvia soltó una carcajada.
—Eso es porque le miras el culo en vez de los pies. ¿A que está bueno?
Irene controló el rubor al verse pillada in fraganti y no dijo nada, solo sonrió. Pero sí, Silvia había acertado; el novio de Mercedes estaba bueno; y sí, le miraba el culo siempre que podía. Era la única cosa que le gustaba de él, aparte de los abdominales que se le marcaban a través del maillot de ciclista.

Irene revisó un par de habitaciones de las que habían hecho las chicas. «Impecables», pensó orgullosa mientras pasaba la mano por la superficie de la mesa. Aspiró el aroma a manzana de las velas que había decidido comprar la semana anterior. Un lugar donde volver, eso es lo que quería que los clientes pensaran cuando terminara su estancia.
Se acercó a la ventana, que las chicas tenían costumbre de dejar abierta para que entrara el olor del mar. No la había cerrado aún cuando alguien le habló desde la calle.
—Que tienes algo en contra de mí me quedó claro el primer día, pero no esperaba que intentaras asesinarme.
Iago la miraba desde un poco más arriba ¡y estaban en el segundo piso! Irene se fijó en las cuerdas que lo sujetaban al tejado de la casona.

—¿Haciendo alpinismo? —gruñó mientras él se balanceaba en la pared entre ventana y ventana.

—Rappel, se llama rappel.

—Lo mismo me da —volvió a refunfuñar.

Él soltó cuerda y se puso a su altura.

—Creía que las habitaciones no eran cosa tuya.

Ella le echó una mirada furibunda. Con el casco de seguridad puesto solo se le veían ojos, nariz y boca. Tenía la mirada clara y el gesto socarrón. Decididamente prefería mirarle el culo. Al menos entonces no se sentía objeto de burla.

—Mira, tú en cambio, no defraudas nunca —le acusó ella.

—Lo intento al menos —se defendió él.

—Ir de deportista es una buena técnica. Nadie te puede tachar de vago —farfulló al tiempo que volvía a coger la manilla para cerrar la ventana de una vez.

Irene no pensó que le iba a contestar.

—Supongo que es la imagen que doy. Ahora, si nos fijamos en el aspecto, tú deberías estar bailando encima de la barra de un local de carretera.

Irene se quedó estupefacta. ¿La estaba llamando puta? Descubrió entonces que se le habían abierto los dos botones superiores de la blusa y enseñaba parte de los pechos y un trozo del encaje del sujetador. Se la cerró con una mano a todo correr y lo miró de nuevo. No le dio tiempo a decir una sola palabra, porque él había aflojado los enganches y se deslizaba fachada abajo.

Lo vio llegar al suelo y desprenderse del arnés. Mercedes, ¡por fin!, apareció por la esquina.

—¿Ya lo has arreglado? —la oyó decir.

—El canalón de este lado está limpio. No volverá a atascarse.

Irene se sintió ridícula, después de todo estaba trabajando. Notó el movimiento de las cabezas al inclinarse hacia atrás y mirar hacia arriba. No pudo apartarse a tiempo y antes de desaparecer dentro de la habitación, supo que él se reía de ella. Otra vez.

6

—¿Puedo interrumpir?

Silvia estaba al otro lado de la puerta del despacho.

—Hasta te lo agradezco. Llevo dos horas buscando un error en las cuentas de la semana pasada que no acabo de encontrar.

—Venía a decirte que la puerta de la galería se abre sola.

Irene se levantó y acompañó a Silvia hasta la puerta estropeada.

—¿Puedes traerme una escalera?

La joven regresó enseguida con la que utilizaban para limpiar la parte de arriba del extractor.

Antes de encaramarse, vio una sombra llegar desde el pasillo. Rezó para que no fuera un cliente con idea de instalarse plácidamente en el sofá de la galería. Subió los tres peldaños con la esperanza de que fuera una nadería y pudiera solucionarlo enseguida.

—Son las seis; Héctor está a punto de llegar —comentó Silvia como de pasada.

Irene imaginó su miedo a que le pidiera quedarse un rato más.

—No te preocupes, ve y diviértete.

Silvia estaba punto de hacerle caso y marcharse cuando se volvió.

—¿Tú no sales nunca? Si no quieres salir sola, podemos quedar —la invitó.

Irene miró a la adolescente, alta, delgada y con cara de niña.

—¿Con tus amigos? No te ofendas, pero no creo que les guste salir con una «vieja» como yo.

—Ya no salgo con ellos. Solas, tú y yo. Y Héctor, claro.

—Héctor, claro —«cómo no, con el sempiterno novio, que te deja embarazada a la primera de cambio»—. Perdóname, pero prefiero quedarme.

—¿Vas a seguir así todo el verano? Ahora sí que me pareces una «vieja». Más vieja y rancia que mi abuela.

—No creo que a tu novio le apetezca pasar la tarde conmigo.

—A Héctor le gustarás, ya verás. Dice que pareces «guay».

—¿«Guay»? Dile a Héctor que si un día de estos nos vemos por el pueblo, le invito a tomar algo —contestó molesta.

Pero Silvia no captó la ironía en su voz.

—Vale, mañana a las ocho en el bar de mi tío —adjudicó.

Le explicó a todo correr cómo llegar, se coló por el hueco de la puerta de la galería que Irene mantenía abierta y se perdió por el sendero de gravilla en dirección a la verja de entrada.

Irene se centró en lo que le había llevado hasta allí. La puerta, en efecto, no encajaba. Pero no era causa del cierre. El marco de metal rozaba en la parte superior y eso la obligaba a abrirse. Comprobó el marco. Parecía estar bien. «Igual es un problema de las bisagras», pensó y se agachó un poco para examinarlas bien.

¿Era un soplo de viento lo que sentía subir por sus muslos? Miró hacia abajo y se lo encontró, mirándole las bragas por debajo de la ropa.

—¿No tienes otra cosa que hacer? —gritó enfadada, mientras se recogía la falda contra las piernas como cuando era niña y se subía a un tobogán.

—¿Mejor que echarte una mano? Me he enterado de lo de la puerta. —Le enseñó el destornillador que llevaba en la mano—. Aunque reconozco que me he distraído con otra «cosa».

—No necesito la ayuda de nadie.

—Claro, ya sabes qué pasa con la puerta y lo vas a arreglar, ¿verdad?

Irene no pudo mentirle. Alguien tenía que mirar aquello. Pagar a un profesional cuando podía solucionarlo otra persona era una estupidez.

—No —accedió.

Tomó aire, hinchó las mejillas y lo soltó poco a poco para serenarse. Decidió bajar de la escalera y dejarle paso.

No separó la tela de las piernas hasta que tuvo los pies en el suelo.

Fue al verlo en lo alto, de espaldas a ella, cuando la idea le enturbió la mente. ¿No aprovechaba él cualquier oportunidad para tratarla como una mujer objeto? Pues iba a pagarle con la misma moneda.

Dicho y hecho. No tenía más que elevar la vista un poco y lo tuvo; un primer plano de su estupendo trasero. «Una pena haberlo pillado con vaqueros en vez de con el culote de ciclista.» Aunque los Levi's le quedaban francamente bien.

Irene se quedó un buen rato contemplándolo. Nada de lo que tenía delante le había pasado desapercibido antes, pero mirarlo de cerca y sin disimulo tenía su aliciente. Y su morbo.

Silvia decía que solía nadar y remar, de ahí su fuerte cuello y los anchos hombros. Andaba en bici, de ahí los músculos de las piernas. El trasero también estaba bien trabajado, estrecho y lleno. Y duro, suspiró. Apretó los dedos contra la palma para contener el deseo de comprobarlo. Todo eso solo con mirarle la espalda. Sabía lo que había por delante. El mono de ciclista dejaba pocas cosas fuera de la vista. Prefería no pensar en el bulto por debajo de su estómago. Prefería, no lo consiguió y sintió el despertar de su propio deseo en el bajo vientre y los pezones.

Tragó saliva.

—¿Qué, animada para echarme una mano?

Por suerte, Irene reaccionó enseguida.

—Claro, ¿qué es lo que necesitas? —preguntó a todo correr.

Los ojos de Iago sonrieron antes que su boca.

—¿Puedo pedir lo que quiera? —dijo él con aspecto de niño malo.

Irene supo que bastaría una palabra suya y estaría perdida.

Cuando Irene bajó al pueblo al día siguiente, pudo comprobar que Cudillero era, tal y como le había explicado Silvia, un lugar que vivía de cara al turismo. A pesar de estar a mediados de junio —¿llevaba ya tres semanas en aquel lugar?—, había amanecido un día veraniego y las terrazas de la plaza estaban abarrotadas.

Quiso aprovechar el rato y se acercó hasta el borde del mar, que prácticamente lamía los adoquines de la plaza. No se atrevió a acercarse al puerto por si se le echaba la hora encima. Había quedado con Mercedes en que estaría de vuelta a las diez. Por lo que pudo ver, había un buen paseo hasta el último espigón.

Siguiendo las indicaciones de Silvia, se metió por detrás de la lonja de pescado. El pueblo era pequeño; sin embargo, se perdió y tuvo que preguntar por el lugar al que iba.

—Este es —dijo en voz alta cuando llegó ante él.

La puerta se abrió como si la estuvieran esperando. Un hombre calvete y todo trajeado salió de él con una botella de champán en la mano. Irene se echó atrás y miró el cartel con el nombre del local. Dudaba si sería el mismo en el que la había citado la adolescente. «Mismo nombre, mismo aspecto. Está claro que en un pueblo, las cosas son distintas.» Desde luego en Bilbao, los adolescentes y los hombres de cuarenta años no iban a los mismos locales como sucedía allí.

Entró. El lugar se asemejaba más a un pub irlandés que a los restaurantes del resto del pueblo; las paredes estaban forradas de madera oscura, lo que contribuía a atenuar la luz de las lámparas. Al fondo del local, un par de mesas en las que se sentaban unos jóvenes, que charlaban tranquilamente. Por los altavoces, se escuchaba una música que Irene fue incapaz de reconocer.

Le gustó el sitio.

Se sentó al final de la barra, de cara a la puerta, para poder ver entrar a Silvia.

El camarero terminó de manipular el equipo de música y se acercó a ella.

—Un crianza, por favor, Rioja —le aclaró Irene.

El hombre sería varios años mayor que ella y la miró como si estuviera cometiendo un delito. No fue hasta que se fijó en un cubo de hielo lleno de botellas verdosas sobre el mostrador cuando se dio cuenta de que estaba en el reino de la sidra y había pedido vino.

No cambió de parecer por vergüenza. Esperó a que se le acercara con una copa y la botella.

—¿De visita? —comentó él mientras vertía el líquido granate.

—No, trabajo aquí desde hace poco.

Irene notó cómo el interés del camarero se acrecentaba y perdía la seriedad.

—En La casona de la Paca. Es la primera vez que te dejas ver por el pueblo.

—Sí, la primera —confirmó Irene, molesta por lo que aquel comentario significaba. Sabía quién era y dónde trabajaba. Estaba claro que el anonimato no era una de las cualidades de los sitios pequeños, por muchos visitantes que tuvieran en verano.

El camarero llevó de vuelta la botella al cubo de hielo y se acercó de nuevo hasta ella.

—Fernando —se presentó. Se inclinó fuera de la barra y le dio un par de besos como saludo.

—Irene —contestó ella cortésmente.

Él sacó una cesta llena de vasos limpios del pequeño lavavajillas y la llevó hasta ella. Comenzó a secarlos y a darle conversación.

—Así que es la primera vez que vienes al pueblo. ¿Es que Mercedes no te deja salir? —le preguntó con mucha guasa.

—No es eso... —se avergonzó ante la crítica—, es que en el hotel hay mucho trabajo.

—No me lo digas a mí, lo sé por mi sobrina, también trabaja allí.

—Claro, Silvia. Precisamente estoy aquí por ella. Hemos quedado.

—Suele venir. Esos de ahí —señaló a tres chicas y dos chicos que estaban sentados en una de las mesas— son sus amigos. Bueno, lo eran antes de que empezara a andar con «ese».

Irene imaginó que «ese» y Héctor eran la misma persona. No había vuelto a hablar con Silvia sobre su embarazo. Ahora que intuía que su novio no era bien aceptado en la familia, pensó en lo difícil que lo tenía la joven.

Cambió de conversación a toda prisa, no fuera que aquel hombre la pusiera en un aprieto.

—Un bonito local, muy distinto al resto. Fuera no he visto más que restaurantes.

—De todo tiene que haber. La cocina es muy esclava —se justificó él— y tienes que tener buena mano, cosa que no me sucede a mí; tendría que contratar a una persona. Esto lo puedo manejar yo solo y es más entretenido; siempre aparece alguien con el que entablar conversación. —Le guiñó un ojo.

Irene aceptó la broma y la siguió.

—¿Lo dices por el hombre al que he visto salir antes? ¿Es un amigo?

—¿El encorbatado? ¡No! Es el agente de seguros del pueblo, un recién llegado.

—¿Un pueblo tan pequeño como este y tiene oficina de seguros?

—Las casas no son muchas, pero sí los locales, coches y hasta barcos. Es un tipo peculiar —comentó refiriéndose al hombre.

—Eso me ha parecido cuando lo he visto salir de aquí.

—No se prodiga mucho por los bares, la verdad, aunque ahora que ha alquilado la casa de Mateo Gago supongo que lo veremos más. O no. Es la primera vez que entraba. Me ha pedido una botella de cava y se ha marchado con ella. Esta noche debe de tener «visita» —le cotilleó.

—Parecía bastante especial —comentó Irene con cautela, no fuera que al final el camarero y aquel hombre tuvieran mayor relación de la que este confesaba. Pero él continuó con el cotilleo—. Dicen que anoche paseaba por Avilés con una mujer de la mano, rubia y muy guapa.

Fíjate, en cambio él parece de lo más apocado. Es la comidilla de la mitad del pueblo, pero nadie sabe de quién puede tratarse.

—Por lo visto, hoy también va a verla.

Irene recordó de repente las ausencias de su jefa; sin embargo, fue el camarero el que se hizo eco de su pensamiento.

—¿Imaginas si Mercedes y él...?

La idea de que su jefa con toda su voluptuosidad saliera con aquel hombrecillo les hizo reír a ambos.

Así de divertidos los encontró el siguiente cliente que abrió la puerta del local.

Iago se sentó al principio de la barra, de espaldas a la puerta. Cuando se dio cuenta de que sus pasos le habían llevado hasta el bar de Fernando, había estado a punto de no entrar. Pero no había podido resistirse. Desde que había escuchado contar a Mercedes que Irene había quedado allí con Silvia, no había hecho otra cosa que pensar en verla fuera del hotel. Miró a Fernando y a ella, sentada al fondo, casi enfrente de él. Bebía vino. «Una chica sofisticada.» Debía de haber dicho algo muy divertido y ambos se lo estaban pasando muy bien. Fernando no se dio cuenta de que había entrado en el bar hasta que dejó de reírse. Le hizo un gesto con la mano a Irene, soltó el trapo y se acercó hasta él.

Se saludaron con una palmada en el hombro.

—¿Cómo andamos? —le preguntó Fernando.

—Ya ves, como siempre.

—Hace días que no te veo más que cuando bajas al puerto.

—Es que me he instalado en el hotel de Mercedes.

—¿Y eso?

—Para echarle una mano. Le han escayolado la mano, se ha roto un dedo.

—Entonces —dijo su amigo volviéndose hacia Irene—, ¿conocerás a...?

—La conozco —le cortó él—, perfectamente.

Fernando le echó un vistazo a él y otro a Irene. Iago observó cómo se llevaba la copa a la boca y miraba hacia todas partes menos hacia donde ellos hablaban.

—No parecéis muy amigos.

—Digamos que no nos llevamos, sin más.

—No lo entiendo, parece una chica simpática.

—Tiene días.

La carcajada de Fernando atrajo la mirada de Irene hacia ellos. Le sonrió. Iago le vio el gesto a pesar de la distancia y pensó que no sería mala idea obligarla a hacerlo más a menudo. El rostro le cambiaba por completo, los rasgos se le aniñaban. Daban ganas de besarla.

—Como todos —contestó Fernando. A Iago le costó recordar qué era lo último que había dicho él—. ¿Qué te pongo?

—Échame una caña.

—En vaso largo —recordó Fernando.

—El más largo que tengas.

Mientras Fernando le ponía la cerveza y esperaba a que el líquido se asentara para rellenarla de espuma, Iago no dejó de observar a Irene. Sus ojos se detenían en todos los sitios excepto en él. Miraba las lámparas, a los chicos de las mesas, las botellas de ginebra, vodka y ron que estaban detrás de la barra, la máquina de hielo, los pósteres de las paredes, se miró las manos y a Fernando, pero a él no lo miró ni una sola vez. Como si se hubiera desvanecido en la nada. Aquello era divertido, francamente divertido y muy esclarecedor.

—Aquí tienes.

Fernando le puso el vaso en la barra y se interpuso entre Irene y él. Iago dejó de verla. Muy a su pesar, reconoció.

—¿Cuándo empiezas con las termitas de tu casa? —le preguntó Iago.

—No son termitas, es polilla.

—Lo que sean esos bichos.

—Estoy pendiente de que me traigan el gasóleo para fumigarlas. Recuerda que has prometido echarme una mano.

—No te preocupes, allí estaré.

—Serán solo tres o cuatro días, pero prepárate para intoxicarte.

—Ni lo sueñes, no pienso trabajar sin mascarilla.

—¡Que era una broma! No quiero que tus pulmones de deportista sufran y luego me acuses de no ganar triatlones —bromeó—. ¿Cómo vas?

—Bien.

—¿Y la pierna?

—Mejor.

—¿Lo dices de verdad?

—Pues claro.

—A veces cojeas.

—Solo cuando se me ha cargado mucho la musculatura. Pero cada vez lo hago menos.

Fernando puso cara de no estar muy convencido.

—¿No tenías revisión por estas fechas?

—El lunes me voy a Madrid. Espero que me den el alta.

—Seguro que lo hacen.

—La verdad es que no entiendo por qué el médico lo ha retrasado tanto.

—Querrá estar seguro de que todo va bien.

—La última radiografía estaba medio bien. No habrá

ido a peor. —Fernando no le contestó y se marchó a atender a uno de los chicos del fondo que se había acercado a la barra. Iago esperó a que el chaval se llevara la Coca-Cola y su amigo regresara—. Te vendrás a mi casa, ¿no?

—¿Cuándo?

—Cuando hagamos lo de las polillas. Nos instalamos en la casa de mis padres mientras tanto.

—Claro —fue la única contestación.

Se oyó el timbre de un teléfono. Fernando se metió la mano en el bolsillo y sacó un móvil. Iago atendió a la conversación; no le quedaba más remedio puesto que su amigo no se movió de su lado y le tapaba a Irene.

—Sí, está aquí desde hace un rato. ¿Que no vienes? ¡Seguro que estás con ese... ese...! Yo se lo digo, pero que sepas que no me parece... ¡Ni hablar! Te disculpas mañana tú con ella —gruñó el dueño del bar y colgó.

—¿Problemas? —preguntó Iago.

—Mi sobrina Silvia. Ha quedado con Irene y no va a venir.

—Veo que no te ha costado nada coger confianza con la recién llegada —comentó Iago irónico cuando notó la forma de referirse a ella.

Fernando levantó una ceja de forma enigmática.

—¿Celoso?

—¿Yo? —rectificó Iago—. Te olvidas de que no busco pareja.

—Y tú te olvidas de que soy tu mejor amigo y sé de qué pie cojeas.

—Nunca mejor dicho —se burló de sí mismo.

—Haré como que no te he oído. Voy a decirle a Irene lo de mi sobrina.

—Sí, será lo mejor.

Iago no despegó la vista de ella mientras Fernando le daba la noticia. Al principio, frunció el ceño, molesta, pero Fernando dijo algo que la hizo reír. Le sirvió otra copa de vino y regresó hasta donde estaba él.

—Me ha dicho que no ha traído el coche. ¿Por qué no te ofreces a llevarla?

—Ya te he dicho que no nos tratamos.

—¿Vas a ser tan ruin de dejarla subir la cuesta sola y caminar un kilómetro por la carretera hasta llegar al hotel?

—Todavía es de día.

—¿Has bajado o no has bajado en coche?

—Sí.

Fernando le quitó el vaso vacío y, un momento después, le puso otro delante.

—Esta es «sin». Tómatela, yo voy a decir a Irene que la llevas a casa.

—Yo no he dicho...

Nadie hizo caso a las palabras de Iago, si acaso una de las adolescentes del fondo que no dejaba de mirarlo.

Tener amigos metomentodo, eso era lo que necesitaba. «Genial.»

—Ya tienes quien te suba al hotel.

—¿Él? —Irene no salía de su asombro.

—Se ha ofrecido muy amablemente —mintió Fernando.

Ella torció el gesto.

—Eso sí que no me lo creo —se mofó.

—No pareces una chica rencorosa. Deja que se porte como un señor.

—Prefiero no tentar a la suerte. No somos los mejores amigos. A veces es mejor quedarse solo que ir mal acompañado.

—Está anocheciendo —dijo Fernando después de echar un vistazo a la puerta del bar.

Irene siguió su mirada, pero se quedó a medio camino. Iago no despegaba los ojos de ella. Si tenía cara de algo, desde luego no era de tener ganas de hacerle un favor. Optó por actuar como él y dejarle claro que no era de las que se amedrentaban. Le mantuvo la mirada.

—No te preocupes, en un rato me voy dando un paseo. No soy miedosa.

Notó cómo Fernando bajaba la vista hacia sus manos. La seguridad de Irene se había quedado en su voz, porque sus dedos hacían bailar la copa a gran velocidad. Los detuvo al darse cuenta de la sonrisa de Fernando ante su nerviosismo.

—Como quieras, pero ten cuidado con quién te encuentras en el camino de regreso no vayas a provocar una algarada. Te advierto que dicen que los pescadores no somos gente de fiar —bromeó— y que no nos resistimos ante una cara bonita —la aduló.

Irene despegó —¡por fin pudo hacerlo!— la mirada de Iago, que seguía tomándose la cerveza con toda la tranquilidad del mundo, y volvió a atender a Fernando.

—Y eso, ¿quién lo dice?

—Un servidor. —Se puso serio—. Te acompañaría yo mismo, pero no puedo dejar el bar.

—Te repito que no hace falta.

—Y todo por esa cabeza loca de mi sobrina... ¡Cómo se entere mi cuñado de que su hija le ha hecho un feo a su jefa por irse con ese...!

Irene se alteró; no quería buscarle problemas a Silvia. Al fin y al cabo, no era más que una adolescente un poco alocada, y había tenido la deferencia de avisar. El camarero detuvo su amenaza al notar la mano de Irene sobre la suya.

—No le digas nada. No tiene importancia. Seguro que le ha pasado algo importante.

—¡Importante! —masculló Fernando—. Desde que sale con «ese», lo único importante en su vida es él.

«Y el problema que tiene encima.»

—Es normal con la edad que tiene —intentó quitar hierro.

—¡La edad! Eso es parte del problema. Él es un hombre de veintiún años cuando ella no es más que una mocosa.

«¿Veintiún años? ¿Un hombre?» Apenas un chiquillo, así es como lo veía Irene, pero nada dijo. No era plan de echar más leña al fuego.

A pesar de la animadversión del tío de Silvia contra su novio, no le dio la impresión de que supiera nada de lo de su embarazo. Lo más grave que parecía tener en su contra eran los cuatro años de más que le sacaba a su sobrina. Se apiadó de la chica. Lo peor aún le quedaba por llegar, siempre y cuando no hubiera tomado ya otra decisión y hubiera puesto freno al embarazo. La verdad, no lo sabía. Por un lado, a menudo le entraban ganas de volver a sacar la conversación cuando se encontraba con ella en el hotel, pero por otro, ¿quién era ella para meterse en la vida de la gente?

Por suerte, Irene no tuvo que responder. Un grupo de tres hombres y dos mujeres entraron en el bar y Fernando se alejó para atenderles.

En cuanto los adolescentes de las dos mesas vieron que el bar se llenaba de «carrozas», se levantaron y se fueron.

Dos de los hombres y una de las mujeres se acercaron hasta Iago. Este repartió varios saludos y un par de besos. El resto del grupo se unió a ellos. Fernando puso sobre la barra una Coca-Cola y cuatro sidras y también se integró entre ellos.

A Irene le llegaron las voces y las risas. Estaba claro que eran amigos. Iago se comportaba de manera muy relajada. Solo lo había visto así algunas veces con Mercedes, cuando no discutían sobre el hotel. La sonrisa, tan cara de ver cuando ella estaba presente, no le desapareció de la cara en ningún momento. Explicaba algo y movía las manos muy vehementemente. Hacía gestos que Irene no supo si eran de nadar o de remar, pero algo de eso era. Oyó varias exclamaciones, hablaban de playas, del mar, del mal tiempo. Una de las mujeres le preguntó algo sobre su enfermedad —Irene escuchó la palabra «médico»— y él hizo una demostración dando un paseo por el bar.

Irene no le perdió de vista. En su fuero interno deseó que se comportara con ella de la misma forma relajada.

Poco a poco, el bar se fue llenando. Estaba claro que era la hora de los treinta, cuarenta y cincuentañeros. La gente entraba y salía según iban terminando las consumiciones. La voz de Iago quedó tapada por el murmullo de las conversaciones. Fernando iba y venía por la barra y no dejaba de recoger los vasos usados y de llenarlos después de lavarlos. En un momento, se acercó hasta ella y le preguntó que si quería que le presentara a alguien. Ella negó con la cabeza. Prefería quedarse donde estaba y seguir descubriendo al Iago divertido y amistoso.

Verlo distendido, amable y sonriente la había confundido por completo; no sabía qué pensar de él. Había pasado de ser el odioso hombre, borde y con aires de suficiencia, a ser una persona normal y corriente, y muy atractivo, en apenas una hora. Prefería marcharse ahora que todavía estaba ocupado con sus amigos que arriesgarse a la posibilidad de enfrentarse a él. La idea de que Fernando lo convenciera, o la convenciera a ella, de que se fueran juntos, la ponía mucho más nerviosa de lo que hubiera querido.

Por suerte, el dueño del bar estaba ocupado, no tenía tiempo para ella. Sacó la cartera de la bandolera. Dejó un billete de cinco euros al lado de su copa y le hizo un gesto para que lo viera. No esperó a que le trajera el cambio y se dirigió a la puerta.

La abrió y se cerró detrás de ella. Irene respiró.

Sintió que se abría de nuevo y se temió lo peor.

—¿Escapando del enemigo?

Era Iago. ¿Quién podía ser si no? Nunca había sido una chica con suerte.

7

Dio un respingo en medio de la calle, que a Iago le pareció encantador.

—¿Por qué tendría que escaparme?

Él no pudo contener una sonrisa. Eso también le gustaba: la forma en la que se revolvía, a veces contra ella misma.

—No lo sé, dímelo tú. Parece que tienes miedo.

—¿Miedo de ti? No conozco a nadie con más ínfulas que tú. Eres un arrogante.

—Tú has sido la que ha hablado de mí, no yo.

Irene pareció confundida y a Iago le dieron ganas de confesarle que le gustaría liberarla del peso que cargaba. No era una mujer que se moviera con soltura. Era cauta y contenida. Solo con él, solo cuando él la azuzaba y la obligaba a sacar su mal humor dejaba entrever la mujer real que llevaba dentro. Por eso la pinchaba siempre que podía, porque le interesaba verla por dentro.

—Déjame en paz —gruñó ella. Se puso sobre los hombros la chaqueta vaquera que llevaba colgando del bolso y echó a andar.

—Te confundes de camino —le advirtió—. Es por aquí —le indicó hacia el fondo de la calle.

—Sé bien por dónde he venido y ha sido por aquí.

Iago se metió las manos en los bolsillos de los vaqueros con aparente indiferencia.

—Se ha hecho de noche. Yo también regreso al hotel. Te llevo. —Ella puso mala cara—. ¿No te lo ha dicho Fernando?

—Sí, me lo ha dicho, pero pensaba que era una idea suya. No te creo capaz de semejante amabilidad. Prefiero ir andando —le anunció y comenzó a caminar de nuevo.

«Piloto de Fórmula Uno tenía que haber sido», pensó Iago, divertido por cómo arrancaba sin mirar atrás.

—Está oscuro, hay un buen trecho hasta el hotel, llegarás tarde. ¿Vas a dejar que tu corazón se imponga a tu razón?

Dio en el blanco, porque un segundo después la tenía por delante, hacia la dirección que él quería. Se puso a su lado en dos zancadas y la miró de reojo. Había cruzado los brazos, como si quisiera protegerse de alguien. Contuvo el impulso de pasar un brazo por su hombro y atraerla hacia sí. Hundió las manos más aún en los bolsillos de los pantalones.

Pasaron por la trasera de la iglesia, caminaron un poco más, bajaron las escaleras al puerto y se encaminaron hacia el aparcamiento.

Iago iba delante. Ni oía las pisadas de Irene. Llevaba unos de esos zapatos con forma de zapatillas de deporte y la suela de goma. «Discreta por encima de todo.»

El sonido del mar chocando contra los cimientos del paseo atrajo su atención. La vio asomarse por encima de la baranda y se inclinó detrás de ella.

—Es increíble —musitó Irene—, nada como esto para tranquilizar la mente de uno.

Iago no estuvo de acuerdo. El ligero olor a salitre se mezclaba con el aroma a limón y flores de su colonia.

Inspiró hondo, con cuidado para que ella no lo descubriera. Aquel olor, ella, la situación era de todo menos tranquilizadora. Sería tan fácil poner las manos en sus caderas, obligarla a girarse y besarla... Hondo, muy hondo. Dentro, muy dentro. Como llevaba queriendo hacer desde que le había hecho la cama del revés.

Cerró los puños dentro de los bolsillos y se separó deprisa antes de que notara que estaba pegado a ella.

—Vamos —gruñó. Echó a andar. Era verdad que quería terminar con aquella tortura cuanto antes.

El paseo se separaba del agua al tiempo que dibujaba una curva a la izquierda; a continuación estaba el aparcamiento. Lleno, como siempre. Cudillero era un pueblo de los antiguos, de calles estrechas, y repleto de cuestas. Imposible aparcar en él. Su coche, un Toyota Laguna blanco, que tenía más de seis años, era el octavo de la fila de la derecha. Se aproximó a él y esperó a que Irene se acercara para sacar la llave. Sus dedos tropezaron con el móvil. Lo sacó y la imagen de otra mujer se interpuso entre su deseo y la mujer que tenía enfrente. Se le encogió el estómago.

Él la miraba por encima del automóvil mientras que ella tenía los ojos fijos en la manilla de la puerta. De repente a Iago se le hizo imposible entrar en aquel cubículo, tenerla tan cerca y no tocarla. Fue abrir y volver a cerrar.

—Pero ¿qué...?

La queja de Irene se perdió en el aire porque Iago ya continuaba por el aparcamiento en dirección al muelle. Necesitaba respirar, necesitaba serenarse. Ni se molestó en mirar si ella lo seguía.

Del bolsillo de la camisa sacó el paquete de tabaco. ¿Cuándo había vuelto a fumar? El mismo día que la conoció. Hasta entonces solo lo llevaba en el bolsillo para recordarse a sí mismo que podía superar todos los contratiempos que se le ponían por delante. Lo había hecho con el accidente y también con el tabaco. Hasta que Irene se bajó de su coche debajo de aquel aguacero.

«No hay quien lo entienda», pensó Irene cuando vio que cerraba de nuevo el coche y se alejaba. Antes de darse la vuelta, había podido atisbar un leve rastro de tristeza en sus ojos que le dolió en lo más hondo. Estuvo a punto de seguirlo y preguntarle qué sucedía, pero el enfado contra Iago y su propia irritación por no saber cómo tratarlo cuando se encontraban a solas se lo impidieron.

Siguió su figura hasta el último de los coches. Las luces disminuían notoriamente fuera del aparcamiento y tuvo que esforzarse para acompañarlo con los ojos un trecho más. Iago se acodó en la barandilla, de cara al mar, un poco más allá.

El brillo de la lumbre del cigarro deshizo la ternura que le había provocado ver la fragilidad asomada en sus ojos. «Me deja esperando y se pone a fumar tranquilamente. Si será... ¡egoísta!»

Irene se cruzó de brazos y se apoyó en el coche, de espaldas a él. Miró el reloj. Menos cuarto. «Tenía que estar en el hotel a las diez.» Menos catorce, menos trece, menos doce... «¡Mierda!» Fue tras él.

Seguía en la misma posición: los codos apoyados en la barandilla blanca y las manos unidas. De entre sus dedos, asomaba el cigarro, aún sin terminar de consumirse. Ella tomó la misma postura.

—Nada como esto para tranquilizar la mente de uno —dijo él.

Irene lo miró de soslayo. Había repetido sus mismas palabras de un rato antes. A pesar de estar tan cerca, apenas le distinguía las facciones de la cara. La farola estaba detrás de ellos y sus rostros quedaban ocultos entre las sombras; no podía verle los ojos, ni el rictus de su boca. No sabía si la estaba adulando o se reía de ella. Prefirió tomárselo por la parte más favorable. Estaba cansada, no tenía ganas de discutir. Además, todavía no le había desaparecido el deseo de consolarlo cuando un rato antes había visto el dolor en sus ojos.

—Es increíble. En Bilbao, vivo a menos de quince kilómetros del mar y casi nunca me acerco. Aunque el día que lo hago, me parece tan maravilloso que me pregunto por qué me quedo en casa la mayoría de las tardes sentada en el sofá con un libro entre las manos.

—Probablemente porque si lo hicieras, no lo disfrutarías tanto.

—De pequeña —continuó Irene cuando vio que él la seguía—, me encantaba ir a la playa en verano. Esperaba con ansia toda la semana la llegada del sábado. Mis padres nos llevaban a Sopelana, una playa a las afueras de la ciudad, a pasar el día. Siempre estaba llena de familias, no quedaba ni un sitio libre, pero nos daba igual. Para mi hermana y para mí era el día de libertad. A pesar de los gritos de mi madre, nos alejábamos de ellos a la menor ocasión y nos perdíamos por allí. Saltábamos, nos embadurnábamos de arena, nos bañábamos cuando queríamos y jugábamos con otros niños. Un día a la semana conseguíamos escaparnos del yugo materno. El sábado que salía nublado, era una tragedia para nosotras.

—Pues viviendo en el norte teníais muchas posibilidades de que eso sucediera.

—Había veranos que eran un asco, pero otros muchos eran fantásticos. ¿A ti también te gustaba la playa?

—A nosotros no nos hacía falta la playa. —Señaló el puerto—. No teníamos más que acercarnos a la plaza. Nos tirábamos desde la barandilla del paseo.

—Tuviste suerte. Siempre quise ser una niña de pueblo. Supongo que aquí la vida es muy distinta a la de una ciudad. Por la libertad de salir y entrar a tu antojo, digo.

Iago soltó una leve risa.

—Tú querías vivir en un pueblo y yo tener un hermano. Ya ves, ninguno de los dos estaba contento con lo que tenía.

Irene no pudo evitar darle la razón.

—En eso sí que estoy de acuerdo. Tener un hermano es genial, sobre todo si es como la mía. Yo era la pequeña y me tenía obnubilada —recordó con ternura, hablando casi consigo misma—. Era mi heroína. Yo tenía diez años y me llevaba con sus amigos. ¡Fíjate, una niña entre adolescentes! Me parecía que nadie podía ser más feliz que yo. Claro que me duró poco.

Iago se sobresaltó. Le costó hacer la pregunta.

—¿Murió?

Irene estuvo a punto de echarse a reír.

—No, se fue de casa. Es cinco años mayor, yo tenía dieciséis años y ella veintiuno. Me tocó bregar a mí sola con mis padres.

—No es tan malo. Yo lo hice toda la vida, hasta que se murieron. Ahora pienso a veces que tenía que haber estado más cerca de ellos de lo que estuve en sus últimos años.

Irene no le iba a dar el pésame, le pareció ridículo, apenas lo conocía y ni siquiera sabía el tiempo que había pasado de aquello.

—Seguro que tu madre no era tan controladora como lo es la mía. Fíjate cómo sería que a veces me desahogaba con la primera persona que me daba un poco de conversación aunque no la conociera de nada. Patético, ¿verdad? —declaró con sorna, en un intento de cambiar el cariz de la conversación.

—Aunque lo hubiera sido, no habría podido hacer nada. La pobre mujer se moría de preocupación cuando era adolescente y me marchaba de casa sin decir nada. —A Iago se le escapó la risa al pensar en lo siguiente—. Creo que el día que se dio cuenta de que me iba todas las tardes a entrenar en vez de a vagar por las calles con mis amigos, fue a encargar unas cuantas misas al cura. —La miró de nuevo, como si estuviera evaluando las anteriores palabras de Irene—. ¿Por eso has venido aquí, por escapar de una madre controladora?

La contestación de Irene fue firme.

—No. No voy a negar que a todo el mundo nos viene bien a veces poner distancia, pero estoy aquí, en el hotel —apuntilló—, porque creo que puedo hacerlo. Y puedo hacerlo bien. —Se miraron en silencio, e Irene decidió que no quería seguir hablando de aquello—. ¿Cuántos años tenías cuando empezaste a hacer deporte? —Iago la miró un instante, como si le extrañara que supiera a qué dedicaba los días a pesar de que acababa de mencionarlo él mismo—. Me lo contó Silvia, que eres un profesional del deporte —aclaró.

—Dieciséis.

Irene pensó que era una casualidad que a ambos les hubiera cambiado la vida a la misma edad.

—¿Y sigues haciéndolo desde entonces?

—Sí, hasta el accidente. Pero estoy entrenando de nuevo.

—¿No has pensado dejarlo?

La respuesta fue categórica y rapidísima.

—No.

—Ya, es tu forma de vida. Lo he oído antes —gruñó al recordar a su primer novio.

—¿Te molesta?

—¿Cambiaría eso algo?

—No. No soy de los que abandonan, por nada y por nadie.

Irene siguió el reflejo de la luna en el mar, por eso no

pudo ver las manos de Iago, apretadas con fuerza ante la posibilidad de que aquello sucediera.

La conversación desapareció con el ruido del tubo de escape de una moto que se acercaba. Ninguno de los dos se volvió cuando pasó detrás de ellos y se detuvo un poco más allá. Era una pareja. Él tenía el mismo acento que la señora que limpiaba la oficina en la que había trabajado. «Ecuatoriano o peruano», se dijo Irene. A ella no se la oía. Hablaban en susurros, como ellos habían estado haciendo antes. Él parecía estar consolándola. Los murmullos fueron haciéndose cada vez más bajos hasta que solo quedaron los sonidos de los besos.

Nada dijeron ni Iago ni ella, pero Irene presintió que «su» momento de paz había desaparecido. Las siguientes palabras de Iago, confirmaron sus sospechas.

—Como ves no todo es tranquilidad al lado del mar. Hay quien tiene otras necesidades distintas.

Una risilla y la frase «No seas tonto» alertaron a Irene. Clavó la mirada en ellos, hasta confirmar sus sospechas. La pareja de la moto eran Silvia y su novio.

—Será mejor que nos vayamos. —Se irguió incómoda ahora que sabía quiénes se comían a besos.

—¿A qué tanta prisa?

A Irene le pareció que Iago quería retenerla. Pero ella no se iba a quedar espiando a la única amiga que tenía en aquel pueblo.

—Se ha hecho demasiado tarde. Tengo que estar a las diez en el hotel. Mercedes tenía algo que hacer. —Irene no lo sabía en realidad, pero se suponía que había quedado con alguien. «Con su novio, con Iago.» Ese pensamiento le avivó la opresión del pecho.

Él no se sintió aludido. Sacó la mano y miró la hora.

—Las diez menos cinco. Aún hay tiempo —dijo con toda tranquilidad.

—He dicho que estaría a las diez y estaré. Llévame al hotel —le pidió y empezó a andar.

—Irene —le llamó él. Ella le oyó por encima de los latidos de su corazón, pero no le hizo caso y siguió caminando hacia el coche—. Irene. —Ella le oyó correr detrás de ella—. ¡Irene! —exclamó casi a su lado. La sujetó por un brazo y la obligó a volverse—. ¿Quieres hacer el favor de atenderme?

—No. Algunos tenemos obligaciones y no podemos permitirnos el lujo de pasear por ahí todo el día —le espetó, molesta como estaba con él por haberle hecho recordar a aquel primer novio que le había hecho tanto daño—. Llévame al hotel.

Ahora fue él el que negó.

—No. No soy un pelele para que me trates de esa manera.

—Estupendo —farfulló ella y siguió caminando entre los coches del aparcamiento.

Aquella vez, él no la siguió.

Ya había salido del pueblo y aún no la había encontrado. Empezaba a inquietarle la idea de que le hubiera sucedido algo, de que se hubiera tropezado con alguien. Tan pronto como traspasó el cartel que marcaba el inicio de la localidad, encendió las luces largas. El alivio llegó a su pecho.

Al fondo de la recta, vio una figura que caminaba al borde de la carretera. Era ella, tenía que ser ella. Lo confirmó un segundo después, cuando los focos iluminaron el contorno de su cuerpo. Se abrazaba a sí misma. Era tarde y hacía más fresco que otros días, la ligera chaqueta vaquera no debía de darle mucho calor.

Paró el coche y bajó la ventanilla de su lado. Ella ni se

molestó en acercarse, ni siquiera lo miró. Soltó el freno y el coche avanzó.

—Sube —le dijo. Fue como hablar con la pared—. Vas a quedarte helada. —Ni caso—. Tienes todavía diez minutos hasta el hotel. —Como si nada—. Mira que el conductor del siguiente coche que pase igual no tiene las mismas intenciones benévolas que yo.

Irene se detuvo de repente. De mala gana y sin dirigirle la palabra, abrió la puerta y se metió dentro. Iago esperó a que se pusiera el cinturón antes de arrancar, así ganaba algo más de tiempo para estar con ella. Irene, en efecto, hizo lo que se esperaba de ella. Iago sonrió por dentro. «Siempre tan formal, siempre haciendo lo que debe.»

Arrancó, pero ella todavía no le había dedicado una mirada. Quería que lo hiciera, quería volver a verla, aunque fuera a la triste luz de los focos delanteros del coche. No le valía con intuirla, quería verla. Y quería verla sonreír.

Se arrimó a la raya que separaba un carril de otro para alejarse del arcén, no fuera que la distracción fuera demasiada y se salieran de la carretera.

—Acabas de demostrar que eres una experta escaladora.

Irene se volvió hacia él.

—¿Qué quieres decir?

«Bien», se alegró Iago. No sabía muy bien cómo habían llegado al enfado hacía un rato. El temor de que estuviera demasiado enojada para dirigirle la palabra desapareció.

—Hace falta unos buenos pulmones para subir las cuestas de Cudillero en tan poco tiempo.

Irene volvió a fijar la mirada en la carretera, pero ya había conseguido lo que quería: le había vuelto a ver los ojos. Y los labios.

—Será que nunca he fumado.

—O que eres una chica deportista.

—Si sujetar un libro es hacer deporte, lo soy, muy deportista.

Que en sus ratos libres se refugiaba en su habitación o en algún rincón del jardín con un libro entre las manos ya lo sabía Iago. No entendía cómo desperdiciaba el tiempo tumbada con las posibilidades que tenía en aquella zona. Pero reconocía que le gustaba observarla mientras lo hacía.

—Y una chica valiente. —Iago percibió que se ponía rígida, como si estuviera entrando en las arenas movedizas de su propia existencia—. Lo digo porque no te da miedo andar de noche por una carretera desierta.

—Hay otras cosas más peligrosas.

—¿Como qué?

—Como que te echen de un trabajo.

—¿Por eso tenías tanta prisa por volver?

—Sí.

«Mentirosa.»

Iago sabía que le estaba mintiendo y deseó que lo que había asustado a Irene estuviera relacionado con él. Le entraron ganas de burlarse de ella como había hecho en otras ocasiones, pero no lo hizo.

—Nunca es bueno dejarse llevar por un mal recuerdo.

Que se pusiera tan serio pareció pillar a Irene por sorpresa.

—¿Por qué lo dices?

—Ese «lo he oído antes» ha sido muy esclarecedor —le explicó Iago sin andarse por las ramas.

Irene se arrepintió de haberlo dicho. La frase dejaba claro que había pasado por una mala experiencia y no sabía si quería que él supiera muchas cosas de ella.

—Hay muchas clases de recuerdos. A veces, es mejor tenerlos presentes. Se aprende mucho de ellos.

Irene se movía muy bien entre las palabras y los pensamientos profundos. Él era más del tipo «directo y a la cabeza».

—Yo más bien creo que solo sirven para hacer un caparazón con ellos y esconderse dentro.

Ella dio un respingo en el asiento justo cuando el resplandor de los focos iluminó la verja de acceso al hotel. «Hotel y apartamentos Casona de la Paca», ponía en la columna de la izquierda. Iago clavó los ojos en el edificio del fondo y acalló un juramento. Se le había terminado el tiempo.

A Irene le sobró un segundo para salir del coche. Iago aún no había quitado la llave del contacto y ella ya había desaparecido en el vestíbulo del hotel.

Mercedes esperaba su llegada sentada en el sofá verde, con una revista entre las manos, mirando hacia la chimenea. Se levantó en cuanto apareció por la puerta.

—¡Ya estás aquí! —exclamó muy contenta.

—No es tarde —fue lo único que a Irene se le ocurrió decir. Era eso o contarle que había vuelto a tener un desencuentro con su novio, o lo que Iago fuera de su jefa.

—Acompáñame y me cuentas.

No tuvo opción, le sujetó el brazo con la mano sana y la arrastró escaleras arriba hasta el tercer piso, donde Mercedes tenía su cuarto. La metió en su habitación sin que pudiera resistirse. La empujó hasta el cuarto de baño y le obligó a escuchar su cháchara mientras se pintaba. Era increíble ver cómo se maquillaba con la mano izquierda.

—Hora de marcharse —dijo cuando terminó con el pintalabios y cogió una pañoleta de encima de la cama.

Se lanzó hacia las escaleras. Irene lanzó un suspiro

antes de cerrar y seguirla. Sabía que era una buena mujer, pero a veces la saturaba.

No había terminado aún de salvar el último tramo de escaleras y Mercedes ya estaba en la puerta de la casona.

—No te preocupes —le dijo Irene con la mano en el blanco pasamanos—, yo cierro.

—¡Genial! ¡Buenas noches! —le gritó ella desde la calle.

Lo siguiente que oyó Irene fue el motor de un coche. Era el de Iago. Estaba segura, porque Mercedes no tenía coche.

Arrasada por un tornado, así fue como se sintió cuando se dio cuenta de que Iago y Mercedes se habían marchado juntos. Se acercó hasta el mostrador de recepción y se apoyó en él. Se frotó los ojos y suspiró. Era una auténtica imbécil. Tantos años protegiéndose de aquellos sentimientos y ahora caía en las redes de un tipo duro, que ni siquiera estaba interesado en ella, y que tenía mucho que ver con su primer amor, que tanto daño le había hecho.

Se sintió sola, le entró la necesidad de escuchar la voz de alguien querido. Sacó el móvil del bolsillo trasero del vaquero y la buscó entre los «Favoritos». A punto estaba de pulsar el botón de llamada cuando lo pensó mejor. Era sábado por la noche y la noche del sábado estaba para disfrutarla: bien con una buena compañía en una buena cama o bien tomándose unas copas con unos amigos. Si conocía a su hermana, seguro que estaba haciendo cualquiera de las dos cosas. «No como yo», se dijo mientras se dirigía por el corredor hacia la galería para asegurarse de que todas las puertas de la casona quedaban bien cerradas.

Un rato después ya no tenía excusa para seguir allí. Desvió el teléfono de recepción al de su cuarto y salió por la puerta principal.

El ruido de los pasos sobre la grava sonaba como los

petardos de una traca valenciana y en cuanto pudo se subió al césped para amortiguarlos. A punto estaba de dar la vuelta a la casona y coger el sendero iluminado por las lámparas solares, cuando lo sintió. La sensación de no estar sola fue muy intensa. El pelo de la nuca se le erizó y un millar de hormigas le recorrió la columna de arriba abajo. No era de miedo.

Se volvió despacio. Iago, estaba segura de que era él, dio una calada al cigarrillo e Irene lo vio brillar entre sus labios. Apoyado en uno de los árboles más apartados del camino, casi lo escuchó exhalar el humo con fuerza, como había hecho en el muelle.

Vio otra luz más intensa del móvil en su mano. De repente, un fogonazo. Irene parpadeó varias veces, cegada por un flash en medio de la noche. ¿Acababa de hacerle una foto?

Incapaz de pensar y menos de decir nada, comenzó a caminar hacia su habitación. Él también. Ella, por la hierba para no hacer ruido. Él, por la grava, sin cuidado de no molestar a los huéspedes de los apartamentos. Irene imaginó que quería que supiera que la seguía. Comenzó a fantasear con la idea de esperarlo, arrastrarlo hasta un rincón del jardín y echarle el mejor polvo de su vida. Pero siguió caminando. Con él detrás.

Alcanzó su jardín particular y la lámpara de presencia se encendió. Le entraron ganas, unas ganas horribles, de acercarse a la puerta de la habitación de Iago y que la encontrara allí, esperándolo. En vez de hacerlo, se dirigió a la suya.

Cerró la puerta sin pulsar el interruptor. Necesitaba verlo y que él no la viera a ella. Le daba demasiada vergüenza reconocer que la excitaba un hombre que no tenía ningún interés en ella y que estaba con otra, con su jefa para más enjundia. Pero antes de que le diera tiempo a separar las cortinas del ventanal, la luz del jardín se apagó.

Una de dos, o él no la había seguido hasta allí, o ya se había metido a su propio cuarto. Irene se dejó inundar por el desencanto. «Eres una ingenua», se dijo. «Y una tonta.»

No se asomó a la ventana; por eso no vio brillar la brasa del cigarro del hombre que aguardaba de pie en medio del jardín.

8

Silvia la asaltó el domingo a las doce del mediodía. Irene había terminado la salida de los últimos clientes que se marchaban ese día cuando se le echó encima.

—¡Perdón, perdón, perdón! —le rogó con las palmas unidas—. No pude avisarte antes porque no tenía tu teléfono.

—No te preocupes. —Irene intentó no parecer molesta—. Tu tío me lo explicó.

—¿Te trató bien?

—Me trató de lujo.

—Es el hermano pequeño de mi padre, ¿sabes? Es majo, aunque a veces bastante gruñón.

—No me lo pareció. Me dio mucha conversación los ratos que se quedaba libre. Conmigo estuvo muy simpático.

—Pues será contigo, porque cuando yo llegué, ¡me montó un número!

—¿Llegaste al final?

—Sí, pero muy tarde. Ya te habías marchado.

«Hacía un buen rato.» Recordó que le habían dado las diez mientras Silvia y su novio «disfrutaban» de su noche de sábado.

—A las diez y cinco estaba en el hotel.

—Me dijeron que no te fuiste sola... —sugirió Silvia.

—Sí, me fui completamente sola.

—No es eso lo que me han contado. Sé que Iago estuvo allí y que se fue contigo.

—Bueno —dudó Irene—, en realidad salí sola, pero Iago se fue a la vez y se ofreció a acompañarme.

Los ojos de Silvia brillaban más de lo normal y dejaban entrever un atisbo de diversión.

—¿Vinisteis al hotel?

—Sí.

—¿Seguro?

—¿No me ves aquí?

—No seas tonta. Ya sabes a qué me refiero. ¿Estuviste con Iago por... ahí?

Irene se sobresaltó.

—¿Nos viste en el muelle?

Ahora la que se alteró fue Silvia.

—¿Estuvisteis en el muelle?

—No, sí, un momento solo —confesó al fin Irene—. Fuimos a coger el coche al aparcamiento.

Silvia supuso que no la había visto y pareció tranquilizarse. Irene lo prefería así. No le apetecía ponerla en una situación difícil solo porque escogió pasar un rato a solas con su novio en vez de con ella. Al fin y al cabo no era más que una adolescente.

—¿Y qué tal con Iago?

El estómago volvió a darle vueltas a Irene.

—Normal.

—Pero ¿normal normal, normal bien o normal estupendo?

Jugar a las adivinanzas y a los malentendidos con Silvia no era lo que le apetecía en aquel momento, así que le explicó.

—A ver si nos aclaramos, ¿me estás preguntando si me enrollé con él?

—Sí.

—Pues si normal normal es que no me tiré a su cuello ni le hice un chupetón, entonces normal menos que normal.

Silvia pareció decepcionada.

—No aprovechaste la oportunidad, con lo bueno que está.

Dicen que las verdades duelen y aquella le dio a Irene en plena cara, porque eso era precisamente lo que había hecho: dejar otra vez que aquella desastrosa experiencia de antaño influyera en sus decisiones. No era ni la primera ni la segunda vez que le pasaba y siempre que se daba cuenta, se enfadaba consigo misma y con el mundo.

—¿Vas a llamarme tonta? —No hacía falta, ya se lo había llamado ella en repetidas ocasiones después de acostarse sola en su cama—. ¿Qué pasa, es que todas las mujeres de este pueblo caen rendidas a sus pies? Pues que sepas que ha llegado una que no lo hace. —Silvia dio un paso atrás ante el empuje verbal de Irene—. ¡No es más que un engreído, más seco que una ciruela pasa y encima se permite el lujo de ir de misterioso!

—Para, para, para, para. Lo he entendido; discutisteis. Está para comérselo y eres...

—... una tonta —terminó Irene por ella—. Lo sé.

—Cualquiera de mis amigas hubiera aprovechado la oportunidad.

Irene prefirió no escandalizarse ante la idea de que una mocosa estuviera dispuesta a liarse con un hombre que podía ser su padre, por estupendo que estuviera. Estaba claro que ella era de otra generación.

—¿Tú también?

—El año pasado igual sí, aunque es un poco viejo y amigo de mi tío. Pero ya no, no desde que conocí a Héctor.

A Irene la frase le sonó como «ahora estoy en la gloria». Los ojos soñadores y la sonrisa evocadora le confirmaron que Silvia no tenía ojos más que para su novio. La mención de la pareja de Silvia, recordó a Irene el grave problema que la adolescente tenía encima.

—Tú y Héctor, ¿habéis contado...?

—¿Vas a tirártelo? —la cortó—. Deberías hacerlo.

Irene entendió el mensaje; la chica no quería hablar de ello. Se centró en lo que Silvia acababa de decirle y se rindió a la evidencia. Debía de ser un desastre si todo el mundo se sentía en la obligación de aconsejarla. «Genial. Mi asesora es una adolescente.»

—Prefiero los hombres sin problemas añadidos.

—Por eso estás sola —sentenció Silvia—. Porque apostaría a que no tienes novio.

—Ninguno. Hace tiempo que no salgo con nadie —confesó Irene.

Silvia se acercó a ella y se acodó en el mostrador.

—¿No echas de menos «eso»?

—¿A los hombres?

—A los hombres no, bueno sí, el sexo —confesó al fin.

Lo que le faltaba, una conversación con una adolescente sobre sexo. La contestación de Irene se volvió errática.

—Bueno... la verdad es que... a veces sí... normalmente no... —Silvia la miraba como si fuera una especie en peligro de extinción—. ¡Mierda! Sí, sí, claro que sí. Pero —añadió Irene, desatada como estaba— tiene novia y ¡yo no soy una rompeparejas!

—¿Que tiene novia?

—¡Me da igual lo que sea! Está con otra, tiene un rollo con otra, vive con otra o como quieras llamarle.

—¿De qué estás hablando?

—De Iago y de... —La palabra tardó en salir de su garganta—. De Mercedes.

—¡Piensas que están liados!

—Sí, claro.

—¡Pero si son primos!

Irene se quedó pálida, como la leche desnatada. Y Silvia roja como la grana. De diversión. Su carcajada traspasó los muros de la casona. En cambio, Irene se había quedado muda. Al principio, porque después una extraña sensación de alivio se apoderó de su cuerpo y le entraron ganas de unirse a las risas de la joven.

—Pues sí, ¡qué tonta!, ¿verdad? —comentó con una sonrisa avergonzada.

Si lo hubiera sabido, no habría entrado. Pero ahora que estaba allí y la habían visto, no podía darse media vuelta e irse. Quedaría como una tonta.

Así que hizo lo único que podía: airear su aspecto de chica de mundo y entrar en la cocina con paso firme.

—Irene, menos mal que has venido. Tienes que ayudarme con Iago.

Irene no se lo podía creer. ¿Ayudarla? ¿A qué? ¿A levantarse de su regazo? Porque así era como los había encontrado. Él sentado en la escalera que se usaba para llegar a la parte más alta de los armarios y ella, sobre sus rodillas, riéndose. Como dos tortolitos cualquiera.

Está bien, era su prima, pero no era la primera pareja de primos que se entendían en más de un sentido. Irene prefirió no pensar en la causa de su repentino enfado, daba fe de que se había levantado de buen talante. Sacó su «mejor» humor.

—Tú pareces estar arreglándotelas perfectamente —comentó, con la sonrisa más pintada que un payaso de feria.

Por desgracia la habilidad para el disimulo no era su fuerte.

La frase captó la atención de Iago. Las comisuras de

sus labios se elevaron en un gesto burlón. Estaba de lo más atractivo. Igual de atractivo que el indeseable que la dejó embarazada y la rechazó después. «¡Mierda!» Irene decidió evitarlo y se volvió hacia Mercedes. Ahora sí, se esforzó por comportarse como si él no estuviera presente. Por suerte, su jefa no había notado su sarcasmo.

—No es cierto —insistió Mercedes—. No consigo convencerle de que no es necesario que se quede.

—¿Que se quede dónde?

—¿Dónde va a ser? Aquí.

Irene no pudo contenerse y miró a Iago. Tenía la vista clavada en ella.

—¿Acaso se va a marchar? —hablaba con Mercedes, pero lo miraba a él.

Fue él quien contestó.

—Sí, pero solo por unos días —añadió muy despacio.

Irene no controló el alivio en su pecho. ¿Era consuelo lo que había aparecido en sus ojos? No pudo volver a comprobarlo porque Mercedes acaparó la atención.

—Se va a Madrid —explicó Mercedes—. Vive allí.

—Bueno, aquí y allí —aclaró él, sin explicar nada en realidad.

—Aquí está últimamente porque tiene que entrenar, pero trabaja en Madrid. Es un profesor excelente. ¿No es verdad, cielo? —Y para premiar lo buen profesor («o lo buen primo»), que era lo besó en la mejilla. Iago la atrajo hacia él, más todavía.

A Irene se le secó la boca ante la «familiar» escena. Necesitó el tiempo que tardó en abrir el armario de la vajilla, coger un vaso, llenarlo de agua y beber.

—¿Profesor de qué? —comentó cuando se repuso.

—De deporte, ¡de qué va a ser!

Iago dijo algo a Mercedes y esta se levantó de su regazo. Él se puso en pie después de ella.

—Trabajo en el Consejo Superior de Deportes —le aclaró. La frase no tenía nada del tono sarcástico que Irene le había atribuido antes.

—Con los grandes deportistas, los que van a las olimpiadas.

Irene se apoyó en la fregadera y dio otro sorbo al vaso.

—¿Entrenas a deportistas de élite? ¿En qué deporte?

—Los entreno, sí. Pertenezco a un grupo de entrenadores que trabaja con ellos la resistencia.

—La resistencia —repitió Irene.

—Sí, la resistencia, la resistencia.

—¿La resistencia a qué?

—A la presión, al miedo, al dolor, pero sobre todo al fracaso.

—Eres psicólogo, entonces.

—Eso dice mi título.

A Irene le hubiera gustado preguntarle algo más porque hasta entonces no había imaginado que hubiera pasado por la universidad. Siempre había pensado que la palabra músculos era equivalente a escaso cerebro.

—¡Y se nos va! —terció Mercedes al tiempo que enlazaba un brazo con el de Iago—. Y no se lleva el coche.

—Lo necesita Fernando. El suyo está en el garaje y esta semana tiene que ir a por materiales para el arreglo de su casa. Si necesitas que te lleve a alguna parte, no tienes más que decírselo. Se lo he dejado con la condición de que esté pendiente.

—¿De mí? —preguntó Mercedes, agitando la mano vendada en el aire. A Irene le hubiera gustado escuchar un «vosotras»—. No hará falta. Irene tiene el suyo. Puede acercarse al pueblo si necesitamos algo.

—Sí, claro —se apresuró a contestar ella.

—Aunque, ahora que lo pienso, igual el coche lo necesita ella porque... —A Mercedes se le iluminó el rostro.

Irene se echó a temblar—. Me ha dicho un pajarito por ahí que el sábado te vieron en el muelle con... —Los ojos de Irene volaron hasta los de Iago. Este permanecía impasible—... con alguien. El primer día que bajas a Cudillero y visitas el sitio preferido de las parejas del pueblo. ¿Quién era?

No supo por qué, pero de repente no le apeteció que Mercedes se enterara de que había sido el mismo hombre de cuyas rodillas acababa de bajarse. Ella había estado en el muelle con él. El muelle era, por decirlo de manera suave, el lugar «de encuentro» de las parejas del pueblo. Blanco y en botella, leche. Y no quería que nadie se enterara, antes incluso que ella misma, de lo que «no» había sucedido. Sin embargo, no se le ocurrió ninguna excusa convincente. Como que no la tenía.

—Yo no...

—¿No lo sabes? —la azuzó Iago.

Irene se volvió hacia él. Volvía a tener esa mirada sardónica. ¿Cómo le hacía aquello y la ponía entre la espada y la pared? Si mentía y decía que era alguien que acababa de conocer, quedaba como una fresca; si no decía nada, quedaba como una desconfiada con Mercedes, y si decía la verdad... Conocía a su jefa desde hacía un mes. A veces le caía bien y pensaba que era divertida, pero otras su despreocupación la sacaba de quicio. ¿Qué sabía de ella en realidad? Igual era de las que te ponían de patitas en la calle por dar que hablar en el pueblo. Necesitaba aquel trabajo.

—Un conocido —se le ocurrió.

La sonrisa de Iago se amplió y volvió a preguntar.

—¿Alguien de Bilbao con el que te has encontrado aquí?

Él mismo le buscaba la solución.

—Sí, eso.

—¿Un antiguo novio? —insistió él, cada vez más divertido.

—No, solo un amigo.

—Fuiste con él al muelle, de noche. Seguro que él quería algo más.

—¿Cómo lo sabes? —la defendió Mercedes—. Si el chico no es de aquí, no sabe qué sucede en el muelle.

—Es fácil de adivinar. Irene no es una mujer que pase desapercibida. —Se recreó con una mirada sensual para confirmarlo.

Irene estaba boquiabierta ante su descaro.

—En eso tienes razón —le apoyó su jefa, sin ser consciente de lo que en realidad se trataba.

—No es alta, pero está bien proporcionada —sugirió él—. Se mueve con ligereza. Tiene ojos bonitos y una boca hecha para besarla. ¿No crees, Mercedes?

—Estoy completamente de acuerdo contigo. Irene es una chica muy guapa, solo que no sabe explotarlo.

—Yo creo que sí. Cualquiera que no esté ciego se daría cuenta de que habla con los ojos. Y eso en una mujer es muy, muy excitante.

Mercedes se lo estaba pasando genial y entró en el juego.

—Si esos ojos se dirigieran a ti, ¿qué querrías que te dijeran?

Él fingió pensarlo un instante. Después, se lamió el labio inferior con la lengua, despacio, demasiado despacio para que a Irene le pasara desapercibido.

—De todo.

Irene se debatía entre la excitación por las palabras y los gestos de Iago y el total asombro ante su osadía. ¿Cómo se atrevía a insinuarse de esa manera delante de Mercedes? Como se diera cuenta, la única que saldría perjudicada de todo aquello iba a ser ella. Ya se estaba viendo, saliendo por la puerta con la maleta a rastras y sin cobrar el sueldo del mes. Todo por su culpa.

Echó la cabeza atrás y lo miró con firmeza.

—¿Sabes lo que te dirían mis ojos si se dirigieran a ti? —lo desafió.

—¿Qué? —aceptó él el reto.

—¡Nada! —le espetó y salió de la cocina muy tiesa y muy digna.

Y muy deprisa, también.

Los pasos de Irene crujían sobre la gravilla. No le importaba. «¡A la mierda los clientes y su descanso!» Estaba furiosa. Con él, por reírse de ella a cada momento, y consigo misma, por dejar que sus palabras la afectaran tanto.

Se dio cuenta de que no eran sus pisadas las únicas que se oían. Aceleró la marcha. No fue suficiente. Él la atrapó un instante después. La cogió por un brazo y la obligó a pararse.

—Dime que lo que has dicho no es cierto —masculló.

No era una pregunta y no esperó contestación. Irene sintió como sus manos se internaban en su pelo. No hubiera hecho falta que la sujetara; no se habría escapado. El deseo y el miedo que irradiaba su mirada habrían sido suficientes para detenerla.

Aún pasaron unos segundos antes de que algo sucediera, como si Iago se hubiera dado cuenta en el último momento de que lo que estaba a punto de hacer no era correcto.

Irene lo deseaba. No lo pensó más y se puso de puntillas para quedar a su altura. Su movimiento fue la aceptación que él esperaba.

Con dureza, la atrajo hacia sí y la besó. Internó su boca en la suya y la poseyó. Irene notó sus labios carnosos y húmedos contra los de ella y los tomó.

Hacía tanto tiempo que un deseo como aquel no le apretaba las entrañas... Hacía tanto tiempo que no le palpitaba el corazón y se le aceleraba la respiración... ¡Hacía tanto tiempo que lo deseaba!

Salvaje fue el primer asalto. Dos contendientes combatiendo entre sí con la esperanza de ganar la lucha; una batalla de lenguas, dientes y labios. El afán de que la guerra no terminara nunca.

El segundo fue menos bárbaro, más humano. El orgullo y la furia desaparecieron y dieron paso a la cercanía de los cuerpos y las almas.

Pero nada preparó a Irene para la ternura infinita del tercero. Pura sensibilidad y puro deleite. Fue consciente de las caricias de sus manos contra su pelo. El vello del cuerpo se le erizó y la piel se le volvió más sensible. Notaba los labios hinchados, ardientes, la lengua de Iago caliente y suave dentro de su boca y el deseo brotando en su interior.

Iago fue el primero en recobrar la razón. Se separó de ella. Apoyó la frente sobre la suya mientras recuperaba el aliento perdido.

—No era cierto —murmuró ella al ruego que él le había hecho antes.

Sintió su sonrisa sobre su cara.

—Ya lo sabía.

La llamada de Mercedes desde la esquina de la casona rompió el silencio del jardín. El instante de intimidad se hizo añicos y dejó aflorar el buen juicio de Irene. Dio un paso atrás y se alejó de él. Iago intentó impedírselo, pero ella retrocedió aún más.

—Esto —comenzó, convencida de lo que decía— no es buena idea.

—Pero ¿por qué?

No lo sabía, Irene no lo sabía. Era la primera vez desde que tenía veinte años que se sentía atraída por alguien del que no conocía todos sus secretos, alguien que no era un amigo. Y tenía miedo, un miedo horrible de que le hicieran daño de nuevo. Como aquella vez.

Sintió que le faltaba el aire.

—Sería mejor, mucho mejor para todos, que fuera solo sexo —pudo decir.

—¿Acaso pretende alguien que sea otra cosa?

Irene se quedó callada mientras lo vio regresar junto a Mercedes y desaparecer dentro del hotel. Se alegró de que la pregunta se hubiera quedado en el aire porque, sinceramente, no tenía ni idea qué responder.

Alicia, la cocinera, le había pasado los menús de la semana siguiente para que hiciera el pedido, pero a Irene no le acababan de convencer. Se sentó delante del ordenador, abrió la carpeta MENÚS, el fichero SEGUNDA SEMANA JUNIO y empezó a repasarlos. Eran prácticamente iguales a los de esa semana, e iguales a los de la semana anterior. Bacalao al vapor, bacalao con pimientos, bacalao rebozado; espárragos dos salsas, espárragos con salsa, espárragos con salmón; magret de pato con oporto, confit de pato con salsa de oporto, pato asado al oporto. Mucho bacalao, más espárrago y demasiado pato. La gente que acudía a La casona de la Paca en general no lo hacía por su comida, pero también. Si querían que el hotel sobresaliera por encima del resto de los establecimientos de la zona, la parte gastronómica era algo que no podían desatender. Repetir una y otra vez los mismos platos no era precisamente la mejor forma de darle prestigio.

Tendría que hablar con Mercedes. Alicia tenía las manos del mejor artesano, pero no era una persona muy sociable que se dijera, sino más bien esquiva y malhumorada. Cualquier crítica a su trabajo terminaba en discusión. Ya se había despedido una vez y si volvía a suceder, prefería que fuera por un desacuerdo con Mercedes y no con ella. Irene opinaba que la cocinera no era quién para diseñar los menús del hotel, pero esa era otra de las cosas que Mercedes había dejado en manos de otros. Ya era hora de que se hiciera cargo de algo.

Comenzó a pensar en el mejor momento para convencerla de que hablara con Alicia. Mercedes era una mujer de arranque rápido e Irene quería que lo meditara antes de soltárselo a la cocinera. Tendría que ser cuando esta ya se hubiera marchado a su casa y aún quedaran varias horas para que regresara. Así podría repasarlo. Se lo diría aquella noche, después de la cena. Eso si había suerte y Mercedes no desaparecía del hotel, como todas las noches desde que Iago se había marchado el domingo anterior. Si no fuera porque Silvia le había asegurado que eran primos carnales y de que no había nada entre ellos, se lo plantearía de nuevo, pero la joven le había dado un argumento de lo más convincente: «Si estuvieran liados, el cotilleo correría por el pueblo, de bar en bar y de ventana en ventana.»

Aparcó el problema de momento y se concentró de nuevo en la hoja de cálculo con la contabilidad. No consiguió hacer nada. Junto con los números de las facturas, se le colaban en la mente, de forma alterna y en ese mismo orden, Iago y los menús.

El teléfono de recepción comenzó a sonar; un timbre, dos, tres... Intentó capturar la línea desde el despacho, pero, como siempre, fue incapaz. Esa era otra de las cosas que tenía que tratar con Mercedes. Necesitaba un teléfono nuevo. Se levantó enfadada y salió de la oficina del hotel. ¿Es que su jefa no estaba nunca donde se suponía que debía estar?

Recorrió el pasillo en dirección al vestíbulo todo lo

aprisa que pudo. Casi había llegado, cuando oyó hablar a Mercedes.

—La casona de la Paca, dígame. —Irene soltó un suspiro de desesperación y se dio media vuelta para regresar por donde había venido—. Sí, cariño. Dime, cariño. Claro, cariño.

Ella no lo pretendía, nunca había sido chismosa, sin embargo, se quedó a escuchar.

—¿Ha ido todo bien?

...

—Cuidadito con lo que haces —oyó que Mercedes reprendía a su interlocutor con voz de sargento mayor, para luego convertirla en un ruego sensual—. Seguro que ninguna te da lo que te doy yo. Estoy deseando que vuelvas para poder sentarme de nuevo sobre ti y que me hagas eso que me hiciste el domingo en la cocina.

Irene olvidó lo de su parentesco. ¡Oh, Dios! Hablaba con Iago, con el mismo hombre que después la había perseguido a ella por el jardín, con el mismo que la había besado. Le llegaron las risas ahogadas de Mercedes.

—¿Cuándo regresas? ¿El fin de semana? Te estaré esperando con una sorpresa. No, tonto, una cosita que me he comprado especial para ti. —La oyó reírse de nuevo—. Es una cosita que una se pone para estar sexy y espera a que alguien se la quite. —Mercedes ronroneó como si se tratara de un pequeño gatito al que su dueño estuviera acariciando.

Irene se apuró al pensar que Mercedes podía descubrirla, aunque sus piernas se negaron a moverse. Incluso después de que su jefa hubiera dicho «Yo también» y a sus palabras les siguiera el silencio.

—¡Irene! ¿Qué haces a oscuras en el pasillo?

—Yo... perdón... te oí hablar y quería decirte... —Las palabras se le trababan en la garganta—. ¿Qué tal Iago?

—preguntó al final, consciente de que era imposible fingir que no había escuchado la conversación.

—¿Iago? —preguntó con gesto de extrañeza—. Bien, creo que bien.

—¿Regresará pronto?

—En unos días. ¿Qué querías decirme?

—Pues... —dudó. Estaba lo de Alicia. Mejor dejarlo para la noche. Se le ocurrió de repente—. Sí, una cosa que todavía no hemos hablado y que ahora que ya ha pasado un mes y que ya me he adaptado al trabajo...

—Tú dirás —le animó Mercedes, que al parecer tenía cierta prisa.

—Es sobre los días de mis descansos. Hasta ahora los he cogido sueltos en función de la necesidad del hotel, pero me gustaría establecer unos días fijos.

—Bien. ¿Tú tienes planes para los fines de semana?

—No creo que el fin de semana sea el más apropiado para faltar, es cuando el hotel está más lleno y los clientes...

—Genial. Cógete los jueves y los viernes. Yo me encargo de esos días. ¿Algo más?

A Irene le entró la duda de qué quería decir con aquello de «encargarse», pero prefirió no preguntar.

—No... por ahora.

—Perfecto. Me voy a Avilés, que tengo que hacer unas compras. Me llevo el coche de Iago. Se lo he pedido a Fernando

—¿Vas a conducir tú?

—¿Lo dices por esto? —preguntó Mercedes mientras se sujetaba la mano—. ¿Desde cuándo una venda es un impedimento para nada? —dijo entre risas desde la puerta del hotel.

No, desde luego, un brazo escayolado no era un freno para algunas, y en cambio a ella le bastaba un recuerdo desagradable para paralizarla.

9

—Espere usted aquí

Iago se sentó en la silla que la enfermera le indicaba. Se encontraba en el hospital San Carlos de la capital madrileña y aquella, estaba seguro, era la última vez que pasaba por allí. Al menos eso era lo que le había dejado entrever el médico en su visita anterior, seis meses antes.

Lo deseaba, porque eso significaría que daría carpetazo a los peores años de su vida. Dos años de sufrimiento, dos años de tortura física y, lo que era peor, de tortura mental. Dos años de sentirse un auténtico inútil.

Dejó de pensar en todo lo que aquel desgraciado accidente le había hecho perder y se centró en los títulos que colgaban de las paredes.

—Universidad de Harvard, Universidad de Yale, Universidad de Nueva York. Una autoridad en la materia, el mejor especialista que uno puede tener —comentó en alto.

—Espero que tenga razón y el resto de mis pacientes compartan su misma opinión —dijo el médico detrás de él.

—Doctor Esteban, encantado de volver a verle —se apresuró a saludar con la mano extendida.

El médico se la estrechó con firmeza.

—Tiene buen aspecto. Espero que eso signifique lo que imagino.

Le animó a sentarse en una de las sillas.

—Le traigo buenas noticias —le dijo al médico.

—Cuéntemelas.

Iago sonrió. Aquella era otra de las cosas por las que le gustaba aquel hombre; nunca se andaba por las ramas.

—Estoy en perfecto estado.

El médico no cambió el semblante, pero sí de postura; se inclinó hacia delante y entrelazó las manos.

—Y eso lo dice porque...

El comentario le dejó perplejo.

—Porque he recuperado la resistencia y la fuerza de la pierna.

—Ya. Si no le importa, prefiero comprobarlo por mí mismo —contestó él y encendió el ordenador.

En el rato que el médico estuvo con la vista fija en la pantalla, Iago imaginó lo que pasaba por delante de sus ojos: los resultados de todas las pruebas que le habían hecho durante aquellos dos días: los análisis, las radiografías, el escáner...

Rezó para que todo confirmara lo que él ya sabía, que podía retomar su vida anterior. Sin embargo, el médico nada decía y se le desataron los nervios.

—¿Y bien, todo en orden?

—La descalcificación que hemos comentado las veces anteriores sigue ahí.

—Creo que es normal que el hueso se debilite después de un período de inmovilidad, pero hasta donde sé el ejercicio es precisamente la mejor terapia.

—En la mayoría de los casos es así, pero en su caso la mejoría va con más lentitud que en otros.

El médico metió unos datos en el ordenador e imprimió una receta.

—Tómese esto. —Iago cogió el papel—. Quiero verle de nuevo en un mes. De todas maneras, usted dice que se encuentra bien —insistió el doctor.
—Perfectamente.
—¿Ha probado la pierna?
—Y responde como nunca.
—¿Cómo lo ha hecho, cómo la ha probado?
Iago se sintió acorralado. ¿Cómo le explicaba después de lo que le había dicho él que estaba entrenándose para un triatlón sin tener en cuenta la lesión?
Mintió, por supuesto que mintió.
—La ejercito, simplemente eso.
Pero el médico era perro viejo «y ha tratado a los mejores deportistas del país», por eso no se creyó que lo que Iago hacía eran unos simples ejercicios tentativos.
—¿Le duele mucho?
—Un poco, a veces. Pero eso es normal, ¿no?
—Sí, el proceso de calcificación de los huesos es doloroso, como sabe, realizar un ejercicio adecuado lo mejora, aunque mucha gente no puede soportar el sacrificio y lo deja.
—No es mi caso. Sé controlar el dolor y los nervios.
—¡Ah, sí! Me olvidaba que precisamente se dedica al entrenamiento psicológico de deportistas. Entonces no tengo nada que explicarle sobre aguantar la presión, tener paciencia y superar la frustración que aparece cuando no se alcanzan las condiciones óptimas.
—No, no tiene que hacerlo.
—Mejor, me ahorraré esa parte. Aunque le advierto por experiencia profesional que a veces es más fácil curar a otro que a uno mismo. ¿Qué ejercicio es el que hace exactamente? —cambió de tema el doctor.
—Hago ciclismo, como usted me recomendó —co-

mentó, esperando que el médico se conformara con esa explicación.

Pero no lo hizo.

—¿Cuánto exactamente?

—Media hora, tres veces a la semana. —En los días, no mentía.

—¿Solo?

Era consciente de que apenas había confesado una sexta parte del ejercicio que hacía y no cayó en la trampa.

—¿Debería hacer más?

—Ya sabe que no.

—Bueno... también nado. —«Varios kilómetros a la semana.»—. Y hago piragüismo. —«Para compensar las veces que no puedo acercarme a la piscina de Avilés.»

El médico elevó una ceja.

—Lo que usted haga o deje de hacer con la parte superior del cuerpo es cosa suya. A mí solo me preocupa su pierna derecha. ¿Alguna otra cosa?

—No —mintió de nuevo, esa vez sin remordimiento. Aquello no se lo iba a confiar, no diría nada de los seis kilómetros diarios y mucho menos de las veces que lo hacía nada más bajarse de la bicicleta, ni qué decir del dolor que sentía en esas ocasiones—. No —repitió—. Eso es todo.

—Bien, pues si es así, si eso es así —insistió el médico a la vez que pulsaba un botón y la impresora se ponía a funcionar—, todo está correcto. —Le tendió la hoja que acababa de firmar—. Aquí tiene usted el alta para que pueda empezar a trabajar; condicionada a la evolución del hueso con la medicación que acabo de darle.

La cogió a toda prisa y se puso en pie de inmediato. El traumatólogo le imitó.

—Entonces hasta dentro de un mes —se despidió Iago.

—Espero que no haga más ejercicio que el que me ha indicado.

—No se preocupe. Llevo muchos años en esto, no olvide que trabajo con otros atletas. Sé perfectamente cuándo llego y cuándo no. Además, usted y yo conocemos lo importante que es la mente en estos casos.

—Eso es precisamente lo que me preocupa.

Veía a Ismael y a Marina ir de un sitio a otro recogiendo todas las cosas que se llevarían a su nueva casa y era incapaz de decir nada.

Verlos a los dos, bromear y hacer planes de futuro le recordaba las cosas que había dejado por el camino.

Rocío y él llevaban siete años de relación cuando sucedió el accidente. Él nunca le perdonó que, cuando aquel coche se lo llevó por delante y le rompió la pierna por dos sitios, ella no acudiera a su lado. El razonamiento era lógico; él estaba en un hospital de Avilés, ella tenía su trabajo en Madrid y le era imposible dejarlo. Además, estaban Luis y Sofía, los hijos que Rocío tenía de su matrimonio anterior. Ellos la necesitaban. Pero por muy razonable que fuera todo, su ausencia le había dolido como la mayor de las traiciones. Había pensado en ello mil veces desde entonces y todas ellas había encontrado réplica para tanta racionalidad. Luis y Sofía tenían ya dieciocho y dieciséis años respectivamente, habrían podido quedarse solos en casa durante unos días, o en casa de su padre, que para eso estaba. ¿El trabajo? Los alumnos habrían estado encantados si la profesora Rocío Lagasca se hubiera tomado una semana de descanso. ¿Qué hubiera pasado, si el accidente en vez de ocurrir en Cudillero durante la temporada de entrenamiento para el triatlón de Córdoba hubiera ocurrido en Madrid? Probablemente las cosas serían distintas.

El rencor que Iago había acumulado en aquella cama de hospital igual no habría aparecido. O sí. Y él seguiría viendo en Rocío a la mujer decidida y triunfadora que le había atraído tanto. O no.

—No pongas esa cara —comentó Marina en un momento que pasó por el salón con las manos llenas de ropa.

—Estoy intentando comprender por qué dejáis un piso en el barrio de Malasaña, con ambiente diurno y nocturno, por un chalet en las afueras.

Ismael sacó la cabeza de la habitación.

—No hay nada que entender. Nos apetece tranquilidad.

—Todavía no se ha acabado el curso. Tardarás más de una hora en llegar a trabajar y te tragarás todos los atascos del mundo.

—Solo faltan dos semanas para las vacaciones. En nada, los alumnos se irán de vacaciones y nosotros descansaremos en paz. Y en septiembre ya veremos, también podemos quedarnos en tu casa siempre que nos apetezca un poco de movimiento con los amigos, ¿verdad, Marina?

Ismael se hizo a un lado para que Marina entrara.

—Eso si regresa completamente restablecido —comentó la aludida—. ¿Porque lo estás, verdad?

«Otra suspicaz.» Iago dio un trago a la lata de cerveza que tenía en la mano.

—Por supuesto que lo estoy. ¿No os he enseñado el parte de alta?

—Sabes mejor que yo que hay veces que un dictamen médico y unas radiografías no indican la realidad. ¿Cuáles son tus sensaciones? —le preguntó su amigo.

—Las mejores —dijo sin dudar. «Las molestias que aparecen de vez en cuando no son nada.» No, no eran nada, pero no habló de ellas a Ismael. Por si acaso.

—¿Estás entrenando?

—Al más alto nivel.

—¿Con permiso médico?

—A partir de ahora, sí.

La carcajada que soltó su amigo hizo que Marina se asomara por la puerta del cuarto.

—¿Qué sucede para que os riáis tanto?

—Este, que es incorregible. Ha estado entrenando sin permiso médico.

Marina elevó una ceja en un gesto burlón.

—¿Te recuerdo las veces que salías a correr con él sin estar repuesto de aquella neumonía?

—Eso era otra cosa, al fin y al cabo solo eran los pulmones, y me funcionaban perfectamente a pesar de lo que dijera el médico.

—Ya —fue la respuesta de Marina antes de desaparecer en la habitación de nuevo—. En el fondo, sois iguales —rezongó desde dentro.

Ismael se perdió en la cocina y regresó con otra lata de cerveza en la mano. Se sentó en el sofá junto a él.

—¿Al final vas a venir al congreso el mes que viene?

—Te dije que vendría y lo haré.

—Ya le he dicho a Ismael —intervino Marina desde la habitación— que también es de mal gusto que organicen el congreso anual en Madrid en pleno julio. Debe de ser que os están poniendo a prueba como «Psicólogos de la Actividad Física y el Deporte» que sois.

—Debe de ser eso —le contestó en voz alta Ismael desde el sofá—. Y el que no pase la prueba despedido para el curso que viene. Por eso tiene que venir Iago.

—Por eso y por las salidas nocturnas que le voy a preparar yo —contestó su mujer desde el cuarto.

—Rocío estará allí también —le advirtió Ismael en voz más baja.

A Iago le molestó el comentario. No sabía si quería

hablar con Ismael de Rocío. Al fin y al cabo, él y Marina seguían siendo sus amigos.

Ella apareció por segunda vez en el hospital San Agustín de Avilés diciendo que solo podía quedarse dos días; el dolor le había llegado tan hondo que había cancelado su traslado a Madrid. Se quedaría lo más lejos que pudiera de ella, aunque tuviera que permanecer solo el día entero. Rocío le había visitado en dos ocasiones, cuatro días en total. El cuarto fue la última vez que la vio. Cuando cuatro meses después regresó a Madrid para su primera consulta con el doctor Esteban, aprovechó una mañana que sabía que ella estaba trabajando y los chicos en clase y recogió de su casa lo más importante. Después había sido Ismael, entre las quejas de su mujer, el que había coordinado la mudanza del resto de las cosas hasta su nuevo piso. Marina tenía la teoría de que Rocío y él no deberían haberse separado. «Sois la pareja ideal», le había dicho en una ocasión. Y era verdad, nunca hasta entonces habían tenido un desencuentro, nunca se habían peleado por algo de importancia, ambos tenían muy claro que sus propias carreras, las laborales y las deportivas, eran muy importantes. Ambos asumían los compromisos del otro sin reproches ni malas caras. Habían sido la pareja perfecta. Hasta entonces.

—¿Y? —Disimuló la sensación de pánico repentino.

—Quería que lo supieras antes de que te la encontraras —continuó Ismael entre susurros.

—¿Por qué te escondes de tu mujer? —murmuró a su vez para quitar aspereza al asunto con aquel comentario.

—Porque ella no quería que te enteraras para que no te echaras atrás.

—Todavía piensa que hay alguna posibilidad de que nosotros... —Hizo un significativo gesto con el dedo índice.

—Todavía. Es una romántica.

—Y por lo que veo, una celestina.

—No la censures, para nosotros también fue duro. Yo me quedé sin un amigo, porque te prodigas poco por aquí, y ella sin una amiga. Apenas se ven. Creo que Rocío decidió alejarse de tu recuerdo y a nosotros nos pilló en tierra de nadie.

—No la critico, pero me alegro de que me hayas avisado.

—Entonces, ¿qué vas a hacer?

—¿No te lo he dicho ya?

—Podías haber cambiado de opinión después de esto.

Debería hacerlo. Sería mejor hacerlo. Su mente decía «no vayas» y su corazón... ¿había dicho corazón? Algo dentro de él tenía ganas de verla. Dos años eran demasiado tiempo para seguir manteniendo el rencor al mismo nivel que el primer día y hacía varios meses que se preguntaba de vez en cuando qué estaría haciendo su ex o cómo llevaría el pelo.

—Voy a cumplir la promesa que te hice a pesar de todo.

—Pues el congreso te va a resultar el sacrificio del año.

—¿Lo dices por lo de Rocío?

—Por lo suyo y porque sé lo poco que te gusta relacionarte con «tus» otros colegas.

—No me importaría si los colegas no fueran unos petulantes que piensan que son mejores que los demás por ganar cuatro carreras y salir en las fotos de los periódicos.

Ismael elevó de nuevo la voz. Las confidencias habían terminado.

—Lo dices por Greg Ransky.

—Lo digo por Greg Ransky y por John Lobat y por Juan Ángel Carrasco y por... ¿quieres que siga?

—A mí me parece normal. Son unos cracks en lo suyo, los mejores, y tienen todo el derecho del mundo a sentirse orgullosos de ello. Si no te conociera, diría que lo tuyo es envidia.

Marina hizo de nuevo aparición.

—Y yo, como os conozco, lo afirmo: ambos les tenéis envidia, mucha envidia.

—Las mujeres y sus sentencias —comenzó Ismael despreocupado. Cogió a Marina de un brazo, tiró de ella y esta cayó sobre él entre risas.

Iago no les hizo ni caso porque le vino a la memoria la placa de plata que le habían entregado después de proclamarse el flamante triunfador de la Ironman de Hawái de 2009 y las arrolladoras sensaciones que había sentido cuando vio su nombre grabado en ella. Hasta ahora estaba lesionado, pero en breve conseguiría ser el que fue. Retomaría su vida deportiva con más fuerza y la levantaría de nuevo. Lo haría con la laboral también. ¿Y con el resto?

—¿Es su esposa?

La mujer que ocupaba el asiento de al lado de Iago en el tren acababa de despertarse. Lo había pillado mirando la foto que le había hecho a Irene una semana antes, la noche que estuvieron en Cudillero.

—No —contestó sin más explicaciones.

—Por su edad, pensé... —La mujer se asomó por encima de sus manos, invadiendo su espacio. Iago aborreció a partes iguales a la señora entrometida y a la peluquera que le había hecho semejante cardado—. Una chica muy guapa. Aunque parece un poco asustada.

—La pillé desprevenida —contestó él, molesto por la intromisión en su intimidad.

Ella echó otro vistazo al móvil.

—Sí, claro, debe de ser eso.

Iago dio al botón de apagado y la imagen de Irene desapareció de la pantalla.

—¿Le espera en Oviedo?

—No, en Oviedo no, voy a Cudillero —contestó sin darse cuenta de que caía de nuevo en la curiosidad de la mujer.

—Un sitio precioso. ¿Vive allí?

—A temporadas. A veces allí y a veces en Madrid.

—¿Y qué dice su novia?

—¿Quién? —preguntó Iago, alterado ante sus preguntas indiscretas.

—La de la foto, ¿qué dice de que no pase con ella todo el tiempo?

—Pues no sé qué decirle —dudó.

—Imagino que no está muy contenta. ¿Le ha pedido que se case con usted?

Iago se atragantó y comenzó a toser.

—¿Cómo? —preguntó cuando pudo volver a articular palabra.

La mujer le dio unas palmaditas en la mano en la que aún sostenía el teléfono.

—Así que no lo ha hecho —le dijo con indulgencia—. Hágalo cuanto antes, seguro que lo está deseando.

—Creo que tengo que ir al baño —masculló y salió corriendo en dirección a la cafetería.

Un rato más tarde y con dos cafés negros encima se había calmado un poco. Se acercó a una de las ventanas de la cafetería y se dispuso a aburrirse durante la siguiente hora y media. No regresaría a su asiento hasta que se aproximaran a Oviedo.

Metió la mano en el bolsillo y sacó el teléfono. Aguantó las ganas de mirar de nuevo la foto de Irene y se fue a los mensajes. Acababa de recibir uno. Era de Ismael. «Nos vemos en tres semanas. Deséame suerte», decía. «Suerte», le contestó él antes de borrarlo. Fue un error. En cuanto el mensaje de Ismael desapareció, apareció el de Rocío. El último que le había enviado ella después de que él sacara todas sus cosas y se marchara. «Llámame cuando cambies de opinión.» En aquel momento le había parecido un reproche y, sin embargo, ahora lo veía con un matiz de esperanza.

No como le había sucedido con Irene el día de su partida. Cuando la vio salir de la cocina, enfadada con él sin saber por qué, el estómago se le había pegado a las costillas y se le había nublado la vista. «Nada», le había gritado ella, «no tengo nada que decirte», y ese «nada» se le había adherido a la piel, como la ropa mojada en el peor día de invierno, dejándole helado.

Se pasó la mano libre por el pelo, con la vista fija, pero sin ver los campos que pasaban raudos ante sus ojos.

«No fue más que un momento de debilidad», se dijo sin concederse que había recobrado el latido del corazón después del primer beso; al separarse de ella y ver la intensidad de su mirada clavada en él. «Demasiado tiempo, demasiado solo.» No era más que eso, la soledad que daba vueltas a su alrededor y se le enredaba entre las piernas de vez en cuando amenazándole con dejarlo caer al suelo.

Para confirmar lo que acababa de pensar, buscó la única foto que tenía de Rocío, una que no se había decidido a borrar a pesar de todos los sinsabores.

Era muy distinta a la de Irene. Rocío estaba guapísima, con el pelo recogido en un moño mal hecho y sujetado con un lapicero. Irradiaba una alegría que no le había visto nunca a Irene. No es que ella fuera una persona gruñona, que no lo era, sino más bien seria, de esas que no les costaría pasar desapercibidas dentro de un grupo de gente, de las que escuchan más que hablan. Rocío, en cambio, solía ser el centro de atracción, entraba en todas las conversaciones y no se callaba ninguna opinión. Y era divertida cuando se lo proponía.

La pena y la nostalgia, que Iago creía ya olvidados, regresaron a él. Era verano, su pierna se había recuperado, a dos meses vista empezaría a trabajar. La vida le sonreía; era tiempo de mostrar que él también sonreía a la vida. Olvidaría su rencor. Pasó de la foto de una a la de la otra sin resolver detenerse en ninguna de las dos. Cuando tenía a Irene en la pantalla, decidía que estaba seguro de ser capaz de arrancar en ella más de una carcajada en los meses siguientes. Deseaba hacerlo. Y cuando tenía a Rocío ante él, se preguntaba por qué no plantearse intentarlo de nuevo. Su vida había estado bien mientras estuvo con ella.

El mundo estaba lleno de desafíos. Hasta entonces los había encarado todos y los había solventado con éxito. Claro que siempre había dependido de su propia fuerza para hacerlo.

Un movimiento con la yema del dedo y apareció de nuevo la imagen de una Irene asustada.

Y ahora tenía delante a alguien a quien podía hacer daño. Aquel era un reto distinto, muy distinto a los que estaba acostumbrado y él nunca había sido mala persona.

10

Veintiuno de junio, viernes. Su segundo día libre y el trigésimo «no oficial» de trabajo.

No tenía planes para ese día, pero ya se le ocurriría algo. Una cosa tenía clara, no iba a quedarse en el hotel. Necesitaba el descanso y no pensaba darle a Mercedes la oportunidad de complicarle su día libre con cualquier problema que ella no tuviera ganas de solucionar.

Se duchó en un instante, ni se detuvo a secarse el pelo, se lo enjugó con la toalla, se peinó la corta melena y se vistió a todo correr. A las nueve y media salía en su Clío en dirección hacia no sabía dónde.

Llegó hasta San Juan de la Arena y se pasó media mañana paseando por su solitaria playa. Tres kilómetros de arenal de ida y otros tantos de vuelta, con los pantalones arremangados y los pies metidos en el agua le consiguieron relajar el alma. Comió en Gijón, en una terraza cualquiera que encontró en el puerto, y paseó por el centro. No lo había imaginado tan bonito y señorial. Muchos fueron los edificios que le llamaron la atención, sin embargo, no entró en ninguno. Anotó mentalmente que a la semana siguiente volvería con la cabeza más calmada y el día más organizado. Con esa idea se acercó a la Oficina de

Turismo del Espigón y se llevó unos folletos, un plano y un listado con los horarios de apertura y cierre de todos los sitios que visitar en la ciudad y fuera de ella.

A las seis y media abandonaba la ciudad y regresaba a Cudillero más calmada.

El «anfiteatro», como Silvia llamaba a la plaza del pueblo, estaba lleno de gente. Se sentó en una mesa de la terraza más próxima al mar, sin fijarse siquiera en el restaurante a la que pertenecía. Unos chiquillos jugaban a bajar la rampa de las barcas y tocar el agua con la punta de los dedos. Sus madres les gritaban desde arriba, sin molestarse en abandonar la cerveza que tomaban.

Tan pronto como el camarero le preguntó lo que quería, sacó los folletos de Gijón del bolso y comenzó a hojearlos. Un rato después, la voz de Silvia la sacó de su tarea.

—¡Irene!

Su padre y Fernando hablaban con otro hombre un poco más allá.

—¿Acompañando a la familia?

Silvia se sentó a su lado. Se le escapó un suspiro. Irene supo que sucedía algo por la cara que puso.

—Mi padre ha decidido que no voy a volver a estar con Héctor. Desde ayer me lleva al hotel por la mañana y me recoge a la salida. No puedo verlo. Y eso sin saber lo que sucede. ¿Qué va a hacer cuando se entere?

—¿Todavía no se lo has dicho?

La joven echó un vistazo hacia donde estaban su padre y Fernando.

—No, todavía no.

Irene notó el pánico en su voz y le cogió una mano para calmarla.

—Creo que no es el momento ni el lugar para hablar de esto. Pero, Silvia, tienes que tomar una decisión. El problema no va a desaparecer porque no pienses en él. Cuanto más tiempo pase, más complicado se hará todo.

—No puedo, no me obligues —lloriqueó—. Ahora ni siquiera puedo ver a Héctor y no voy a hacer nada sin contar con él.

—Ni yo te lo estoy pidiendo. Pero busca la forma de hablar con él y llegad a un acuerdo cuanto antes. ¿Lo harás?

—Sí —musitó ella en voz baja.

Irene vio cómo los hombres se despedían y el padre y el tío de Silvia cruzaban la plaza en su dirección. Los nervios afloraron.

—Límpiate las lágrimas. Vienen hacia aquí. —La chica hizo lo que le indicaba a todo correr. Irene volvió a cogerle una mano. Imposible olvidarse cuánto necesitó ella el hombro de su hermana Luz cuando pasó por el mismo calvario—. Sabes que me tienes para lo que necesites, ¿verdad?

Silvia apenas acertó a hacer un gesto afirmativo antes de que su familia la recogiera.

Irene se quedó un rato más en la plaza después de que se marcharan. Pidió una ración de pulpo y una sidra para acompañarla. A pesar del hambre, hizo poco caso a la comida. No podía quitársela de la cabeza. La había visto peor que otros días. Estaba bloqueada. No había querido involucrarse hasta el momento, ni agobiarla con recomendaciones que nadie le pedía. Pero empezaba a pensar que tendría que hacerlo, aunque no quisiera. Tener un hijo o no tenerlo era una decisión que no se podía aplazar indefinidamente. Cuanto antes se tomara, mejor.

Una semana de plazo. En ese tiempo volvería a hablar con ella y si para entonces no había tomado una decisión, la obligaría a acudir al ginecólogo.

Cuando aparcó delante de la puerta principal del hotel, decidió pasar por el vestíbulo para ver si estaba todo controlado. En sus días libres, Julia se quedaba en el turno de la tarde hasta que ella regresaba.

Se la encontró esperándola.

—¡Menos mal que llegas! Estaba a punto de llamar a Mercedes.

—¿Qué sucede?

—Tienes que ir a Oviedo, a la estación del tren, a recoger a alguien.

—¿A algún cliente con problemas? ¿Qué hay de los demás huéspedes?

—Ya han llegado todos. Los últimos, hace menos de media hora. Están en sus habitaciones.

—¿La cena?

—Todo perfecto. No hay de qué preocuparse.

Se le hinchó el pecho de orgullo. Las cosas iban bien gracias a..., no es que estuviera bien echarse flores a uno mismo, pero sí, ¿por qué no iba a concedérselo?, gracias a ella. Y a Julia, claro, y a Silvia y a Ana... Irene estaba contenta, empezaba a pensar que formaban un buen equipo, a pesar del desastre que era Mercedes.

—Entonces me voy corriendo. ¿Por quién tengo que preguntar?

Julia se echó a reír.

—Lo sabrás en cuanto lo veas. Es Iago, que regresa.

A Irene se le aceleró el corazón; y las piernas, porque salió corriendo, exultante y con la sensación de su último beso aún en los labios.

Llegó a las cercanías de Oviedo cincuenta y ocho kilómetros y cuarenta y cinco minutos más tarde. Tres veces tuvo que preguntar hasta dar con el sitio. Oviedo era una de esas ciudades en las que el ferrocarril todavía llegaba hasta el centro. Dio varias vueltas por las calles de alrededor y al final optó por dejarlo a la puerta de la estación con las luces de emergencia puestas, convencida de que sería solo un momento.

Entró en el vestíbulo a toda prisa. No había nadie. Se acercó al panel de los horarios de los trenes. En efecto, el intercity de Madrid de las 15.45 había llegado a las 20.08. Comprobó la hora en su muñeca, casi las nueve y media. Demasiado tiempo para que uno se quede de pie, esperando a que le vinieran a recoger.

Irene miró a su alrededor. CAFETERÍA RENFE, decía uno de los carteles. Se dirigió hacia allí, convencida de que lo encontraría dentro.

En efecto, lo encontró. Estaba sentado en una de las mesas, con una copa de cerveza, el periódico y los ojos fijos en la televisión que colgaba de la pared del fondo.

Tan pronto como lo vio, Irene se giró y regresó al vestíbulo. ¿Cómo lo recibía? A su modo de ver tenía tres posibilidades: *a*) Se echaba a su cuello y le plantaba un beso en los morros. ¡Buf! Demasiado impulsivo, ella no era la persona que había pensado aquello. *b*) Con indiferencia. ¡Buf! ¿Demasiado fría? ¿Y si él esperaba otra cosa de ella? y *c*) Simpática, pero tímida. Definitivamente aquello encajaba más en su personalidad.

Unos golpecitos en el hombro interrumpieron sus locos pensamientos.

—¿Buscabas a alguien? —Iago la miraba con gesto serio. No supo reaccionar y se quedó callada—. Has venido a buscarme, ¿no?

Irene dio un paso atrás, sin embargo, aquello no era nada en comparación con los cien kilómetros de distancia que Iago acababa de poner a propósito entre ellos con su voz.

—Julia me dijo que viniera.

—Esperaba a Mercedes, no imaginaba que iba a decírtelo a ti.

Irene abrió y cerró su bolso bandolera en un gesto nervioso.

—Yo acababa de entrar en el hotel. Mercedes ya no estaba.

—¿Has traído el coche?

—¿En qué querías que viniera?

Irene estaba claramente molesta por su actitud, sin duda esperaba algo más... distinto. Pero Iago recordó sus últimos pensamientos —¿y sentimientos?— sobre Rocío y se dijo que era mejor así. ¿Qué derecho tenía a dejar que Irene se ilusionara cuando él no tenía nada claro lo que quería de ella? Además, un polvo ocasional con alguien atractivo estaba bien, pero con el vecino del apartamento de enfrente no era más que una complicación absurda.

Recogió la bolsa que había dejado a los pies.

—Vamos —dijo.

Echó a andar sin esperarla. Encontraron el coche nada más cruzar la puerta. Mal aparcado.

Le encantó semejante arranque de incivismo, aunque lo disimuló.

En el limpiaparabrisas había un papel.

—¡Genial, una multa! —masculló Irene mientras la quitaba del cristal.

Iago nunca la había visto tan enfadada. Mejor, así no habría peligro de que ella quisiera entablar una conversación trascendente sobre lo que había entre ambos. Abrió la puerta trasera y tiró la bolsa dentro. Después, ocupó el asiento del copiloto.

Irene esperó a que se atara el cinturón antes de encender el motor.

—Tú eres de aquí, sabrás por dónde tengo que salir

—le espetó ella sin miramientos. Iago la miró de reojo, empezaba a arrepentirse de haberla hecho enfadar.

—Tienes que girar hacia atrás —le explicó él. Esperó a que siguiera sus instrucciones—. Ahora coge la tercera calle a la derecha. Por esa, por esa, sigue por la segunda. Cuando llegues a la rotonda, continúa recto y te iré indicando.

Irene conducía concentrada en lo que tenía delante. Llevaba el volante fuertemente sujeto y las manos en la posición que marcaban todos los profesores de autoescuela: a las diez y diez. No se relajó hasta que cogieron la A-68 en dirección a Avilés y dejaron atrás los últimos polígonos industriales de Oviedo.

—¿Qué tal por Madrid? —preguntó ella un rato más tarde, cuando el silencio compartido amenazaba con comerse el aire para respirar.

—Bien. ¿Te importa que ponga la radio? —preguntó Iago a su vez, para intentar cortar cualquier posibilidad de conversación.

Sabía que se estaba portando como un capullo cobarde, pero la nueva percepción de su relación con Rocío era tan reciente, menos de cuatro horas, que dudaba de su capacidad para pensar con claridad con respecto a Irene. Cometer una tontería con ella sería difícil de solucionar después.

—Haz lo que quieras.

Puso *Radio 5 Todo Noticias*, nada de música, sino algo en lo que concentrarse y que sirviera para justificar la falta de conversación.

No volvieron a hablar. Ya estaban casi en Avilés cuando a Iago le sonó el teléfono. Era Fernando.

—Mercedes acaba de marcharse del bar. Le ha llamado Julia y le ha dicho que estabas de vuelta.

—Aún no he llegado al hotel.

—Ni lo hagas, vente a mi casa. Prometiste ayudarme con el tratamiento antipolilla de las vigas de madera. Ya te he preparado la mascarilla para que no te intoxiques.

Miró a Irene de reojo. A pesar de todo no le apetecía alejarse de ella. No tan pronto.

—Vale, mañana a primera hora estoy allí.

—¿No recuerdas que me ofreciste tu piso mientras tanto? Las garrafas de gasóleo están en mi casa desde el martes y no me gustaría que acabaran explotando. ¿No podemos dormir en tu casa?

—¿Qué más te da una noche más? Lo dejamos para mañana y ya está.

—No me jodas, Iago. Tengo que sacar la ropa antes de que empecemos con esto y si nos ponemos a primera hora, no me dará tiempo.

Iago se lo pensó un momento.

—Está bien. En algo más de media hora estoy allí, aunque antes tengo que pasarme por el hotel para coger las llaves del piso.

—Te espero. No tardes.

Ni él dijo nada ni Irene preguntó. Iago la miró de nuevo. Apenas podía distinguir el perfil de su rostro. Desprendía seriedad por todos los poros, pero él conseguía ver la debilidad que subyacía en la base de su tozudez. Deseó no haberla herido con su actitud. Solo de pensarlo se le ablandó el corazón como nunca hubiera imaginado que le pasara.

11

Jueves de nuevo, veintisiete de junio para más datos. Había pasado una semana y no había vuelto a ver a Iago. Bueno, sí, aparecía de vez en cuando por el hotel, pero le había dado esquinazo todas las veces. Sin haberle comentado nada de nada sobre sus encuentros y desencuentros entre Iago y ella, Silvia se consideraba su compinche y la avisaba cuando lo veía.

—Es un buen tipo —le insistía cada vez que él llegaba.

Pero su supuesta colaboradora había terminado siendo la mayor de las chantajistas.

—La próxima vez hago que te encuentres de frente con él, a menos que me prometas algo —le había dicho la cuarta vez que Iago había aparecido por allí.

—¿Qué?

—Que vengas conmigo al pueblo el jueves y el viernes.

Cudillero era pequeño, las posibilidades de encontrarse con Iago eran... todas. ¿Qué ganaba entonces?

—De ninguna manera. Me quedaré en mi habitación, leyendo.

—Irene, por favor —había rogado Silvia—. Son fiestas, el jueves empiezan y en casa no me dejan salir por si quedo con Héctor.

—¿Y si te van a buscar tus amigas?

—Tampoco se fían de ellas. Por favor —volvió a insistir—. Si les digo que he quedado contigo, lo harán. Podré salir de casa. No vas a ver a Iago —comentó ella muy segura de la causa de su resistencia—. Las fiestas de L'Amuravella son muy famosas. El pueblo se llena de gente de fuera. Es una locura, nadie encuentra a nadie.

Irene lo sabía, como que tenían el hotel lleno y todos los días rechazaban docenas de solicitudes de alojamiento. Las fiestas estaban catalogadas como de Interés Turístico Nacional y, aunque ella no las conocía antes de llegar a Cudillero, parecía que el resto de los cuarenta y ocho millones de españoles y parte de los quinientos millones de europeos sí.

—¿Seguro?

—El año pasado me perdí de Héctor y después de tres horas me fui a casa porque no conseguí dar con él.

—¿Seguro?

—Segurísimo.

—¿Y seguro que yo soy la única persona del mundo con la que tus padres te van a dejar salir de casa?

—Segurísimo.

—Vale, pero solo un rato —aceptó.

—A partir de las siete que es a la hora que salgo esta semana.

—Un rato, solo hasta las nueve y media. Julia se va a las diez y quiero estar un poco antes para que me cuente las incidencias.

—¡Tan pronto! Diez y media —propuso Silvia. Rectificó ante la silenciosa negativa de Irene—. Diez, a las diez menos cuarto para que llegues a tiempo. ¡Por favor, por favor, Irene, a menos cuarto, te prometo que no te entretengo ni un minuto más!

Irene sucumbió a la súplica sin remedio.

Así que el jueves a las siete salieron juntas del hotel. Caminaron el kilómetro largo que distaban del pueblo y descendieron las rampas hasta el anfiteatro. Silvia tenía razón, según se aproximaban hacia el centro, la gente comenzó a aumentar. En la plaza no se podía dar un paso sin tener que pedir permiso.

Lo primero que hizo Silvia fue llegarse hasta el restaurante Los Arcos. Irene entró con ella. Imposible no hacerlo, la tenía fuertemente cogida de la mano. El padre de Silvia estaba con otros tres hombres. Se acercaron a él y saludaron.

—Ya está, ya nos podemos ir. Ya se ha convencido de que estoy contigo.

—Pues sí que es precavido.

—Ya te lo había dicho.

«Los padres y sus desconfianzas», suspiró Irene. De eso sabía ella algo. Habían sido las sospechas de su madre las que la habían privado de la compañía de su hermana mayor durante muchos años. Luz se había marchado de casa en cuanto recibió su primer sueldo. Veintiún años tenía; ella, dieciséis. Había tenido que aguantarse y quedarse en casa soportando los sermones de su madre, destinados a Luz en vez de a ella. Había tenido que luchar para que su personalidad no se volviera gris y anodina como quería su madre que fuera. De vez en cuando se preguntaba cómo habría sido tener unos padres alegres y divertidos y si su carácter habría sido diferente en ese caso, menos serio, menos responsable. Pero la mayoría de las veces terminaba diciéndose que no, no había más que ver a su hermana y a ella; Luz, la alocada, y ella, la formal. Habían sido educadas de la misma forma y no tenían nada que ver la una con la otra. Además, daba igual, estaba contenta de ser como era y de que su hermana fuera como era.

Intentó decirle algo a Silvia, pero esta ya no la escuchaba; tenía todos los sentidos puestos en todo aquel que se movía a su alrededor. Irene sospechó que buscaba a alguien. «A Héctor», adivinó.

Pasearon, mejor dicho, pasaron entre la gente, las mojaron con sidra escanciada. Silvia le presentó a varios chicos y chicas. Las empujaron, entraron en dos bares, bebieron —Irene sidra y Silvia dos Coca-Colas— y las invitaron a sardinas... Una hora después, cansada, empujada y pisoteada, sugirió escaparse a un lugar más tranquilo.

—¿Has estado en el faro alguna vez? —le preguntó Silvia.

—No.

—Vamos, es un sitio increíble. Está ahí arriba. —Señaló la ladera de uno de los montes que constreñían al pueblo y que definían su estructura—. Está sobre el mar, en lo alto del acantilado. Héctor y yo vamos siempre que podemos.

Fue mencionar a su novio y este apareció. Como en los cuentos.

—¿Adónde va «mi vida»? —dijo él a la espalda de Silvia.

Y como en los cuentos, el rostro de la princesa cambió por completo. Irene vio cómo a la adolescente se le agrandaban los ojos y se le tersaba la piel tan pronto como la sonrisa apareció en su cara y se hacía más y más grande.

Le impresionó ver aparecer la ilusión en su rostro, pero más aún en el de él. Era una mezcla de ternura, congoja y bondad. Su amiga se abrazó a él, que la estrechó entre sus brazos con delicadeza, como si fuera lo más preciado en el mundo.

A Irene se le hizo un nudo en la garganta. Hacía mucho tiempo que no presenciaba una escena tan tierna entre una pareja. ¿Lo había hecho alguna vez?

Si los padres de Silvia pudieran verlos en aquel momento, cambiarían de opinión sobre el tipo de chico que convenía a su hija.

«Claro que los prejuicios son muy difíciles de erradicar.» Y es que Héctor, aparte de ser unos años mayor que Silvia, también tenía otro «problema»; era claramente un emigrante sudamericano. «Ecuatoriano o colombiano», meditó.

—Bueno, yo... —comentó un momento después—, creo que ya es hora de marcharme.

Silvia reaccionó al recordar que no había llegado sola.

—Héctor, esta es Irene, de la que tanto te he hablado —la presentó, colgada de la cintura de su novio.

Héctor desplegó una sonrisa sincera.

—Señorita Irene, mucho gusto de conocerla —susurró con tono dulce.

—Lo mismo digo —respondió ella—. Y ahora si no os importa, yo me voy, estoy cansada.

Silvia aceptó su retirada con una sonrisa e Irene le correspondió con otra. Ya les había dado la espalda cuando Silvia contestó.

—¡Irene! —Se volvió—. Gracias.

—No seas imprudente —le advirtió con tono maternal. Con tristeza recordó que la observación llegaba tarde, dos meses tarde.

Silvia no había aparecido la mañana siguiente; estaba enferma. Mercedes la levantó de la cama para decírselo y para decidir qué hacer con el hotel completo, como lo tenían.

Irene no vio otra solución. Pidió a Ana que hiciera una tarde extra, pero esta no podía porque tenía que acompañar a su madre al médico. La opción de pedírselo a Julia era impensable, puesto que era quien hacía el turno en la recepción los días que ella libraba e Irene prefería no hacer más cambios de los imprescindibles en la rutina del hotel. Tomó la única decisión posible: se encargaría ella misma de las habitaciones restantes. Adiós a su día libre, hola a la idea de buscar a otra persona dispuesta a realizar los reemplazos en las ausencias de las chicas.

Así que ese viernes trabajó. Eso sí, se ciñó estrictamente al horario de Silvia: hasta las siete, ni un minuto más.

—¡Se acabó! —respiró mientras bajaba la escalera y se soltaba el delantal del uniforme. Justo en ese momento, le sonó el móvil.

Era Luz, su hermana. Por fin, una persona de confianza con la que desahogarse. Pulsó el botón de buena gana.

—¡Hermanita! —La voz de Luz irradiaba alegría, como siempre.

—Hola, guapa —contestó, intentando imprimir un deje de contento.

—¡Uf! Vaya bienvenida. ¿Qué sucede?

Irene odiaba ser tan transparente a veces.

—Nada, el trabajo, ya sabes —contestó con vaguedad mientras recorría el pasillo y se acercaba al armario de la ropa para quitarse la bata.

—¿Trabajo? Pero ¿no tenías el día libre?

—Nos ha fallado una de las chicas.

—Ya, como si lo viera, y te has ofrecido para sustituirla.

—Luz —le rogó Irene—, no empieces. Ya he terminado, me marchaba en este mismo instante.

—Supongo que no a correrte una buena juerga.

—Estoy muerta. Me duelen los pies, no podría dar ni un solo paso.

—Entiendo, la reunión es con uno de tus libros.

—Con Anna Karenina y el conde Vronsky. Hace una tarde estupenda, voy a tumbarme en el jardín.

—¿Te han dicho alguna vez que hay ejercicios en los que no es necesario andar?

—No empieces...

—Solo se necesita un hombre. Ni siquiera hace falta que sea alto.

—Luz...

—Ni que sea guapo —continuó su hermana—. Con que sepa ponerte a mil es suficiente. ¿No habrá por ahí alguno de esas características?

—No.

—¿Estás segura? Un cliente solitario, el chico de los recados, el fontanero, el que os lleva la fruta, el...

«El del apartamento de enfrente.»

—No. Y aunque lo hubiera, yo no soy como... —Irene se mordió la lengua.

—Como yo. Ya lo sé. Tú no terminas una noche acostándote con el camarero del bar en el que te tomas la última copa.

—¡Perdóname, perdóname! No quería decir eso. Solo es que me acordé de aquellos años locos tuyos, de cuando Martín aún no estaba, de antes de que te casaras, de... ¡Ay, Dios mío! Si es que estoy tan cansada que no sé ni lo que me digo. Luz, pero ¿tú me has entendido? No quería, pero...

—Ya lo sé, pequeñaja. No te preocupes, sé lo que quieres decir. No te preocupes.

Escuchar de nuevo la voz alegre de su hermana la tranquilizó.

—De verdad, por aquí no hay nadie disponible.

—Entiendo, tarde sin sexo. Al menos, date a la bebida.

Irene le hizo caso en eso. Allí estaba, con una camiseta de verano y pantalones cortos, tumbada en una de las hamacas que había desplazado hasta «su jardín». A un lado, en el suelo, había dejado la botella de vino que unos clientes habían pedido aquel mediodía y luego no habían tomado. Tenía la copa en una mano y *Anna Karenina* en la otra, y la vista clavada en la página sesenta y dos, sin poder avanzar.

Dio un sorbo y dejó el vino en el suelo, a la sombra de la hamaca, al lado de la botella. Fijó los ojos en la cristalera de la habitación de Iago. Había resuelto no volver a pensar en él, olvidarlo durante aquellos días. Fracaso total. Lo hacía nada más levantarse y mirar hacia su habitación y lo hacía por la noche cuando llegaba rendida a su cuarto.

«Esto no puede seguir así», se dijo. No se le ocurrió cómo evitarlo, así que estiró el brazo y cogió la copa. Al inclinarse para dejarla otra vez, el libro se le escurrió hacia el suelo. Irene lo sujetó con la mano libre como pudo. No consiguió evitar que parte del líquido se le colara por el escote.

—¡Mierda!

A todo correr, depositó la copa en el suelo, dejó el libro junto a ella y buscó un pañuelo en el bolsillo del pantalón.

Lo vio en ese instante. Fue un reflejo, un brillo procedente del interior de la habitación de Iago. Tuvo la seguridad de que estaba dentro y lo había estado todo el tiempo que llevaba sentada en el jardín.

Sin pensarlo, cogió de nuevo la copa y la llenó. Se la bebió de un trago. Y volvió a mirar sin verlo. Otra copa, otro trago.

«Así que, además, es un mirón.» Una idea malvada hizo desaparecer la razón de Irene. La música de la canción *You can leave your hat on* comenzó a sonar en su cabeza. Llenó de nuevo la copa y la apuró de golpe. Empezaba la función.

Clavó la vista en el cristal de la habitación, separó las

piernas ligeramente y se relajó. Luego, se llevó un dedo al escote, siguiendo el rastro del vino derramado. Se detuvo un instante acariciándose suavemente y lo internó en el hueco de sus pechos. Después, se lo llevó a la boca. Y lo lamió. Despacio. Lo sacaba y lo metía ligera y suavemente.

Con la lengua comenzó a rodearlo, en un movimiento circular. Sin dejar de mirarlo a él.

Continuó con la otra mano. Recorrió el borde de la camiseta varias veces. Notaba la suavidad de su piel menos expuesta al sol e imaginó que Iago la sentía también. Aquello le dio el atrevimiento para seguir.

Se la levantó por encima del ombligo y se lo acarició. Coló los dedos por debajo de su tripa sin dejar de tocarse. Pero la postura le impedía seguir con la representación.

Se puso en pie. Delante de la hamaca, empezó a mecer las caderas como si se tratara de una bailarina de salsa, aunque con movimientos más lentos, mucho más lentos. Se desabrochó un botón, otro y otro más. Hasta que se aseguró de que él viera la puntilla del sujetador.

Sin dejar de mecerse, soltó el botón del pantalón vaquero corto y se bajó la cremallera en parte. La prenda se deslizó hacia abajo y quedó enganchada en las caderas. Metió la mano por dentro al tiempo que se balanceaba hacia delante y atrás. Su otra mano subió por su estómago hacia sus pechos.

Irene seguía moviéndose al son que le marcaban el vino y la canción en su cabeza.

«*Baby take off your dress. Yes, yes, yes.*»

Se sacó la camiseta por la cabeza y la lanzó al aire. Sin pensarlo dos veces, hizo saltar el broche del sujetador. Con las dos manos se sujetó los pechos; no quería que quedaran expuestos demasiado pronto. Se bajó un tirante. Lentamente. Se bajó el otro. Despacio. Apenas le cubría los pezones. Podía haber soltado las manos y exponerse ante él. No lo hizo. Torturarle era su única intención.

Se dio la vuelta de espaldas, a punto de culminar la sesión. Otro movimiento de caderas y el pantalón se deslizó hasta el suelo. Dio un paso fuera de él, consciente de que el coulotte que llevaba mostraba más de lo que escondía. Añadió un movimiento circular de pelvis y se aproximó a la puerta de la habitación. Un paso más y estaba dentro.

Sin embargo, aún no había terminado con él. Se colocó debajo del dintel y soltó las manos. El sujetador cayó al suelo de la habitación.

Al segundo siguiente, la puerta estaba bien cerrada e Irene lucía una enorme sonrisa en la boca.

Cogió la prenda del suelo y apartó una esquina de la cortina de la cristalera. El sol se reflejaba en el cristal de Iago. Todo estaba como antes, no había ni rastro de él. Le dio igual, estaba convencida de que él estaba dentro y la había visto. Miró sus ropas tiradas sobre la hierba, afloró la cobardía. Las recogería más tarde.

Dejó el sujetador sobre el escritorio y se dejó caer sobre la cama. Cuando el colchón dejó de moverse, se dio cuenta de que respiraba pesadamente. Tenía los pezones enhiestos y un hormigueo en el bajo vientre.

Prefirió no pensar en que al final era ella la que se había excitado con aquel numerito.

Se levantó de un salto. Era hora de darse una ducha, cuanto más fría, mejor.

No supo el tiempo que permaneció en la ducha, pero fue mucho. Desprenderse del apetito momentáneo le resultó más o menos fácil; un rato debajo del agua fría fue suficiente. Más le costó olvidar el deseo insatisfecho durante tantos días. Lo que no consiguió fue quitarse a Iago de la cabeza.

Se secó por encima y se cubrió con la toalla, que anudó a un lado. Salió del baño mientras se frotaba el pelo.

«¿Qué pasará la próxima vez que nos veamos?» Empezaba a darle miedo aquella posibilidad. Ahora, con la mente despejada de los vapores del vino, se arrepentía de lo que había hecho. A ella no se le iba nunca la cabeza. «Hoy, sí.» Ella nunca se fijaba en hombres que no conocía bien. «Esta vez, sí.» Odiaba no saber qué hacer y sentirse entre dos aguas. Y eso era lo que le pasaba con Iago. Que nunca sabía si nadar o salir del agua. Hasta entonces se había limitado a la seguridad de la arena, pero echarse al mar y comenzar a nadar, la atraía poderosamente. Ya imaginaba la respuesta de su hermana si se lo preguntaba: «No vas a ahogarte, y si lo haces, siempre estará él para salvarte. A los hombres les encanta creerse nuestros héroes.» Ella quería lanzarse de cabeza, ser como esos surferos que cabalgan sobre las olas para al final dejarse caer y fundirse con ellas.

Sin embargo, había algo que se lo impedía. Ella, sus malos recuerdos del pasado; él, su rechazo el día que lo recogió en la estación. Decidido, el día siguiente era sábado, día de trabajo, de los duros, los problemas le harían olvidar a Iago.

Miró el reloj, las nueve y media, a punto de anochecer. El vino le había dejado el estómago revuelto —¿o era la angustia?—. No estaba segura de poder comer nada, aunque había una cosa que sí tenía que hacer.

Abrió la puerta del cuarto y salió. Su ropa había desaparecido.

—¿Buscabas esto?

Iago estaba apoyado en la fachada de la habitación con su camiseta y su pantalón en una mano y la copa y la botella medio vacía en la otra.

Si en algún momento había tenido duda de que la hubiera visto mientras se desnudaba, la desechó en ese momento. Su mirada no mentía. Estaba muy serio. Y extraño.

Se le subieron los colores y tragó saliva. Intentó coger su ropa, pero él la apartó por encima de su cabeza.

—Dámela.

Él la elevó todavía más.

—No la necesitas —aseguró y lo dijo en un tono que Irene se sintió desnuda ante él.

Confirmó que la toalla seguía en su sitio, pero cuando volvió a mirarle a él, fue como si se le hubiera caído.

Iago dio un paso adelante y la empujó dentro de la habitación. Ella no se resistió —«imposible»—, solo consiguió escuchar el clic de la puerta al cerrarse y un redoble de tambores dentro de su cabeza.

Él avanzaba, ella retrocedía. Él respiraba, ella jadeaba. Un paso más, uno menos. Hasta que chocó contra la mesa.

Iago se inclinó hacia delante, Irene, hacia atrás. La protección de los brazos extendidos no le sirvió de nada cuando él se apoyó en ella. Un golpe sobre la madera, a su espalda, le dijo que acababa de librarse de su ropa; otro, de la botella.

—¿Miedo ahora?

Ella contestó con una negativa silenciosa.

Hundió sus manos en su pelo aún húmedo y la obligó a echar la cabeza atrás y a mirarle a los ojos. Irene supo que esperaba una contestación.

—No —le confirmó ella.

—Eso pensaba —masculló él.

Iago le mordió el labio inferior e Irene lanzó un suspiro. Le introdujo la lengua en la boca. La tormenta se desató dentro de ella. Le devolvió el beso.

La toalla cayó al suelo.

Sus manos en su vientre, en sus caderas, en su culo.

Los pezones de Irene duros y fríos.
La erección de Iago apretando contra ella.
Su propio deseo pulsando en su interior.
Iago le dio la vuelta e Irene se apoyó en la mesa.
Él cubrió sus pechos y los apretó con furia. Ella friccionó sus nalgas contra él. Era un ruego.

Iago se soltó los pantalones a toda prisa. Irene notó la punta de su miembro mojándose con la humedad de su sexo.

Estaba excitada, mucho. La brusquedad de sus modales, la frialdad del momento, el silencio. Era como hacerlo con un desconocido.

Él la tocaba, por los muslos, por las nalgas, por el borde del pubis. Él la tomaba, sus pechos, su estómago. Mordía su cuello. Y ella se mordía los labios para contener el momento y no dejarse ir antes de tiempo.

Él se movía, su pene contra sus labios inferiores, sus dedos por sus pezones. Una y otra vez. El fuego subía por las venas de Irene.

No pudo aguantar más, separó las piernas y se inclinó hacia delante. Él entendió el gesto.

La sujetó por las caderas y de un movimiento brusco, la penetró.

Una de sus manos volvió a su pecho. La otra recorrió su estómago y su pubis hasta que encontró lo que buscaba. El clítoris de Irene estaba inflamado, sus pezones irritados y su vagina llena.

Estaba a punto de estallar.

Movimientos circulares, empuje, pellizcos. Deseo, ansiedad, pasión.

Los dedos de Iago en su intimidad, su miembro entrando y saliendo de ella sin cesar. La euforia asaltando sus sentidos. Subió, subió, subió. Más, más y más arriba. Hasta que alcanzó la cima y se dejó caer.

Le fallaron los brazos y apoyó los codos y la frente sobre la superficie. Iago se detuvo y se tumbó sobre ella. Sintió su beso en la espalda. Pero solo podía pensar en respirar y en que había sido el polvo más rápido de su vida. También uno de los más potentes.

Iago la obligó a moverse. La levantó sin esfuerzo y la condujo hasta la cama. Separó el cubrecama de un tirón y se metió con ella dentro.

No hablaron, Irene sentía el calor de su piel. Lo abrazó. Él la dejó descansar un rato. Volvió a acariciarla, en los hombros y en el hueso de la clavícula.

—Cuando estabas fuera, cuando me has hecho el *striptease*, no podía hacer otra cosa más que mirarte —reconoció—, y pensar en cómo sería hacerte yo lo que tú te hacías, tocarte dónde tú te tocabas y quitarte la ropa como tú hacías.

Ella intentó apartarse de él. Era la última oportunidad de huir antes de derretirse. Pero él no se lo permitió; la mantuvo apretada contra él.

No hubo más palabras. La boca de Iago cubrió el vacío que quedaba entre los dos, sus labios sellaron un pacto silencioso, su lengua demostró que lo que le había dicho era cierto: la deseaba.

Cuando él se apoderó de sus labios, olvidó el recelo y le devolvió el beso. Notó sus dedos en la piel y sus labios húmedos contra los suyos. Dejó de pensar. Sentir, esa era la palabra. Sentir su lengua dando vueltas en torno a la suya, sentir sus dientes mordisqueándole el borde de los labios, sentir la fuerza del deseo de Iago mientras la besaba sin descanso, mientras se apretaba contra ella, mientras le sujetaba la cabeza para que no se alejara de él.

Le mordió el labio inferior, Irene lanzó un gemido y

le introdujo la lengua de nuevo. Él se apretó contra ella. Irene ahondó en la cercanía rodeándole el cuerpo con una de sus piernas.

A Iago se le escapó la risa.

—¡Ansiosa! —le incitó, pero no tardó ni un segundo en atraparla debajo de él.

El jadeo de Irene cuando su miembro rozó la humedad de su sexo fue la mejor de las melodías a oídos de Iago. Así se lo dijo su sonrisa.

Iago se deslizó hacia abajo, hasta que sus ojos quedaron al nivel de los pechos de Irene. Los pezones eran muy oscuros y apuntaban hacia él. Él la miró a los ojos, pero ella ya había arqueado la espalda hacia atrás y tenía los suyos cerrados. Los chupó, los besó, trazó círculos alrededor de ellos con la punta de la lengua, los atrapó entre los dientes y tiró. Irene gemía e impelía las caderas hacia delante, en busca de algo que Iago no estaba dispuesto a darle todavía. Abandonó un pezón y se centró en el otro. Lo metió dentro de la boca por completo y succionó, mientras que con la otra mano regresaba al anterior y lo retorcía a placer.

Deslizó la otra mano entre sus cuerpos y palpó la humedad en el sexo de ella. Comenzó a deslizar la boca por su cuerpo, por debajo de los senos, por su estómago, dentro de su ombligo y después, más abajo, más abajo, más abajo. Las manos de Irene dentro de su pelo, por su cuello, por sus hombros y su espalda. Y los labios de él en su clítoris y su lengua dando vueltas sobre él.

—No —jadeó Irene—. Sube, sube hasta mí —rogó ella mientras tiraba de él hacia arriba.

Iago la obedeció y regresó a su boca. Irene se quedó sin aliento con aquel beso.

—Solo quería darte más placer —murmuró él.

—No quiero —volvió a gemir ella—, no quiero irme

yo sola otra vez. Y es lo que ocurriría si te quedas ahí abajo —musitó, empujando de nuevo las caderas contra él.

Iago tuvo un instante de la lucidez que no había tenido antes. Por suerte, no había tenido tiempo de correrse.

—Irene —la voz le salió más seria de lo pretendido—, ¿estás tomando algo para...?

Ella movió la cabeza negativamente.

—Pues entonces, me temo que vamos a tener que limitarnos a esto —dijo, al tiempo que regresaba a su clítoris y volvía a acariciarlo con delicadeza.

Con la otra mano, se aproximó al borde de su feminidad e introdujo dos de sus dedos en su interior. Irene gimió de nuevo. Iago comenzó a imponer un movimiento que fue acelerando poco a poco. El ritmo de la respiración de Irene aumentó y lo hizo aún más cuando él atrapó uno de sus pechos y lo mordisqueó.

Irene aceleró la vibración de sus caderas para adaptarse al ritmo que él le imponía.

Explotó entre sus manos. Iago se sintió poderoso. Esperó a que su orgasmo se atenuara y la sostuvo cuando ella se dejó caer, inerte, contra su cuerpo.

—... para que me reponga y yo pueda hacerte... —Ni estando tan cerca de ella, Iago alcanzaba a oírla.

—No te preocupes por eso. —La besó en los labios—. Ya habrá ocasión.

Porque después de haber visto cómo ella se dejaba caer en sus brazos, tenía la sensación de contar con mucho tiempo por delante. Sin plantearse nada más, mucho menos las dudas que le asaltaban desde que había regresado de Madrid, su mano derecha se centró únicamente en buscar su propio desahogo.

12

Irene abrió los ojos de repente y su retina se inundó de luz. «¡Los desayunos!», le gritó algo desde dentro.

Salió de la cama de un salto y se tropezó con unos pantalones vaqueros. Fue entonces cuando recordó la locura de la noche anterior. Estaba desnuda, la ropa de Iago en el suelo y él, miró hacia la cama que acababa de abandonar, dormido dentro de sus sábanas.

En un instante por su cabeza pasó todo lo sucedido: cómo la había llevado al límite, no en una sino en dos ocasiones. Había sido excitante, estimulante, provocador...

Y no sabía si había cometido un error. Acostarse con un hombre antes de conocerle de verdad, no era su estilo. En absoluto. Tampoco hacer *striptease* en la calle. Y lo había hecho.

Escuchó las palabras de su hermana si se enteraba de lo sucedido: «Una magnífica noche de sexo reparador.» No se lo iba a contar.

Cogió el teléfono para comprobar la hora; las siete y media de la mañana. Tarde, llegaba tarde, y no podía saltarse la ducha.

Se metió bajo el agua antes de que se hubiera calentado. Contuvo un escalofrío. Puso cuidado en no mojarse el pelo. No tenía tiempo para secárselo, Ana la esperaba en la cocina. Estaba fuera en un minuto. Se enjugaba las piernas con la toalla cuando oyó el timbre del móvil. Se cubrió con la toalla húmeda. «Absurdo.» Iago no solo la había visto desnuda, sino que... Decidió dejar las evocaciones para otro momento.

—Ahora mismo sale —comentaba Iago con los ojos sobre ella. Le dedicó una sonrisa antes de volver a hablar—. Sí, se le han pegado las sábanas. Ayer se acostó tarde —explicó. Compartió risas con la persona del otro lado del teléfono y colgó—. Era Ana. Le he dicho que ahora mismo vas.

Se acercó a ella sin molestarse en ponerse nada encima. Irene no quiso mirarlo. La mañana, la realidad, el trabajo... Mejor no pensarlo. Iago la abrazó y la besó en los labios, pero ella no le correspondió.

Estaba molesta y se separó de él.

—¿Por qué has contestado?
—Porque sonaba y tú no estabas.
—Sabías quién era.
—Me lo imaginaba.
—Ahora Ana ya sabe... lo que hemos... que hemos estado juntos esta noche, se lo contará a Julia y a Silvia y estas a... No tenías que haberlo cogido.

Iago se puso serio de repente.

—Así que es eso.
—Cuando llegue a la cocina, me preguntarán si hemos pasado la noche juntos y no voy a poder negarlo.
—¿Y por qué ibas a hacerlo?
—No suelo hablar de mi vida privada con gente con la que no tengo confianza.

Iago estaba cada vez más irritado.

—Di que estabas en la ducha y que yo estaba en mi

habitación. Como soy el mejor de los vecinos, he oído el teléfono y he entrado.

—Jajaja —soltó Irene, irónica—. Muy gracioso. ¿No te das cuenta de lo que sucederá a continuación?

—Dímelo tú, ya que lo tienes tan claro.

Pero Irene no tenía tiempo que perder y se alejó de él. Sacó un pantalón negro y una camisa blanca del armario. Los dejó sobre la cama.

—Se lo contarán a Mercedes —se lamentó mientras sacaba una braguita del cajón y se la ponía por debajo de la toalla.

—¿Y?

—¿Cómo que «y»? ¿Me lo dices tú?

Cogió el sujetador de encima del escritorio, se soltó la toalla y se lo puso de espaldas a Iago.

—Sí, yo. A mí no me importa que se entere.

—Pero no estamos hablando de ti, sino de mí. Yo no quiero que lo sepa.

—No le importará.

Irene terminó de subirse el pantalón y lo miró con cara de incredulidad.

—Soy la que ha contratado para llevar este hotel a buen puerto. No quiero correr ese riesgo. Además, eres su primo.

—¡Ah! ¿Ya lo sabes? —Por un momento temió que él se hubiera dado cuenta de que ella los creía amantes. Por desgracia supo que su miedo se había hecho realidad cuando él continuó—. Niega que pensaste alguna vez que Mercedes y yo éramos algo muy distinto a familiares.

—Yo no pensé nada.

Le traicionó el rubor de las mejillas.

—Mientes muy mal —se burló él de ella.

Irene se giró para que no la viera colorada como estaba y comenzó a ponerse la camisa.

—No puedo hablar de esto. Tengo prisa.
—No me lo digas; el trabajo —masculló Iago.
—Sí, el trabajo. No puedo perderlo —afirmó mientras peleaba con uno de los botones.

Iago le apartó los dedos y siguió haciéndolo él. A Irene se le cortó la respiración solo de verlo tan cerca. Se contuvo para no alargar la mano y marcar las líneas de los músculos de su pecho. «Estoy discutiendo con él y no consigo reprimirme.» Pegó las manos a la pernera del pantalón para evitar tocarlo.

Él la abrazó y la atrajo hacia sí.
—Siempre el trabajo.

De pronto, fue mucho más difícil. A Irene se le puso un nudo en el pecho. Lo peor eran las ganas de abrazarlo y no soltarlo, aun sabiendo que en aquella relación ella era la que más tenía que perder. Mantuvo los brazos laxos.

—Tengo que marcharme. Me están esperando. Inventaré algo para que Ana no piense que tú y que yo... Y que Mercedes no se entere.

—¡Y dale con Mercedes! A Mercedes le da igual con quién nos acostemos. Y a Ana y al resto debería también darles lo mismo.

Irene explotó.
—Claro, como tú no tienes nada que perder...

Le dio un empujón, se dirigió hacia la puerta. Iago tardó unos segundos en reaccionar.

—¿Por qué piensas que yo...? ¿Crees que esto es para mí un juego? ¡Irene!

Pero ella corría ya por el jardín camino de la casona.

Iago se acercó a la puerta y la cerró de un portazo. Los cristales del ventanal vibraron por el impacto. ¡Genial! Una despedida estupenda después de una noche de ensueño.

Atravesó la habitación de dos zancadas y recogió la ropa desperdigada por el suelo. No se vistió. Cogió la toalla húmeda, que Irene había vuelto a colgar en el baño, y se envolvió las caderas con ella. Un segundo después, entraba en su cuarto, dispuesto a no tardar ni diez minutos en estar delante de ella y sacarla de su error. ¡Irene pensaba que se la había tirado para desahogar sus instintos! Era cierto, la noche anterior lo había puesto a mil. Se preguntó quién, después de ver lo que él había visto y de sentir lo que él había sentido cuando ella se fue quitando las prendas una a una, seguiría más frío que un témpano de hielo. Él no, desde luego. Por un momento, consideró la idea de cuál habría sido su reacción en el caso de que hubiera sido otra mujer. No pudo imaginarlo. Probó otra vez. ¿Y si..., Rocío? Exhaló el aire que retenía. Mejor no pensarlo, lo dejaría para otro momento. Bastante tenía con parlamentar con su ¿aliada? antes de que esta se convirtiera en enemiga.

Pero las cosas no se pusieron precisamente fáciles. Irene había cambiado el puesto a Ana. Esta estaba en la cocina y ella servía las mesas. Un vistazo a sus ojos fue suficiente para darse cuenta de que el cambio de funciones no era casual.

«Cobarde.»

La vio trajinar pasillo arriba pasillo abajo durante más de una hora, mientras él esperaba la oportunidad de mantener la conversación que les faltaba. Irene nunca permanecía en la cocina más de dos minutos seguidos; posponía el momento con toda intención.

No cruzó con él palabra alguna. Entraba con las jarras vacías del café, leche, zumo, o lo que fuera y se dirigía a Ana para llenarlas de nuevo. Lo más que hacía era echarle una mirada de circunstancias de vez en cuando.

Él cambió de táctica y se fue al comedor. Se sentó en una mesa que acababan de abandonar unos clientes y esperó a que le llegara el momento de servirle.

—¿Qué haces aquí? —le preguntó ella, alarmada, cuando se acercó a retirarle el servicio usado.

—Necesito hablar contigo.

—Ahora no puedo —se disculpó mientras colocaba las dos tazas sucias en la bandeja.

—¡Irene! —farfulló, pero ya se alejaba de él.

Se armó de paciencia y esperó a que regresara con una taza limpia.

—Siempre desayunas en la cocina —constató ella.

Iago no le hizo caso y siguió con la frase que había dejado a medias.

—Lo que quiero aclarar...

De nuevo lo dejó con la palabra en la boca. Irene estaba de vuelta a la mesa del bufet y retiraba la bandeja de los cruasanes que habían quedado.

Iago se levantó, enfadado.

—¿Quieres hacer el favor de escucharme?

—Ahora no puedo —susurró ella, mirando hacia todos los lados para cerciorarse de que los huéspedes del comedor no se enteraban de la discusión.

—Pon tú la hora —masculló él.

Irene lo arrastró al pasillo, lejos de los clientes del hotel.

—Hoy tengo mucho trabajo.

—A las diez y media, cuando hayáis terminado con el desayuno.

—Tengo que hacer los cuadrantes de los turnos de las dos semanas próximas. No.

—A las dos.

—Es sábado y estoy sola. Imposible.

—A las cuatro y media, cuando terminéis con las comidas.

—No voy a poder, me esperan un montón de correos sin contestar.

Iago empezaba a pensar que iba a tener que cargársela como un fardo y secuestrarla cuando la solución llamó a su puerta. El teléfono del vestíbulo comenzó a sonar. Irene tenía las manos ocupadas; no había nadie más por allí. Iago soltó un bufido y se acercó a cogerlo e Irene aprovechó para escabullirse hacia la cocina.

Se encontraron de nuevo en el pasillo.

—¿Algún problema? —le preguntó ella a su vuelta.

—Era Mercedes.

—¿Mercedes a estas horas y en su día libre?

Iago no tuvo en cuenta el tono mordaz. Estaba claro que estaba molesta con él y lo pagaba con el resto.

—Ha dicho que vendrá a las seis.

—¿Esta tarde?

—Esta tarde.

—Pero ¿por qué si es su tarde libre?

—Se lo he pedido yo.

—¿Tú? No entiendo nada.

A Iago le entraron ganas de zarandearla. Si no hubiera llevado las manos llenas de tazas, lo habría hecho.

—Esta tarde —le anunció—, a las seis y media. Coge el bañador y una toalla.

—Pero...

Iago hizo un gesto para hacerla callar. Irene enmudeció. Después, muy despacio, él acercó sus labios a los de ella y le dio un beso suave.

—No te olvides. A las seis y media y con bañador —le recordó antes de salir de la casona.

La recogió por la tarde en el mismo sitio en que la había dejado por la mañana. Irene salía del despacho cuando lo vio avanzar hacia ella por el pasillo con gesto severo. Vestía una camiseta roja, un bañador azul marino por encima de las rodillas y su eterna mochila negra a la espalda.

No hablaron, él se limitó a asirla de la mano y a arrastrarla hacia la galería trasera. El coche de Iago esperaba fuera con la puerta del copiloto abierta. Irene no entró.

—No puedo marcharme hasta que llegue Mercedes.

—Sube, está a punto de aparecer —le dijo él desde dentro.

—¿Cómo lo sabes?

—Acabo de llamarla. Sabía lo que me dirías y quería asegurarme de que no tuvieras una excusa para quedarte. —Se inclinó sobre el asiento que tenía que ocupar Irene y empujó la puerta para abrirla por completo—. Sube.

Irene dudó, pero al final lo hizo.

No tuvo que preguntar adónde iban, por esa dirección de la carretera solo se llegaba a un sitio: a Cudillero. Y hasta donde Irene sabía, en el pueblo había puerto, pero no playa ni piscina.

—¿Qué vamos a hacer aquí? ¿Para qué me has hecho traer esto? —le preguntó, señalando la bolsa a sus pies.

—Ya lo verás.

—¿No me lo vas a decir?

—No quiero hacerlo.

—¿Por qué?

—Porque entonces no vendrías.

—Entonces, ¿para qué insistes? —le retó.

Iago no atendió a la provocación y siguió conduciendo pueblo abajo.

Se bajaron del coche en el aparcamiento del puerto. Irene estuvo a punto de no hacerlo, pero al final dio su brazo a torcer. Iago se rio en silencio, convencido de que le había podido la curiosidad y la vergüenza de parecer una niña malcriada. Él se dirigió a la plaza del pueblo y ella lo siguió. Pero no iba a ninguna terraza ni a ningún restaurante. Se fue hacia el agua. Literalmente. Llegó a la rampa que bajaba hasta el mar desde la plaza. Dos barcas de madera y una piragua naranja flotaban amarradas a los hierros del antiguo muelle. Tres hombres, con la cara curtida por el sol y aspecto de estar jubilados, apoyaban los codos sobre la barandilla blanca. Saludaron a Iago. Este se puso a hablar con ellos. Irene se quedó aparte sin atreverse a formar parte del grupo. Iago no la presentó ni los hombres la miraron. Unos minutos más tarde, otros dos hombres se acercaron hasta ellos.

Cuando los saludos estuvieron dados y Iago había contado cómo y cuántas polillas habían matado en las vigas de la casa de Fernando, se despidió. Sin embargo, los hombres no se marcharon, sino que siguieron mirándolos desde arriba.

Irene vio cómo Iago se quitaba las alpargatas y las lanzaba dentro de la piragua. Después, se metió en el agua y la acercó a la orilla.

—Sube —ordenó.
—¿Cómo?
—Que subas.

La piragua, o lo que fuera aquella cosa, se bamboleaba sin cesar.

—Ni loca.
—Lo sabía. Te da miedo.

A Irene no le dio tiempo a contestar. Oyó una risa ahogada y miró hacia arriba. Los cinco hombres la miraban con cara de diversión.

—A cualquiera le daría miedo. ¿Has visto cómo se mueve? —se disculpó ella.
—¿Sabes nadar?
—Sí, un poco.
—Un poco es suficiente. Sube.
—Ni lo sueñes. No subo ahí sin chaleco salvavidas.

Las risas de los hombres dejaron de ser disimuladas.

—Que coja uno de los de la *Carlota* —dijo uno de

ellos al tiempo que señalaba una de las barcas de madera. A un lado, con unas letras pintadas en blanco se podía leer: CARLOTA O-63763.

Irene siguió la dirección de los ojos de todos los presentes y descubrió una fila de corchos, poco más grandes que su mano, unidos entre sí con una vasta cuerda. ¿Aquello era un chaleco salvavidas?

—No se lo va poner —constató el primero de los hombres—. Es demasiado refinada.

—Pues ya sabe lo que tiene que hacer, ir sin él, como siempre se ha hecho —dijo el segundo.

—No se va a montar en la barca —comentó el tercero.

—De ninguna de las maneras. Bien se ve que es de tierra adentro —añadió el cuarto con un deje de desprecio.

—Os apuesto a que el nieto del Bernardo se queda compuesto y sin...

Ser el objeto principal de las chanzas y las burlas de cinco ancianos no era su idea de pasar una tarde agradable, así que Irene pensó que ya era hora de largarse de allí.

Intentó obviar la mirada de los hombres y se dirigió a Iago.

—¿Me prometes que «esto» no se va a dar la vuelta?

Él dejó asomar una sonrisa de triunfo, que apagó rápidamente ante la mirada de Irene.

—Prometido —dijo muy serio y le tendió la mano para quitarle la bolsa de las manos y ayudarla a subir.

Irene se sentó despacio y se aferró a los bordes de la barca.

Iago subió en el hueco delante de ella. Cogió el remo, lo sumergió a un lado de la barca y empezó a dar paladas. Una a un lado y otra al otro. Sorprendentemente, aquello no se hundió.

Irene escuchó a los hombres despedirlos, pero no se volvió no fuera que con el movimiento terminaran en el agua.

Les costó unos minutos salir de la bahía formada por

los espigones del puerto. Después, Iago hizo girar a la piragua hacia la izquierda y se mantuvo separado de la costa unos metros. Demasiados metros. Irene vio cómo rodeaban el puerto nuevo y lo vio desaparecer también. Cuando estuvieron en mar abierto, se asustó.

—¿De verdad... de verdad que esto es seguro?

Él giró la cabeza sin dejar de remar.

—Confía en mí.

Irene asintió, a pesar de la poca seguridad que aquello le daba.

Dejaron atrás dos pequeñas calas, tres, e Irene vislumbró una playa.

—Eso es Lamuño —explicó él antes de que preguntara.

—¿Vamos hacia allí?

—No, pero no falta nada.

A un costado de la playa de Lamuño había un brazo de tierra que se adentraba en el mar. Ese fue el lugar donde pararon.

Estaban entre rocas y acantilados.

—¿Y la playa? —preguntó Irene cuando salió de la barca.

—Esto es una playa.

—¡Pero si es enana y está llena de piedras!

—Y no hay nadie.

Irene levantó la vista siguiendo el perfil de la pared que tenía delante. El inmenso muro de rocas hacía del todo imposible el acceso a aquel lugar excepto por mar.

Iago se acercó al pie del acantilado y extendió una toalla que sacó de la mochila. Se sacó la camiseta por la cabeza y la tiró sobre la bolsa. Se tumbó boca arriba, con las manos debajo de la cabeza, y se dispuso a darle tiempo a Irene para acomodarse y relajarse un poco antes de hacer lo que había ido a hacer.

La toalla de Irene era más grande que ella. Por eso la bolsa pesaba tanto. La vio quitarse la ropa, plegarla cuidadosamente y guardarla. Después, se recogió el pelo en la nuca y sacó un bote de protector solar. La observó mientras se la repartía. Las piernas, los brazos, el estómago, el escote y los hombros. Ella no le pidió que se la extendiera por la espalda, él tampoco se ofreció. Mejor tener las manos lejos de ella, al menos hasta que aclararan las cosas.

Iago cerró los ojos y se concentró en poner en orden los pensamientos mientras el calor mantenía caldeados los músculos que había ejercitado para llegar hasta allí. Notó como ella se tumbaba también.

Tardó un rato en decidirse.

—¿Irene?

—¿Sí? —contestó ella con voz somnolienta.

—Deberíamos hablar.

Irene se incorporó con cara de... Iago no supo si de susto o de rechazo.

—¿Hablar?

Él se apoyó en un codo y se inclinó hacia ella. Se había puesto un bikini de color negro con los bordes de colores. La había supuesto chica de bañador. Por segunda vez desde la noche anterior se alegró de saber que la vena tradicional se ceñía a la responsabilidad del trabajo.

—Sí, de lo que pasó anoche.

Ella se encendió como la grana.

—No sé si... —titubeó.

—Yo tampoco. —Ella se quedó muda y Iago continuó hablando—. Yo tampoco sé si esto que tuvimos es algo o no es nada. Pero lo que sí sé es que no quiero esconderme por las esquinas. Los años de la adolescencia pasaron para mí hace ya muchos años. ¿No te parece?

—Bueno, sí, no sé.

—Lo digo por tu reacción de esta mañana cuando ha llamado Ana y lo que has comentado de que no quieres que se entere mi prima.

Irene comenzó a jugar con los guijarros mientras escuchaba. Cogía un puñado y lo dejaba caer poco a poco entre los dedos.

—Preferiría separar mi vida profesional de la personal.

—A Mercedes no le importa a qué dediques tu tiempo libre ni con quién. De eso puedes estar segura. Desde hace dos años he pasado mucho tiempo con ella y te lo puedo asegurar. Es una buena persona que nunca haría nada en tu contra por mucho que le molestara la situación.

—Ya, pero yo sin embargo...

—Yo no digo que vayamos pregonando por ahí lo que hacemos o dejamos de hacer por las noches. No hace falta pasearse por el jardín cogidos de la mano. Creo que ninguno de los dos buscamos un compromiso. Los dos somos mayores para saber que una noche de sexo no hace una relación, para serte sincero ni siquiera había pensado en esa palabra hasta ahora.

Iago lo había soltado todo de sopetón y se calló para darle tiempo a ella a contestar. Pero Irene parecía estar tan fuera de lugar como un elefante en una cacharrería. Las piedras habían dejado de caer de su mano y ahora la tenía posada sobre una de sus piernas, el puño cerrado como si guardara en su interior el mayor de los tesoros.

Su pecho subió y bajó varias veces. Iago tenía la vista fija en el borde de su bikini, entre sus pechos, y notó que retenía el aire, para soltarlo de nuevo, despacio.

—En realidad, yo tampoco sé lo que será de esto. Prefiero no pensarlo. No me gusta airear mi vida privada. Nunca lo he hecho.

—¡Una cosa es no airear y otra muy distinta esconderla!

—De acuerdo, te concedo que no voy a hacer nada por ocultarla.

—Eso incluye dejarte besar delante de otros.

Por un instante, Irene pareció evaluar la situación.

—Fuera de las horas de trabajo —añadió después.

—Trato hecho —accedió él y le tendió la mano.

A Irene le hizo gracia la broma y se la estrechó con una sonrisa en la boca. El momento formal había pasado.

Y pareció que el de la sinceridad también, porque ambos se quedaron callados como si los acabaran de presentar y no se conocieran. Irene se tumbó en su toalla boca abajo; Iago la imitó.

—Tu accidente fue entonces, ¿no? Hace dos años... —cambió de conversación Irene unos minutos más tarde.

—Sí.

—¿Qué pasó?

Iago se incorporó y se apoyó en un codo. Irene también se dio la vuelta y continuó jugando con las piedras.

—Un coche se salió de su carril y me llevó por delante. Me partió la pierna derecha por tres sitios. El muy capullo iba hablando por el teléfono móvil.

—¿Dónde sucedió?

—En el mismo sitio en el que casi me atropellas el primer día.

Los ojos de Irene se agradaron y las piedras dejaron de caer de su mano.

—Por eso te enfadaste tanto.

Él giró la cabeza para verla. Irene lo miraba con los ojos muy abiertos. Asintió.

—Me llevé un susto de muerte. Me vi empezando de nuevo: el quirófano, los meses de hospital, las dos operaciones y la rehabilitación.

Irene se fijó en la pierna. El vello de la pierna disimulaba el daño, sin embargo, a un costado del muslo vio un hueco poco natural.

—Imagino que sería duro.
—Me pusieron siete clavos. Yo compito en triatlón, ¿lo sabías?
—Silvia me dijo algo, pero no estaba segura del deporte.
—Es un deporte duro. ¿Sabes en qué consiste?
—Sinceramente, no.
—Tiene tres pruebas: ciclismo, carrera a pie y natación.
—Por eso te pasas todo el día con la bici y en bañador.
Él sonrió.
—Sí, por eso, para terminar de ponerme en forma. Tengo intención de participar —Iago sacó a relucir su yo menos modesto— y quedar en un buen lugar en Córdoba a finales de agosto.
—Es dentro de poco.
—Voy muy bien. Llegaré a tiempo.
—Imagino que dos meses es más que tiempo suficiente para quitar esa pequeña cojera que te aparece de vez en cuando.
—Yo no cojeo.
—Sí lo haces... Solo a veces... Un poco.... Apenas nada... —fue corrigiendo Irene según la cara de Iago pasaba de la molestia al enojo. Decidió que era mejor cambiar de tema—. Fíjate, tú todo el día haciendo deporte y yo, en cambio, hace años que no corro —bromeó a la vez que le tiraba un puñado de piedras a la toalla.
—¿Años?
Iago parecía atónito.
—Solo para coger el autobús. Tenía dieciséis años la última vez que me recuerdo con chándal y zapatillas de deporte.
—¿Lo dices en serio?
—¿Qué pasa, que en tu mundo todas tienen vigorexia?

Yo prefiero pasar mis ratos libres delante de un buen libro o de una buena película.

—Tiene que haber gente para todo.

—Que sepas que hay más personas de las mías que de las tuyas.

Irene lanzó otro puñado de piedritas, pero esta vez sobre el pecho de Iago. A él le hubiera gustado tirarse sobre ella y obligarla a «jugar» con él, pero la conversación que tenían a medias era más importante que un revolcón en la orilla del mar.

—Fue horrible —retomó de nuevo la idea—. Si no llega a ser por Mercedes y por Fernando... Se pasaron dos meses en el hospital. La primera semana, Mercedes durmió todos los días en una silla, hasta que la obligué a marcharse por las noches. Lo peor fue la sensación de que mi vida se había terminado.

—Tienes tu trabajo.

—Eso me daba igual. Yo llevaba más de veinte años entrenando y compitiendo. He pasado por todas las categorías: de cadete a veterano. He competido en mil ciudades: Madrid, Alicante, Sevilla, Lisboa, Londres, Niza; en mil países: Estados Unidos, Argentina, Italia... Hasta gané en una ocasión el Ironman de Hawái.

—¿El Ironman?

—La categoría más dura del triatlón. Hay que hacer un maratón, ciento ochenta kilómetros en bici y nadar casi cuatro kilómetros.

Irene ni se imaginó aquellas distancias.

—¿Fue hace mucho?

—Bastante —comentó con el ceño fruncido.

—¿Te costó?

—No demasiado. Llevaba desde los dieciséis años trabajando para eso y al final lo conseguí. Y ahora lo conseguiré de nuevo.

—¿Pretendes presentarte otra vez? —preguntó Irene, atónita.

Iago se sonrió ante la ignorancia de Irene en cuestiones deportivas.

—No, ya soy demasiado mayor, lo haré en otra categoría.

—¿Mayor? Pues yo te veo muy bien.

Iago no contuvo la broma.

—¿En serio? —le preguntó con tono sugerente. Irene se ruborizó en un instante y Iago pensó en cuánto le excitaba la mezcla de seriedad y de candidez de aquella mujer. Por una vez, se obligó a ser sincero—. Acaban de darme el alta, en septiembre me marcharé a Madrid —le aclaró. No supo si lo hacía para advertirle de que, a pesar de todo lo que había dicho, no quería un compromiso.

La imagen de Rocío volvió a planear dentro de su cabeza.

—Por tu trabajo.

—Por los chavales y... los amigos —dijo escueto.

Esperó la reacción de Irene. Como esta no llegó, se tumbó de nuevo y puso el brazo sobre los ojos. Irene dio la conversación por finalizada y se tumbó también.

—¿Por qué empezaste a entrenar?

—¿Cuando era un chaval, dices?

—Sí, ¿qué fue lo que te hizo decidir a tomártelo en serio?

Recordar aquella etapa le arrancó una sonrisa.

—No fui yo. Fue un hermano de mi madre. Yo me pasaba media vida en la calle con mis amigos, de niños dando patadas a un balón o estando, simplemente. Ya conoces Cudillero, es un pueblo muy turístico, siempre lo ha sido. La época de la pesca pasó hace muchos años. Había dinero. Muchos chavales de mi edad manejaban pasta, bastante. Sus padres tenían restaurantes y trabajaban en ellos. No tenían sueldo, pero se quedaban con todas las propinas y conseguían un buen pellizco. Fueron malos tiempos para jóvenes con mucho dinero y poca cabeza. Después me enteré de que mi madre se pasaba el día con miedo a que me pasara todo el tiempo borracho o tomara cosas más fuertes, droga, ya sabes. Así que mi tío decidió tomar cartas en el asunto y me llevaba a entrenar con él, todos los sábados y los domingos a las ocho de la mañana. No me quedaba más remedio que volver a casa temprano por las noches, era eso o morirme subido en la bicicleta. A él le encantaba el ciclismo, empecé por ahí. ¿Y tú, qué hacías tú con dieciséis años?

—Nada especial, iba al instituto y salía con mis amigas. Después, estudié Turismo y empecé a trabajar. Un trabajo en una oficina, fácil de hacer, de lunes a jueves, de nueve a siete y los viernes hasta las tres. Llevaba más de diez años con ellos cuando me vine.

—¿Dejaste un trabajo cómodo para aceptar lo del hotel?

A Irene le debió de hacer gracia la forma en que lo había preguntado porque se echó a reír.

—¿Tan raro te parece? Durante estos años he hecho varios cursos de gestión turística. Lo último fue un máster en la Universitat Oberta de Catalunya y estaba deseando llevar un hotel. Creo que soy buena organizando, planificando y haciendo previsiones. En un hotel hay que hacer de todo. —Se incorporó para seguir explicándose. Iago se dio cuenta de cómo le brillaban los ojos. Sus manos cobraron vida al tiempo que el tono de su voz se hacía más alegre—. La cabeza te tiene que funcionar a mil por hora. Lo mismo hablas de cisternas con el fontanero que de flores con el jardinero. Gritas con el de la lavandería y te ríes con el de la frutería. Es divertido, es animado, aburrido a veces, agotador, pero siempre entretenido. —Iago no la interrumpió, hechizado como estaba de verla llena de vida—. Pero nunca imaginé que lo que más me gustara fuera otra cosa, lo mejor —continuó sin esperar respuesta—, lo que más me gusta en realidad es escuchar las gracias de los clientes, verles las caras de felicidad, encontrármelos en la galería disfrutando de su estancia con una copa de vino en la mano. Lo mejor es lo bien que me siento cuando los veo partir y sé que yo formo parte de esa felicidad, que yo he contribuido a hacerles dichosos por unos días, a veces solo unas horas. Lo mejor, es eso.

Iago sintió un pellizco dentro del pecho al tiempo que la voz de Irene se llenaba de emoción. Recordó de pronto lo que le había dicho sobre una madre autoritaria y una hermana que había huido de casa y la había dejado sola siendo apenas una niña. Se dio cuenta de por qué a Irene le apasionaba su trabajo, porque construía para otros el nido que a ella nunca le dieron. Le entraron unas ganas horribles de abrazarla.

Irene se recompuso antes que él.

—¿Qué te hizo continuar cuando ya fuiste lo suficientemente mayor para decidir? —le preguntó.

—Lo mismo que a ti: ser un soñador.

Por sus carcajadas estaba claro que no era la respuesta que ella esperaba.

—Yo no lo llamaría así.

—¿Cómo lo llamarías?

—¿Autosuperación?

—¿Es lo que has hecho tú? Tenías un trabajo fijo, aburrido, pero cómodo, y ¿te pones a estudiar por el mero hecho de probarte a ti misma, por saber si eres capaz de aprobar un curso, dos? Y todo, ¿para qué, para seguir trabajando en la misma oficina aburrida y con el mismo jefe aburrido?

—Capullo —apuntilló ella.

—¿Qué?
—Que mi jefe era un capullo, integral.
—Rectifico, ¿en la misma oficina aburrida con el mismo jefe aburrido y capullo? —Irene se tapó la boca, divertida—. ¿Lo has hecho por eso? —Ella negó por la cabeza—. ¿Por qué entonces?
—Estaba anquilosada, ¿sabes? Yo quería que me sucediera algo así, quería trabajar en un hotel, llevarlo, gestionarlo, pero me daba miedo. El otro era el único trabajo que había tenido. Un sueldo fijo, ¿quién deja algo así hoy en día?
—Tú, para conseguir lo que deseabas. ¿Ves? Eres una soñadora —constató Iago.
Irene se sumió de repente en el silencio y se tumbó de nuevo. Estaba boca abajo, no lo miraba.
—No, no lo soy —comentó, pensativa.
Iago recordó que ella no se había puesto crema en la espalda y hurgó en su bolsa hasta que la encontró. La instó a seguir hablando.
—¿Por qué lo dices?
—Soy racional y equilibrada. Estudio las cosas, las analizo y miro todas las posibilidades antes de tomar una decisión. Nunca me dejo llevar por una intuición.
—Lo hiciste al aceptar este trabajo. Hasta donde yo sé, lo decidiste en una conversación telefónica.
Él echó una cantidad de bronceador en la palma de la mano y comenzó a pasarla por su espalda. Ella intentó incorporarse, pero Iago la empujó con delicadeza hasta que se recostó de nuevo y siguió frotando. Le apartó la tira superior del bikini
—Ya sabes cómo es Mercedes. No pude decirle que no.
—Sigo pensando que eres una soñadora. —Y a Iago le encantaba que así fuera—. Y un poco insegura.
Irene se puso en tensión. Iago sabía, porque a eso se

dedicaba con sus alumnos, que había gente para la que era complicado asumir las críticas.

Llenó con más crema la palma de su mano y continuó por sus costillas.

—Nadie me lo había dicho antes.

—Por ese afán tuyo de controlarlo todo. Y eres bastante exigente.

—Eso no es malo.

—Sí, si lo eres contigo misma y pides a los demás que lo sean también.

Irene se alzó otra vez

—Yo no obligo a nadie.

Iago la empujó hasta hacerla tumbarse de nuevo.

—Ya lo creo que lo haces.

—Soy responsable, no se puede ser buena en el trabajo siendo de otra manera.

—Tienes razón, pero también hay que saber cuándo dejar de serlo.

Iago aprovechó el comentario para meter las manos por debajo de los brazos, rozó la colina que formaban sus pechos aplastados contra el suelo. Irene no dijo nada cuando lo notó adentrarse peligrosamente hacia la cima.

—¿Y qué sugieres que haga? —preguntó Irene sin levantar la cabeza, pero ahuecando parte del tronco para dejarle acceso libre.

Él se recostó contra su espalda y la besó en un hombro.

—Solo relájate. Relájate y disfruta —musitó junto a su oído.

E Irene, por primera vez en su vida, se olvidó de sus quehaceres, de sus obligaciones y de sus antiguos novios. Se centró en lo que sentía, en cómo Iago la hacía vibrar cada vez que le rozaba la piel. Se centró en ella, pero, sobre todo, en él.

13

La mano de Iago era grande y fuerte. Y a Irene le encantaba ver cómo la suya se perdía dentro.

Lo esperó a que bajara del coche y se enlazó a sus dedos.

El brillo de sus ojos no ocultaba las caricias y los besos compartidos aquella tarde, ni la libertad que da hacer el amor durante el día y al aire libre, y mucho menos las risas cuando él sacó un preservativo rojo de la mochila y se lo puso ni, por supuesto, la euforia que la hacía sentirse tan viva.

—Me muero de hambre.

Él se lanzó a su cuello como un vampiro sediento de sangre.

—Yo te saciaré de amor —masculló antes de morderla con suavidad.

—Más tarde —rio ella mientras lo obligaba a atravesar el vestíbulo—. Empezaré con el solomillo de Alicia y después... —Metió una mano por dentro de la camiseta de Iago— te dejo para el postre —dijo con tono lujurioso.

—Lo que siempre he querido —contestó él al tiempo que le apretaba el trasero con deleite—, ser devorado por una «comehombres».

Ella subió por su torso y le apretó un pezón.

—¿Estás preparado?

Y vaya que lo estaba. Estaba preparado para todo lo que a Irene se le ocurriera, pero no para lo que sucedió a continuación.

Mercedes apareció por el pasillo llamándolos.

—¡Por fin habéis venido! ¡Tenemos un gran problema!

Irene se soltó de Iago en cuanto apareció su jefa. Este puso mala cara, pero no dijo nada. Se concentró en su prima y en Irene.

—¿Qué sucede?

—Es Alicia, se ha marchado.

—¡Otra vez!

—Sí, pero me temo que esta vez es de verdad.

Iago la obligó a sentarse en el sofá verde de la entrada del hotel. Mercedes se recostó, muy afectada.

—Cuéntanos qué ha pasado.

—La llamaron hace un rato. La chica que atiende el bar de la familia se ha ido.

Irene intentó pensar a todo correr en cómo salir de aquel apuro.

—Eso ya pasó el día que llegué y al final regresó.

—Esta vez no, esta vez es de verdad. Parece que se ha ido a Cádiz.

Surrealista, sin duda aquello era surrealista.

—¿A Cádiz?

—Ha conocido a alguien que ha puesto un chiringuito en la playa y se ha ido con él.

—¿De repente?

—Eso parece. Le ha llamado hace un rato y ha dicho que estaba camino de Madrid.

Irene soltó aire y se concentró en buscar una solución. Empezó a pensar en voz alta.

—Es sábado, fiestas en el pueblo y tenemos el restaurante lleno.

Iago sacó el móvil del bolsillo trasero del pantalón.

—¿Qué vas a hacer? —le preguntó.

—Llamar a Alicia. La otra vez conseguí que volviera.

Sí, la otra vez. Pero esta, no.

Iago colgó el teléfono después de haber usado varios trucos distintos. Irene lo oyó tratarla con serenidad, con formalidad y con dureza. Pero nada. Alicia era una mujer de las que no pensaba en los otros cuando tenía que proteger lo suyo, cabezota como pocas.

Mercedes se dejó caer de nuevo en el sofá.

—¿Qué ha dicho?

—Que está harta de abandonar lo suyo para atender lo de los demás.

Aquello era un resumen suavizado de los gritos de la mujer. Irene había podido oírlos perfectamente.

Se puso en marcha.

—¿Qué hora es?

—Las nueve menos cuarto.

—Los clientes están a punto de llegar. A la cocina todos.

Cuando pasaron por el despacho, entró un segundo a imprimir el menú previsto para toda la semana. En la cocina, lo sujetó en una de las puertas de los armarios.

—Raquel —llamó a la chica que ayudaba a Alicia y que estaba a la espera de que le dijeran con qué ponerse—. El menú de hoy es solomillo con salsa de arándanos y puré de manzana.

—No hay nada hecho —balbuceó ella—. Alicia aún no me había dicho por dónde empezar.

—Trae una cazuela. Iago, tú las manzanas que haya en el almacén. Deja media docena para el desayuno de mañana y del lunes.

Irene ya había corrido al armario donde se guardaban los desayunos y traía varios tarros de mermelada de frutos rojos. Los destapó a toda prisa. Cogió un cazo, el pasapuré y empezó a vaciarlos dentro.

—Iago, tú haces esto —le dijo cuando regresó con la fruta. Le puso los instrumentos en la mano—. La carne la haremos a la plancha en el momento. No, mejor —decidió. Abrió la enorme nevera donde se guardaban los productos frescos y sacó una pieza de carne—. Tú cortas los filetes, Raquel, el puré de manzanas y yo haré la salsa de arándanos.

Iago cargó con el lomo de cerdo envuelto en plástico trasparente, pero lo dejó a un lado.

—Vale, pero primero...

De la vinoteca, que mantenía el vino tinto a diecisiete grados, sacó una botella. Pidió a Mercedes que llevara unas copas y las llenó.

—Los cocineros borrachos, ¿dónde se ha visto? —le bromeó Irene.

Iago llenó cuatro copas y cogió una de ellas. La alzó en el aire.

—Por los próximos cocineros de éxito de la *Guía Michelin*. —Esperó a que Irene, Mercedes y Raquel, que lo miraban como si estuviera loco, hicieran lo mismo. Chocaron los cristales y el vino bajó por sus gargantas.

—Vale —aceptó Irene. Sin embargo, dejó la copa y cogió el pasapuré—, y ahora, a trabajar.

Eran el tándem perfecto. Iago en el fogón y ella en el comedor. Y Mercedes sentada en una banqueta llenándoles las copas.

Irene regresó a la cocina con dos platos en una mano y otro en la otra.

—¡El solomillo de la mesa siete! —gritó mientras se acercaba a la pila de fregar y dejaba los platos fuera, al alcance de Marta que los organizaba y los metía en el lavavajillas.

—¿Este es el último?

Irene se dejó caer contra la nevera.

—Ultimísimo. Estoy muerta —resopló con la lengua fuera.

Él le guiñó el ojo y le ofreció otra copa de vino.

—Un reconstituyente antes de repartir los postres.

A Irene le desapareció el cansancio. Bastaba la luz de su sonrisa para hacer que el agotamiento se le quitara de repente.

Se acercó a él y le arrebató la copa. Después de darle un largo sorbo, cogió un plato, colocó un poco de puré de manzana en un lado y otro poco de puré de arándanos en otro y esperó a que Iago terminara de hacer el solomillo. Con el vino en la mano, descubrió que Mercedes los miraba. Pudo adivinar sus enormes ganas de terminar y salir corriendo del hotel. Lejos de enfadarse por la nula responsabilidad de su jefa, como hubiera hecho en otras ocasiones, apoyó la cadera y se relajó. Tomó otro poco de vino y al tercer sorbo, Iago apartó el solomillo de la sartén. Irene cogió el plato que tenía preparado y lo puso debajo de la carne.

—Con esto, se acabó —anunció con voz alegre.

Iago le guiñó un ojo y ella salió de la cocina con la alegría escapándosele por la garganta.

Aún tuvieron que trabajar un rato más; los clientes no estaban dispuestos a marcharse sin la parte más dulce de la cena. Pero para Irene y Iago no fue más que un trasiego de platos.

Se cruzaban en el pasillo, en la cocina o en el comedor y, siempre, él le guiñaba un ojo; a veces el derecho, a veces el izquierdo. Irene estaba cada vez más feliz, hasta que no pudo más y acabó estallando en carcajadas en medio del comedor. Por suerte, acababa de dejar dos cafés sobre la mesa de unos clientes y no hubo ningún contratiempo. Apenas unas miradas molestas por parte de la pareja y una divertida de Iago desde el otro lado de la sala.

Se escapó a la cocina a toda prisa. Solo estaban Marta y Raquel. Marta terminaba de aclarar los platos sucios antes de meterlos en el lavavajillas y Raquel guardaba cuidadosamente en las neveras la carne y las salsas que no habían utilizado.

—Podéis marcharos. El resto lo termino yo.

—Pero, Irene, si tengo esto a medias —le advirtió Marta, señalando el lavavajillas.

—Y yo... —empezó Raquel.

—Nada, nada. Ponlo a funcionar y vete ya. Tú también, Raquel.

—Faltan las tazas y algunos platos...

—Yo me encargo, que se os ha hecho tarde —las despidió, con amabilidad, pero con firmeza.

¿Tantas ganas tenía de quedarse con Iago a solas? Ni tuvo que pensárselo dos veces. «Sí.»

Raquel se desprendió de su delantal en un instante, Marta todavía tardó unos minutos. Horas se le hicieron a Irene.

Cuando Iago entró por la puerta con una bandeja llena de tazas, platos y jarras, le dio un vuelco el corazón. Y otras cosas.

—¿Falta algo más?

—Un último viaje y terminamos —explicó mientras dejaba la bandeja llena junto al fregadero. —Miró a su alrededor cuando descubrió que estaba sola—. ¿Las chicas? —Irene se limitó a encogerse de hombros.

—Las he mandado a casa.

Se acercó hasta ella y le regaló un beso. De los buenos, de los húmedos. De los largos y apasionados.

—Buena chica. Yo también le he dicho a Mercedes que no hacía falta que se quedara —le susurró al oído antes de desaparecer de nuevo.

Irene tuvo que apoyarse en la encimera y respirar hondo un par de veces, cuatro en realidad, para conseguir tranquilizarse.

«La faena es lo primero.» Se dirigió a la pila de fregar. Ese «primero», el anticipo de lo que vendría «después», le dio alas.

Puso el tapón, abrió el grifo, echó un buen chorro de jabón en el estropajo y empezó a frotar los cacharros del servicio de café.

No lo oyó entrar. Pero lo sintió. Notó su pelvis en el trasero, su boca en la nuca, sus manos en las caderas, en la espalda, en el estómago, en el pecho y de nuevo en el estómago y más abajo, más... abajo.

—Mejor... terminamos... esto primero —balbuceó con la cabeza apoyada en su hombro y las manos todavía dentro del agua jabonosa.

Escuchó la risa de Iago.

—Siempre tan responsable, siempre tan eficaz, siempre... —le mordió el lóbulo de la oreja e Irene dio un respingo de placer—... tan sensata.

Sin embargo, ella sabía que la sensatez la había abandonado hacía mucho tiempo, en realidad la primera vez que cruzó los ojos con el hombre que la estrechaba entre sus brazos y que la hacía sentirse tan especial.

—No ahora —suspiró ella.

Él rio y se pegó aún más a ella como respuesta. Se le encogió el estómago todavía más.

—¿No?

—Iago, creo que... —Un nuevo movimiento de cadera cortó los pensamientos erráticos de Irene. Hizo un esfuerzo por retomar la idea que había dejado a medias—. Deberíamos acabar cuanto antes, antes de que...

—Por una vez, estoy de acuerdo —le murmuró él al oído.

—¿Sí?

Las manos de Iago se unieron a ella en el fregadero; la derecha sobre la suya. Juntos fregaron la primera taza y juntos la aclararon. Los dedos de Iago corrían juguetones, acariciaban su mano. Se entrelazaban con los suyos, rozaban la piel de sus antebrazos, de tal modo que la debilidad de Irene aumentó y la tercera taza estuvo a punto de estrellarse contra el fondo de la pila. Iago la atrapó al vuelo, antes de que sucediera.

—Creo... que no voy a ser capaz de llegar hasta el jardín. ¿Hay alguna habitación libre aquí arriba?

El deseo palpitó en el interior de Irene. ¿Había algo más excitante que un hombre te dijera que no podía esperar más por tenerte?

Irene negó.

—Lleno total.

—Pues entonces vamos a tener que solucionarlo de algún modo —dijo él a su espalda.

Irene ni se dio cuenta de que le había dado la vuelta hasta que estuvo frente a él.

—Pero ¿qué...? —preguntó con las manos empapadas y llenas de jabón.

—Abrázame.

—Estoy completamente mojada. Te voy a calar.

Aquella no era la respuesta que Iago esperaba. La cogió por la nuca y la atrajo hasta él, hasta su boca.

Sin embargo, no la besó, se detuvo antes. Clavó las pupilas en las suyas.

Irene se sintió irresistiblemente atrapada.

—Deja de pensar —fue lo único que le dijo él.

Irene lo hizo. Dejó de pensar y le echó los brazos al cuello. Con un movimiento brusco, Iago la pegó a su pecho y ella se inclinó hacia atrás, apoyada en el fregadero.

Una mirada, un suspiro, un ligero temblor; ambos se hundieron en un beso de locura, en una noche de locura.

Los dedos de Iago trazando círculos en torno a su ombligo la sacaron de su letargo. Irene apenas tenía noción de haberse despertado, sin embargo, la sonrisa ocupaba ya gran parte de su rostro. Se volvió hacia él.

—Hoy sí que estás dormilona.

Aquellas palabras cayeron sobre su consciencia como el mazo de un picapedrero sobre las rocas.

—¿Qué hora es? ¡Los desayunos! —exclamó al tiempo que apartaba las sábanas y se sentaba en la cama.

—Son las ocho menos cuarto —le contestó Iago mientras depositaba un beso sobre su sien y la empujaba con suavidad hasta hacerla tumbar de nuevo. Irene cubrió su cuerpo desnudo con la sábana—. Acabo de hablar con Julia. Aún no hay nadie en el comedor. Le he dicho que a las ocho y media estarás allí como un clavo.

—¿Seguro que no hay nadie?

—Segurísimo.

Irene se relajó un poco.

—Igual, solo igual, hoy puedo tomármelo con más calma —musitó para sí misma.

—«Igual» —repitió Iago, divertido, inclinado sobre ella.

Irene le pasó una mano por el pelo. Lo tenía húmedo.

—Te has duchado.

—Me marcho a entrenar con la bici.

—Así que yo tengo que aparcar durante un rato mis obligaciones, en cambio, tú no lo haces.

—Ningún cliente se va a quejar por no verte en el comedor, pero mi pierna seguramente sí lo haga si no la obligo a trabajar.

—Pues yo creo que más bien sería lo contrario, que te lo agradecería si hoy la dejas descansar.

Iago se incorporó de la cama. Lo vio recoger del suelo la ropa del día anterior.

—No puedo hacerlo. Los planes de entrenamiento hay que seguirlos a rajatabla. Es como las dietas; si no se cumplen, desaparecen los beneficios conseguidos.

—A veces hasta de las dietas hay que descansar.

Iago no contestó. Rodeó la cama y volvió a acercarse a ella. Le dio un ligero beso en los labios y se dirigió hacia la puerta de la habitación.

—Te espero en la cocina —le dijo antes de salir.

Irene se llevó la mano al pecho y apretó la sábana. El sonido de los latidos de su corazón era lo único que se oía en el cuarto. Se dejó caer sobre la almohada. ¿Decepcionada por aquel despertar tan poco romántico? «¿Qué esperabas, Irene, un ramo de flores, una balada sonando en el hilo musical, que se hubiera metido de nuevo en la cama contigo y te hubiera susurrado al oído cuánto te deseaba?» Sí, todo eso y mucho más. «Desde luego no una simple conversación sobre deporte y dietas.» No que la dejara sola antes de las ocho de la mañana.

El teléfono sonó de repente, como si el huésped que ocupaba la habitación del otro lado del jardín la hubiera escuchado.

Se abalanzó sobre la mesilla sin mirar la pantalla del móvil para ver quién llamaba.

—¿Iago?

—¿Iago, quién es Iago?

—¿Luz, eres tú?
—¿Y quién quieres que llame desde mi teléfono?
—No sé, pensé que...
—¿Quién es Iago?
—Iago, bueno, pues...
—Irene...
—Un amigo.
—¿No se llamaba Iago el novio de tu jefa?
—¡No es su novio!
—O sea que hablamos del mismo Iago, del «supuesto» novio de tu jefa.
—Ya te he dicho que no es su novio. Solo es su primo.
—Así que primo, pero ¿primo primo o primo menos primo?
—¡Luz! —Su hermana se echó a reír a carcajadas al otro lado de la línea.
—¿Te has liado con él?

La pregunta dejó a Irene sin respuesta. La rapidez con la que su hermana hilaba una idea con otra siempre la pillaba desprevenida. No se le ocurrió ninguna mentira.

—Sí —contestó.

Cerró los ojos y esperó la siguiente andanada de interpelaciones, que no tardaron en llegar.

—¿Guapo, alto, moreno, rubio? ¿Está bueno? ¿Tiene buen culo? Cuéntamelo todo. ¿Es bueno en la cama?

Lo último la hizo reaccionar y abrió los ojos como ruedas de molino.

—No pienso contarte mis intimidades.
—¿Cómo que no? Llevo toda la vida esperando a que te sueltes la melena y ahora que lo has hecho, porque ¿desde cuándo lo conoces, un mes, dos?
—Uno y medio.
—¡Bien, esa es mi hermana! Ya era hora de que te lanzaras a la piscina.

Irene se incorporó en la cama, sin preocuparse de si se destapaba o no.

—Te recuerdo que hace años que no soy virgen, me he acostado con otros hombres antes.

—¡Bah! Esos novios que tuviste no cuentan. El primero era un hijo de... y los otros dos eran unos sosos. Además salir más de ocho meses con ellos antes de meterte en su cama no lo llamaría yo «tirarse a la piscina». ¿Mes y medio dices? Espera que se lo cuente a Leire.

—¡Ni se te ocurra contar mis cosas a otra...!

Pero su hermana ya no la escuchaba.

—¡Leire! —la oyó gritar por el teléfono. Para su desgracia, Leire y Luz no solo eran amigas íntimas sino que también trabajaban juntas—. ¿Sabes lo que ha hecho Irene?

—¡Mierda! —farfulló.

—Sois las dos iguales. No sé qué hago yo con esta hermana y esta amiga —la oyó protestar después.

—¿Qué te ha dicho Leire?

—Que no soy quién para meterme en la vida de nadie, ni siquiera en la de mi hermana, y que no le interesaban los detalles amorosos de nadie y, mucho menos, los tuyos.

—¡Menos mal! —respiró Irene, en parte aliviada por el apoyo de la amiga de su hermana y en parte divertida por el rapapolvo que se había llevado Luz.

—Pero ¿sabes lo que te digo?

—¿Qué?

—¡Que sí me importa! Así que ya estás desembuchando. ¿Qué tal fue?

Irene se rindió a la evidencia. Aquella era su hermana, un torbellino andante, y sin embargo y a pesar de todo, la única que tenía y la quería.

—¿Cuál de todas las veces?

—¿Ha habido más de una vez?

—Varias, en realidad —mencionó con tono misterioso.

—¿Vas o no vas a contármelo?

—Genial, fue genial. Todas y en todos los lugares —alardeó. Por una vez en su vida no era su hermana la que se llevaba el gato al agua, sino ella.

El silencio siguió a sus palabras.

—¡Esa es mi chica! —le llegó después desde el otro lado de la línea—. Detalles, quiero todos los detalles. Empieza a largar, pero ya.

—¡Luz! —exclamó como si estuviera escandalizada.

Se acomodó de nuevo entre las sábanas y empezó a hablar. Y a reírse.

14

—Ahora que estamos todos... tengo algo que deciros —anunció Mercedes esa misma tarde. Iago acababa de entrar en el hotel e Irene lo había encontrado en el pasillo. Apenas se habían dado un beso fugaz cuando su jefa apareció por sorpresa—, algo de lo que os vais a alegrar casi tanto como yo.

Irene le echó una mirada a Iago, pero este tenía la misma cara de desconcierto que ella.

—¡Me voy de crucero por el Mediterráneo!

—Pero... —fue lo primero que consiguió decir, pero pronto su cabeza empezó a funcionar—. ¿Cuándo, al terminar la temporada de verano?

—¡Qué va, qué va! Si me espero hasta entonces, me quedo sin vacaciones. Me voy la semana que viene. ¿A que es genial?

«Genial, sí, genial.»

Vio a Iago otear el otro lado del vestíbulo. Dos clientes se acercaban hacia ellos.

—Será mejor que entremos en el despacho —les ordenó y las empujó hacia delante sin esperar respuesta.

Irene entró la primera, Mercedes, después; él, en último lugar. Cerraron la puerta. Irene paseaba detrás de la mesa a derecha y a izquierda como si estuviera presa en una celda de dos por dos metros sin atreverse a ser la que diera el primer paso.

Iago decidió tomar la iniciativa.

—¿Cómo que te vas?

Mercedes se puso a la defensiva.

—Ni que estuviera prohibido.

—¿Desde cuándo lo sabes?

—Desde anoche. He venido corriendo a decíroslo en cuanto me he despertado —aclaró su prima con inocencia—. Pensaba que os alegraríais por mí.

—¿Con quién te vas?

—Soy tu prima mayor, no eres quién para pedirme explicaciones de lo que hago o con quién ando.

—Tú lo has dicho, eres mi prima, mi única prima, y si no lo hago yo, no lo hará nadie. —Siguió sin detenerse—. Eres la dueña de este hotel y tienes obligaciones. No puedes dejarlo todo en manos de otra persona. Hay decisiones que tienes que tomar tú.

—Irene lo hace estupendamente —se defendió Mercedes.

—Irene no puede hacerlo todo ella sola —replicó Iago a las palabras de Mercedes.

—Iago, márchate.

Él dio un respingo y miró a Irene con aspecto de no creerse que lo echara de allí.

—No. Mercedes tiene que comprender que tú...

—Vete. Este es mi trabajo, Mercedes me contrató para ello y es lo que voy a hacer. No necesito a ningún paladín que me defienda.

Iago tardó un rato en decidirse a hacer lo que le pedía, pero al final, se marchó.

Irene cruzó los brazos y respiró un par de veces antes de dirigirse a su jefa.

—Tenemos varios problemas —empezó—. No te los he comentado antes porque estaba pendiente de ver en qué quedaban. El balcón de la fachada principal hay que pintarlo, el inodoro de la habitación azul vuelve a perder agua, uno de los congeladores de la cocina no funciona y tenemos el hotel lleno las próximas tres semanas. No te preocupes por ellos, en un par de días los tengo solucionados. Te lo cuento ahora para que no te sorprendan las facturas cuando lleguen.

Mercedes no perdió la sonrisa, si acaso el discurso de Irene la puso de mejor humor.

Se acercó hasta ella con su falda de colores, la blusa ibicenca, sus rizos despeinados y la cara de eterna adolescente y la cogió por los codos. Irene notó la aspereza de la venda elástica contra el hueso.

—Confío en ti.

—El problema principal —insistió— es que nos hemos quedado sin cocinera.

—La haremos volver. Iago la convencerá, siempre lo hace —respondió Mercedes con confianza.

Irene no las tenía todas consigo.

—Esta vez no lo hará. Dos veces no hacen tres —salmodió.

—Nos arreglaremos —canturreó su jefa, animada—. Ayer lo hicimos.

—Solucionar la cena una noche no significa poder hacerlo todos los días. Vale, nos apañaremos hoy, pero ¿hasta cuándo? Un par de días, ¿y después? La temporada de verano apenas ha empezado.

—Está Iago y puedo hablar con Silvia para que venga más horas.

—De eso nada. «Necesitamos» —hizo hincapié en la palabra— un cocinero profesional, alguien que haga platos especiales para que los clientes se vayan y cuenten que este sitio no es solo un hotel con encanto, sino que además se come como en ningún sitio.

—Alicia no era una cocinera de esas que dices.

—Alicia tiene unas manos de ángel. Le das una patata y hace un plato para gourmets. No estoy diciendo que contrates a un chef famoso, estoy intentando explicarte que, ahora que no contamos con ella, no podemos poner a cualquiera delante de los fogones. Nos dejamos la categoría en ello.

—Se lo pediremos a otra de las mujeres del pueblo.

—¿Y si no da la talla? ¿Vas a experimentar con los huéspedes?

Mercedes acusó el comentario y retrocedió. Irene se alegró por su victoria. Llevaba mucho tiempo pensando en que deberían dar un paso más en la cocina y esa era la oportunidad.

—O sea que hay que buscar a alguien —repasó Mercedes en voz más baja.

—A alguien bueno. Y eso no se encuentra en un par de días.

Mercedes llegó hasta la puerta y puso una mano en la manilla.

Irene se alarmó al darse cuenta de que su jefa ya había dado por terminada la conversación. Pero no. Esta se dio la vuelta de repente y con una gran sonrisa dijo:

—¡Genial! Porque hay siete días para encontrar uno.

Todavía estaba enfadado, aunque tenía que reconocer que había resultado un buen día. Había andado en bici sin que le doliera la pierna; mucho, más que nunca. Había comido con Fernando, un buen asado de cordero con ensalada y un flan casero. Después, como el mar había amanecido embravecido, no se había arriesgado y había dejado lo de nadar en el mar para otro momento. Correr diez kilómetros lo había tranquilizado. La cena en una terraza del pueblo había puesto el colofón a su jornada.

Regresó a su habitación a las once. Después de ducharse, se había puesto un bañador y se había tumbado encima de la cama. Habían pasado dos horas y aún seguía allí, esperando lo inesperado y quitando el sonido a la televisión cada vez que le parecía oír un ruido en el jardín. Como en ese momento.

Pulsó el botón del mando por novena vez, para descubrir que por encima de la película de la televisión seguía sin oírse nada. A pesar de todo, giró la cabeza hacia el ventanal. Se encendió la luz del jardín. Irene había terminado su jornada e iba a acostarse.

Tardó en reaccionar. Mejor dicho, tardó en decidir qué hacer. Su lado más masculino le decía que tenía que esperar a que ella le buscara y le pidiera perdón por haberlo echado de la oficina de aquella manera. Sin embargo, su otro lado masculino —se miró la entrepierna— le decía lo contrario. El solo recuerdo de su figura había despertado «ese» lado masculino. Era difícil acallar la conciencia de algo que no la tenía.

Pulsó el botón rojo del mando y la habitación se quedó a oscuras. La luz de presencia acababa de apagarse, sin embargo, el jardín seguía iluminado. La claridad de la habitación de Irene fue suficiente para llegar hasta su puerta.

Recorrió la distancia que lo separaba de su habitación.

No le falló la intuición. La puerta se abrió en cuanto bajó la manilla.

Irene no se sobresaltó, fue como si esperara que apareciera. Terminó de quitarse la camiseta antes de volverse hacia él.

Iago detuvo su mirada un momento en las copas de su sujetador blanco y sintió una conocida tirantez. Decidió darle un tiempo a su «otro» lado masculino. La miró a la cara. Se le notaba cómo le había ido el día por las sombras de los ojos y el rictus de la boca. Tenía expresión de cansada.

Se acercó hasta ella despacio y sin decir palabra. De repente, el temor a que lo rechazara fue demasiado fuerte. Se asustó y se detuvo en el último instante. Ella lo observaba también como lo hubiera hecho un pajarillo desvalido.

Las ganas de tenerla entre los brazos y consolarla fueron mayores que su miedo. Alargó las manos y la atrajo hacia él. Irene simplemente apoyó la cabeza en su pecho y cerró los ojos. Iago sintió el cosquilleo de sus pestañas en su piel. Y el aire de su respiración. Tan cálida, tan cerca, tan... maravillosa.

La rodeó con sus brazos y la mantuvo pegada a él. Piel contra piel. Ella se apoyó todavía más.

—¿Mal día? —preguntó un rato después mientras le acariciaba el pelo.

—El peor de todos.

—La buena noticia es que mañana tendrá que ser mejor —bromeó él.

—Como no encontremos cocinero pronto, no lo creo.

—Todo mejora. Mi pierna, tu trabajo, mi prima —dijo para sí. Necesitaba repetirlo para que se hiciera realidad.

Irene se separó y lo miró con gesto incrédulo. Él la hizo regresar al lugar del que se había movido. Pero luego lo pensó mejor. Avanzó hasta la cama y se la llevó consigo. Ella pareció dudar, sin embargo, lo siguió y se tumbó junto a él. Como estaban. Vestidos. En realidad, medio desnudos.

Iago le acariciaba la parte baja de la espalda; de la cinturilla del pantalón vaquero hasta el borde del sujetador. Despacio, muy despacio. Irene no se movía. Simplemente, se dejaba hacer.

Pero lo que empezó como un consuelo, un rato más tarde se había convertido en un suplicio. Porque eso era tenerla entre los brazos y no poseerla.

Con habilidad, hizo saltar el cierre del sostén. Notó cómo Irene se tensaba de nuevo.

—¡Shhh! —la tranquilizó.

Pero no fue su voz la que lo consiguió, sino sus caricias. Sus ternezas, sus abrazos y sus besos. Sus roces lentos y pausados. La falta de ellos. El contacto de su piel. Dejar pasar el aire entre sus cuerpos. La humedad de su boca. Los labios ansiosos. Y la audacia; la osadía de Iago adentrándose entre su ropa en busca de sus puntos más sensibles.

Poco a poco, Irene se adaptó a sus movimientos, respondió a sus dedos, contestó a su vez.

Poco a poco consiguió de ella lo que había ido a buscar; logró que cerrara los ojos, que olvidara sus fatigas, pero sobre todo que le ofreciera su cuerpo.

Aún estaban abrazados, Iago no había recuperado el ritmo normal de su respiración, cuando Irene le preguntó algo que lo dejó estupefacto.

—¿Por qué?

Él se incorporó para observarla mejor.

—¿A qué te refieres?

—¿Qué haces aquí, en el hotel? ¿Por qué estás aquí esta noche?

Fue una locura puesto que él no le había hablado nunca a Irene de su anterior relación, pero le pareció que le preguntaba por Rocío. No supo qué contestar y se puso a la defensiva como si lo hubiera cogido en un renuncio.

—¿Tengo que tener alguna razón?

—Sí. Todo el mundo hace las cosas por algo; tú no eres una excepción.

—Ya sabes por qué estoy en el hotel: para ayudar a Mercedes.

—A eso viniste al principio, porque no te fiabas de mí. Lo dejaste claro la primera noche. Pero ¿por qué sigues aquí? Hace semanas que Mercedes apenas toma parte en él y el hotel funciona bien.

—¿Me estás pidiendo que me vaya?

Irene se sentó en la cama, con la misma decisión con la que le había pedido aquella mañana que se marchara del despacho y la dejara solucionar sus propios problemas.

—Te estoy preguntando por la razón que ha hecho que te quedes todas estas semanas.

Iago no tenía intención de contestar aquello. Le salió, sin más.

—Tú.

«Tu sonrisa, tu cara, tus caderas, tu culo, tu piel.»

Imaginó que su confesión serviría para suavizar el inusual enfado de Irene. Se equivocó.

—Sigues sin confiar en mí.

—No es eso.

—Sí, sí es eso. No te vas porque esperas que en cualquier momento falle. No me crees capacitada para hacerlo y estás esperando la ocasión en la que inmiscuirte.

Ahora quien se sentó fue Iago.

—¿De dónde demonios has sacado todo eso?

—Tú mismo me lo has dejado bien claro esta mañana. Ni me has dejado abrir la boca ante Mercedes y ya estabas interviniendo.

—Yo solo intentaba...

—Intentabas solucionar las cosas —terminó Irene.

—Tú lo has dicho, no yo.

—Sin tenerme en cuenta.

—Eso no es cierto.

—No quiero que lo hagas. No quiero que me defiendas ante mi jefa, soy yo la que le tengo que dar y pedir explicaciones, no tú.

Iago vio la determinación en las pupilas de Irene.

—Está bien —concedió. A ella se le escapó una media sonrisa de triunfo—. Espero que eso incluya no intentar convencer a Alicia otra vez.

Irene lo empujó contra la almohada, se colocó sobre él y le premió con un largo y húmedo beso.

—No has contestado a la otra pregunta —dijo de nuevo mientras Iago se entretenía jugueteando con sus pezones.

—¿Qué pregunta?

—¿Por qué has venido esta noche a mi habitación?

Iago no tuvo que mentir.

—Porque quería estar contigo —contestó. Era cierto, aunque sabía que lo que le preguntaba era otra cosa.

Irene apoyó la cabeza en su pecho. Iago introdujo sus dedos en su pelo y comenzó a acariciarle la cabeza.

—¿Por qué crees que Mercedes se marcha ahora de vacaciones tan de repente?

—Porque tú le solucionas todas sus preocupaciones. No la había visto tan relajada desde hace años.

—Me da envidia. A mí también me encantaría hacer una cosa así.

Iago soltó una risilla. Irene le dio un beso en el estómago.

—No te imagino en un crucero de esos llenos de miles de personas, que se pasan el día entero de aquí para allá, de fiesta en fiesta, de casino en casino, de actividad en actividad y todo esto rodeado a todas horas de gente gritona.

—No, la verdad. ¿Dónde te imaginas que me gustaría ir?

Iago pensó la respuesta durante unos segundos.

—Te encantaría sentarte debajo de un árbol con un libro entre las manos.

—¡Humm, sí, a veces!

—¿En una playa paradisiaca?

—Para mí sola y sin mucho calor, sería perfecto. Pero no es ese lugar en el que estoy pensando.

—¿Entonces en qué?

—Di una ciudad, la que quieras; Londres, París, Berlín, Roma, Atenas, Praga, Dublín, Sofía, Viena, Moscú. Me valen todas las de Europa. Marrakech, Tánger, El Cairo, también. Y si pienso en Asia veo países inmensos, con gente y culturas muy distintas a mí. Me encantaría conocerlos. América, Australia. Me da igual. Ponme un billete de avión en la mano y me marcho. Bueno, cuando tenga vacaciones, claro.

Las carcajadas de Iago hicieron vibrar a Irene, que seguía con los brazos y la barbilla apoyados en él.

—Serías incapaz de pensar solo en ti, dejar todo esto y desaparecer.

Irene no hizo caso de su broma.

—¿Y tú, no tienes un lugar donde siempre has querido estar y nunca has tenido oportunidad de ir?

Iago no se lo había planteado.

—Bueno, he estado en varios de esos lugares que has mencionado, aunque casi siempre solo por unos días.

—Yo no quiero ir de turista, ¡tres ciudades en dos días! Yo hablo de estar, de quedarse, de pasear, de sentarse una tarde entera en una terraza a tomarse un café y mirar a todo el que pasa e inventar una historia para ellos. Yo hablo de disfrutar las ciudades, de no sacar la cámara de fotos ni una sola vez y de tumbarme en la hierba de sus parques. Nunca lo he hecho, ¿sabes? Yo también he estado en París y Roma y cuando regresé pensé que aquellos lugares que había visto, con multitudes de turistas a mi alrededor, no eran «mi» ciudad. ¿No has tenido nunca ganas de hacer una cosa así, de perderte en una ciudad de otro país y hacerla tuya?

Iago se movió y la atrajo hacia arriba. Le dio un beso profundo, se giró y se puso encima de ella.

—Hasta ahora no, pero me lo estoy pensando —susurró junto a sus labios—. Sobre todo lo de hacerla mía.

Irene no pudo replicar, se olvidó de lo que estaba diciendo y se perdió en una nebulosa de placer. En sus brazos.

Irene no se quedó libre hasta media tarde a pesar de que no habían servido la comida. Por suerte, los huéspedes que habían confirmado reserva en el hotel, habían accedido de buena gana a cambiar el bacalao por una buena lubina recién pescada en uno de los restaurantes del puerto de Cudillero.

Ella se había pasado todo el día intentando solucionar lo del cocinero.

Salió del despacho con la carpeta con los currículums que había impreso en busca de Mercedes. La había escuchado un rato antes de bajar de su habitación y esperaba que todavía anduviera por el jardín.

Salió de la casona. Al pasar por los apartamentos del jardín vio el carro de hacer las habitaciones. Silvia no había terminado la jornada e Irene llevaba varios días sin pararse a hablar con ella.

Se dirigió hacia allí.

—¿Hay alguien? —preguntó antes de entrar.

—En la cocina.

Irene se la encontró estropajo en mano frotando la encimera.

—No hacía falta que te pusieras hoy con este. Los huéspedes no llegan hasta mañana por la noche. ¿Por qué no lo dejas y te marchas?

—Hoy, mañana... —Se encogió de hombros—. ¿Qué más da? Total, tengo que esperar hasta las siete.

—¿Viene Héctor a buscarte de nuevo?

Silvia se pasó el dorso de la mano por la frente.

—¿¡De nuevo dices!? —Lanzó el estropajo dentro del fregadero—. Ya no va a volver nunca más. ¡Odio a mi padre! ¡Lo detesto! —gritó mientras se limpiaba las lágrimas.

Cogió a Silvia por el brazo y la obligó a sentarse en el sofá del apartamento.

—Lo has dicho en casa.

Silvia negó con la cabeza a la vez que seguía secándose las lágrimas.

—Todavía no. ¿Qué va a hacer cuando lo sepa? No lo puede saber, no lo va a saber. Lo matará.

—Entonces, ¿habéis tomado ya la decisión? —preguntó Irene, suponiendo que Silvia había decidido no tener al niño.

—Héctor dice que decida yo, que él aceptará lo que yo diga. Pero yo... —Se mordió el labio inferior—... yo no sé qué hacer. A veces creo que es mejor... Eso, ya sabes... no tenerlo, y otras, que no voy a ser capaz de hacerlo. Irene, ¿cómo voy a...? —Le costaba decirlo—. Es nuestro niño, el de Héctor y el mío.

Irene maldijo en silencio a los hombres de veintiún años que dejan semejantes decisiones sobre los hombros de niñas de diecisiete. Tomó aire antes de hablar.

—Tienes que hacerlo, tienes que decidirlo. Es decir, tenéis que decidirlo. Tienes que hablar con Héctor y decirle que no puedes tomar esa decisión tú sola. Él es el padre de la criatura. —Por una vez, Irene no se calló lo que pensaba y continuó hablando—. Es un hombre hecho y derecho. Si ha tenido el valor de estar contigo en la cama, tiene que tenerlo también para no dejarte sola en esto.

—¿Hablar? —sollozó Silvia—. Hace casi una semana que no puedo hablar con él. Me han quitado el móvil. Mi padre me trae al hotel por las mañanas y me recoge a la salida.

—¿Y tus amigas?

—No me dejan salir de casa, no me dejan que vengan ellas a mi casa por miedo a que traigan un mensaje de Héctor. Irene, ¿qué voy a hacer?

Hasta entonces, había tenido mucho cuidado de no involucrarse demasiado en su problema. Al fin y al cabo, Silvia tenía su propia familia y ella no formaba parte de ella. Ese había sido su planteamiento. Hasta entonces.

Sacó el teléfono móvil del bolsillo trasero y se lo tendió.

—Puedes llamar a Héctor para tratar del tema. Si prefieres puedes usar el de la oficina.

Silvia la miró sin terminar de creerse la oportunidad que Irene le brindaba.

—¿De verdad?

Ella asintió.

—No me digas que no lo habías hecho todavía.

—Bueno, lo había pensado —confesó y se lanzó sobre el teléfono.

Marcó el número a toda prisa. Sonaron al menos cuatro tonos antes de que alguien contestara.

—¿Héctor? Cariño, soy yo —murmuró con delicadeza.

De repente, Irene se sintió como una *voyeur*, que necesita espiar la relación de otros para completar su propia vida. La idea le dio vergüenza. Salió al jardín para dejar a Silvia intimidad y coger un poco de aire.

Se apoyó en la pared y esperó. Silvia tardó en salir. De vez en cuando, los susurros de la conversación llegaban hasta ella y la vergüenza regresaba. Cuando sucedía, se alejaba un poco más de la puerta. Terminó paseándose por el jardín y comprobando que los setos ya habían perdido su forma y las begonias todas sus flores. Hacía unos días que los del vivero tenían que haberse acercado y no lo habían hecho.

—Ya está.

Irene se sobresaltó y se dio la vuelta. Silvia le tendió el teléfono.

—¿Habéis hablado?

—Sí.

No es que no confiara en ella; sin embargo, Irene tenía que asegurarse.

—¿Habéis hablado del niño?

Silvia se mordió el labio, hundió las manos en el fondo de los bolsillos de la bata y clavó los ojos en el suelo.

—Pues... la verdad...

—¿Silvia?

La muchacha elevó la cabeza.

—¿Puedo pedirte otro favor? Le he dicho a Héctor que venga mañana a la salida del trabajo. ¿Puedes llamar a mi padre y decirle que me tendré que quedar hasta las nueve? ¡Por favor, por favor, por favor! Será para que hablemos de... eso. No podía hacerlo por teléfono. Compréndelo, Irene, necesito verle.

Irene se lo pensó un momento. No demasiado, por si acaso se arrepentía.

—Está bien.

Silvia abrió mucho los ojos y la sonrisa regresó a su cara.

—¿De verdad que lo harás?

—Te lo prometo.

«Y eras tú la que no quería involucrarse en la vida de los demás. Genial, Irene, lo has hecho genial, acabas de prometer que vas a mentir al padre de una de tus empleadas.»

Al final encontró a Mercedes en la galería.

—Traigo una cosa que deberías ver. Mejor nos sentamos —sugirió y se acomodó en uno de los sofás. Mercedes se dejó caer a su lado e Irene aprovechó para ponerle la carpeta sobre las piernas—. Ábrela.

—¿Qué es esto?

Irene extrajo tres grupos de hojas y apartó la carpeta.

—Ayer por la tarde puse un anuncio en internet para el puesto de cocinero. Se ha presentado mucha gente, pero estos son los que más me han gustado. He hablado por teléfono con ellos hace un rato. Esta es una chica valenciana. Tiene veintisiete años, ha trabajado en el restaurante de sus padres toda la vida, ha estudiado cocina en Valencia, Madrid y París. Los últimos dos años los ha pasado trabajando en el Schloss Schauenstein, uno de los restaurantes más prestigiosos de Suiza. Al parecer, está harta del frío invierno y de la nieve.

—¿Crees que es la mejor?

—Sí, pero hay un problema —la detuvo Irene—; pide demasiado.

La cara de Mercedes se volvió color ceniza.

—Bien, pasemos al segundo —siguió y apartó las hojas con el expediente laboral de la mejor de sus opciones.

—Este es gallego, más joven, veinticuatro años, de A Coruña, pero ha estudiado en el País Vasco.

—Hombre, mira, tu tierra.

Irene obvió el comentario, concentrada en recitar los logros del nuevo candidato.

—Ha pasado por distintos restaurantes de prestigio: el Eneperi, el del Euskalduna, el Boroa... y de todos tiene unas referencias impecables. Pero...

—No me lo digas, el sueldo.

—Tú lo has dicho, además, no podría incorporarse hasta dentro de tres semanas. —Irene señaló la venda que aún unía los dedos de la mano derecha de Mercedes—. Se rompió tres dedos de la mano izquierda jugando al pádel. No podemos esperar.

—Rechazado entonces.

Irene apartó también ese currículum y se puso con el tercero. El rostro de un joven rubio, delgado y con cara seria dejó paso al de otro moreno y con claro aspecto de que la cocina era lo suyo, al menos en lo que a comer se refería.

—Se llama Marc Rosell, catalán. Estudios en Barcelona y trabajos de verano en la Costa Brava. El último año ha estado en la cocina del restaurante de su hermano, el Ósmosis. Me he informado. «El elegante y acogedor restaurante Ósmosis es una experiencia que los amantes de la cocina de autor no deben perderse. Un joven catalán con amplios conocimientos gastronómicos presenta su personal menú donde no faltan ni la imaginación ni el talento ni los mejores productos. Sin duda, una cita imprescindible. No hay carta, solo el menú degustación» —leyó en unas líneas que había apuntado al margen—. Quiere independizarse, salir del amparo de su hermano para buscar su propio camino.

—¿Sueldo?

—Muy razonable.

—¿Te parece bien?

—Si fuera mío el hotel, lo contrataría.

—Decidido, lo contratamos. Ya está entonces. ¿Hablas tú con él y con la gestoría? Me marcho. Se me ha hecho tardísimo, aún tengo que pasar por Cudillero y hacer la maleta.

15

Por suerte Marc Rosell le dijo que sí a todo. Sí, a que le interesaba el puesto, sí, a que estaba dispuesto a llegar al día siguiente, y sí, a que aceptaba las condiciones de trabajo.

Terminaba de entrar en la cocina para beber un poco de agua cuando Iago apareció por la puerta.

—Estás sonriendo —dijo él en cuanto la vio.

—Las cosas parecen ir mejor. Acabo de colgar al nuevo cocinero. Llega mañana por la noche. —Abrió la carpeta con los datos de los candidatos y la giró hacia Iago—. Es este.

Iago prestó atención a la foto durante un instante y cerró la cartulina.

—Ya te lo había dicho. Todo se arregla.

—Si te digo la verdad, ahora que tengo lo del cocinero solucionado, estoy deseando que se vaya Mercedes. Una temporada sin ella. ¡Qué relax!

—La he visto en el jardín, acaba de subir.

—¿Te ha dicho algo?

—¿Sobre el cocinero? No, me ha dado unas recomendaciones, solo eso. ¿Has terminado aquí?

En concreto le había dicho, «no soy idiota, sé que Irene y tú estáis juntos. Te cortaré eso que tienes entre las piernas como hagas algo para que quiera marcharse». Y eso que no sabía nada de sus dudas. Y eso que no lo había visto mientras pasaba de una foto a otra de su móvil.

Ella miró a su alrededor. Iago notó que volvía a hacer un repaso mental del trabajo del día siguiente.

—Creo que sí.

La cogió de la mano y se la acarició con suavidad. Y con suavidad, le dio un beso en la palma.

—Vámonos entonces —susurró con voz sugerente.

Mercedes le había dicho que la cuidara, ¿no?, pues eso era precisamente lo que iba a hacer. A cuidarla toda la noche, todas las noches, y a conseguir que se levantara relajada por las mañanas para encarar el nuevo día con mucho ánimo.

Irene no se movió, se limitó a mirarlo de una forma extraña. Su insinuación no parecía haber hecho mella en ella. Sin embargo, sí lo había hecho en él. Sintió un cosquilleo recorriéndole el pecho, notó la necesidad de quitarle la ropa y acariciarla con la punta de los dedos.

Tiró de ella e Irene pareció salir de su letargo. La cogió por la cintura y la acercó hasta él. Un paso, un solo paso e Irene pegó sus caderas a las suyas. Iago decidió que no quería esperar. Las habitaciones quedaban demasiado lejos.

La empujó, Irene chocó contra el mostrador. Él abrió las piernas y la atrapó entre ellas. Una mirada rápida, a sus ojos, a su boca.

—¿Sabes? —murmuró—, no sé cómo lo haces, pero hay veces que me vuelvo loco por besarte.

Era verdad, a pesar de las dudas, de la imagen de Rocío y del recuerdo de su vida en común, tal vez demasiado idealizada. A pesar de todo, deseaba a Irene.

—¿Sí? —preguntó con reserva como si no se lo creyera.

—Sí, como ahora.

Iago quería entrega, pero obtuvo precaución. Sintió las palmas de sus manos sobre el pecho. Intentaba separarse de él.

—Además, creo que deberíamos hablar.
—¿Hablar, de qué?
—De nosotros.

«No, hablar no.» La conocía; sacaría su yo racional e intentaría diseccionar lo que había entre los dos; analizaría sus sentimientos, los de ambos. Y Iago era lo último que quería. No quería analizar sus propios sentimientos, ¡de ninguna manera! En sus palabras no habría hueco para términos como locura, apetito, deseo ni sexo desenfrenado. Ella hablaría de otras cosas: de responsabilidad, de lazos, de amistad. Hablaría de amor. Él no quería hablar, no quería pensar, y menos de aquello, solo quería actuar y decirle con besos cuánto la deseaba. Y pedirle con gestos, con roces, con caricias lo que lo excitaba.

La besó para hacerla callar. Lamió sus labios. Los atrapó. Introdujo su lengua. Se movió dentro de ella. Sin límite, sin fin. Hasta que ella respondió. El nudo que se le había formado en el estómago se deshizo en cuanto notó que su cuerpo perdía la rigidez y su voluntad cedía. Renovó el brío por retenerla, por obligarla a centrarse en él. Quería estar dentro de sus pensamientos y en el interior de su cuerpo. Nada más. No en el centro de su alma, no en el centro de su propia alma.

Por eso la besó como lo hizo. Por eso metió las manos por debajo de su camiseta y por eso le desabrochó el botón metálico del pantalón y le bajó las bragas. Para que alcanzara la locura y su mente se trasladara lejos de aquel lugar inseguro y movedizo que era el mundo de los sentimientos.

—Iago, aquí no... cualquiera...

Iago se deshizo de la mano que detenía la suya.

—La cocina es tan buen sitio como otro cualquiera. Nadie va a entrar —farfulló mientras enterraba la mano en su vello púbico al tiempo que la instaba a bajarle la cremallera del pantalón.

Pero como vio que Irene dudaba, la besó otra vez. En la boca, en el cuello, en los pezones, en el estómago, en el pubis y de nuevo en la boca. Funcionó. La cintura de su pantalón quedó libre. Irene exploró su interior y liberó su pene. Iago deseaba clavarse en ella, enterrarse en su razón, pero antes... Metió sus dedos en el hueco de su sexo. Sintió la humedad de sus labios, la suavidad de sus paredes, la calidez de su interior. Y los movió, arriba y abajo, una y otra vez. Hasta que borró sus dudas y ella se unió al movimiento de sus dedos.

Su respiración se hizo más y más agitada y Iago decidió que ya era el momento. De un movimiento rápido, empujó el pantalón al suelo y la alzó un poco. Ella se abrazó a su cuello. Sonreía. La mejor señal del mundo.

Un impulso y estaría en el lugar que ansiaba: dentro de ella. Pero no se resistió a torturarla un poco más. Movió las caderas sin terminar de ejercer la presión necesaria. Entraba y se retiraba. Una vez, dos, tres. Irene jadeó. De deseo. Avanzó las caderas para forzar el encuentro definitivo.

Ahora quien sonrió fue él. Era el momento.

Lo fue. El momento, un momento horrible.

Todo ocurrió a la vez.

Sonó un teléfono, Irene se quedó rígida, lo apartó de ella, se subió la ropa, sacó el aparato —el maldito aparato— y dijo:

—Es mi hermana.

Lo peor: descolgó.

Las ruedas giraban a toda velocidad impulsadas por el pedaleo. Concentrado en las líneas blancas de la carretera, Iago apenas era consciente del tiempo que había pasado. Solamente los coches que le adelantaban por la izquierda le hacían levantar la cabeza del asfalto.

Echó un vistazo al cuentakilómetros sujeto al manillar de la bicicleta y después al reloj de su muñeca; treinta y siete en menos de hora y media. A lo lejos vio los primeros tejados de Muros de Nalón, seis kilómetros más y estaría en Cudillero.

Metió de nuevo la cabeza en el manillar para terminar de salvar la distancia hasta el pueblo a toda velocidad. En cuanto pasara el cartel que anunciaba el municipio, tendría que comportarse como un ciclista aficionado para no llevarse por delante a ninguna señora con las bolsas de la compra, así que aprovecharía el momento.

Una pedalada y otra, apretó los dientes y aceleró la marcha. Y de repente... El pinchazo le recorrió el muslo y le llegó a la cadera y hasta el cerebro. Por instinto, intentó extender la pierna herida, sin darse cuenta de que tenía los pies sujetos a los pedales. Casi se cayó. Dejó de pedalear, pero no de apretar los dientes. El dolor era agudo, muy profundo. Como si le hubieran clavado un estoque. Maldijo en voz alta. Le dolía en la misma parte por la que se le había partido la pierna dos años antes.

Se dejó llevar por la inercia de la bicicleta mientras apretaba el freno poco a poco. Se detuvo justo en la señal de STOP.

Soltó el enganche de sus zapatillas de un movimiento rápido. Pisó en el firme con el pie izquierdo y dejó resbalar la bicicleta hasta el suelo.

Apoyó el derecho con miedo. Con más miedo aún, balanceó el cuerpo hacia la pierna malherida. Más peso, más fuerza, todo iba bien, casi sonrió cuando se inclinó del todo hacia aquel lado.

Dio un alarido. Allí estaba el pinchazo de nuevo.

—¡Joder, joder, joder! —resopló.

Le entraron ganas de llorar. No de dolor, sino de rabia y de frustración.

Se volvió hacia la cuneta para que nadie le viera el rostro. Se inclinó hacia delante con las manos en las rodillas con mucho cuidado de no apoyarse en la pierna herida.

Respiró varias veces para tranquilizarse, despacio y hasta el fondo. Cuando decidió que tenía los nervios controlados, lo intentó de nuevo. Esta vez con más cuidado.

Bien. El dolor remitía. Dio unos pasos por el arcén. Cojeaba. Le dolía, pero no era la tortura de hacía un momento. Lo de ahora era un dolor sordo y continuo, más ligero, menos penetrante. Continuó caminando cada vez mejor, hasta alcanzar la primera de las casas.

Renqueante retrocedió hasta la bicicleta, más seguro, más tranquilo. Se le estaba pasando.

Apenas había sujetado el manillar de la bici para volver a levantarla cuando un coche paró a su lado.

—¿Nuestro insigne deportista en problemas?

Iago miró al conductor a través de la ventanilla abierta del copiloto. Era Fernando. Lo que le faltaba: testigos.

—Ningún problema. ¿Es que ni siquiera puede uno aligerar su vejiga? —fingió con la voz alegre y la sonrisa forzada.

Fernando hizo desaparecer la suya.

—No me cuentes milongas. Te he visto cojear.

—No ha sido nada.

—Ya imagino, no hay más que ver las arrugas que se te han formado en los ojos al intentar controlar el dolor. La pierna, ¿no? ¿Qué te ha pasado?

—En realidad nada, ha empezado a dolerme hace un momento. Un calambre, eso es lo que es.

—Sí, y yo el Papa. —Su amigo se inclinó sobre el asiento del copiloto y abrió la puerta—. Sube, te llevo.

—No hace falta. Estoy a menos de un cuarto de hora de casa.

—A dos minutos en coche. —Señaló la bici—. Pon ese trasto ahí detrás y métete de una vez.

Iago no se resistió. Se quitó la chichonera de la cabeza antes de entrar en el coche. Fernando lo miró de reojo y arrancó.

—¿Es la primera vez que te pasa?

—La primera. Por eso me ha pillado tan de sorpresa.

—Más vale que te lo mires.

—No merece la pena. No ha sido más que un pinchazo sin importancia.

—Eres un tío majo, pero a veces te portas como un imbécil.

—¿A qué viene ahora eso?

—A que no quiero volver a pasarme las noches en vela en una habitación de hospital.

Ahora fue Iago el que le echó una mirada furtiva. Fernando estaba serio como nunca.

—Está bien —concedió—. Llamaré a mi médico y se lo contaré.

Siguió un minuto de silencio. El pueblo de Muros de Nalón quedó atrás y Iago desvió la vista hacia los verdes prados.

—¿Qué tal en el hotel sin Mercedes? —preguntó Fernando.

Iago se volvió hacia su amigo.

—Todo lo bien que se puede esperar, dadas las circunstancias.

—¿Por qué lo dices? Ya tenéis cocinera, ¿no?

—Ya «tiene» cocinero —recalcó—. Un catalán. A mí me parece un desastre, pero yo no digo nada.

Fernando le volvió a mirar.

—¿Problemas con Irene?

—Ninguno —resaltó, irónico—. Ella no se mete en mis cosas y yo no me meto en las suyas. Eso es lo que quiere, eso es lo que tiene.

Oyó una risa ahogada.

—Así que todo va bien. Ya veo.

—No conozco a otra mujer más cabezota que ella —se desató Iago—. A la ayuda la llama injerencia. Es ella la única que puede hacer las cosas. Ella organiza, ella sirve, ella comprueba, ella atiende a los clientes y habla con los proveedores. Es como si necesitara probarle al mundo que es la mejor en lo suyo.

—Imagino que es a sí misma a la que intenta convencer.

—¿A ella misma? ¡Bah! —resopló Iago—. ¿Has visto una cosa más absurda?

Fernando ojeó la rueda de la bicicleta de Iago por el retrovisor e hizo un gesto que decía «lo que faltaba».

—Creo que conozco a alguien que funciona más o menos así. Se le mete una cosa en la cabeza y no para hasta conseguirla. De hecho lleva más de veinte años haciéndolo.

—¿Lo dices por mí? —preguntó Iago, enfadado.

—Veo que te sientes aludido.

—No tiene nada que ver; lo mío es completamente distinto. Yo soy un deportista; los deportistas se ponen metas y trabajan hasta alcanzarlas.

—Ya, y ella ha decidido que va a llevar ese hotel ella sola y trabaja para conseguirlo.

—Cuando se pone en ese plan, es insufrible. En cuanto intentas echarle una mano, le sale el mal humor. Así que he decidido no hacerlo.

Ya estaban en la recta del hotel.

—Hay algo que siempre me he preguntado —comenzó Fernando cuando entraba en el jardín de la casona—, esa mano de la que hablas, ¿se la echabas durante el día o durante la noche? —preguntó con cara de estar muy interesado.

Iago soltó una carcajada. Pero no se resistió a presumir delante de su amigo.

—No la ayudo en temas laborales, en los otros, digamos que... nos «consolamos» mutuamente.

—¡Si serás cabrón! —oyó que Fernando le insultaba antes de sacar la bicicleta y cerrar la puerta del capó de golpe.

Se rio sin ganas.

Porque «consolarse» no era precisamente lo que habían hecho dos noches antes cuando la hermana de Irene les interrumpió en la cocina. Ni tampoco la noche anterior cuando la encontró dormida sobre su cama, completamente vestida.

16

Irene levantó la cabeza del teclado al escuchar los pasos por el pasillo.

«¡Otra vez no!»

Sí, otra vez sí. Allí estaba el cocinero con la cabeza dentro del despacho.

—¿Crees que el solomillo gustará más con la salsa de pimientos o con la de mostaza y champiñones?

Irene retuvo el aire en sus pulmones y lo soltó poco a poco.

—¿No hemos quedado hace diez minutos que lo ponías con la de pimientos?

—Eh... sí, pero es que ahora estaba pensando que... Pero si tú dices que mejor la de pimientos...

—Sí —lo interrumpió Irene, categórica—, con salsa de pimientos.

—¿Pimientos rojos o verdes?

«¡Por Dios!»

—Rojos, de los de piquillo de toda la vida. ¿Te queda claro?

—Sí, claro, clarísimo.

—Genial —gruñó y volvió al balance de gastos de la semana anterior. Marc, sin embargo, no se movió de la puerta. Irene volvió a mirarlo—. ¿Algo más? —preguntó nerviosa cuando se dio cuenta de que ya eran las dos de la tarde y el responsable de que los huéspedes comieran aún no había empezado con los menús.

—Bueno... sí... —Irene lo miró con ojos inquisitivos para que siguiera—. Un problema con las ensaladas.

—¿Con las ensaladas también? ¿Qué es lo que falta ahora? No me digas que te has quedado sin lechuga y no lo has dicho.

—No, ¡qué va! —contestó él muy desenvuelto, como si en el jardín tuviera plantadas un cargamento entero de lechugas.

—Marc, ¿cuál es el problema con la ensalada? —preguntó Irene muy despacio para que se centrara en la respuesta.

—Los nidos de calabaza, ¿recuerdas?

—Claro, tú me diste la idea y a mí me encantó. Crear un recipiente con tiras de calabaza crujiente me parece digno de un lugar de alta cocina. ¿Qué sucede con ellas?

—Es que... bueno... En el restaurante de mi hermano se hacía, pero... yo... no-era-el-encargado —dijo de corrido.

A Irene se le borraron las letras del ordenador.

«Yo lo mato, lo mato, lo mato.»

—¿Quieres decirme que en realidad no sabes cómo hacerlos?

—Sí, eso.

Irene se llevó las manos a la cara y se frotó los ojos. Odiaba la violencia, pero si hubiera tenido un pisapapeles a mano se lo hubiera tirado a la cabeza. Intentó controlarse.

—Entonces, ¿por qué me sugeriste que podíamos incluirlo en el menú?

—Es que mi hermano siempre decía que era la clave

del éxito de sus ensaladas y como tú dijiste que querías que se hablara del hotel...

—¡Bien! —lo cortó—. Pondremos las ensaladas sobre los platos, como las de toda la vida. ¿Entendido?

Vio la cara de alivio del cocinero.

—Me voy entonces... a la cocina... a preparar las ensaladas.

—Eso, que los clientes querrán comer hoy —masculló entre dientes.

Cuando desapareció de su vista, Irene estuvo a punto de echarse a llorar. ¿Cómo le podía pasar eso a ella? Por teléfono le había parecido de lo más decidido, un hombre que sabía de lo que hablaba y con mucha confianza en sí mismo. «Además, la carta de recomendación es excelente.» Claro que la había escrito su propio hermano. Empezaba a pensar que el dueño del restaurante Ósmosis había querido deshacerse de su «genial y artista» hermano —tal y como lo había calificado él mismo en el escrito—. «Hasta ha podido ser él el que contestó a mis preguntas por teléfono.»

Fuera lo que fuese, estaba claro que había pecado de ingenua y la habían engañado. El caso es que era un buen cocinero. Todo lo que hacía tenía el aspecto de un cuadro y estaba buenísimo. Irene ya había recibido los halagos de varios huéspedes desde que estaba él allí. Su problema: era un indeciso.

Se levantó y empezó a pasearse por la habitación.

—¿Qué voy a hacer con este hombre?

—Estás hablando sola —le afirmó alguien desde la puerta.

Irene se volvió hacia la voz.

—Silvia —se recompuso—, no te había oído llegar.

—Acabo de bajar, ya he terminado con las habitaciones de la primera planta. ¿Sigo con alguna otra?

—Han quedado libres dos más. Son las...

Irene se quedó en blanco. Ella misma había gestionado la salida de los clientes, pero no recordaba cuáles eran las habitaciones.

—Ya miro yo las casillas de las llaves —le disculpó Silvia el titubeo.

—Te acompaño. Me vendrá bien despejarme un poco.

Recorrieron el pasillo en silencio. Irene estaba avergonzada de haber caído en un error, aunque fuera Silvia y aunque fuera un pequeño olvido. Se sentía como una niña a la que el profesor ha pillado con los deberes sin hacer. Echó un vistazo al interior del comedor. La comida no estaría, las mesas, sin embargo, estaban perfectamente colocadas.

Localizó las llaves de las habitaciones a arreglar y se las pasó a la joven.

—Irene, ¿puedo pedirte un favor? —le preguntó esta cuando las cogió.

Irene se imaginó lo que era.

—Si es que mienta otra vez a tu padre para que Héctor y tú podáis veros, ya sabes que no me gusta.

—He pedido cita en el médico, ¿puedes acompañarme?

—¿Entonces lo habéis decidido ya?

—No, no sé. Héctor dice que mejor si vamos y se lo contamos a él. Cree que nos ayudará a decidir. Yo no sé si quiero. ¿Qué crees tú?

Irene se lo pensó un momento.

—Vamos a sentarnos —decidió. Le señaló la mesa y las dos sillas del vestíbulo. Esperó a que Silvia se acomodara antes de hablar—. Igual no es mala idea. Ahora las cosas no son como antes —dijo a la vez que intentaba no recordar su angustia de hacía tantos años—. La verdad es que no estoy bien enterada de cuáles son los plazos para las madres que deciden... no ejercer la maternidad. Él podrá informarte. —Rezó para que el médico en cuestión (¡que fuera una médico!) resultara al menos respetuoso y cumpliera la legislación española en ese tema—. Aunque creo que deberías ir con Héctor y no conmigo. Es él el que debe oír lo que tiene que deciros.

Silvia saltó en su silla.

—¡Te necesito a ti también! No puedo llegar al médico yo sola. ¿Y si me ve alguien? Se lo contarán a mis padres y ellos me preguntarán que qué me pasa y yo... ¡Por favor, Irene, acompáñame! Si me descubren puedo decir que estaba acompañándote yo a ti.

—Está bien —concedió—, te acompañaré.

Silvia le cogió las manos, emocionada.

—Eres una tía genial. Es esta tarde, a las seis y media —la informó a todo correr—. Luego llamo a mi padre y le digo que no venga a recogerme porque voy contigo al médico.

Irene obvió el hecho de que lo hubiera organizado sin contar con ella y la dejó marcharse, satisfecha de que el plan le saliera bien.

—¿Descansando?

Iago acababa de entrar por la puerta, vestido con su consabido bañador y una bolsa al hombro.

—Solo son las dos de la tarde y parece que llevo veinte horas trabajando. —Le miró con más detalle. Traía el pelo mojado, lo que no era de extrañar con el tiempo que hacía—. Hace un día horrible, no ha dejado de llover desde ayer por la noche. ¿Has ido a nadar con este tiempo?

—A las piscinas de Avilés. Son cubiertas.

—Seguro que lo has pasado mejor que yo.

—Por la cara que tienes, imagino que sí.

—¿No has salido en la bici?

A cualquiera que elevara la vista al cielo y mirara las

nubes le parecería una pregunta absurda. Sin embargo, había visto salir a Iago con la bici con peor tiempo que ese.

—Hoy no me apetecía.

A Irene le pareció que había algo más, pero no preguntó. Iago dejó caer el macuto al suelo y se sentó en la silla que Silvia había dejado libre. Le cogió las manos, igual que había hecho la adolescente.

—Salgamos esta tarde. Es jueves, se supone que es tu día libre. Vamos a algún sitio, al cine, a pasear por la playa del Silencio. ¿Has estado alguna vez? Es un lugar mágico.

Ella negó con la cabeza.

—No puedo.

—En cuanto se acaben las comidas, te preparas y nos vamos. Prometo traerte de vuelta a las ocho.

—No puedo —repitió—. ¿Y si llama alguien, y si aparece algún cliente inesperado?

—Dejas a Silvia sentada en este sitio toda la tarde y si pasa cualquiera de esas cosas o las dos, que lo atienda ella.

—No puedo. He quedado con ella esta tarde para acompañarla a... a un sitio.

Iago se levantó de repente y cogió la bolsa de nuevo.

—Perfecto, ya veo que tienes mejores planes. ¡Genial! —dijo con voz fría antes de salir por la puerta de la casona.

Irene se quedó mirando por la ventana cómo se alejaba por el jardín. Se le hizo un nudo en la garganta.

«¡Genial!, sí, ¡genial!»

Mala leche. Eso era lo único que había conseguido Iago desde que Mercedes se había marchado e Irene trabajaba sin descanso. «Al menos, cuando llegó, yo ayudaba en algo, pero ahora...»

Ella le había pedido que no interviniera. Se lo había

dejado claro. Era la responsable, por lo tanto, ella hacía, ella decidía. Espacio era lo que quería. Bien, pues eso es lo que tenía. Y él, ¿qué tenía él? Mal humor acumulado.

Ni siquiera le había contado lo del dolor en la pierna. ¿Cómo, si se la encontraba a ratos y nunca más de un segundo seguido? Apenas el tiempo necesario para un «¿qué tal?», un «vete sin mí» o un «no me esperes».

Claro estaba que lo suyo no era una relación en condiciones. Tampoco había pensado tenerla. Estaban bien como estaban; cada uno hacía su vida, tenía sus aficiones y no se metía en las del otro. Sin ataduras, sin absurdas palabras que no significaban demasiado. De vez en cuando por la cabeza de Iago volvía a aparecer el recuerdo de lo que había sido la vida familiar con Rocío. En realidad, siempre que se acordaba de Marina y de Ismael, siempre que pensaba que en tres días se marchaba a Madrid y se la encontraría de nuevo en el congreso.

Los remordimientos de conciencia por no estar siendo honesto con Irene le hicieron regresar de nuevo a ella.

El sexo, eso sí era estupendo. Cuando la tenía delante, se excitaba solo al pensar que él era el causante del brillo de sus ojos, y le ocurría más todavía cuando la veía seria y concentrada. En un momento parecía la señorita Rottenmeyer —se rio solo, al imaginar a Irene con un moño bien apretado en lo alto de la cabeza y nada por debajo— y al siguiente se deshacía entre sus dedos. Eso cuando conseguía llegar a tocarla, cosa que no sucedía desde hacía ¿tres, cuatro días?

Detuvo el coche en la plazuela, delante de la puerta principal del hotel. Tras su discusión con Irene, se había duchado y se había marchado al pueblo en busca de compañía, mejor sentarse un rato a charlar con Fernando que quedarse a solas en su habitación, mirando de reojo por el ventanal la puerta cerrada de la de Irene.

Al menos había conseguido distraerse, claro que antes había tenido que echar mano de toda su agilidad mental para sortear las preguntas de Fernando sobre su pierna. «Me duele. Es normal en un hueso descalcificado. He hablado con el médico y me lo ha confirmado», no le había convencido. «Estoy perfectamente», aún menos.

No había llamado al hospital. Pero él sabía que la mentira podría convertirse en verdad. ¿Cuántas veces había visto casos semejantes entre sus alumnos? Muchas. El dolor estaba provocado por la falta de calcio. Aunque en ese caso, según el hueso se calcificaba, tendría que doler menos y a él le pasaba lo contrario. Cada día era peor. Podría ser también un problema de sobresfuerzo. Se tomaría el entrenamiento de esos días con un poco más de tranquilidad. Pero no mucha, seguiría un par de días nadando en vez de subirse a la bicicleta. «Mañana tendré que salir a correr.» El veinticuatro de agosto tenía que estar en Córdoba para el Campeonato de España de Triatlón de Media Distancia y quince días más tarde en Murcia para el de Distancia Olímpica. Todo ello como entrenamiento para llegar a la meta que se había fijado para regresar definitivamente a la escena deportiva. El veinte de octubre se celebraba la Copa de Europa y él estaría entre los tres primeros. Sería la demostración de que estaba restablecido por completo y que había regresado.

Eso era lo único importante.

Llevaba dos años soñando con ello. Lo conseguiría.

Decidido, abrió la puerta del coche y salió. El suelo de grava continuaba mojado, a pesar de llevar un par de horas sin llover.

Apenas pulsó el botón del mando para cerrar el coche cuando le sonó el teléfono. Era Ismael.

Se apoyó en el vehículo, relajado, y descolgó.

—¿Qué tal por tu nuevo hogar, tío?

—Mucho peor que tú, que estás de vacaciones —le contestó su amigo.

—Ya sabes la solución, pártete una pierna por tres sitios y vive a expensas del contribuyente.

—Estoy en ello.

—¿Y cómo lo vas a hacer? El riesgo de la natación es que te mueras ahogado, pero ¿romperte una pierna?

—No creas, los suelos resbaladizos de las duchas pueden ser muy traicioneros.

Iago soltó una carcajada.

—¿Por qué me llamas? —le preguntó cuando finalizó la broma.

—Para recordarte lo del congreso.

—Es verdad, el congreso.

—¿Lo habías olvidado?

—Por supuesto que no, lo tenía en mente. No veo el momento de regresar a Madrid —ironizó— y soportar los tórridos atardeceres del mes de julio.

—¿Vas a venir entonces?

—Ya te dije que sí.

—Estupendo. Ya le había dicho yo a Marina que lo harías, pero me ha insistido en que te llame. Ella no estaba segura de que lo cumplirías.

—Por lo de Rocío.

—Bueno... ya sabes... —contestó Ismael errático—, por ahí dicen que «donde hubo fuego, quedan brasas».

—Ya, y también: «del amor al odio solo hay un paso».

—¿Entonces la odias?

—Tampoco es eso. —Se pasó la mano por el pelo, nervioso—. En realidad, no sé lo que siento por ella. Me dolió mucho su abandono, la necesité en aquel momento y no estuvo a mi lado. Lo sentí como una traición. Aunque te confieso que últimamente me he preguntado varias veces si no fui demasiado radical. Ahora creo que nuestra relación se merecía otra...

—«Oportunidad» es la palabra, aunque te cueste decirlo. No me lo preguntes a mí, que ya sabes la respuesta; empieza por «s» y acaba por «í»: sí. Los problemas se hablan, tío, no se les da carpetazo, como hiciste tú. Inteligencia emocional se llama a eso.

Pero a nadie le gusta escuchar que se ha equivocado y Iago no era una excepción por muy psicólogo que fuera y por mucho pensamiento racional que aplicara. Zanjó el asunto.

—Prométeme que no vais a prepararme una encerrona.

—Bueno... te aseguro que yo no.

—Dile a tu mujer que...

—Marina tampoco ha organizado nada, aunque te advierto que no pierde la esperanza de que os encontréis y salte la chispa de nuevo.

—Dile de mi parte que es una soñadora.

—Soñar es gratis. ¿Seguro que te apetece venir?

—Apetecer no es la palabra, pero voy a ir. —Iago se dio cuenta en ese instante de que necesitaba probarse algo él también—. Empieza el martes dieciséis, ¿no?

—Sí. También te llamo por otra cosa. Dice mi mujer que te bajes este fin de semana, mis suegros nos han dejado la casa de la sierra. Pasamos allí estos días y el martes regresamos los tres juntos a Madrid.

—No sé, tío. No he preparado nada.

«Que dice que no», oyó decir a Ismael en voz baja. A continuación, un extraño sonido junto a un «Trae para acá» de lo más expeditivo.

—No me digas que no —dijo una nueva voz.

—Marina, no he mirado horarios ni nada.

—Mañana te coges el tren Oviedo-Madrid y duermes

en tu casa. El sábado a primera hora nos vamos a Segovia. Mi madre ya te ha dejado preparada una habitación, no puedes negarte.

De nuevo el sonido del teléfono cambiando de manos.

—¿Qué vas a hacer?

Igual no era mala idea poner un poco de aire y de diversión en su vida. Se frotó el muslo, que no le había dejado de doler últimamente. Intentaría de paso concertar una nueva cita con el doctor Esteban.

—Voy a ver qué puedo hacer para conseguir ese billete que a tu mujer le parece tan fácil. Eso sí, dile que me quedo en la sierra solo hasta el domingo. Voy a aprovechar el lunes para hacer unas gestiones en Madrid.

—No te sientas obligado. Seguro que tienes mejor plan que pasar el fin de semana con un par de amigos aburridos.

—¿Aburridos vosotros? —Rio.

—De verdad, no hagas caso a Marina. A ella todo le parece sencillo. Estás a más de cuatrocientos kilómetros.

De repente hasta le apeteció pasarse tres días sin pensar en otra cosa más que en cervezas, tapas, sentarse en un jardín al sol, mirar los árboles y escuchar lo que aquellos dos tenían que decirle.

—Lo voy a mirar y si hay billetes, voy. No tengo nada mejor que hacer y nada me ata aquí. —Pensó en Irene—. Ni obligaciones ni compromisos.

—Lo dices como si te penara. ¿No tendrás alguna mujer escondida de la que no nos has hablado? —bromeó Ismael.

—¿Mujeres? —preguntó Iago, soltando una falsa risa—. No me hacen caso, estoy a dos velas.

—Ya será menos...

De repente, Iago pensó que necesitaba un poco de aire. Y de distancia.

—Lo he pensado mejor, voy seguro. Si no en tren, llevo el coche.

—Pero ¿crees que puedes conducir tantas horas seguidas?

—Por supuesto que sí —le dijo con mucha seguridad a su amigo. Seguridad que estaba lejos de sentir. A pesar de saber que igual no era la mejor idea teniendo en cuenta lo que le dolía la pierna a veces, necesitaba probarse a sí mismo que todavía podía seguir haciendo las mismas cosas que antes.

La conversación siguió un rato más, sin darse cuenta de que, apoyada en el tronco de un árbol, Silvia lo miraba con cara de pocos amigos.

Irene salió de la casona a todo correr y chocó con el coche de Iago. Se detuvo en seco. Miró hacia todos lados, pero solo vio a Silvia, de espera junto a uno de los magnolios. Él no estaba.

La adolescente salió al sendero de graba.

—¿He tardado mucho? Perdona, pero es que Marc quería consultarme una cosa.

Silvia miró su reloj.

—Son las seis y diez. La cita es en veinte minutos. ¿Llegaremos a tiempo?

«Está muy nerviosa», pensó Irene, si no fuera así, no le preocuparía la hora. Por lo general, se lo tomaba todo con calma. No era de las que corrían, aunque llegara tarde a una cita. Para muestra lo que le había hecho el primer día que quedaron en el bar de su tío que ni siquiera había aparecido.

—Llegaremos —aseguró Irene—, pero date prisa —la apremió y echó a andar hacia la salida—. Si hubiera sabido que me retrasaba, habría acercado el coche —dijo cuando pasó al lado del de Iago. Y como quien no quiere la cosa, añadió—: ¿Sabes si está Iago por aquí?

—Hace un momento lo he visto girar hacia la galería trasera.

Irene frunció el ceño y comenzó a caminar hacia la salida.

El centro de salud de Cudillero estaba apenas a un kilómetro del hotel, en un barrio de tres calles que había antes de la bajada hasta el centro del pueblo.

Caminaron a buen paso al borde de la carretera. Llegaron en algo más de diez minutos.

No había mucha gente. En la entrada se cruzaron con dos mujeres que las saludaron. Silvia les hizo un gesto con la cabeza. Estaba como la grana.

—¿Por dónde? —le preguntó Irene cuando vio que se quedaba parada.

—En el piso de arriba —contestó ella y se adelantó para mostrarle el camino.

En medio de las escaleras, Irene la detuvo.

—Silvia, espera. Serénate, no vas a hacer nada malo. Seguro que el médico...

—Es una mujer —le aclaró ella.

—Mejor. Seguro que ha visto miles de casos como el tuyo.

—¿Tú crees?

—Segurísimo. Tienes que ir tranquila para preguntarle todo lo que se te ocurra.

La adolescente le dio un rápido beso en la mejilla.

—Gracias, Irene. Eres la mejor amiga que tengo —dijo y siguió subiendo a todo correr.

Irene se tocó en el punto en el que lo había hecho Silvia. Hacía mucho tiempo que nadie le daba un beso de cariño como aquel. ¿Quién la había besado en los últimos tiempos? No su madre, desde luego. Ni recordaba la última vez que lo habían hecho. Su padre, tampoco, siempre pegado a la pantalla de la televisión apenas hacía un movimiento de cabeza cuando ella aparecía a comer los domingos con ellos. Su hermana, sí, Luz, sí. Y Iago. Pero los de él eran de otro tipo: más carnales, más pasionales, más viscerales, pero ¿más cariñosos?

Salvó el último tramo a la vez que se decía que lo que tocaba en ese momento era pensar en Silvia y no en Iago.

La joven la esperaba de pie, al lado de una fila de asientos color gris. Se acercó hasta ella.

—Es esa puerta —le informó.

Se sentaron en silencio. No había nadie más esperando. A Irene le pareció que aquello tranquilizaba a Silvia. «Cuantos menos testigos, mejor.» Un poco más allá, había otra consulta. Un hombre mayor y una mujer llena de arrugas esperaban pacientemente.

—¿Sabes si el médico sale a llamar a la gente? —preguntó Irene por decir algo.

—No sé, sí, supongo, otras veces cuando he venido con mi madre, ha salido. Pero ni siquiera sé si es la misma. Hace tiempo que no vengo.

Pero el médico no salió. Silvia metió las manos debajo de los muslos y empezó a balancearse. No hacía nada más que mirar hacia la escalera.

Les tocó el turno a los ancianos y desaparecieron dentro de la consulta de al lado. Se quedaron solas en el pasillo.

—¿Y Héctor?

—Tiene que venir, me dijo que vendría.

Como si lo hubiera convocado, su novio apareció en ese momento.

En cuanto Silvia lo vio, dio un pequeño gritito, que

solo escuchó Irene, y se levantó a toda prisa. Héctor abrió los brazos y la alojó entre ellos. Con delicadeza, con dulzura, con amor, como le había visto hacer también la vez que lo conoció en el muelle.

Se acercaron a ella abrazados y sonrientes. Silvia se transformaba en otra persona cuando estaba con él. «En una persona mucho más feliz. No como yo con Iago, no como él conmigo.» Sintió un pinchazo de celos en el centro del pecho. Se obligó a levantarse para saludar al novio de la joven.

—Señorita Irene, mucho gusto —dijo él con la suavidad de las personas que procedían del sur de América.

—Todavía no me han llamado —le comentó Silvia mientras se sentaban a su lado.

—¿Preocupada, mi niña? —Héctor acompañó la pregunta con una caricia y una sonrisa.

—Un poco —confesó Silvia antes de acurrucarse en el regazo de su novio. Este le besó el pelo y se lo acarició.

Irene apartó los ojos de ellos. Se sentía como una espía.

—No te preocupes —oyó que él le decía—. Todo va a salir bien, yo voy a estar contigo, no te voy a dejar sola. Lo vamos a solucionar juntos.

Las mejillas de Irene se sonrojaron. Hizo amago de levantarse para dejarles espacio. Héctor se lo impidió.

—No, señorita Irene, no se vaya. Tenga la amabilidad de esperar aquí; Silvia estará más segura si usted la acompaña. Yo me iré en cuanto el señor doctor nos informe y no quiero que se quede sola.

Ternura, eso era lo que ese hombre, muchacho o lo que fuera, tenía pintado en los ojos.

—Solo... —tartamudeó Irene—, solo iba a estirar las piernas.

La puerta de la consulta se abrió en ese momento. Silvia y Héctor se levantaron al instante y se soltaron.

Un hombre joven salió y se alejó por el pasillo sin mirarlos.

—¿Silvia Campos? —preguntó una voz de mujer desde dentro.

Silvia le echó una mirada asustada a Héctor. Este le cogió la mano y le dedicó una sonrisa tranquilizadora. Entraron.

E Irene se quedó allí, pensando en si el vacío que sentía en el estómago era de nervios por su amiga o de pena por ella misma.

Héctor se despidió de ellas dentro del centro de salud.

—Mejor que te quedes con la señorita Irene —dijo a Silvia cuando esta hizo intención de seguirle.

A Silvia se le notaban las ganas de ir tras él, pero hizo lo que él sugería.

—¿Me llamarás al hotel como te he dicho? —Silvia miró a Irene. Él esperó su respuesta antes de contestar—. ¿Puede, Irene?

—Sí, claro —contestó ella sin dejar de pensar que ya no había marcha atrás, estaba involucrada en aquel asunto, aunque no quisiera.

—A las seis. Estaré esperándote.

Él se inclinó hacia delante y la besó delante de Irene, con mucha delicadeza.

—Mi dulce —le dijo—, no te preocupes. Mañana lo solucionamos.

Lo vieron partir con las manos dentro de los bolsillos del vaquero. En cuanto desapareció por las escaleras, Silvia se dejó caer en el asiento. Volvía a ser una adolescente hundida por las circunstancias.

Irene se sentó a su lado.

—¿Qué os ha dicho?

Silvia suspiró.

—Que lo pensemos con tranquilidad, pero que no esperemos mucho. Menos mal que era maja y no se ha enfadado.

Irene se dio cuenta de la razón para no querer ir antes al médico.

—Te esperabas un buen rapapolvo, por eso no querías venir.

—¿No es lo que hacen los adultos? Gritan y no preguntan. Y si lo hacen, no escuchan, así que no entiendo por qué preguntan. Bueno, todos menos tú, que eres una buena colega. —Se levantó de repente, más animada—. ¿Nos vamos?

Salieron a la calle y emprendieron el regreso al hotel.

—No hace falta que vuelvas al hotel, puedes marcharte a casa.

—Prefiero ir hasta allí.

Irene esperó a llegar a la última de las casas y salir a la carretera.

—¿Qué límite os ha dado para tomar la decisión?

—Dice que cree que estoy de seis semanas. Si decido, ya sabes..., que no viva —Irene se dio cuenta de que hasta le costaba decirlo—, hay dos maneras: una con medicinas, pero tiene que ser antes de la semana que viene.

—¿Qué? ¿Solo una semana?

Le había costado más de un mes convencerse de que debía visitar a un médico y ahora tenía que tomar semejante decisión en menos de una semana.

—Después es con operación.

—¿Y qué te ha recomendado?

—La primera. Dice que es menos traumático. Me dan unas pastillas para tener una regla mayor de lo normal. Mis padres ni se enterarían —murmuró para sí.

—¿Qué ha dicho Héctor?

—Nada, ninguno ha hablado, solo la hemos escuchado.
—No podéis demorarlo más. Debería haber venido al hotel para discutirlo contigo; hubierais podido hacerlo.
—Mañana, mañana lo haremos. Hoy no podía, tenía que ir a buscar a su abuela.
—¿A su abuela? ¿Héctor tiene una abuela?

Irene no había pensado antes en Héctor y en su familia. Para ella, era simplemente el hombre que había embarazado a una adolescente.

—Vive con ella.
—¿No tiene padres?
—Sí, y dos hermanos, pero se fueron a algún lugar de Andalucía. Vivían aquí todos juntos hasta hace dos años. Al padre lo llamó un conocido para que se fuera a recoger aceitunas a Jaén. Se llevó a su madre y a los dos hermanos más pequeños. La abuela prefirió quedarse aquí y Héctor se quedó con ella, para no dejarla sola. —Con timidez, añadió—: Acabábamos de conocernos.

—Así que se quedó por ti; por su abuela y por ti.

Un brillo de orgullo apareció en los ojos de Silvia.

—Eso dice él.

Por primera vez, Irene sintió curiosidad de conocer algo más del hombre al que Silvia había elegido.

—¿Qué hace, estudia, trabaja?
—Está buscando trabajo, pero no lo encuentra. No es fácil, ya sabes, es colombiano y esas cosas. Su abuela es cocinera en un bar de San Juan de la Arena. Viven allí, el dueño del bar les ha dejado una habitación en la parte de arriba. A Héctor no le gusta, dice que vivir en un bar es estar todo el día entre borrachos. Al piso se entra desde el bar y cualquiera puede subir. Por eso se va tan pronto, para estar con ella y que no esté sola. Por si acaso. No se fía.

—Así que ni siquiera tiene una casa que pueda llamar suya.

—Héctor no quiere que yo viva con ellos porque dice que no está bien. Piensa que estoy mucho mejor con mis padres que con él. —Silvia dio un suspiro. Irene observó que llevaba las manos hundidas en los bolsillos, igual que Héctor cuando las había dejado hacía un rato—. Dice que ellos me quieren mucho más de lo que creo. Pero yo lo que quiero es estar con él y no se da cuenta de que nunca vamos a poder hacerlo si sigo en mi casa.

—Eres menor de edad, no puedes marcharte de casa.

Silvia se pasó el dorso de la mano por los ojos. Irene metió la mano en el bolso de bandolera que llevaba y le pasó un pañuelo de papel.

—No me queda mucho tiempo para hacer dieciocho. Me marcharé de casa, aunque Héctor no esté de acuerdo.

—¿Y de qué vais a vivir?

—Yo tengo mi trabajo —dijo Silvia muy segura.

Irene no comentó sus dudas. No es que pensara que Mercedes era una mujer vengativa, pero sí que podría ceder a presiones y, por lo poco que sabía del padre de Silvia, lo creía capaz de hacer que la despidiera y de mucho más.

—Sí, claro —fue lo único que pudo decir.

—Y la abuela el suyo. Trescientos euros son bastantes.

Irene sonrió a la inocencia de los diecisiete años. «Mil euros en total para tres personas. Todo un dineral.» Tendrían que cambiarse de casa. Apenas les llegaría para comer y vestirse, mucho menos para criar a un bebé.

Cruzaron la verja de entrada al jardín del hotel. Silvia pareció acordarse de algo y le soltó de repente.

—¿Qué tal con Iago?

Irene se paró en seco.

—¿Con... con Iago? —preguntó, confundida ante el cambio de rumbo de la conversación.

—Sí, con Iago. ¿Estáis juntos, no? ¿Estáis bien?

Irene se acordó de las miradas de amor que Silvia y

Héctor se dedicaban el uno al otro. «No desde luego como vosotros.»

—Aún nos estamos conociendo —se disculpó, un poco avergonzada porque hasta el momento su relación tuviera más de desbordante pasión que de deliciosa ternura.

Sintió la mano de Silvia sobre la suya.

—¿Puedo darte un consejo? —le preguntó.

Una adolescente sugiriéndole cómo llevar sus idilios a buen puerto. Resultaba patético.

—¡Claro!

—Ten cuidado con él —le advirtió con voz preocupada—. Me cae bien, pero va a la suya.

—No te preocupes —contestó Irene con alegría—. Los dos jugamos a lo mismo.

O al menos, eso era lo que se repetía ella cuando pensaba en él. Sin embargo, ahora que lo había dicho en alto, no le pareció tan creíble.

—Bueno, no lo tengo yo tan claro.

—¿Por qué lo dices? ¿Sabes algo que yo no sepa?

—Cuando te esperaba le he oído hablar por teléfono.

Irene debería haber dicho aquello de que no está bien escuchar conversaciones ajenas, pero era precisamente lo que hubiera querido hacer ella.

—¿Con quién?

—No lo sé, con un amigo, creo. Se llamaba Ismael.

—¿De qué hablaron?

—Él se marcha a Madrid. No sé cuándo, no lo dijo, pero un día de estos. Habló de coger los billetes. ¿Te ha dicho algo?

—No, no sé nada.

—Hay otra cosa importante.

—¿Qué cosa?

—Mencionaron a su antigua novia. ¿Te suena?

—No tengo ni idea.

—Se llama Rocío. Vivía con ella antes del accidente. Estuvo aquí un par de veces cuando estuvo en el hospital, pero mi tío no hablaba bien de ella. Decía que debería haberse quedado con Iago, a cuidarle, ya sabes. Al parecer solo vino de visita.

—Bueno, si era su... pareja, es normal que la mencione —comentó Irene sobre la conversación telefónica.

—Le dijo al amigo que se arrepentía de haberlo dejado con ella.

—¿Estás... segura de eso?

—Segurísima —ratificó Silvia, con la certidumbre de los diecisiete años—. Ten cuidado con él —le advirtió de nuevo y acto seguido añadió—: Voy a llamar a mi padre para que venga a buscarme. Si te ve, no te olvides de decirle que te he acompañado al médico.

—Descuida —contestó ella con la cabeza y el corazón en otro sitio.

17

Lo primero que hizo cuando entró en el despacho fue consultar el correo electrónico. Esperaba exorcizar las sospechas, las dudas y el demonio que le llamaba ingenua sin descanso, a base de trabajo. Lo siguiente, pasar por la cocina. Lo había cogido por costumbre desde que había llegado Marc. Cada vez que terminaba una tarea, fuera cual fuese, pasaba por la cocina. Por si acaso.

—¿Todo bien? —preguntó con miedo a que la contestación fuera el consabido «no».

Pero esta vez hubo suerte.

—Sí.

—Perfecto —se felicitó y se dio la vuelta para marcharse.

—Irene, si no te importa...

Aquel era Marc.

—Mierda —masculló entre dientes.

Puso la mejor sonrisa antes de darse la vuelta.

—¿Tú crees que será mejor poner una ensalada de queso griego con vinagre de miel o una de espinacas con vinagreta de frambuesa?

Irene se esforzó en evitar que la sonrisa se le deshiciera.

—¿Y qué hay de la «ensalada templada de cangrejo y gulas con salsa de mostaza» de esta mañana?

—Lo he pensado mejor.

—Mejor la primera opción —contestó categórica. Aunque en realidad le daba igual, eran las ocho de la tarde y no se fiaba de que a Marc le diera tiempo a preparar nada que no estuviera ya previsto. «El queso no hay más que cortarlo», se dijo.

Agotada, salió de la cocina. Debía volver al despacho a revisar parte de las facturas de alimentación que había recibido el día anterior, pero sus pies no estuvieron de acuerdo y la llevaron a la galería.

Por desgracia, no estaba vacía. Los huéspedes de la habitación azul y los de la verde estaban allí. Los hombres ocupaban uno de los sofás, sus mujeres estaban en el de enfrente. Saludó con un movimiento de cabeza y una sonrisa y... regresó por donde había venido.

Se tropezó con Silvia en el pasillo, de vuelta al despacho.

—Ya me marcho —le dijo sin resuello—. Ha sonado el teléfono, como no lo cogías, he contestado yo desde el vestíbulo. Eran los del vivero; que no cuentes con ellos nunca más, que les ha salido otra cosa que les interesa más. Hasta mañana, me voy que me espera mi padre —dijo y salió corriendo.

—¿Cómo? —gritó, estupefacta ante la noticia.

Pero nadie contestó.

Irene se abalanzó hacia la oficina. Dos segundos tardó en llegar y uno en marcar el número de la empresa que se encargaba del jardín.

No lo colgó hasta media hora después, media hora en la que se esforzó por convencerles de que pasar la segadora al parque del hotel daba mucha más categoría que arreglar los jardines de una urbanización de veraneantes. La misma media hora que tardaron en repetirle seis veces que cuidar los jardines de una urbanización de casas de verano dejaba muchos más beneficios que arreglar los jardines de un hotel, aunque fuera uno tan reputado como el suyo.

Colgó el teléfono con suavidad. «Espero que lo entienda», le había dicho el hombre. Pues claro que lo hacía, ¿cómo no lo iba a entender? «El dinero es lo que manda.» Por eso tenía la gente negocios, para que aumentara su cuenta corriente. Comprendía al dueño del vivero, aunque a ella acabara de dejarla en la estacada.

«No tendrá más que segar la hierba cada quince días», le había asegurado.

De repente sintió una necesidad imperiosa de recorrer el jardín y calcular el trabajo que habría que hacer.

Se metió entre los árboles de la entrada, repasó la delantera de la línea de apartamentos, rodeó la casona y recorrió el jardín de atrás. Y se demoró todo lo que pudo para no regresar a sus obligaciones.

Detrás de un seto de casi dos metros de alto, se sentó a descansar antes de volver. Y dejó pasar el tiempo. Mucho tiempo. Tanto que el cielo se tornó naranja primero y después, gris, cada vez más oscuro. En el firmamento apareció la luna. Irene no se movió.

No pasó nada. Nadie vino a buscarla, no escuchó ningún sonido que la hiciera regresar, ni siquiera su propia responsabilidad.

No supo el tiempo que llevaba viendo aquella luz roja, que se encendía y se desvanecía por segundos. Pero de repente fue consciente de lo que era.

—¿Has pensado alguna vez dejarlo todo y marcharte? —preguntó en dirección a la brasa de aquel cigarro.

—¿Es eso lo que tienes en la cabeza? —le contestó Iago—. El otro día no decías lo mismo cuando hablabas de las vacaciones.

—Contéstame, ¿has pensado en abandonarlo todo?
—No.
—¿No? ¿Nunca te has dicho «esta es la última carrera que corro, estos los últimos metros que nado, esta mi última pedalada»?
—No.
—Esta noche me gustaría hacerlo.
—¿Por qué no lo haces?

A Irene le pareció entrever miedo en sus palabras. Deseó que fuera así.

—Ya sabes por qué.
—¡Ah, sí! Tu sentido de la responsabilidad.

Irene obvió la ironía.

—Por lo mismo que tú, porque quiero llegar a la meta.
—¿Cuál es tu meta?

Lo pensó un momento.

—¿No lo sabes? Estar, mantenerme, quedarme, que los clientes se vayan pensando que no podían haber encontrado un lugar mejor que este.

Iago rio.

—Mucho menos egoísta que la mía. Yo solo quiero llegar el primero.
—¿No has pensado nunca que algún día aparecerá alguien más joven, más fuerte, más rápido y serás el segundo, y que después habrá otro que le ganará a este y tú serás el tercero... y así hasta que la meta quede tan lejos de ti, que ya te será imposible siquiera verla de lejos?

La respuesta de Iago fue categórica.

—No.
—Te envidio —le confesó Irene—. En general cuando suena el despertador a las siete de la mañana, salto de la cama dispuesta a encarar el día. Me ha costado llegar hasta aquí y me levanto diciéndome que soy muy afortunada por hacer lo que me gusta. Pero hay veces, como hoy, que

me gustaría marcharme del hotel, meterme en la cama y esconderme debajo de las mantas.

—Sin embargo, no lo haces.

—No, no lo hago, aunque me gustaría.

—Pero no lo haces —insistió él.

La voz sonó más cerca que antes. Irene recordó que hacía ya varios minutos que no veía encenderse el cigarro.

Lo sintió sentarse a su lado y lo sintió abrazarla. Ella se dejó caer contra su cuerpo. La besó.

—Me das envidia. Tú entrenas todo el día con una finalidad clara: ganar la próxima competición. Caes y te vuelves a levantar, como cuando te rompiste la pierna. Sigues y sigues con tesón, con constancia, con toda tu fuerza de voluntad, sin mirar atrás, sin pensar en nadie. Yo, sin embargo, creo que si me dejara caer, no volvería a levantarme del suelo. Ahora no, hoy no, no tendría fuerzas para hacerlo. —Iago nada dijo. Se limitó a seguir abrazado a ella. Irene le notó la respiración más agitada—. Tengo que irme —susurró ella cuando se dio cuenta de la necesidad que tenía de él. Si se quedaba allí unos segundos más, no se marcharía.

—Claro —contestó Iago sin el sentimiento que le había parecido entrever en la conversación.

Le abrió los brazos. Ella se levantó aun sabiendo que aquello rompía la magia.

—Luego nos vemos —se excusó.

—Ya sabes dónde encontrarme —fue la respuesta de Iago.

Iago se pasó las manos por los ojos. En sus oídos todavía resonaba el crujido de la grava del camino bajo los pasos de Irene.

Estaba completamente «tocado» por sus palabras. Impactado al darse cuenta de que le habían removido las entrañas. Aunque todavía no sabía por qué.

Ella había alabado su tesón, su constancia, su fuerza de voluntad. La tenía, era cierto, siempre la había tenido, desde que cumplió dieciséis años y decidió que dejaría de ser el niño desgarbado que era y se convertiría en un deportista. «De los grandes», como los llamaba él por entonces.

Estaba orgulloso de ello. De ser como era, de llegar a donde se proponía. El accidente lo había trastocado todo. Sí, pero estaba en el camino de regreso. Ya casi lo había conseguido; unas semanas más y su nombre figuraría no solo en la lista de participantes del triatlón sino en la de los que se subirían al podio. Estaba seguro.

Tener fe en uno mismo era la clave, y entrenar, entrenar y entrenar, y sufrir y sufrir y sufrir. Él tenía todo lo necesario: fe, capacidad de sufrimiento y ambición para llegar.

Todo eso lo sabía. Se conocía perfectamente, mejor que nadie. Lo había escuchado varias veces a distintas personas, lo había comentado en voz alta con algunos amigos y lo había analizado muchas veces en el silencio de la competición. ¿Por qué escucharlo en boca de Irene lo trastornaba tanto? ¿Por qué de repente no le parecía algo de lo que estar orgulloso sino peor y mucho más triste? ¿Por qué se sentía un traidor cuando el nombre de Rocío aparecía en su mente?

Se mojó los labios y tragó saliva. Necesitaba un poco de agua; tenía la boca completamente seca. Se sentía mal, vacío por dentro, sin embargo, no quiso analizar la razón de su desazón. Mejor no hacerlo. Mejor seguir con su vida, con su planteamiento de vida. Sí, estaba bien como estaba. Con una meta fija, centrado en su trabajo y en el deporte. Y nada más. Sin las preocupaciones de los últimos tiempos. Se centraría en los entrenamientos, más incluso de lo que lo había hecho hasta entonces. Renunciaría a las noches con Irene si era necesario. Lo que fuera con tal de que desapareciera esa inquietud que lo abrasaba por dentro y no le dejaba concentrarse en lo que realmente importaba: él y sus metas.

Unos pasos apresurados lo sacaron de sus pensamientos.

—¿Sigues ahí?

Se puso en pie y salió a la escasa claridad de las luces solares que marcaban el camino.

—¿Qué sucede? —preguntó a una Irene acalorada por la prisa con la que llegaba.

—Nada, bueno, sí, necesito que me sujetes para no caerme.

—¿Ahora? —dijo, perplejo, sin saber aún a qué se refería ella.

Pero lo supo enseguida.

—Ahora, sí —contestó ella a la vez que le cogía la cara y lo besaba con rabia, con furia, con necesidad.

Él dio unos pasos atrás y se apoyó en el seto, al abrigo del cual habían estado. Sintió las manos de Irene adentrándose por su camiseta, por los músculos de su estómago, por los de la espalda mientras lo besaba, lo mordía, lo acariciaba.

Pensó que el mejor sexo con Irene siempre tenía esa secuencia, hablaban y después... Se le escapó una risita juguetona y le soltó el botón de los pantalones.

Notó las manos de ella luchando para abrir su bragueta. Le sostuvo el mentón para obligarla a mirarle a los ojos.

—¿Estás segura que aquí...?

Ella forcejeó de nuevo con sus botones.

—Deja de hablar y ayúdame —farfulló.

—¿Seguro que...? —insistió Iago.

Esta vez consiguió la atención de Irene, aunque no la amabilidad a la que estaba acostumbrado.

—Tengo diez minutos para esto. Y no me preguntes otra vez si estoy segura porque no, no lo estoy, pero no quiero pensar en nada más que en que me folles. ¿Te ha quedado claro?

Iago le cogió el borde de la camiseta, se la sacó por la cabeza de un tirón, le dio media vuelta y la apoyó de cara al seto.

—Perfectamente claro —musitó mientras le lamía el lóbulo de la oreja.

Le abrió la cremallera y de un tirón le bajó los pantalones. Metió una de las manos por dentro del sujetador. Palpó hasta encontrar el pezón y apretó. Irene se agitó, apoyó la cabeza en su hombro y gimió. Con la otra mano, buscó la humedad de su zona más sensible. Sonrió de nuevo cuando la encontró. Húmeda y completamente excitada. Para él, por él.

Gimió de nuevo cuando abandonó su sexo en busca de algo urgente.

—No, ahora no..., no te alejes —musitó ella al notar que la abandonaba.

Iago no contestó. Con los dientes, rasgó el plástico del preservativo que acababa de sacar del bolsillo trasero de sus vaqueros y se lo puso en un instante.

Regresó a ella, a sus pechos, ahora ya libres de sujeción, a sus pezones, a su ombligo, a sus nalgas, a sus piernas, a su sexo.

Metió los dedos hasta el fondo. Irene se movió sobre él. Pero Iago sabía que aquello no era suficiente, no para ella ni, desde luego, para él. La obligó a inclinar el cuerpo hacia delante y el trasero hacia atrás. Sintió moverse el seto cuando ella se aferró a sus hojas.

La penetró con fuerza y se dejó caer sobre su espalda.

—¿Diez minutos has dicho? —Ella hizo un movimiento afirmativo—. Terminaremos antes —le aseguró en el segundo movimiento. Irene gimió de nuevo cuando le rozó el clítoris con el dedo índice de la mano que tenía libre—. Mucho antes.

Iago dio un mordisco al bocadillo que tenía en la mano y lo masticó despacio.

—Que sí, Luz, que sí, que de verdad va todo bien. ¿Que qué tal con... eso? —Irene miró a Iago de reojo, que desayunaba tranquilamente en la cocina—. Todo perfecto.

Se puso roja ante el comentario de su hermana sobre el desconocido que la entretenía por las noches. Se despidió y se apresuró a colgar. Se dio media vuelta y se acercó a una de las jarras del desayuno. Se sirvió otro café. Eran las diez y media de la mañana y el tercero que tomaba. Alargó la labor de echarse azúcar y removerlo. Todavía le palpitaba el corazón cada vez que pensaba en lo que había hecho la noche anterior. Pero había sido dejar a Iago, regresar a la cocina y escuchar a Marc preguntándole... ni sabía lo que le había preguntado. Había farfullado «diez minutos» y había salido corriendo. En busca de su sujeción, de su protección, de su locura. Y de la suya propia.

Miró a Iago, que ahora pelaba un melocotón.

—Tu hermana, la inoportuna.

—Solo es un poco protectora. Curiosamente no lo ha demostrado hasta que no me he ido de Bilbao.

—Y muy inoportuna —insistió él al tiempo que le guiñaba un ojo.

Irene miró a su alrededor para ver si Ana y Julia se habían dado cuenta del gesto, pero las chicas seguían a su labor de recoger lo del desayuno.

—Solo ha sido una vez —susurró ella, que sentía la obligación de disculpar a su hermana.

«Aunque hubieran sido dos si ayer no tengo la precaución de apagarlo.»

—Suficiente —gruñó él.

Irene terminó de tomarse el café.

—Me marcho al despacho.

Iago la detuvo.

—Espera un momento —le dijo muy serio.

Ella lo observó un instante, preocupada. Hizo lo que le decía y tomó asiento de nuevo.

—¿Sucede algo?

—Me marcho. —A Irene se le hizo un nudo en el estómago. No le confesó que ya lo sabía porque entonces tendría que decirle que Silvia había escuchado su conversación, toda su conversación, lo de su novia, también. Lo dejó seguir hablando—. Me voy unos días a Madrid. Hay un congreso sobre psicología y deporte y he prometido estar.

—¿Cuándo te vas?

—Hoy mismo, en un momento.

—¿Con tanta prisa? —no pudo evitar preguntar.

—Hoy me voy a Madrid y mañana me voy a un pueblo de Segovia. He quedado con unos amigos. Volveremos el martes para el congreso.

Me, me, yo, yo, Irene no oía otras palabras.

—Lo sabes desde hace tiempo —constató ella al escuchar los planes que tenía.

—No lo había decidido hasta ayer.

—Anoche no me dijiste nada.

Irene no lo quiso así, pero sus palabras sonaron a reproche. El gesto de Iago se transformó en una mueca de disgusto.

—Te lo estoy diciendo ahora.

—Vale, sí, es verdad. —Se puso a juguetear con la taza vacía—. Olvídalo, no sé por qué he dicho eso. ¿Cuántos días vas a estar fuera?

—Una semana y pico. Todavía no lo he pensado. Mañana es sábado, igual hasta el domingo o lunes de la semana siguiente.

—Mercedes vuelve mañana.

—No la veré. Salúdala de mi parte.

De nuevo regresaba el Iago del principio, el frío, el burlón, el crítico. Irene temió que hubiera desaparecido el tierno, el pasional.

—Lo haré. ¿No la vas a llamar?

—No lo sé. Imagino que no tendré mucho tiempo para nada. Este fin de semana mis amigos se empeñarán en pasearme por la sierra y los otros días en el congreso... ya sabes cómo es esto: te encuentras con antiguos conocidos, te presentan a gente nueva, vas a las conferencias, te dan un cóctel...

«Vuelves a ver a tu ex.»

—Sí, claro, estarás muy ocupado. —De repente su propia voz le sonó patética—. No te preocupes, le diré a Mercedes que te has ido con pena de no verla. —Fingió la misma ilusión que si le hubiera tocado un viaje a París.

Se levantó, pasó al lado del lavavajillas, metió la taza que todavía llevaba en la mano y se acercó a Ana y a Julia. Se puso a hablar con ellas muy animada, simulando una alegría que no sentía.

18

Mercedes llegó exultante. Estaba mucho más morena y se le había llenado la cara y el escote de pecas. Había cambiado su camisa de colores por una blusa ibicenca, blanca con bordados rojos y naranjas, y la falda larga por unos pantalones de lino, del mismo color que la camisa. Lo que no había variado era el peinado, seguía con la melena recogida de cualquier manera y los rizos saliéndose por todos lados.

Llegó emocionada. Le contó lo estupendo que era el bufet del barco, el dinero que había ganado en el casino, lo bueno que estaba el instructor de bádminton, la cantidad de mojitos que se había tomado, lo divertido que era Marsella y lo bonito que era Roma; y también que había visto la Vía Láctea y delfines saltando en el mar.

Tampoco llegó sola. Llegó con noticias, muchas noticias, muy buenas noticias. Entre toda la gente que había conocido —los había de todas las nacionalidades: españoles, por supuesto, pero también suecos, rusos, franceses, ingleses, unos hindúes, americanos...—, había hecho sobre todo amistad con una familia de colombianos.

—Son una gente estupenda. Viajan todos juntos, los padres, los hijos y los abuelos. Hasta se habían llevado a una tía soltera. Gente de mucho dinero que está haciendo un viaje por Europa. Y fíjate, qué casualidad, el padre es nieto de inmigrantes asturianos. En España, habían reservado hotel en Madrid, Barcelona y Sevilla, pero cuando les conté que tenía el hotel, ¿te imaginas qué?

—Van a venir.

—Sí, les pareció una idea fantástica. Anularon las reservas enseguida y van a pasarse un mes conociendo Asturias, el hogar de sus antepasados.

—¿Cuándo llegan?

—Pasado mañana.

Irene empezó a hacer cálculos.

—Es lunes; buen día. Mañana se quedan libres cinco habitaciones y no las llenamos hasta el jueves. ¿Cuántos son?

—A ver, déjame pensar... Dos padres, una abuela, la tía soltera y los cuatro hijos.

—Ocho; cuatro habitaciones. Tenemos sitio.

—¿Para un mes?

—¿Cómo un mes?

—¿No te he dicho que vienen todo agosto?

—No creo que podamos, Mercedes. No va a haber tantas habitaciones libres durante tantos días. Tenemos un montón de reservas apalabradas.

—Seguro que puedes arreglarlo.

—¿Cómo? —preguntó, alarmada.

La respuesta de Mercedes fue categórica y muy convincente.

—Un mes, Irene, cuatro habitaciones y las comidas fijas durante treinta días seguidos.

No tuvo que hacer cálculos para saber que era una oportunidad única.

—Intentaré convencer a los clientes que se nos quedan fuera que se pasen a los apartamentos, pero habrá que ofrecerles algo a cambio: una noche gratis o una rebaja en el precio.

Mercedes le dio unas palmadas en el dorso de la mano.

—Haz lo que te parezca. Confío en ti. —Volvió a la conversación de los colombianos—. El padre me contó que su abuelo siempre quiso regresar y hacerse una casa, y cuando le expliqué que el hotel estaba en una antigua casa de indianos, le pareció una idea excelente. «Será como si fuera nuestro hogar en la madre patria», me dijo. ¿No estás entusiasmada? Con el resto de las reservas, se han terminado nuestros problemas durante la temporada de verano.

—No durante todo el verano. Estamos a trece de julio, ellos se quedan un mes, cubrimos hasta mediados de agosto y todavía nos quedarán tres semanas para llenar.

—Irene, esta gente tiene mucho dinero. Lleva los bolsillos llenos de dólares. Les he pedido una cantidad ingente, más de lo que sacaríamos si llenáramos las habitaciones por separado, y solo serán ocho personas. ¿Es o no es un buen negocio?

Irene estaba de acuerdo con ella; habría que hacer algo. Ocho personas alojadas de continuo durante un mes no era algo que pudieran desechar.

En esas estaba, avisando a los clientes y ofreciendo una casa completa en vez de una habitación cuando el timbre del teléfono la sobresaltó. Tuvo un presentimiento. Descolgó a todo correr.

—¿Iago?

—¿Preferirías que fuese él? —contestó su hermana.

—¡Luz! —Miró la hora en la pantalla del ordenador. Eran las cinco de la tarde—. ¿Cómo llamas a estas horas? ¿No estás trabajando?

—¿Un sábado? No suelo, aunque cualquier día el tirano de mi jefe me encadenará a la mesa de la oficina y me tendrá todo el fin de semana repasando sus aburridísimos informes. Es un horror, cada día peor, ahora le ha dado con que como me marcho de vacaciones tengo que dejar todos los asuntos solucionados. ¡Como si el resto del país no estuviera panza arriba tomando el sol en la playa!

—¿Tú también? No me digas que sí, Luz, que no podría soportarlo.

—¿Qué tal tiempo hace por allí? —le preguntó su hermana en vez de contestarle.

Irene se volvió y miró por la ventana.

—Nublado.

—Como aquí. Estamos tumbados en el sofá, tomando un café a tu salud.

Irene estiró las piernas y se dejó caer sobre el respaldo de la silla, con sensación de derrota.

—Me muero de envidia.

—Espera un poco. —Oyó un clic y después un saludo conjunto—: ¡Irene, te queremos!

Eran Leire, David y Martín. Los mejores amigos de Luz y su «flamante» —¿para qué negarlo?— marido.

Se le saltaron las lágrimas.

—Yo también os quiero —logró decir.

Un poco de silencio y de nuevo sonó el clic.

—¿Qué te pasa, pequeñita? Cuéntame lo que sea, he salido de casa.

—No, no es nada. Un poco de agobio. Tengo que resolver un asunto con unas reservas, llevo todo el día hablando con gente y...

—Soportando sus gruñidos, como si lo viera.

Irene se limpió los ojos, más tranquila ahora que podía contárselo a su hermana.

—Algo así.

—¿Tienes que hacerlo hoy?

Irene miró la lista; lo más urgente, los huéspedes que llegarían en los días siguientes, ya lo había solucionado.

—Quería quitármelo de encima cuanto antes.
—Déjalo para el lunes. Mañana es domingo, hoy sábado. Coge a ese «rollete» tuyo que te has echado y...
—No me digas que me lo tire porque es imposible. Está a quinientos kilómetros de aquí.
—¿Qué ha pasado?
—Está en un congreso, en Madrid.
—Mándale a paseo, por capullo.

Como hacía siempre, Luz consiguió arrancar una risita a Irene.

—¿Cómo sabes que lo es?
—Porque solo un capullo preferiría escuchar las conferencias de unos sesudos, calvos y gordos, que pasar el fin de semana con mi querida hermana.
—Igual no es mala idea.
—¿El qué?
—Dejarlo.

El silencio de Luz al otro lado de la línea le indicó a Irene que su hermana estaba procesando la información.

«¿Por qué, por qué seré tan bocazas?» Si en algo la conocía, ahora le haría una pregunta tras otra hasta conseguir sacarle la verdad. Y siempre se la sacaba.

—Las cosas no van bien, ¿eh?
—Podrían ir mejor.
—¿En la cama?

Irene se ruborizó e intentó no pensar en su último «encuentro» en el jardín.

—No, no es eso, es otra cosa.
—¿Algo así como «le gustas, te gusta, lo pasáis genial en la cama, pero después hay algo que falla»?

Ella no lo podría haber expresado mejor.

—Algo así.
—¡Uf, chungo!
—Sí, chungo.

—¿Te he dicho que me cojo vacaciones la semana que viene?

De nuevo Irene soltó una carcajada. Desde luego, era innegable que una buena conversación con Luz era como ir a terapia; te dejaba tan sorprendida con lo siguiente que decía que se te olvidaban las penas anteriores.

—Sí, ¿os vais a algún sitio?

—No, Martín tiene un trabajo en Londres antes de que yo las coja y, después, ha decidido que prefiere quedarse, descansando de tanto viaje.

Su cuñado había sido fotógrafo de moda y, aunque intentaba no hacerlo demasiado a menudo, a veces aceptaba trabajos que lo mantenían lejos durante varias semanas.

—Le entiendo.

—Pues yo no. Ya le he dicho que no me voy a quedar todo el día en este pueblo. Pienso marcharme. Leire está de acuerdo conmigo.

—¿Habéis pensado en algún sitio?

Irene se la imaginó guiñándole el ojo.

—No pasa de hoy que lo decidimos. Te lo aseguro, va a ser una sorpresa para algunos.

No se acostó hasta que se le quitó la jaqueca. Era la una de la madrugada cuando se dio cuenta de que ya no le dolía.

A las dos, se destapó. «¡Qué calor!»

A las tres, dio su decimoquinta vuelta.

A las cuatro, se levantó al servicio y abrió la puerta del apartamento para ver si entraba algo de fresco.

A las cinco, le entró el pánico de que cualquiera pudiera colarse en su habitación y la cerró.

A las cinco y media, cogió *Anna Karenina*, lo abrió después de tres semanas y empezó a leer.

A las seis y cuarto, le entró el sueño. ¡Por fin! Dejó a Tolstói en el suelo y se acurrucó entre las sábanas. A las siete menos cuarto, volvía a tener los ojos abiertos como platos.

Estaba agotada, mentalmente exhausta, que era mucho peor. En las seis horas que llevaba tumbada en aquella cama no había dejado de pensar en tres cosas que Silvia le había dicho: la primera, que tenía que relajarse en el trabajo. La segunda, ¿cuáles eran sus sentimientos con respecto a Iago? Y la tercera, se llamaba Rocío.

Fue la noche más larga de su vida. Y la media hora más fructífera porque treinta minutos más tarde había tomado una decisión. Una.

Eran las siete y media cuando llamó a Julia al móvil y le dijo que organizaran el desayuno entre Ana y ella, que no había descansado y que iría a partir de las nueve.

—Seguro que todo sale bien —se animó ella sola a la vez que se tapaba de nuevo con la sábana y se daba media vuelta.

Ocho menos cuarto, ocho, ocho y cuarto, ocho y media, nueve menos veinticinco, nueve menos veinte, nueve menos...

—¡Mierda! —exclamó a la vez que se incorporaba y cogía el móvil de la mesilla—. Le llamo y se lo pregunto.

Allí lo tenía, delante de los ojos, el número de teléfono de Iago. Un solo movimiento, el dedo índice posado sobre la fila de nueve números y estaría.

La pregunta era sencilla; bastaría con un «¿Qué soy yo para ti?». La respuesta mucho más, un leve balbuceo por su parte y sabría que lo suyo no tenía futuro.

«Una, dos y...», se dijo.

Apartó la mano de la pantalla como si emitiera radiación.

—Si lo nuestro no puede ser, ya lo sé. ¿Para qué voy a

preguntárselo? No tenemos futuro porque no tenemos nada que ver. Él hace deporte, yo no; yo leo, él no; yo trabajo, él no, o al menos yo no le he visto; a él le gusta relacionarse, tiene amigos, a mí no; él entiende a Mercedes, yo no; yo soy muy responsable, él no mucho. Podría seguir diciendo cosas y seguro que no coincidimos en ninguna. Ahora en lo que sí nos parecemos —continuó en voz alta—. Nos gusta... no, eso no. Nos deleitamos con..., la verdad es que no lo sé. Otra cosa. Nos lo pasamos bien cuando... Otra más. Disfrutamos con... ¡El sexo! Eso es. Ahí sí que coincidimos. —¡Y cómo no! Si acostarse con Iago era lo más impetuoso y peligroso que había hecho en toda su vida. Él la excitaba como nadie—. Sabe cómo tratarme en cada ocasión: tierno o salvaje, según mi estado de ánimo. ¡Genial! El colmo de la compatibilidad de una pareja: que tengan juntos unos orgasmos de película.

Volvió a mirar el teléfono. La pantalla se había oscurecido, la tocó para que se iluminara de nuevo. Allí seguía su nombre y su número.

—Es absurdo llamarle.

Ya, pero si no lo hacía, las dudas seguirían flotando a su alrededor, incluso después de que regresara. Se conocía; le costaría mucho más preguntárselo a la cara.

Dudó.

—Sí, no, sí, no, sí —rifó—. Se acabó. Sí, sí, sí, sí. Sí, definitivamente, sí —se convenció. Se decidió.

El teléfono empezó a sonar antes de que consiguiera rozar el número siquiera. Casi lo dejó caer al suelo del susto.

—¿Quién? —dijo al aire, antes de ponérselo al oído.

—¿Irene? Soy Julia. Solo es para decirte que todo va bien en el desayuno. Por nosotras no hace falta que te acerques, pero Mercedes acaba de llegar y pregunta por ti.

—¿Te ha dicho lo que quiere?

—Algo de los colombianos —dijo y añadió bajando la voz—: Ven pronto porque no hace más que pasearse de la cocina al comedor y ya nos hemos tropezado con ella cuatro veces.

—Dile que estoy en la ducha, no tardo más de diez minutos.

Fue Julia la que cortó la comunicación e Irene volvió a tener el teléfono de Iago ante sus ojos. Lo hizo desaparecer.

—Querido —le habló a la pantalla negra con voz apenada—, tendremos que aplazar esta interesantísima conversación para otro momento.

Cuando se quitó la ropa y se metió debajo del chorro de agua caliente, tuvo que reconocer que se sentía aliviada. Y cobarde.

Se entretuvo en la ducha mucho más tiempo que de costumbre. Cuando salió de ella, el vapor había empañado completamente el espejo y tuvo que pasar la mano para poder ver su reflejo.

Iago terminó de secarse el cuerpo con la toalla que le había dado Marina a su llegada y, después, se la envolvió a la cintura.

En cuanto entró en la habitación, se le fueron los ojos al teléfono. Pulsó el botón para hacer que la pantalla se iluminara. Ningún mensaje, ningún WhatsApp. De nadie y menos de Irene. ¿Qué esperaba?

Sin pensarlo dos veces, pulsó el botón para ver las fotografías almacenadas en su móvil. La cara de Rocío apareció en pantalla. Deslizó un dedo y ahora estaba Irene.

—¿A quién llamas? —se interesó Ismael desde la puerta.

Iago apagó el teléfono y lo tiró sobre la cama.

—A nadie, comprobaba una cosa.

—Más que cosa debe de ser una persona, por la cara que has puesto. No me imagino a ninguna cosa, sea como sea, arrancándote una sonrisa de placer.

Iago dio la espalda a su amigo y se puso un bóxer negro que sacó de la maleta.

—No sé de qué me hablas.

—¿Seguro que no era Rocío?

Miró al cotilla de su amigo y, sin dar ninguna importancia a lo que decía, cogió el vaquero y comenzó a ponérselo.

—¿No tienes otra cosa mejor que hacer que mirar cómo me visto?

No, no la tenía. Su amigo se apoyó en el marco de la puerta.

—¡Ismael! —se oyó desde el otro lado del chalé de los padres de Marina.

—Tu mujer te necesita, anda, lárgate.

—Será para que le cuente qué he descubierto. Ha sido ella la que me ha mandado de avanzadilla para que te sonsaque si tienes o no interés en ver... ya sabes, a Rocío.

—Si seréis... —rio Iago para disimular la inquietud que le provocaba pensar en su reacción al volver a encontrarse con ella.

—Así que ya sabes lo que tienes que hacer: confesarlo todo.

—No hay nada que confesar.

—A ver cómo te lo explico; llegaste ayer por la mañana y desde entonces te he visto comprobar el móvil más de veinte veces. Marina asegura que muchas más. Solo se me ocurren dos razones, no, tres, para que lo hagas.

Si no fuera porque hablaban de su vida personal, Iago hasta se divertiría.

—¿Y cuáles son si puede saberse?

—La primera, acabas de terminar una prueba y has ganado, pero no es el caso. La segunda, que te haya tocado la lotería, aunque sería la primera vez que te gastarías el dinero en juegos de azar.

—No es mi estilo. ¿Y la tercera?

—Hay una mujer en tu vida.

—La hay, en efecto —aceptó Iago muy tranquilo.

—No es tu prima —afirmó Ismael—, no es Rocío por mucho que le pese a mi mujer. Marina sería la primera a la que se lo hubiera contado. Me vas a decir quién es, dónde la has conocido y cómo se llama.

Los nervios hicieron aparición en Iago por primera vez desde que se había presentado su amigo. Estaba hecho un lío. No quería decirle que estaba con alguien cuando ni él mismo sabía hasta dónde llegaría con Irene. Y no era solo por todas las dudas que le asaltaban cuando pensaba en Rocío, sino porque tenía la sensación de que si pusiera a Irene ante la tesitura de elegir entre el trabajo y lo que tenían, él saldría perdiendo. Intentó disimular sus miedos con el arma que mejor se le daba: la ironía.

—Has acertado. Hay una mujer.

Ismael abandonó la puerta y entró en la habitación, muy interesado.

—Cuenta, cuenta.

—Tiene noventa años y se llama Juliana. Es la vecina de la casa de mis padres.

—¡Vete a paseo! —exclamó su amigo con el dedo corazón de la mano derecha levantado, en un gesto de lo menos apropiado para un profesor universitario.

Iago terminó de meterse la camiseta por la cabeza.

—¿Y qué esperabas? Confiesa que has venido a reírte un rato de mí.

—Hubiera sido divertido verte otra vez beber los vientos por alguien.

—Olvídame.

—¿De verdad que en estos dos años no te has liado con nadie?

—Te hubiera gustado, ¿eh?

—Sobre todo por ver las caras de las chicas de hockey que suspiran por tus huesitos.

—Esas chicas ya se habrán buscado otro profesor al que adular. ¿No serás tú? Tendré que advertirle a Marina que tenga cuidado contigo —añadió mientras se ponía el reloj en la muñeca.

Marina apareció ante la mención de su nombre.

—¿Hablabais de mí? Espero que bien. —Se colgó del brazo de Ismael—. ¿Se lo has preguntado?

—¿Qué te había dicho? —inquirió Ismael a Iago—. Ella es la aficionada a los chismes.

Iago se metió la cartera en el bolsillo trasero del pantalón.

—Sí, me lo ha preguntado.

—¿Y?

—Nada de chicas. Le he dicho que solo tengo una cosa en mente y es...

El rostro de Marina mostraba la decepción ante la respuesta.

—Entrenar —dijeron los tres al unísono.

La mujer de su amigo se recompuso enseguida.

—¿Preparados para una buena caminada de tres horas? —preguntó y se dio la vuelta sin esperar respuesta.

Ismael la siguió, encantado.

—¿Le preguntas a dos deportistas de los grandes si son capaces de darse un pequeño paseíto? Eso ni se duda.

—Eso, querido, tendréis que demostrármelo —oyó Iago mientras bajaban las escaleras.

Por las risas que llegaron a continuación, Iago dedujo que Ismael le estaba enseñando algo, aunque no precisamente a subir al monte. Pero fuera lo que fuese lo que estuvieran haciendo, no duró mucho.

«Apenas unos besos.» Se obligó a no sentir envidia.

—¡Iago! —gritó su amigo desde abajo—. ¡Vienes o qué!

Se pasó los dedos por el pelo húmedo y cogió el teléfono de encima de la cama a todo correr. Antes de guardárselo, todavía tuvo tiempo de echar un vistazo a la pantalla. Pronto, muy pronto tendría que tomar una decisión.

19

Al final, lo de los colombianos no fue para tanto. Aunque se pasó el día completo pegada al teléfono y al correo electrónico, confirmando y moviendo reservas y habitaciones, al atardecer había conseguido resolver el problema; los colombianos se alojarían en la última planta junto con Mercedes, de esa manera las entradas y salidas del resto de los huéspedes no les molestarían.

Otra de las cosas que había solucionado era el asunto de las comidas. Mercedes estaba empeñada en adelantar la hora de las comidas para adecuarlas a los horarios de sus nuevos huéspedes. Irene se había negado en redondo, aunque después de una discusión, que al principio le había parecido infructuosa y que había terminado en tablas, habían decidido dar dos turnos de comidas: uno para los colombianos y el otro, para el resto de los clientes.

Mercedes no parecía muy contenta con la solución, sin embargo, la había aceptado cuando Irene le explicó que para esas horas la casona estaría vacía —el resto de los clientes aún no habrían vuelto al hotel— y a los colombianos les daría la sensación de que vivían solos en ella.

El día en que llegaron, Mercedes estaba muy nerviosa. A Irene casi le da la risa cuando, a la llegada de los taxis en los que venían, su jefa apareció desplegando todos sus encantos, delante del resto de las personas que trabajaban en el hotel. Marc fue el primero, completamente equipado con la indumentaria de cocinero. La chaqueta y el gorro resplandecían de puro blanco. Detrás Ana y Julia, con el uniforme gris y blanco que usaban en el comedor; y tras ellas Silvia y Marta con los mismos uniformes. Estuvo a punto de soltar un juramento cuando descubrió que hasta les había hecho ponerse la cofia.

El hombre era muy orondo, la mujer muy enjoyada, los niños unos maleducados y la abuela y su hermana unas estiradas.

Solo habían pasado tres días y ya tenía la cabeza llena de quejas de niños y adolescentes malcriados, de padres egoístas y de viejas desagradecidas. Tenía que poner solución a aquella situación. Podía arreglar fácilmente los problemas con los canales de la tele, las toallas secas y las habitaciones limpias antes de las once de la mañana. Unos cambios en la organización y cuatro instrucciones habían sido suficientes. Pero lo que no podía era arreglar lo de las comidas. Ellos se empeñaban en pedirles platos de su tierra y Marc en seguir haciendo comida para gourmets. E Irene se pasaba el día escuchando cómo era el placer de comer un sancocho bien hecho por parte de unos y cómo deleitarse con una merluza de anzuelo en salsa verde por parte del otro.

Por lo demás, no molestaban demasiado en contra de lo que ella había temido. «Al final tendré que dar la razón a Mercedes cuando aseguraba que alquilar media casa a esta familia era un negocio estupendo.»

La pantalla del móvil se iluminó de repente. Era Luz preguntándole qué tal llevaba el día.

Desde que le había dicho que las cosas no estaban bien entre ella y Iago, la llamaba o escribía todos los días. La mayoría eran simples mensajes de ánimo y de cariño, pero allí estaban, sin faltar un solo día.

«¿Qué tal todo, peque?», era lo único que ponía. Se le hizo un nudo en la garganta. Su hermana. Siempre podía contar con ella.

Se llevó la mano a los ojos mientras se decía que aquellas lágrimas eran de puro cansancio y no de emoción ni de pena. Dos palabras que, últimamente, llevaba íntimamente ligadas en su cerebro junto con una tercera: Iago.

Esta vez no se lo pensó más. Cogió el teléfono, lo desbloqueó, pulsó el icono de contactos, buscó «Iago» y seleccionó el número.

Temblaba mientras escuchaba la llamada. Dos, tres, cuatro, cinco...

—¿Irene?

Se le notaba sorprendido.

—Sí, soy yo. ¿Qué tal todo?

—Todo bien.

—¿Dónde estás? ¿Sigues en la sierra?

—No, en Madrid. Volví el martes. Ya te lo dije.

—Sí, es verdad, me lo dijiste. Lo había olvidado.

—¿Qué tal todo?

—Todo bien. —Irene contestó con las mismas palabras con las que lo había hecho él un momento antes.

—¿Y Mercedes?

—Ahora que los colombianos ya han llegado, está mucho más relajada. Hoy todavía no la he visto.

—Me alegro. ¿Entonces, las cosas bien?

—Lo tengo controlado.

—Bien.

—Sí, eso, bien, genial en realidad. ¿Y el congreso?

—Mucha gente y mucha actividad. Por la mañana, de conferencias, y por la tarde, alguna comida que otra. Ya sabes, hay que hacer relaciones públicas.

—¿No entrenas?

—Salgo por la mañana a correr y a nadar por la tarde, a eso de las seis y media.

—Te da tiempo a todo.

—Sí, me he organizado bastante bien.

—No rompes la rutina.

—Ya sabes que no debo.

—Claro, órdenes del médico.

—Tú lo has dicho. Por cierto, vuelvo el domingo, supongo que llegaré tarde.

—No te llamaba para eso.

—Bueno, pero por si acaso. ¿Irene?

—¿Sí?

—Tómatelo con calma, ¿vale?

—Lo intentaré.

Se quedaron en silencio. Parecía que ninguno quería despedirse, pero tampoco tenían nada más que decirse.

—Hasta el lunes entonces.

—Tengo ganas de que llegue —dijo él.

—Y yo.

Irene se quedó mirando la pantalla del teléfono sin saber qué había querido decirle Iago en realidad. Ella tenía muy claro que en aquel «y yo» había puesto parte de su corazón, pero ¿y él? ¿Y si no se refería a lo mismo?

Amargo. Ese era el sabor que tenía en la garganta desde la conversación con Iago. Y frío. ¿Podía haber algo más gélido que las palabras que se habían dirigido? Amables sí, corteses también, pero sobre todo, heladoras. Dichas por dos desconocidos.

Porque eso era, ni más ni menos, lo que eran.

—¿Otra vez tomando el aire?

Irene se volvió hacia Silvia, que salía en ese momento

del hotel. Ya se había quitado ese pretencioso uniforme que Mercedes les hacía llevar desde que habían llegado los colombianos. Hasta ella había dejado en algún rincón de su armario el aspecto hippie y ahora se vestía como una alemana bohemia recién llegada a Ibiza.

—¿Ya te vas?

—Estoy esperando a que llegue mi padre.

Irene cayó de golpe en que no había vuelto a preocuparse por su embarazo. Lo último que había hecho por ella era acompañarla al médico y darle permiso para hablar con Héctor desde el hotel.

—¡Ay, Silvia! Perdóname, no he vuelto a acordarme de lo tuyo, ¿dónde tengo la cabeza?

—¿En Colombia? —Su joven amiga intentaba hacer una gracia.

—¿Habéis hablado? ¿Qué habéis decidido? ¿Qué dijo la médico, una semana? Y ya han pasado ¿cuántos, seis días? ¿Habéis pedido cita? Tendré que acompañarte, no vas a ir sola de ninguna de las maneras. No, no, no. ¿Tienes que cogerte unos días?

—No, Irene, de verdad, que no hace falta que me coja nada.

—No creo que sea tan fácil como dices, aunque solo sean unas pastillas seguro que te encontrarás mal. Tendrás que guardar reposo. Habrá que pensar...

Silvia tuvo que sujetarla por los hombros para hacerla callar.

—Nos vamos a quedar con el niño.

Eso sí que no se lo esperaba.

—¿Entonces... Héctor y tú?

Irene asintió.

—Es nuestro niño y lo vamos a cuidar entre los dos.

Irene temió hacer la siguiente pregunta.

—¿Lo has dicho en casa?

El rostro de Silvia pasó en un segundo de alegre a preocupado.

—Estoy esperando el momento adecuado.

Aquella no era una conversación para tenerla de pie y a la puerta. Condujo a Silvia hacia el jardín trasero, esquivó a propósito el seto en el que había tenido uno de los mejores polvos de su vida y la llevó hasta el siguiente banco.

—Nunca vas a encontrar el momento —le dijo en cuanto se sentaron—. Es algo que tenéis que hacer y cuanto antes sea mejor.

Silvia había vuelto a parecer la adolescente que era y se frotaba las manos con nerviosismo.

—Sería más fácil si Héctor tuviera un trabajo.

—En eso llevas razón. No es lo mismo que se presente delante de tus padres con las manos vacías que con un sueldo.

—Yo estaba pensando si tú... si Mercedes... No creas que te lo pido como un favor, yo misma te he oído decir muchas veces que necesitabas más ayuda, en el jardín, en la cocina... hasta para arreglar las averías de la casona y los apartamentos.

—¿Quieres que lo contrate? Silvia, no sé si...

—Piénsalo solo un momento. ¿Qué hay que hacer en el jardín?

—Lo más importante es recortar la hierba cada pocos días, y arreglar los setos para que las ramas no sobresalgan y molesten a los huéspedes que buscan un poco de... —Iba a decir tranquilidad, pero le salió otra palabra—... intimidad.

Se puso roja como un tomate, sin embargo, Silvia ni se enteró.

—Plantar flores... —continuó la chica.

—Sí, eso, y cambiar las plantas cuando se estropeen.

—¿Cuánto tiempo crees que se tarda en aprender eso?

—No tengo ni idea.

—Yo no creo que mucho. ¿Y si llamas a los de la empresa que te arreglaba el jardín y les dices que enseñen a Héctor?

A Irene le reventaba romper las ilusiones que Silvia se había hecho.

—¿Gratis? No van a querer. ¿Por qué habrían de hacerlo? Ellos invierten su tiempo y no sacan nada a cambio.

—Claro que lo sacan, si tú les dices que sigues comprándoles las plantas, la tierra o lo que sea que les compres a ellos con la condición de que enseñen a Héctor durante unos días. ¿Lo harás? Ni siquiera hace falta que le pagues por hacer el trabajo, lo único que tienes que hacer es decir delante de mi padre que lo has contratado.

—Pero ¿cómo va a trabajar sin cobrar?

—Nos arreglaremos. Ya lo hemos hablado, con mi dinero y el que cobra su abuela podremos hacerlo. En unos meses, Héctor habrá aprendido a hacer de jardinero y podrá encontrar un trabajo por su cuenta.

Irene solo pudo sonreír a la inconsciencia de la juventud. Ella hacía mucho tiempo que se había olvidado de cuando siempre veía las cosas de color rosa.

—Silvia, no sé si...

Pero Silvia no estaba dispuesta a escuchar un no por respuesta. Se volvió hacia ella y le sujetó las manos muy vehementemente.

—¡Sí puedes! ¿No eres tú la que toma todas las decisiones? Solo depende de ti, Irene, por favor —rogó—. Es lo único que podemos hacer. Si dejas que Héctor trabaje aquí, mi padre no se enfadará tanto cuando se lo cuente.

Irene no estaba tan segura de eso. Por lo poco que sabía del padre de Silvia, no parecía ser de los que aceptaban que su hija de diecisiete años se casara embarazada. Menos con un colombiano cuatro años mayor que ella.

Desde luego aquella pareja no lo tenía nada fácil.

—¿Dices que también es un manitas?

Silvia, que al parecer estaba a punto de tirar la toalla, abrió los ojos como platos.

—¡De todo, sabe hacer de todo! Ha estudiado un grado medio de instalaciones eléctricas y automáticas.

—Vamos, que es electricista.

Silvia se lanzó a contar alabanzas de las habilidades de su novio.

—En el bar de su abuela ha ayudado al dueño a arreglar las tuberías del fregadero que estaban todas rotas. También pintó la habitación donde viven. Y...

—Vale, vale —se rio Irene—, me has convencido. ¿Alguna destreza más? Por un casual, ¿no sabrá preparar un sancocho? Tengo a unas fieras que se mueren por echarle el diente.

—No, pero tiene una abuela que sí.

20

—No podemos permitir que bajen los rendimientos como lo han hecho estos últimos meses. La subvención que recibe la Federación de Atletismo depende de ellos.
—¿Qué vas a hacer? ¿Obligarles a entrenar más tiempo? Los chavales hacen todo lo que pueden. ¿Qué más quieres de ellos? Los sacáis de sus casas cuando no son más que unos niños, los metéis en un gueto y los hacéis trabajar hasta reventar. Un día, y otro y al siguiente, sin pararos a pensar si es viernes, sábado, domingo o el día de Navidad.
—Los deportistas están con nosotros porque quieren, ellos y sus familias.
—¿Y cuántos padres permitirían que así fuese si alguien les explicara que unos años más haciendo deporte al más alto nivel y les devolveréis a sus hijos lisiados para el resto de la vida?

Iago asistía ausente a la conversación que Ismael mantenía con el responsable de uno de los Centros de Alto Rendimiento del Consejo Superior de Deportes. No era la primera vez que veía a su amigo defender sus tesis con ímpetu. Hacía ya muchos años que venía reivindicando una gestión más transparente, y para él transparencia era igual a informar sobre los riesgos de ser un deportista de élite.

«En parte tiene razón», pensó a la vez que se frotaba de forma instintiva la zona del muslo en la que le aparecían los pinchazos cuando forzaba demasiado la pierna. Las lesiones entre los deportistas eran frecuentes, mucho más de lo que pensaba la gente. Forzar la máquina siempre generaba mayor desgaste. Cuanto más desgaste, más posibilidades de daño. «Y cuando a uno no le sucede porque es precavido y entrena con la cabeza además de con el corazón, viene un cabrón en su coche nuevo, le lleva por delante y le rompe la pierna por varios sitios.»

—Todos. Nadie los sacaría de nuestros centros. Ningún padre se resiste a las palabras mágicas. Escuchan «su hijo es un fuera de serie» y nos lo venden.

—Sois unos cabrones —contestó Ismael de mala manera.

Iago prestó atención a la conversación por primera vez. La cosa se ponía complicada; su amigo se empezaba a calentar demasiado. Decidió intervenir. Al fin y al cabo, discutía con uno de los gerifaltes del Ministerio y él no era más que un profesor de la universidad. Como siguiera en la misma línea, soltando sus ideas a diestro y siniestro sin medir a quién ni dónde las decía, cualquier día se encontraría con un muro infranqueable en su carrera.

Buscó a Marina por la sala. La encontró de espaldas a ellos, con una copa en la mano, charlando alegremente con dos mujeres y otro hombre al que Iago no conocía.

Dudó entre forzar que su amigo se callara o avisarla y dejar que ella recondujera la conversación. Sin embargo, para llamar la atención de la novia de su amigo tenía que separarse de él y dejarlo solo, y no tenía nada claro que fuera buena idea.

Volvió a echar un ojo a Ismael y otro a Marina. Deseó

que esta se diera la vuelta, los viera y acudiera en su auxilio.

Sin embargo, sus ojos se toparon con otros, que había estado evitando desde que había llegado cuatro días antes.

Rocío, su ex, se lo quedó mirando con tranquilidad. Iago sabía que sopesaba el hecho de acercarse o no. La sonrisa de su cara le indicó que había ganado el sí.

—Una mujer extraordinaria —dijo el gerifalte del Consejo.

La mente de Iago regresó a los dos hombres que seguían a su lado. Las diferencias se habían solventado y de nuevo parecían estar en buenos términos.

—¿Perdón?

—Rocío Lagasca, una mujer extraordinaria. ¿La conoce?

Iago vio cómo Ismael tragaba saliva. Se apresuró a preparar una respuesta amable y, sin embargo, cortante. Rocío no era un tema del que quería tratar, ni siquiera consigo mismo, menos con un tipo al que no conocía de nada.

—Nos conocemos, claro que nos conocemos —contestó la propia Rocío.

Iago llamó traidor a Ismael con los ojos y este le hizo un gesto de «no he podido avisarte de que se acercaba».

—¿Qué tal, Rocío? —la saludó todo lo amable que pudo.

—No he venido a hablar con vosotros —contestó ella con el desparpajo que la caracterizaba cuando desplegaba todo su encanto. Levantó una cámara de fotos que traía en la mano y que Iago no había visto—. Soy la encargada de las fotos extraoficiales. Seguid hablando y que parezca que no estáis posando —les indicó mientras les enfocaba con la cámara.

Tres clics y una gran sonrisa por parte de ella consiguieron hacerle sentir incómodo. Se dijo que encontrarse a Rocío después de dos años no tenía nada que ver.

—Si me disculpáis, me voy con esta mujer tan guapa. No os lo toméis a mal, pero prefiero su compañía a la vuestra —comentó el imbécil.

Rocío se rio de la lisonja como una cándida adolescente. Iago quiso esbozar una sonrisa, pero solo consiguió torcer el gesto.

—Espera un poco —oyó a Ismael que le decía a Rocío—. ¿Puedes hacernos una foto a Iago y a mí solos? Creo que no tenemos ni una.

—Claro.

Rocío volvió a levantar su cámara.

—Con mi móvil —le pidió Ismael mientras metía la mano al bolsillo—. Mierda, otra vez sin batería. Déjame el tuyo, tío.

—¿Una foto? ¿Y para qué quieres una foto conmigo? ¿No estás harto de verme?, porque yo a ti, sí.

—Cállate y dáselo a Rocío.

Iago, reticente, se lo sacó del bolsillo y se lo tendió. Ella dejó colgar del cuello la cámara que llevaba y cogió su teléfono. Ismael le pasó el brazo por el hombro con la misma confianza con la que lo había hecho otras veces. Iago se centró en Rocío y en terminar pronto aquel teatro.

La vio pasar el dedo por la pantalla para desbloquear el aparato y notó cómo le cambiaba el semblante. De sorprendida a sonriente.

Volvió el aparato hacia él. La foto de Irene apareció en la pantalla.

—¿Tu nueva novia? —le preguntó.

—Mira que eres cabrón, te lo tenías bien callado —intervino Ismael para terminar de arreglar las cosas.

—Es solo una amiga.

—Si me permitís una opinión —se entrometió también el del Consejo Superior—, nadie que pueda hacerte sombra, querida Rocío.

Lo que le faltaba.

—¿Vas o no vas a hacernos la puñetera foto? —espetó Iago a punto de estallar.

Santa se llamaba la abuela de Héctor y en verdad que lo era. Una mujer sin igual, con el carácter suave, dulce y esponjoso de los algodones de azúcar de las ferias, pero de firmes decisiones.

La primera vez que la vio, Irene pensó que más que abuela era la madre de Héctor. Le calculó unos cincuenta años, eso tirando por alto. Si llega a guiarse por su tamaño —parecía la hermana pequeña de Silvia—, por su cutis de niña y por el sonido de su voz, cualquiera la hubiera confundido con otra adolescente más.

Pero su pericia en la cocina y la aparente facilidad con la que picaba, cortaba, sofreía, cocía, guisaba y asaba, decían de ella que tenía a sus espaldas muchas horas entre los fogones. Y las había aprovechado de buena manera.

La primera prueba se la había hecho a espaldas de Marc. Lo había engañado para que fuera a recoger un pedido de pescado a Avilés y había añadido varias decenas de recados más para que su ausencia durara al menos tres horas.

Pero si en algún momento dudó de la conveniencia de contratar o no a aquella mujer, todos los titubeos desaparecieron cuando se puso a trabajar. Conocía su trabajo como la que más y emanaba la seguridad del mejor experto en la materia. Estuvo segura de que a poco que Marc se dejara influir por aquella mujer, la situación de su cocina ganaría muchos puntos.

Pero, por si eso fuera poco, el jurado, compuesto por

la familia de colombianos, había llegado a un resultado unánime. Irene no había tenido más que mirar cómo todos ellos se chupaban los dedos con el tan deseado sancocho para decidir que Santa se quedaba. Marc tendría que organizarse con ella, quisiera o no.

No se lo había dicho así, claro, sino que lo había llamado al despacho aquella misma tarde y le había hablado de lo bueno que sería para él contar con una nueva ayudante experimentada. Pero lo que convenció definitivamente a Marc fue la idea de que se olvidaría de una vez por todas de los horarios de los colombianos y se centraría solo en las comidas del resto de los clientes. Aún le quedaba conseguir que Santa tomara parte en las indecisiones de Marc y que consiguiera que no cambiara de opinión a cada rato, pero todo se andaría. Aquella era una batalla que estaba dispuesta a ganar.

Desde que decidió contratar a la abuela de Héctor, todo habían sido alegrías. Silvia se le echó al cuello sin saber si llorar o reír, Héctor le besó la mano y le echó una sonrisa tan dulce como la miel. La más comedida había sido la cocinera, que se había limitado a estrecharle la mano con tanto cariño que Irene envidió que no fuera su propia abuela.

Había llegado el momento de discutir el gasto con Mercedes. Desde que había vuelto de sus vacaciones, cada vez se ocupaba menos del hotel y más de ella misma.

—Entre el sueldo de Héctor y el de Santa, el gasto es el mismo que la millonada que nos cobraba la empresa de jardines. Los chiquillos están encantados y los padres más contentos aún porque los hijos no se quejan. La máxima de un buen empresario: «Ellos pagan, ellos mandan.» Habrá que evaluar si podemos seguir contratándola después del verano.

—Todavía falta mucho para eso —contestó su jefa,

optimista como siempre—. Déjalo el fin de semana y ya lo pensarás el lunes.

—Hay fiestas en el pueblo y hoy es viernes —dijo Irene con toda intención.

Esperaba que Mercedes no se hubiera olvidado del trato que habían hecho en su momento. Jueves y viernes eran los días libres de Irene. Aquel día estaba dispuesta a cobrárselo, después de tres semanas de no haber descansado ni un solo día.

—¿Vas a bajar?

—Se lo he prometido a Silvia. Solo un rato —concedió a Mercedes—. A las diez estaré de vuelta y podrás marcharte.

Silvia apareció por el despacho en ese momento.

—Debes de tener el teléfono mal colocado, Irene —le advirtió—. No he podido pasarte una llamada. Acabo de colgar a una mujer que ha hecho una reserva para esta noche.

—Si antes hablamos...

—Son dos amigas y están en el pueblo. Tenían idea de venir a media tarde, pero se han encontrado con las fiestas y se han quedado. Vas a bajar conmigo, ¿verdad? —dijo Silvia sin dejar de mirar a Mercedes—. Les he dicho que no había prisa, que si llegaban después de las once, mejor.

—Estaré aquí a las diez.

—¿A las diez? ¿Te vas a volver de las fiestas a las diez?

—A la misma hora a la que se marcha Julia a su casa.

A la misma hora a la que Héctor pasaba a recoger a su abuela después de las cenas. Otra cosa que agradecer a los colombianos: que cenaban temprano.

—Es verdad —murmuró Silvia.

—¿Te han dado los nombres? —preguntó Irene en referencia a la reserva de la que hablaba Silvia.

—No se los he pedido. Eso sí, estarán ellas dos juntas

toda la semana, pero el fin de semana llegan también sus novios, así que necesitan dos apartamentos en vez de uno. Les he dicho que no había problema.

Irene no tuvo que mirar el estadillo de las reservas. Sabía a la perfección cómo estaba el hotel. Lleno.

—Pues casi tienen que compartir apartamento. Se quedan con el último.

—Apúntalo —le indicó Silvia, impaciente—. Ahora, ¿nos vamos?

—Tachán-tachán-tachán el que no baile, el que no baile, tachán-tachán-tachán, el que no baile es un patán. Tachán-tachán-tachán, el que no baile, el que no...

Silvia se soltó de la cadeneta cuando pasó a su lado e intentó integrarla en ella, pero la cadena de hombres y mujeres que danzaban al son de la música iba demasiado aprisa e Irene consiguió zafarse por cuarta vez consecutiva.

Todavía escuchó las carcajadas de su amiga por encima de la melodía antes de volver a meterse en sus pensamientos.

Hacía dos días que Iago y ella habían mantenido aquella —¿cómo calificarla?— extraña y fría conversación y todavía no había podido quitarse del cuerpo la sensación de desazón.

Miró a su alrededor; una parte del pueblo bailaba, otra bebía y el resto bailaba y bebía a la vez. Rodeados de turistas y de la familia que habían llegado para celebrar las fiestas de la Virgen del Carmen, ese viernes diecinueve de julio, todos parecían estar pasándolo fenomenal. Hasta Silvia, a pesar de sus problemas y de la promesa que le había hecho, de que no pasaba de aquella semana que les contaba a sus padres lo de su embarazo, estaba alegre y feliz. Todos se lo estaban pasando en grande. Todos, menos ella. La última conversación con Iago le pesaba como una losa.

«¡Llámale tú!», le gritó la voz de su hermana en la cabeza. «¡Las cosas no se solucionan solas! ¿Recuerdas lo que hice yo con Martín, cómo lo traje de vuelta a mí?»

Recordar que su hermana y su cuñado seguían juntos después de cinco años —¡quién lo hubiera dicho de su hermana en su momento!— le dio el arrojo suficiente para hacer lo que llevaba pensando todo el día.

Se refugió a un lado de uno de los bares y marcó.

—¿Irene?

La conversación comenzaba igual que la anterior; mal asunto. Tenía que hacer algo para que no siguiera por el mismo camino.

—¿Escuchas el ruido? —Giró el teléfono hacia la multitud un instante y volvió a colocárselo en el oído—. ¿Lo oyes? ¡Estamos de fiesta!

Iago se echó a reír y con su risa ahuyentó a todos los fantasmas que amenazaban a Irene.

—Ya lo veo. Vosotros sí que sabéis organizar un festejo. ¿Estás en la casona?

—¿En el hotel? ¡Ni de broma! ¿Cómo imaginas eso? ¡Estoy en el pueblo! ¡Espera un poco que me voy a otro sitio menos ruidoso! —Se metió en el bar. Aquello era otra cosa; estaba medio vacío—. Ya podemos hablar.

—Estoy a punto de desmayarme —siguió él—. El timonel ha dejado el timón a riesgo de que lo ocupe cualquiera.

Ahora le tocó el turno de reírse a Irene. Aquellas palabras, y sobre todo el tono de su voz, le alegraron la cabeza y el corazón.

—He dejado al capitán al mando del barco. ¿Crees que se hundirá? —respondió ella.

—¿Grumetes?

—Ninguno. Todos están bailando alrededor del barril de ron.

—Procura que no se caigan al agua.

—En ello estoy —contestó Irene con una gran sonrisa pegada en la cara.

Sintió cómo Iago terminaba la broma y se ponía más serio.

—Veo que las cosas han cambiado desde que me marché.

—Mercedes está mucho mejor. Bueno, en realidad sigue más o menos igual, ya sabes, desaparece en cuanto puede, pero los problemas se van solucionando.

—¿Qué tal el ambiente festivo?

Iago parecía también dispuesto a que aquella conversación tuviera un cariz completamente distinto a la otra.

—Muy animado.

—Me encantaría estar.

—He pasado por el bar de Fernando y me ha preguntado por ti. Le he dicho que estás bien y que llegas el lunes.

—Qué casualidad, yo también voy al bar, pero al de un hotel. ¿Qué te ha contado él?

—Que la carcoma ha regresado y que te está esperando para fumigar otra vez —volvió a bromear ella mientras miraba a la gente que empezaba a llenar el local en el que se había refugiado.

La música daba un descanso a los bailarines y estos habían decidido refrescarse la garganta antes de que volviera a sonar. Se apartó a un rincón de la barra para dejar espacio al gentío que entraba en él.

—Que no cuente conmigo y llame a un fumigador.

—Me ha puesto al día de los últimos cotilleos del pueblo. ¿Quieres saberlos?

—Seguro que me llamas solo para eso —contestó él, divertido.

Un hombre a su lado pidió una botella de sidra, que

pasó por encima de Irene. Le cayeron varias gotas en el pelo. Cambió el teléfono de mano y se las limpió antes de que le chorrearan por la frente.

—Pues verás... el agente de seguros de la oficina de Mapfre ha desaparecido esta tarde con la recaudación de todo el mes y la del mes pasado.

—¡No jo...!

—¿Seguro que te interesa?

—Cuenta, cuenta. Así tendré algo de qué hablar con él en vez de sobre las termitas.

—Al parecer, ha convencido a un montón de gente para que le pagara las pólizas en mano en vez de domiciliarlas y se ha largado con el dinero. ¡Eso que acababa de volver de vacaciones! Fernando está indignado. Me repitió lo de las vacaciones más de seis veces.

Las carcajadas de Iago estuvieron a punto de acallar las voces de la gente. Y la sonrisa de Irene de eclipsar su jolgorio.

—Eso es lo que le fastidia a él, que no puede irse de vacaciones porque no tiene quién se quede en el bar. Pero ¿qué...? —le oyó farfullar Irene—. Espera un poco, estoy bajando de un taxi. Sí, un momento, ¿cuánto le debo? —Regresó a ella—. Irene, enseguida estoy, no cuel...

Irene dejó de oírle, el resto fue un empujón y una mano con cuatro vasos llenos, que se vaciaron sobre ella.

La llamada se había cortado. Iago miró la hora. La recepción no comenzaba hasta una hora y media después. Había quedado con Ismael y Marina un rato antes para tomar algo en el bar del hotel, pero llegaba pronto.

Decidió entrar. Se sentaría tranquilamente en un rincón, pediría una cerveza, la más fría que tuvieran, y llamaría a Irene. Sin pretenderlo, apareció una sonrisa en su cara. Estaba encantado de que le hubiera llamado y más aún de que estuviera tan alegre.

Se detuvo en la puerta del bar. Estiró la pierna derecha con disimulo. No era plan dejar ver a los colegas sus debilidades. Todo el mundo sabía ya que tenía intención de presentarse a su primer triatlón a finales de agosto y no quería ser el hazmerreír de la profesión. El lunes siguiente, tenía hora con el doctor Esteban para que le diera el resultado de la prueba que se había hecho cinco días antes. Esperaba haber mejorado de lo de la descalcificación. Él sabía que el ejercicio era bueno para eso, pero que el proceso era doloroso. Ese era el problema de mucha gente, como al ejercitarla dolía, dejaban de hacerlo y con eso solo empeoraban la situación. Estaba convencido de que los dolores que le aquejaban últimamente se debían precisamente a que las cosas iban bien. Entre los entrenamientos y la medicación, en un mes estaría preparado. Llegaría al triatlón, tenía que llegar.

Se concentró en acercarse a la barra sin cojear y se sentó en la primera banqueta que encontró libre. El lugar era perfecto para un encuentro furtivo entre dos amantes casados. Miró a su alrededor. Repartidos por la pared detrás de él, había varios grupos de sofás ocupados todos ellos. No pudo distinguir si se trataba de alguien conocido porque las luces apenas alcanzaban a alumbrar los vasos de las mesas.

Pidió una Voll Damm. Mientras esperaba a que se la sirvieran, se tocó el muslo con disimulo.

Sacó el teléfono de nuevo. Alguien le dio una palmada en la espalda.

—¡Hombre! Iago Martínez solo, como yo.

—¿Qué hay, Vicente?

Vicente Santiago era un antiguo compañero de universidad. Leonés y triatleta como él, se habían conocido en la primera competición y habían vuelto a verse una y otra vez durante más de veinte años. Pero los sinsabores de la vida —las malas lenguas decían que no había podido reponerse al abandono de su mujer, hacía ya más de ocho años— le habían conducido por senderos pantanosos. Llevaba encima varias copas de más.

—¡Dos cervezas! ¡Una para mi amigo y otra para mí!

Iago levantó su vaso.

—Yo ya tengo, gracias —rechazó la invitación.

—¡Pues solo para mí!

Iago se centró de nuevo en el teléfono con la esperanza de que su nuevo acompañante se marchara en cuanto tuviera su bebida.

—Hola, Iago.

El saludo no venía del teléfono sino de otra persona que estaba de pie junto a él. Su móvil apenas había dado dos llamadas, se apresuró a colgar.

—Hola, Rocío —miró al tipo que la seguía— y compañía.

—¿Estás solo?

—Esperando a Ismael y a Marina. He llegado un poco pronto —se justificó.

Sus amigos aparecieron de la nada.

—¡Qué casualidad!, nosotros también.

La situación debería haber sido incómoda, al fin y al cabo era la segunda vez que se cruzaban desde su separación, pero no lo fue.

—No has traído la cámara de fotos —comentó Marina a Rocío.

Iago le agradeció que iniciara la conversación.

—Hoy me han relevado —dijo esta al tiempo que señalaba a un joven bajito que entraba en el bar—. No se fían de mí para hacer las fotos oficiales de la clausura del congreso —señaló en voz baja.

Marina se puso entre él y Rocío y comenzaron a hablar de trabajo. Ismael, ¡cómo no!, reanudó la discusión con el del Consejo sobre la moralidad de «explotar», como lo llamaba él, a los jóvenes deportistas por mor de conseguir los tan deseados laureles para España. Y él, se relajó.

Fueron llegando otros participantes del congreso y se fueron sumando a los grupos de las mesas y a ellos.

Aprovechó los momentos de soledad que dejan a veces las conversaciones cruzadas para observar a Rocío. Le habría gustado preguntarle por sus hijos, pero no le pareció apropiado. Lo haría en otro momento, al fin y al cabo Luis y Sofía habían formado parte de su vida durante mucho tiempo.

Estaba igual o más guapa que antaño, aunque un poco menos delgada. Ya no se le marcaban las mejillas ni tenía aquellos surcos debajo de los ojos. Estaba claro que los dos años pasados sin él le habían sentado bien. Tenía que preguntar a Ismael si seguía compaginando los entrenamientos al equipo femenino nacional de hockey sobre hierba con sus clases en la universidad. No tenía ni idea de si a la vuelta de su baja, ahora convertida en vacaciones, se la cruzaría por los pasillos del Centro.

Ismael había dicho que creía que salía con alguien, pero él no le había preguntado con quién. Entonces, no había querido saberlo, sin embargo, ahora que la tenía delante, le entró la curiosidad. Otra cosa más de la que enterarse.

No tuvo que esperar mucho para que su duda se viera satisfecha. En un momento dado, entre una anécdota y un cotilleo, y entre sorbo y sorbo de cerveza, el del Consejo rodeó la cintura de Rocío y a esta no pareció sorprenderle.

Ismael se dio cuenta a la vez. Su amigo le hizo un gesto a Marina y esta sonrió como si no hubiera visto nada, pero Iago supo por el brillo de sus ojos que lo había hecho.

Nada dijeron ellos y nada dijo él, simplemente unos y otros lo dejaron pasar. Marina puso cara de preocupación, Ismael de prudencia y él... No sabía qué cara tenía, pero sí lo que sentía por dentro: la paz más absoluta.

Dos años llevaba aborreciendo el día en que había conocido a una mujer tan despiadada como para dejarlo cuando más la necesitaba. Dos años pensando en cómo dejar patente lo que pensaba de ella. Y ahora que la tenía delante... Nada. Ni reproches ni recriminaciones. Nada. Como si nunca hubieran pasado de ser meros amigos. La vida privada de Rocío no provocaba en él más interés que la de cualquiera de los... —contó a las personas a su alrededor— doce que estaban por allí.

De vez en cuando, fogonazos de flash iluminaban el local. Los de los sillones se juntaban y sonreían para el fotógrafo, que iba recorriendo el bar por todos los grupos.

Iago se desvinculó de lo que sucedía a su alrededor y se unió a la conversación más próxima a él. Y mientras escuchaba a una mujer, que no conocía, contar al del Consejo las maravillas que se perdía al no ir a la zona de las Rías Baixas, no dejaba de toquetear el teléfono, guardado ahora en el bolsillo delantero de su pantalón.

A pesar de las ganas que tenía de hablar con Irene, no reaccionó a la primera vibración. Tampoco a la siguiente, con toda aquella gente delante. Sin embargo, no pudo resistirse a la tercera.

Se giró levemente y lo cogió.

—Perdona por no haberte llamado, pero al final me he liado.

—No sabía si lo habías hecho. Me han tirado un litro de sidra encima del móvil y he tenido que apagarlo dos veces antes de conseguir que la pantalla me respondiera. ¿También estás de fiestas por ahí? Se oye mucho jaleo.

Cerca de él, alguien llamaba para que posaran ante el reportero.

—Estoy con unos amigos.

Oyó mencionar su nombre. El grupo con el que estaba se reagrupaba para ser retratado.

—Un momento —contestó a alguien que le llamó la atención para que se volviera.

—Te llaman por ahí —constató Irene. A Iago le encantó notar un deje de pesadumbre en su voz.

—No te preocupes, es para una foto.

—¡Esperad que no estamos todos!

—¿Quién falta?

—¡Iago y esa novia suya! —bramó Vicente detrás de él.

Iago se dio la vuelta al instante. Vio cómo Ismael lo cogía del brazo y lo apartaba a un lado. El del Consejo se apresuró a coger de nuevo a Rocío por la cintura y a apretarla contra él. No había otra interpretación posible; Rocío ya nada tenía que ver con Iago.

El fotógrafo comenzó la sesión; los destellos del flash iluminaron las caras del grupo. Pero nada de esto le importó. Iago no intentó sonreír, ni siquiera miró al objetivo. Tenía la mirada clavada en la pantalla de su teléfono. La imagen de Irene había desaparecido de ella.

Irene se hizo paso entre la gente que abarrotaba el bar y salió al exterior. Necesitaba aire, necesitaba respirar. Sentía la cara ardiendo y la cabeza a punto de estallar. Ni se acordó de que tenía los pantalones empapados. Boqueó para tragar aire fresco, pero solo le llegó el calor de un anochecer de verano en una plaza llena de gente. Con la cabeza agachada cruzó el anfiteatro en dirección al aparcamiento primero y al puerto después. Aire era lo que necesitaba, la brisa salobre del mar Cantábrico y el sonido de las olas al chocar contra el malecón. Solo así podría ahogar las palabras que había escuchado por el teléfono, solo así podría olvidar lo que le había dicho Silvia sobre su novia y la advertencia de que él no jugaba limpio. Únicamente así conseguiría apaciguar la vergüenza que sentía.

Avergonzada, sí, así era como se sentía, como una vulgar ladrona de momentos ajenos. Se suponía que Iago era su chico y lo acababa de pillar con otra. Ella estaba abochornada por haber sido tan ingenua de haber creído que ella y él... de haber pensado que algún día podría ser algo más que el entretenimiento de sus noches. Revivió el aterrador momento en que aquel que la dejó embarazada se la sacó de su vida con un gesto de desprecio.

Iago estaba con otra y ella sufría. Una vez se había jurado que no permitiría que le sucediera de nuevo. Sin embargo, le había pasado otra vez. Todo era por su culpa. Por creerse sexy, por imaginar que un hombre como Iago, que organizaba su vida sin contar con nadie más, iba a querer tenerla como pareja.

Él era un triunfador y ella no era más que una ilusa. Iago era un hombre atractivo, ella, de lo más normal. Él tenía la personalidad que todo el mundo quiere para sí; seguro de sí mismo, cuando ella solo era a veces un mar de dudas. Él no necesitaba demostrar las cosas, ella, todo el rato.

No tenían nada que ver. No se parecían en nada. Lo suyo se acabaría antes o después. Aquella necesidad que parecía poseerla cuando lo tenía cerca, se le agarraría en el estómago. Cuanto más tarde, sería peor, mucho peor.

Dejaba atrás las farolas del pueblo cuando algo vibró en su mano. «Iago» apareció en la pantalla. Todavía pasaron dos segundos antes de que el teléfono empezara a sonar.

Sería fácil acercarse a la barandilla, arrojarlo al mar y decir que se le había caído. Sin embargo, eludir los problemas nunca era la solución. Ella era una persona racional, equilibrada «y adulta». Descolgó.

—Perdona por lo de antes —empezó a decir él para retomar la conversación interrumpida—. Estaba ocupado.

De acuerdo que era adulta y equilibrada, pero no para tanto.

—¿Con quién?

—Con alguien del pasado.

Irene sabía que no debía alegrarse ante aquellas palabras, que no significaban nada, pero lo hizo.

—Del pasado —repitió, sin darse cuenta de lo que hacía.

—Sí, y no quiero hablar de otra gente.

El discurso de su madre sobre los hombres, antaño tantas veces escuchado, tuvo sentido para Irene de nuevo. «Los hombres son todos iguales, unos aprovechados. En cuanto les preguntas por algo que no quieren contar, cambian de tema.»

—¿De qué quieres hablar entonces?

—Me estabas comentando lo que ha sucedido en el pueblo en mi ausencia.

—Es verdad, bueno, pues ya lo sabes, que el de los seguros se ha marchado con un buen fajo de dinero.

—Si es un poco listo, se habrá marchado solo a una isla del Pacífico a vivir el resto de los años de él.

—¿Es lo que tú harías?

El silencio sustituyó a la conversación.

—No, yo no me iría solo —dijo después de unos segundos. Irene no quiso preguntar. La barandilla blanca del principio del paseo había desaparecido para ser sustituida por el muro que separaba el agua de las plazas de aparcamiento. Se coló entre dos coches y se apoyó en la pared cuando sintió flojedad en las piernas—. Te llevaría conmigo.

Vale, sí, era adulta y racional, pero no lo pudo evitar y le salió el sarcasmo.

—¿Para que te alegrara las noches?

—Y los días —contestó él con toda tranquilidad. Y por si esto fuera poco, añadió—: Esto no está mal, pero preferiría estar contigo.

Fue mucho peor. Irene se puso infinitamente más nerviosa. Cuando lo suyo se acabara, la caída sería fatal. Era algo que ya había experimentado una vez y no podría soportarlo de nuevo. No con Iago. Tenía frío y calor al mismo tiempo. Se le revolvió el estómago y se sentó en el capó de un coche rojo.

Él volvió a callarse. No era más que un golpe de efecto. Ahora esperaría unos instantes a que la frase empapara en su cerebro.

Ya lo había hecho, mucho más deprisa de lo que él imaginaba. Irene calculó a todo correr lo que venía a continuación: él diría otras dos frases bonitas, a ella se le licuarían las neuronas y le diría a todo que sí; sí a respetar su espacio, sí a compartir cama, sí a follarse en el jardín.

—Acabo de ver a Silvia entre la gente —mintió. Fingió que la llamaba—. ¡Silvia, Silvia! Iago, te cuelgo que se me escapa.

No esperó contestación y pulsó el botón de apagado. Se sintió muchísimo mejor. Sus principios, y su reputación de mujer mentalmente sana, seguían intactos, él no la había convencido de nada. Ella no se había dejado.

El teléfono volvió a vibrar. Aquella vez actuó con urgencia: lo puso en silencio y se lo guardó en el bolsillo trasero de los vaqueros.

Él llamó una, y otra, y otra vez más. Todavía una cuarta. Irene siguió fiel a sus principios; se lo sacó de nuevo y lo puso en modo avión. No se dejaría convencer.

Giró la cabeza hacia la animación de la plaza. La música había vuelto a empezar. Silvia estaría dando botes de nuevo, con Héctor detrás de ella, confiados ambos en que los cientos de personas que se encontraban allí los protegerían de ser descubiertos por la familia de ella.

Miró el reloj, «las nueve y media», pensó mientras se metía de nuevo entre la gente.

Un empujón, un pisotón, el beso fugaz de un borracho y dos palmadas en el culo de un capullo la convencieron de marcharse en ese mismo instante, sin encontrar rastro de Silvia ni de su novio. Se dirigió hacia la salida del pueblo. Dos empujones más y otro pisotón la pusieron de muy, pero que muy mal humor. Por eso cuando alguien la golpeó en la espalda, se revolvió como una serpiente a punto de saltar sobre su presa.

—¿Es que no encuentras a otro a quien molestar? —Se enfrentó con... ¿su hermana?

—No sé para qué demonios tienes un móvil si no lo coges nunca.

Irene miró otra vez a aquella chica, delgada y bajita, de ojos azules como el mar y brillantes como las estrellas, que por suerte o por desgracia, era su hermana y la persona a quien más quería en el mundo.

—¿Irene, te pasa algo?

Irene desvió la vista por encima del hombro de Luz y se encontró a Leire.

Miró a una, miró a otra.

—No, no me pasa nada —dijo como una autómata. Se abrazó a ellas y comenzó a llorar.

21

Se había levantado a las siete de la mañana, aunque no tenía nada especial que hacer porque Julia y Ana lo tenían todo controlado. No había nada que justificara aquel madrugón sin sentido, excepto que quería mantenerse lejos de Luz el mayor tiempo posible.

La noche anterior, cuando Luz y Leire la encontraron, se había echado a llorar como una Magdalena, sobre su hombro. Había tardado un rato en recuperar la serenidad y muchísimo más en convencerlas de que su llanto se debía a la sorpresa y a la ilusión que le hacía tenerlas allí con ella.

Después de superar aquella prueba —era la primera vez en toda su vida que conseguía engañar a su hermana—, todo había ido mejor. Le habían contado que eran ellas las que habían llamado aquella tarde para reservar el último apartamento. Llevaban planeando aquella sorpresa un par de semanas, pero el jefe de Luz no había dado el visto bueno a sus vacaciones hasta aquella mañana y habían decidido salir esa misma tarde.

Leire habría preferido quedarse a descansar en el hotel después de las tres horas y media de coche, pero al final habían hecho lo que su hermana quería.

—Ya sabes cómo es —aceptó Leire con gesto de desesperación—. Siempre se sale con la suya.

—Dímelo a mí, que la he sufrido demasiados años.

—¡Eh, vosotras! Mucho cuidado con lo que decís de mí, que seguiré todavía muchos años dándoos toda la guerra que pueda —se había quejado su hermana ante tantas críticas.

Entre una broma y otra, había conseguido hacer surgir su buen humor y había desviado la conversación hacia otras cosas que no fueran ella misma. Los padres, los maridos, el trabajo, el viaje y el tiempo fueron los «interesantísimos» temas que fue sacando uno tras otro, hasta que vio el gesto de incredulidad de su hermana cuando dijo aquello de «está haciendo muy buen tiempo por aquí. ¿Cómo hacía por Bilbao?». Entonces pasó a lo único que se le ocurrió; que fue, ni más ni menos, los cotilleos del pueblo.

Con esto tuvo más suerte y logró arrancar una carcajada a Leire y una sonrisa a Luz. Aunque lo mejor llegó cuando, hablando y hablando, se dio cuenta de que se le había hecho tarde para seguir en Cudillero.

Las convenció para que se quedaran a picar algo por el pueblo. «La cocina del hotel ya está cerrada.» Mentira, pero bueno. Insistió en que a pesar de estar anocheciendo, no hacía falta que la acompañaran porque ya había quedado con «uno de nuestros empleados para que me lleve». Esto no era mentira, aunque lo que no les dijo fue que, de ninguna manera, se iba a poner a buscar a Héctor entre el amasijo de saltimbanquis.

Así que consiguió escabullirse de las personas que más la querían en el mundo después de soltar más mentiras que un charlatán de feria.

Cuando llegó al hotel, Mercedes ya había desaparecido. Por suerte, Santa había terminado con la cena de sus huéspedes y Héctor todavía no había llegado. Se puso a ayudarla a recoger la cocina.

—Los señores —le informó la mujer con aquella voz tan dulce, que encantaba a Irene porque parecía estar a punto de cantarle una nana— se fueron a las ferias con los muchachos.

—¿Y las ancianas?

—Hace rato que subieron.

Se oyó el motor de la motocicleta del novio de Silvia.

—Ya llega tu nieto, anda, deja esto y márchate con él.

—Pero, señorita —se quejó Santa cuando la despidió—, el trabajo...

Irene le quitó el trapo de la mano y le desprendió la lazada del delantal.

—Yo termino, no hagas esperar a tu nieto. Será mejor que os vayáis enseguida, antes de que los que festejan a la Virgen del Carmen regresen a sus casas con una botella de sidra encima.

Las palabras de Irene sobre el riesgo de cruzarse con un conductor borracho convencieron a la mujer, que se quitó el gorro con el que cubría los cabellos y salió a toda prisa después de murmurar un «con mi agradecimiento» apresurado.

Irene se quedó hasta que Marc, Raquel y Marta terminaron y se fueron. Cuando salió de la cocina y apagó la luz, se preguntó si merecía la pena sentirse como lo hacía, mentir a sus seres queridos y fingir estar contenta solo por su absurdo miedo —probablemente igual de absurdo que su empeño en demostrar su valía a Mercedes, cuando a esta no le importaba lo más mínimo si el grifo de la bañera de la habitación azul se arreglaba el mismo día que se estropeaba.

Mal había terminado el día anterior y aquel no había amanecido mejor.

Leire y Luz se habían levantado con idea de pasar el día fuera y se habían marchado pasadas las doce en dirección hacia Navia.

—Pero ¿de verdad que no puedes ausentarte durante un rato? —le preguntó su hermana cuando Irene le dijo que no las acompañaría.

—¿Llamas un rato a pasarme el día fuera?

—¿Y tú llamas trabajo a esto? Yo lo llamaría esclavitud. ¿No puede quedarse tu jefa vigilando el castillo? Para eso es suyo.

—Ya, y ella dirá que para eso me paga a mí, para que me quede los días que se supone que trabajo.

—¿No libras ningún fin de semana?

—Ninguno, jueves y viernes. A ella le tocan sábados y domingos.

—Y el resto de los días me parece a mí, porque ayer era viernes y te viniste a trabajar —gruñó Luz—. Vas a tener que hablar muy seriamente con ella. Yo he venido de vacaciones y a ver a mi hermana, y no pienso renunciar a salir con ella de paseo. Será mejor que se lo expliques, si no, lo haré yo —la amenazó, apuntándola con un dedo.

Menos mal que por fin se habían marchado y la habían dejado sola.

A Irene le llegó al despacho el aroma del hogao, una especie de pisto con especias, que Santa había decidido cocinar aquel día. Se dio prisa en terminar de contestar los correos electrónicos que habían llegado en las últimas veinticuatro horas. Con un poco de suerte, hasta podría comer a la misma hora que el resto de los mortales.

—¡Irene! —El grito de Mercedes se escuchó desde la galería posterior.

Dijo adiós a la comida de mediodía.

—¡En la oficina! —contestó de mala gana.

Un instante después la tenía dentro.

—No sabía si estarías.

Irene elevó una ceja, pero decidió dejar pasar el comentario.

—Siempre estoy —la informó sucintamente.

Mercedes no esperó a que le preguntara cuál era el problema que le había llevado al hotel con «tanta urgencia» y se sentó en la esquina de la mesa de trabajo con toda confianza.

—¿Sabes? —comenzó mientras jugueteaba con los pliegues de su falda de colores. Irene notó que había abandonado los trajes de pantalón de lino blanco y recuperado el vestuario de siempre.

—¿Sí? —la animó a continuar.

—Hay una cosa de la que quería hablar contigo...

Irene echó el asiento hacia atrás, estiró las piernas y cruzó los brazos, dispuesta a detener el misil que su jefa estaba a punto de soltar. No le cabía duda de que se avecinaba tormenta.

—Tú dirás.

—Iago no llegará hasta el martes o miércoles. Me lo ha dicho hace un rato.

Irene se sintió incómoda hablando de Iago con Mercedes.

—Gracias. ¿Alguna otra cosa? —contestó, cortando de ese modo el tema.

—¿Todo bien con nuestra familia?

«Nuestra familia» igual a colombianos.

—Todo perfecto. ¿Acaso se han quejado de algo?

—Nada, nada —la tranquilizó Mercedes—. No dan mucho trabajo, ¿verdad?

—En realidad mucho menos del que yo esperaba —reconoció—. Cuando vi bajar del taxi a las dos ancianas con cara de pocos amigos pensé que nos iban a atosigar a exigencias y a enterrarnos en quejas.

—La verdad es que hay mucho menos trabajo...

«¡Ay, madre!», pensó Irene que empezaba a imaginar por dónde iba.

—¿Crees que podrías... organizarte-sola-durante-otra-temporada? —le soltó de corrido una vez que pasó el primer apuro.

«¡Bingo!» Lamentó no tener a su lado a alguien con quien haber apostado lo que su jefa estaba a punto de anunciarle.

—¿Te vas de crucero otra vez?
—No, esta vez no, pero me voy.
—¿De vacaciones?
—A disfrutar del sol.
—¿Cuándo?
—Todavía no lo sé seguro.

No le preguntó cuántos días estaría fuera esta vez ni adónde iba.

—Bien, pero antes deberíamos hablar de un asunto.
—Si lo que quieres es un aumento, la respuesta es sí.

Irene se quedó boquiabierta al escuchar a Mercedes subirle el sueldo sin que se lo hubiera pedido siquiera.

—No era eso. Aunque creo que es una buena idea. —Mercedes se rio como si hubiera dicho algo muy divertido—. Voy a cogerme libre jueves y viernes, como habíamos estipulado. Mucho más ahora que está mi familia por aquí.

—De acuerdo.

—También algún otro día a cuenta de los que me debes. Necesitaré a Julia más a menudo. Se queda en el hotel; ella será mis ojos y mis oídos.

—Vale.

—Me comprometo a estar localizable. Podrá llamarme siempre que surja algún problema. No tengo idea de marcharme muy lejos, así que podré presentarme en el hotel en un par de horas como mucho desde que me avise.

—Estupendo.

—Solo si yo lo considero imprescindible.

—Lo acepto. ¿Alguna cosa más?

—Sí, esos días, y para sustituir el trabajo de Julia, aumentaré las horas de trabajo de Ana y de Santa. No creo que tengan ningún problema, me consta que les vendrá bien un dinero extra.

—¿Lo crees necesario?

—Sí —la cortó Irene—. Santa se encargará de los desayunos y Julia entrará más tarde puesto que se quedará hasta la noche.

—Está bien, lo dejo en tus manos —aceptó y se dio media vuelta para marcharse.

—Hay otra cosa. Quiero libres también el tres y el cuatro de agosto. Son sábado y domingo.

—Pero si esos no...

—No, no me corresponden —la interrumpió de nuevo—, pero trabajo un montón de horas al día. Mi cuñado y el marido de mi amiga vienen desde Bilbao a pasar unos días con ellas y quieren ir a Ribadesella a ver la bajada del Sella. Voy a ir con ellos.

Nada de «me gustaría», «lo necesito», «debería», sino que Irene pronunció un rotundo «voy a».

—¿El tres y el cuatro? —murmuró Mercedes.

—Sí —ratificó, casi con violencia—. Son sábado y domingo —repitió.

—¿Se quedará Julia?

—Como siempre.

—¿Te podrá llamar?

—Ya te he dicho que estaré disponible para las urgencias.

—De acuerdo en ese caso —aceptó al final.

—Bien, si no te importa, tengo muchas cosas que hacer antes de que te vayas —comentó y volvió a sentarse en la silla con la espalda erguida y a concentrarse en los mensajes electrónicos.

Solo se permitió levantar la vista y detener los dedos sobre el teclado cuando sintió cómo su jefa salía de la habitación. Le pareció que aquella parcela de su vida la controlaba a la perfección. Desechó la imagen de Iago de su cabeza y se sintió mucho mejor.

—¿Se te está haciendo tarde, Irene? —le preguntó Leire desde la tumbona.

—¿Tarde? No son más que las doce y cuarto. ¡La noche no ha hecho más que empezar! —proclamó su hermana desde otra hamaca, con un gin-tonic en la mano.

—Para ti que eres la noctámbula mayor del reino, pero Irene se ha levantado antes del amanecer. Si os digo la verdad, yo también estoy cansada.

Irene seguía la discusión de Leire y Luz en la tercera tumbona, que su hermana había trasladado desde el jardín de la casona hasta la extensión de hierba entre la habitación de Irene y la de Iago.

—Ni que tuvierais setenta años; hasta donde yo sé ninguna llega aún a los cuarenta. ¿Nos vamos a las fiestas del pueblo?

—Conmigo no cuentes —rechazó Leire la invitación.

—Mucho menos conmigo —se sumó Irene sin poder abrir los ojos.

—¿Cuándo vuelve «él»?

Irene no tenía que mirar a Luz para saber a quién se refería con aquel «él», pero lo hizo. Se la encontró tal y como imaginaba, con la vista clavada en el ventanal de la habitación de Iago.

—Un día de estos, después del fin de semana. Creo.

—Crees.

—Sí, creo.
—No lo sabes.
—No, no lo sé.
—¿No lo sabes porque no te lo ha dicho, porque no se lo has preguntado o porque te lo ha dicho y no te importa?
—¿Hay alguna diferencia?
—Contesta.
—Iba a llegar mañana por la noche, pero hoy me ha dicho Mercedes que no aparecerá hasta el martes o miércoles.
—¿Alguna razón para el cambio de planes?
—¿Te he dicho acaso que he hablado con él? —se le escapó a Irene de malos modos.
—No.
—Ya tienes la respuesta.
—Estás dolida porque no te ha llamado a ti. Has incumplido la norma número uno del manual de la ligona perfecta: nunca te cuelgues por un tío que no está dispuesto a hacer lo mismo contigo.

Irene se limitó a apretar los labios y a no contestar.
—¿Lo has hecho, Irene?

Esta vez había sido Leire la que se aliaba con su hermana. Debería haber sabido que ambas, no solo su hermana, habían llegado con intención de meter las narices en su vida.

—No se trata solo de sexo, ¿no es cierto? —añadió su hermana.
—Debería valer, ¿verdad? Un encuentro casual, una noche loca —dio dos palmadas en el aire como si se estuviera sacudiendo el polvo— y aquí paz y después gloria.
—O en su defecto, muchas noches locas —apuntó su hermana—. No hay nada que prohíba acostarse con el mismo hombre varias veces seguidas, como tú has hecho.

—Pues debería haberlo —respondió Irene—. Nada de dos veces, una y, después, un «adiós, ha sido todo estupendo, pero tengo prisa» y si te he visto no me acuerdo.

—No podrías hacerlo —intervino Leire—, ninguna podríamos.

—Yo sí —proclamó Luz sin miramientos.

Leire se rio de ella.

—Hace unos años igual podrías haberlo hecho, alguna de esas noches que saliste sin mí.

Luz se volvió hacia su hermana.

—Había veces que la dejaba en casa porque me espantaba todos los peces.

—No digas tonterías —se quejó su amiga—. No le hagas caso, era yo la que no quería salir. Odiaba tener que lidiar con el amigo feo, que era el que me tocaba siempre a mí.

—¡No lo dirás por tu marido, que es un bombón! Porque ahí sí que estuviste espabilada. Se lo guardó para ella sola y, cuando me lo presentó, David ya estaba colado por sus huesos. No tuve ni una sola oportunidad para echarle el lazo.

—¡Como te oiga Martín! —Se rio Irene.

—¿Martín? —intervino Leire—, un santo, es lo que es para soportar a tu hermana después de cinco años de convivencia.

—Leire tiene razón. No te quejes de marido; te tocó una perita en dulce: alto, guapo, atlético y que se codea a todas horas con gente con *glamour*.

—¿*Glamour*? *Glamour* es lo que le doy yo cuando llega a casa cansado de un viaje de trabajo —comentó Luz con voz sugerente y un movimiento sinuoso de cadera.

Las carcajadas de Leire y de Irene se debieron de oír en el puerto de Cudillero.

Su cuñado, Martín, era todo lo que una mujer siempre

había deseado. Como le había dicho a su hermana, lo encontraba atrayente a rabiar. La cámara de fotos, que le acompañaba allí adonde iba, aumentaba aún más el atractivo.

—Como sigas tratándolo así, cualquier día aparece una loba y te lo quita.

—¿Crees que se marcharía con otra? —preguntó Leire, incrédula—. Debe de ser ese *«glamour»* del que habla tu hermana, pero puedo asegurarte que Martín sigue igual de colgado por ella que cuando se reencontraron hace cinco años.

—Tu hermana, pequeña —comentó Luz con voz de pistolero del Oeste a punto de desenfundar—, no es mujer de palabra, sino de hechos.

—Y de enormes pósteres.

La mención de la vez en la que Luz había hecho instalar en la terminal de llegadas del aeropuerto de Bilbao un cartel enorme con la cara de Martín junto a un eslogan de busca y captura no era algo que se olvidara fácilmente. Aún había veces que le paraban por la calle para preguntarle si era él y si la persona que lo buscaba, lo había encontrado.

«Y me ha atado con un lazo al cuello», contestaba él con su mejor humor la mayoría de las veces.

—Bien, pero no estamos aquí para hablar de mí ni de mi hombre sino de ti y del tuyo. Recapitulemos: Iago no está, Irene no sabe cuándo llega porque él no ha tenido la amabilidad de decírselo y no está muy claro que le interese. Lo que sí le interesa, por lo que he podido deducir de sus comentarios tras media botella de alcohol, es que tiene un polvo estupendo. La pregunta es: ¿qué cóctel va a salir con estos ingredientes?

—Nada de cócteles, no saldrá más que uno incoloro, inodoro e insípido, porque he decidido que se va a quedar en un vaso de agua.

—Irene se ha armado de valor y ha decidido dar un paso al frente, digo uno para atrás. La vida es para los valientes —comentó su hermana con una mezcla de ironía y mala intención.

—No todas las relaciones terminan de color de rosa, como la tuya o la de Leire. Los finales tristes también existen, no en las novelas románticas, pero sí en la vida real.

Luz se puso seria y se sentó en la hamaca.

—El problema no es que te alejes de él sino que lo hagas sin ser lo que quieres.

—Estoy cansada —contestó Irene—, cansada de meterme en zona pantanosa todo el rato.

—Así que la relación no va bien.

—El problema no es que no vaya bien, es que no hay relación, solo roce. No sé de qué me extraño; somos como el agua y el aceite.

—A ver si me aclaro —comentó Luz—. ¿Puedes explicarte mejor?

—No tenemos nada que ver.

—¿A qué se dedica?

—Trabaja en un centro de alto rendimiento para deportistas de élite, pertenece al grupo de psicólogos que trabajan con los deportistas, ya sabes, para que no se derrumben ante la presión, para que sepan soportar el fracaso, esas cosas.

—¿Él es deportista? —preguntó Luz, alzando una ceja.

—¿Que si hace deporte? Se pasa el día entero entrenando; nada, corre, monta en bici y rema.

—¿Nada más? Me canso solo de pensarlo —comentó Luz.

—Yo también. Ese es el problema. YO NO HAGO DEPORTE, Y ÉL, NO LEE ni, por lo que sé, va al cine. ¿De qué vamos a hablar?

—De lo mismo de lo que habéis hablado hasta ahora.
—Del hotel.
—¿Y de qué más?
Irene pensó, pensó y pensó. Y se deprimió aún más de lo que estaba.
—Bueno, algo de nosotros y del hotel y de Mercedes. No conozco nada de él, si le gustan los helados, cuándo se corta el pelo, si se ha dejado barba alguna vez, si ha estado casado, si tiene hijos, cuándo hizo la primera comunión, si sabe montar a caballo, si habla inglés, a qué partido vota, si...
—¡Para, para, para, para! —le gritó Luz—. ¿De verdad piensas que hay que saber todo eso para estar a gusto con alguien? —Se dirigió a Leire—. ¿Tú lo sabías de David?
Su amiga movió la cabeza negativamente.
—¿Y tú de Martín? —le preguntó su amiga a Luz.
—Al principio solo sabía que le odiaba y, después, que era un tipo muy divertido. Luego, que era un ladrón de arte. —Irene frunció el ceño al recordar que había estado a punto de perder a su hermana por el lío en el que la había metido su cuñado. Pero la voz de Luz, que seguía hablando, la sacó de sus pensamientos—. Y de repente me di cuenta de que lo quería a mi lado pasara lo que pasase, a pesar de lo que dijera Leire.

Su amiga puso cara de buena, como si el hecho de haberse interpuesto entre Luz y Martín no fuera más que un bulo sin razón de ser, cuando había sido la única culpable de que hubieran puesto siete mil kilómetros de distancia uno del otro.

—No hace falta más —sentenció Leire—. Cariño, me da la impresión de que te dices todo eso para justificar que no estéis juntos.

Irene se puso en pie de un salto.

—Bien, puede que tengáis razón —aceptó. Su hermana y su amiga se miraron con gesto de triunfo—, sin embargo, me da igual. Os aseguro que las cosas no funcionan entre nosotros, lo nuestro no es más que sexo y complicaciones. No quiero problemas, no puedo afrontar más de los que ya tengo. Estoy decidida a cambiar los revolcones de las noches por la tranquilidad de los días.

—Igual si nos dices la verdad sobre esos problemas que dices que tienes y de los que nada sabemos porque nos los has estado ocultando, te entenderíamos algo mejor —le pidió Luz, con la aprobación de Leire.

—No merecen la pena, no quiero aburriros con ellos.

—Ella es así —fue el comentario de Leire—, siempre se guarda las cosas.

—¡Espera! —exclamó Luz y salió corriendo en dirección a su apartamento.

Irene y Leire se miraron una a la otra, extrañadas por su huida. No pasaron tres minutos y ya la tenían de vuelta. Con una botella de whisky en la mano.

—¿Y eso?

—Esto es el instrumento de tortura; el que mienta, bebe. —Las tres sabían que a Irene la lengua se le desataba con dos copas de más—. Pequeña, ya puedes empezar a soltar por esa boquita, quieras o no, te vamos a sacar toda la verdad.

A las dos de la madrugada, cualquiera que hubiera llegado hasta el fondo del jardín se hubiera encontrado con tres jóvenes que reían y lloraban, al unísono o alternativamente, pero siempre juntas.

El doctor Esteban se quitó las gafas, las dejó sobre la mesa y se frotó los ojos. A Iago se le revolvió el estómago. Por su gesto, intuyó que estaba a punto de escuchar una de las peores noticias de su vida.

—Deberías haberme llamado antes.

No le pasó inadvertido que era la primera vez que su médico no le trataba de usted. Un aciago presagio. Todavía no había escuchado la noticia, pero era como si alguien se la estuviera gritando al oído.

—Pero eso es bueno, ¿no? El proceso de recuperación del hueso duele. Lo sé, lo he visto antes en otros.

—Te contestaré con otra pregunta, ¿dirías que eso que sientes forma parte de tu curación?

—Pues... no pensé que fuera importante.

Mentía. Se había convencido de ello. El temor a aquel dolor que le laceraba la pierna le había hecho engañarse.

—No te voy a decir que podíamos haber hecho algo porque no lo sé, pero que siguieras entrenando con el hueso en ese estado solo ha perjudicado la situación.

Para seguir con la explicación, giró la pantalla del ordenador. Iago vio las imágenes de dos de las radiografías que le habían tomado el día siguiente al congreso, cuando regresó de Segovia sin Marina ni Ismael.

—¿Ves esta pequeña línea que hay en la parte superior?

—La veo.

—Es una fisura.

Iago cerró los párpados un instante y tragó saliva. Inspiró hondo, en silencio. El médico no se dio cuenta del desasosiego de su paciente; seguía con la mirada fija en la pantalla. Iago tuvo unos segundos más para controlarse y para que la humedad de los ojos se le secara sin dejar huella de haber existido.

—Reposo absoluto —murmuró para sí.

—No puedo recomendarte otra cosa por ahora; tranquilidad y descanso.

Iago se resistió a decir adiós a lo que llevaba siendo el motor de su vida desde hacía casi dos décadas. La primera de las pruebas a la que había decidido presentarse sería el veinticuatro de agosto. Faltaba aún casi un mes. Igual si tenía suerte...

—¿Durante cuánto tiempo?

—Al menos, tres meses. Después, lo iremos viendo.

—Tengo cuatro semanas. —La declaración de Iago obligó al médico a detener la explicación—. Cuatro semanas para recuperarme y estar en activo.

El doctor Esteban se puso de nuevo las gafas y Iago pensó que era como si alguien plantara nabos para solucionar el problema de tráfico en la ciudad.

—Sabes que es imposible.

—«Necesito» presentarme a una prueba a finales de agosto.

—Ya puedes olvidarte de ella. Tres meses y, después de ese tiempo... veremos.

Iago interpretó aquellas palabras como lo que eran, un nunca. Fue como si le clavaran un cuchillo en medio del estómago.

—No cree que vaya a mejorar.

—Como te dije la vez anterior, el hueso no ha cogido masa en todo este tiempo. Suele hacerlo, pero en tu caso no lo ha hecho. No ha reaccionado al ejercicio, al tiempo, ni a la medicación. No, no creo que mejore.

—No puedo abandonar ahora.

—No es la primera vez que oigo esas palabras de alguien como tú.

—¿Y qué les contesta?

—Que yo solo soy el médico que revisa las lesiones y les pone el tratamiento. El resto no depende de mí. Si lo que buscas es un milagro, no estás en el sitio adecuado.

—Usted no lo entiende, yo soy un deportista, el deporte es mi vida, vivo para el deporte. Tengo treinta y ocho años, todavía me quedan varios de competición. Por suerte, la mía es una disciplina de largo recorrido y puedo reengancharme ahora. Pero si no retomo la competición después de estos dos años de parón, será el final de mi carrera.

El médico se inclinó hacia delante, con las manos unidas, como si fuera a revelarle un secreto.

—Yo lo único que sé es lo que muestran las pruebas. Tal y como tienes el fémur, si no dejas de competir, sufrirás una fisura tras otra. Tendrás que usar bastón mucho antes de que llegues a los cincuenta. Será mejor que te hagas a la idea de que el deporte profesional se terminó para ti.

Aquel día, en Madrid, hubo un terremoto. No apareció en las noticias, ninguna emisora de radio se hizo eco de él. Sin embargo, Iago lo sintió con toda su fuerza porque, cuando el hombre que tenía delante pronunció aquellas palabras, el cielo y el suelo se abrieron y arrojaron sobre él el rayo más devastador y el fuego de los infiernos.

Eran más de las once de la noche cuando encontró las fuerzas para levantarse del sofá. Dos días llevaba tumbado en él, sin comer, sin apenas dormir, con los ojos abiertos y fijos en el techo del salón de su piso. Las palabras «tendrás que usar un bastón» aparecían pintadas en la escayola con chorreantes letras rojas desde hacía cuarenta y ocho horas.

Usar un bastón, con treinta y ocho años. Quedarse cojo, ser un lisiado de por vida.

¿Qué alternativa tenía? Ninguna. Si no acataba las indicaciones del médico se destrozaría la vida, «y si lo hago, también».

Mal asunto. Difícil decisión, una auténtica tortura elegir entre su cuerpo y sus sueños. Fuera lo que fuese lo que decidiera, perdería una parte de sí mismo.

«No te engañes, ya has elegido.» Su lado más débil había ganado la partida.

Echó un vistazo al teléfono que había dejado encima de la mesa. Por sexta vez en aquella larga y desesperante espera venció la tentación de hablar con Irene y contárselo. Tampoco Mercedes le había llamado, al parecer no le preocupaba que llevara dos días desaparecido a pesar de que le había asegurado que el martes estaría de regreso.

Volvió a pensar en Irene y rechazó otra vez llamarla. La última vez que lo había hecho, había sido el último día del congreso. Varias veces, después de todo aquel lío de las fotografías, pero no lo había cogido. Tampoco le había devuelto la llamada. Además, ¿qué iba a decirle? «No soy más que un fracasado.» Ella intentaría consolarlo; le diría que todo estaba bien, que no se preocupara, que se recuperaría, cuando él sabía que todo era mentira. No soportaba ser objeto de lástima de nadie. Le pasaría la mano por la espalda, por el pelo. Lo trataría como a un gatito herido. Decidió dejar el teléfono en silencio y lamerse solo las heridas.

Su carrera se había terminado. Todos aquellos años de esfuerzo y sufrimiento volatilizados en el aire. ¿Para qué? Para nada. El único rastro que quedaría de lo que fue su meta en la vida sería una placa sobre una estantería, un par de vídeos pulgosos y la fotografía de alguno de sus triunfos en el cuadernillo central de un viejo periódico que nadie leería.

Se levantó al fin del sofá. Renqueante, se acercó al termostato del aire acondicionado y lo apagó. Antes de abrir la puerta del balcón, oyó cómo se detenía el ruido del compresor. Parecía un colchón de aire pinchado, desinflándose sin remedio, hasta no ser más que un amasijo de plástico informe y sin futuro.

Como él.

No estaba preparado para aquello. En cuanto abrió la puerta de cristal, se chocó con el espeso muro del bochorno madrileño. Se acodó en la barandilla de hierro con los ojos fijos en la espesura de las copas de los árboles de la Casa de Campo. Habían sido muchos años recorriendo los senderos, corriendo por sus caminos después de amanecer y antes de anochecer. Recordó algunos de los colegas con los que había trabado amistad: Juan Luis, Santiago, Domingo, Kike...; ellos seguirían plantando los pies sobre aquella tierra, pateando el polvo, probando su propia resistencia y superando las metas, esas que alcanzarían más pronto o más tarde, pero a las que llegarían. Y lo harían sin él.

De repente seguir allí, sin hacer nada, se convirtió en una tortura sin sentido. Entró en el piso y llegó hasta su habitación. Cambió el bañador que usaba para estar cómodo en casa por un pantalón corto. Se calzó las deportivas, y de un cajón de la mesilla, sacó un frontal. Sin pensarlo ni un segundo más, salió al portal y bajó las escaleras hasta la calle con la linterna en la mano. El Paseo de la Florida estaba silencioso, apenas había coches. Finales de julio y Madrid ya mostraba señales de vaciarse.

Él era uno de los que se irían, pero antes...

Alcanzó la esquina de la calle con la plaza del Príncipe Pío y bajó las escaleras hacia el río, ligero, como siempre. Cuando cruzó el puente del Rey, fue como si un balón de baloncesto se le instalara en el estómago. Entró por la puerta de la Casa de Campo a paso más lento que otras veces. Refrenó las ganas de cojear. Se colocó la linterna en la frente y la encendió. El haz dibujó una línea de luz delante de él. Tomó aire antes de empezar a correr. Se adaptó al dolor, consciente de que a partir de entonces no sería él el que dirigiera el ritmo de sus pasos, sino aquel enemigo que se le había instalado dentro y que, como no tuviera suerte, llevaría siempre consigo.

Intentó que sus zancadas fueran firmes. Si hubiera sido de día, cualquiera que se hubiera cruzado con él no se imaginaría que aquella era la carrera más importante de su vida. La más importante y la última.

Las pisadas de Iago se marcaban en la tierra y desaparecían al instante tragadas por la oscuridad. La brisa nocturna y los treinta grados harían desaparecer todo rastro de su paso. Y de sus lágrimas.

22

Era el primer día desde que estaba en el hotel que no le costaba levantarse, aunque el despertador había sonado a la misma hora de siempre.

«¡Sarna con gusto no pica!», solía gruñir su madre cuando alguna de ellas se levantaba antes de amanecer para pasar el día con amigos. «Pues no, no pica», se dijo Irene cuando salió de su habitación a las ocho de la mañana más ligera que una mariposa.

—Buena comparación, porque así me siento —dijo en voz alta delante del apartamento de Leire y Luz.

—¿Decías algo? —le preguntó su amiga al tiempo que le abría la puerta sin necesidad de haber llamado.

—Que estoy encantada de que hayáis venido —contestó mientras seguía a Leire al interior.

—Y yo de que por fin haya llegado tu día libre. Empezaba a estar harta de aguantar a tu hermana yo sola.

—No creo. A estas alturas ya estáis mimetizadas la una con la otra. A pesar de lo que hagáis y lo que digáis, no sabríais vivir separadas. Por cierto, ¿dónde está?

—Ahí dentro —Leire señaló el cuarto de baño.

—¡Uf! Pensaba que ibas a decirme que aún no se había levantado.

—Si hubieras llegado tres segundos antes, esa habría sido mi respuesta.

—Es decir, acaba de hacerlo.

—Has dado en el clavo. Menos mal que la he amenazado con marcharnos y dejarla todo el día sola, que si no todavía estaba en la cama.

—Ratifico todo lo que dije el otro día; habría que elevar una instancia a la Iglesia para que canonizaran a mi cuñado.

—¿A quién vais a hacer santo?

Leire e Irene se volvieron hacia el baño, Luz asomaba por la puerta con una toalla alrededor del cuerpo, otra enrollada en la cabeza y la cara llena de crema.

Irene miró a Leire, Leire miró a Irene y ambas hicieron el mismo gesto de desesperación.

—Amén —contestó su amiga a su comentario anterior—. Dime dónde hay que votar, apoyaré la petición.

Ambas ignoraron a su hermana.

—¿Has desayunado?

No, Irene no lo había hecho. Era su día libre y por nada del mundo se acercaría a la cocina no fuera que hubiera alguien con intención de estropearle sus horas de descanso.

—A eso he venido, a mendigar un café con bollos.

—Yo estaba a punto de hacerlo.

—¡¿No vais a esperarme?! —gruñó Luz desde el cuarto de baño.

—Sí —contestó Leire desde la cocina—, pero con el café en el cuerpo.

—¡¿Seréis capaces de dejarme sola?!

—¡Date prisa! —le gritó Irene.

—No le hagas ni caso. Solo la he visto llegar puntual al trabajo los días que quedamos para salir por ahí...

—Eso es porque mi chico me distrae —contestó Luz,

que entraba en la cocina con la ropa puesta y el pelo cepillado.

Irene se quedó completamente perpleja.

—¿Cómo lo has hecho?

—¿Qué, ser como el conejito de Duracell? Solo hay que estar motivada. No saber lo que decís de mí es estímulo suficiente para darme prisa.

—¿Llegar al trabajo también? —preguntó Leire que parecía todavía más sorprendida que ella.

Luz cogió una de las tazas que Leire había dejado sobre la mesa y se sirvió de la cafetera humeante. Se sentó en medio de ambas.

—En ese caso lo que me motiva es poder salir a la hora y dejar de ver la cara de sapo de ese personaje que tengo por jefe.

—No te preocupes, que tienes muchos días por delante para olvidarlo, hermanita.

—No lo tengo muy claro, que esto de que me llevéis a ver paisajitos todo el día no sé si va a conseguir que arrincone al monstruo en una esquina.

Irene estuvo a punto de atragantarse.

—¿Llamas paisajitos a visitar el Parque Nacional de los Picos de Europa?

—Unas montañitas... un lago... *¡pssss!* Probablemente me guste —comentó de forma casual antes de dar un bocado al bizcocho.

—«Seguramente» te guste —puntualizó Leire.

—Si no le gusta, da igual porque va a venir sí o sí.

Luz terminó la primera y dejó la taza en el fregadero.

—Ya estáis tardando. Os doy tres minutos para estar fuera y si no la que se va a marchar sin vosotras, voy a ser yo —las amenazó antes de salir por la puerta.

Tardaron más de veinte en llegar hasta el parking y

estar sentadas en el coche. Irene y Leire, porque dieron las nueve menos cuarto y Luz aún no había aparecido.

Cuando lo hizo, llegó matando. Como siempre.

—A ver si cambiáis el secador del pelo que apenas sale un soplido —fue lo primero de lo que se quejó cuando abrió la puerta.

—Venga, deja de gruñir y arranca de una vez.

Pero en vez de hacerle caso, su hermana abrió la guantera y le dejó un bulto en las piernas.

—Toma, enciende a Rita.

—¿Rita?

Leire se rio desde el asiento de atrás.

—Así es como llama al GPS.

—Es que tiene voz de Rita —contestó Luz con la vista clavada en el camino de salida del hotel.

Irene rio también.

—Lo peor —se dirigió a Leire—, es que tiene razón.

—Sí, eso es lo peor.

Irene enchufó el GPS como su hermana le había indicado y lo encendió.

—Ir a... —iba narrando mientras pulsaba la pantalla— Covadonga... No aparece.

—Irene —la llamó su hermana.

—Espera, voy a probar con Lagos de... Tampoco. ¿Sabe alguien de qué municipio estamos hablando?

—Irene —volvió a decir Luz.

—¿Lo sabes? Me suena que era un Cangas de... algo. ¿Os suena a vosotras? —preguntó de nuevo sin levantar la cabeza de la pantalla.

—Irene —insistió su hermana—, ese hombre con el que vas a dejar de acostarte no será castaño claro con melena y tendrá por casualidad un coche blanco.

—Sí, ¿por qué?

—Porque creo que tu ex novio perdido acaba de regresar.

Debieron de ser menos de tres segundos lo que sus miradas se encontraron. Llena de alegría la de ella, la de él, llena de tristeza. Pero ninguno de los dos supo demostrar el contento por la llegada ni la pesadumbre por la pérdida. Mucho menos, el gozo por el reencuentro.

Ya habían cruzado la verja del hotel e Irene todavía llevaba la desapasionada expresión de él en la memoria.

—¡Espera! —gritó de repente a su hermana.

Luz pisó el freno hasta el fondo y se detuvo nada más salir a la carretera.

—¿Qué te sucede?

Irene había abierto la puerta del copiloto y tenía ya una pierna fuera. Luz echó una ojeada rápida al espejo de la ventanilla. Se relajó cuando vio que no la seguía ningún coche que pudiera chocar contra ellas y llevárselas por delante.

—Marchaos vosotras.

—Sácate la espinita del abandono —fue el consejo de su hermana—. Leire y yo nos divertiremos de lo lindo solas, ¿verdad?

Su amiga no contestó, pero salió de la parte trasera del coche y a todo correr ocupó el lugar al lado de Luz.

—Siempre he querido visitar los Lagos de Enol en pareja. —Y mientras lo decía, le guiñó un ojo a Irene, que todavía aguardaba fuera del vehículo, como si no se decidiera a regresar al hotel.

—Hermanita, cierra la puerta antes de que arranque y te quedes con ella en la mano.

El golpe puso el inicio a su día. Miró a uno y otro lado, esperó a que pasara un Opel Corsa granate y cruzó a todo correr. Las rejas de la puerta de acceso al jardín la vieron entrar dos minutos y treinta segundos después de que saliera.

Pasó de largo por el jardín delantero, dejó atrás la casona, recorrió el sendero hasta el final del jardín trasero y...

El coche estaba vacío, aparcado en su sitio, pero vacío. Se volvió a todo correr y salió del aparcamiento. Lo vio dar la vuelta de los apartamentos y desaparecer en su jardín privado. Corrió para alcanzarlo; sin embargo, no lo logró. Irene no había llegado a la esquina cuando oyó cerrarse la puerta de la habitación de Iago.

Le molestó darse cuenta de que lo seguía como haría un perrito con su amo, se sintió como una niña tonta enamorada de un ídolo del pop. El miedo al rechazo la hizo esperar unos segundos antes de golpear la puerta. Recordó la expresión de su cara al cruzarse sus miradas, triste, serio, grave.

«Será cansancio del viaje.» Al fin y al cabo solo eran las nueve de la mañana, Iago debía de haber salido de Madrid antes de las cuatro de la madrugada para llegar allí a aquellas horas.

Los primeros golpes no dieron resultado, como si no hubiera nadie dentro. Llamó de nuevo.

—¡No necesito que nadie me haga la cama! Silvia, lárgate.

—Soy yo, Irene. —Silencio absoluto—. Iago, ¿me abres?

La respuesta tardó, pero llegó; la puerta se abrió. Un poco.

—¿No te marchabas de excursión?

—He decidido quedarme.

—¿Tendría que alegrarme? —masculló él, parecía enfadado.

No era que Iago fuera un hombre normal, saludable era la palabra que lo definía. Irene nunca lo había visto con aquellas ojeras. Parecía que no había dormido en lustros.

—Tienes mal aspecto.

—Supongo que ya no tengo edad para demasiada fiesta.

—Lo que parece es que acabas de llegar del casting de *El baile de los vampiros*.

—Estoy cansado, voy a echarme un rato —dijo él. Se dio la vuelta y se metió en la habitación.

Irene dudó un momento, sin embargo, Iago no había cerrado la puerta; se coló tras él.

—Entonces, ¿lo has pasado bien?

Él se giró al instante, con una extraña expresión de incredulidad en la cara.

—¿Cómo?

—Has dicho que has estado de fiesta.

—Sí —masculló y le dio la espalda de nuevo—. Muchísima fiesta, sobre todo los últimos días.

—El otro día, cuando hablamos, se escuchaba mucho jaleo. Parecías divertirte con... tus amigos. —«Y tu ex novia.»

—Si tú lo dices...

Iago dio muestra de no querer seguir con aquella conversación y empezó a deshacer la bolsa de viaje.

Irene se metió las manos en los bolsillos antes de decir lo que dijo.

—Así que no me has echado de menos.

Él levantó la cabeza y se la quedó mirando a los ojos con semblante amargo. Apretó los labios antes de hablar.

—No es momento, Irene.

Fue por su tono de voz por lo que supo que algo le pasaba. Se acercó hasta él y le acarició el pelo, la espalda. Iago se apartó de ella como si le quemara su contacto.

—¿Qué sucede?

—No soy un jodido gatito herido para que me consueles.

—Yo no estaba... Pensé que necesitabas...

—¿Nunca has tenido un mal día y ganas de quedarte a solas? —le gruñó él con malos modos.

Irene se quedó cortada.

—No sé, no.

—Claro, tú eres de las que contarían las penas al primero que pase.

A Irene le mortificó que usara contra ella uno de sus secretos, que ella le había confesado en una ocasión. Lo sintió como un ataque a su intimidad.

—Eres un...

—Un cabrón, sí, ya lo sé. Soy un cabrón que no necesita la lástima de nadie. Soy ese cabrón que quiere que le dejen en paz.

Irene tragó saliva e inspiró antes de contestar.

—No te preocupes, no volveré a molestarte. Por lo que veo, separarte de tus amigos y de tu ex no ha sido de tu agrado. Por mí podías haberte quedado con ellos. Para siempre.

Irene no se quedó a esperar, sin embargo, se detuvo en cuanto él volvió a hablar.

—Espera un poco. —Se dio la vuelta y lo vio sentarse sobre la cama con movimientos más de un anciano que de un hombre de su condición—. Estos últimos días están siendo los peores de mi vida.

—¿Qué sucede? —preguntó con el miedo en la garganta de escuchar otro nombre de mujer.

—Soy yo, es mi pierna. Las cosas no van como deben.

Irene retrocedió y se acomodó junto a él. No se atrevió a tocarlo después del rechazo anterior. Iago tenía las manos unidas entre sus rodillas. No las separó sino que las apretó aún más una contra otra.

—¿Cómo lo sabes? ¿Vuelve a dolerte?
—No es el dolor al que temo, pero sí, me duele.
—Seguro que con un poco de reposo... —dijo ella al tiempo que posaba su mano sobre la pierna masculina.
Iago la movió un poco hasta que los dedos de Irene resbalaron por ella y se quedaron colgando en la nada. Otro rechazo.
—Será mejor que me marche a la casa de mis padres.
—No tienes que irte.
—Prefiero estar solo —dijo.
La palabra «solo» se le clavó a Irene en el alma, pero no le sonó como una palabra sino como dos. «Sin ti» resonaba en sus oídos cuando se refugió en su propia habitación.

23

Iago abrió el armario de golpe. El montón de pantalones cortos se juntaron en la bolsa de viaje a la ropa que había traído de Madrid. Las camisetas cayeron encima sin cuidado y, encima de ellas, vació el cajón de la ropa interior. Abrió la otra cremallera de la maleta y la llenó con las cosas de aseo que tenía sobre el lavabo. En otra bolsa, metió los tres pares de deportivas y salió de la habitación con todo ello.

Ni se molestó en abrir el capó del coche. Tiró las bolsas sobre el asiento trasero y se marchó. Al pasar junto a la casona, miró por el retrovisor. Nadie había en la puerta despidiéndole.

Le resultó extraño entrar de nuevo en casa de sus padres. A pesar de que llevaba dos años viviendo en Cudillero, los últimos dos meses y medio pasados en el hotel le parecían ahora toda una vida.

Lo primero que hizo cuando llegó a la casa fue dejar su ropa en la entrada, y lo segundo, subir las persianas hasta arriba. Apenas le había dado tiempo a abrir la llave de paso del agua y a conectar la luz cuando le sonó el móvil.

El corazón se le aceleró al pensar que podía ser Irene. Se le detuvo cuando vio quién era en realidad.

—Hola, Fernando.
—¿Qué haces en tu casa?
—¿Y tú cómo...?

Se acercó a la ventana del antiguo cuarto de sus padres, que ahora era el suyo, y se asomó. Abajo, en medio de la plaza, estaba su amigo, con la mano en alto para llamar su atención.

—¿Me ves?
—Ni que estuviera ciego.
—¿Cuándo has llegado?
—Esta misma mañana.
—Mercedes me dijo que llegarías a principios de la semana, pero como no has pasado por el bar...
—Es que al final tuve que quedarme en Madrid.
—¿Te sucedió algo?
—Nada —mintió Iago—, una cuestión de papeleo en el trabajo. Una cosa, ¿has visto a Mercedes por ahí, ha pasado por el bar?
—Suele hacerlo. ¿Por qué, quieres que le diga algo?
—Solo que voy a quedarme en esta casa. Quiero avisarla para que sepa que mi habitación se queda libre.
—¿No se lo has dicho a Irene?
—Sí.
—¿Te acuerdas lo que me dijiste cuando tenías diecinueve años y te dejó Lorena, aquella novia que tenías tan mona?
—No.
—Yo tampoco, pero ahora tienes el mismo tono de voz que cuando me lo contaste. Hazte un favor, vete a la cocina y abre el armario.

Iago no entendía a qué venía aquello.

—¿Para qué quieres que haga eso?
—Tú hazlo.

Iago salió de la habitación y se encaminó al fondo del pasillo.

—Ya estoy.
—Abre el armario.
—¿Qué armario?
—¿Cuál va a ser? En el que guardas el azúcar. ¿Lo has hecho?
—Sí.
—¿Tienes café?
—Un paquete entero.
—Pon una cafetera y ábreme la puerta. Subo ahora mismo.
—No creo que...

Pero Fernando ya le había colgado. Iago se mesó el pelo, desesperado. Lo último que quería era hablar con una persona amiga. Contarle que había colgado las botas de deporte y que acababa de rechazar a Irene era demasiado. Lo peor era que estaba seguro de no poder callarse. Tenía las dos cosas demasiado cerca de la piel.

—¡Mierda, joder! —exclamó cuando sonó el timbre.

Terminó de enroscar la cafetera y encendió el fuego antes de abrir la puerta. Fernando estaba en lo cierto, iban a necesitar una buena dosis de cafeína. Él, por lo menos.

—Ayer estuvo mi tío en casa —comentó Silvia como de pasada al día siguiente.

Irene no levantó la cabeza de la factura que le habían dado en el vivero por comprar una veintena de begonias para que Héctor sustituyera las que se habían estropeado en el jardín.

—¿Hablas de Fernando?
—Sí, le contó a mi padre cosas sobre Iago.

Estuvo a punto de olvidar lo que tenía entre manos, pero consiguió controlarse y continuó a lo suyo.

—Humm —dijo sin embargo para instarle a Silvia a continuar.

—¿No quieres saberlas?

—Si tú quieres contarlas...

—No puede volver a correr.

Aquella frase alteró a Irene mucho más de lo que esperaba.

—Pero si ayer me dijo... le entendí que era algo temporal.

—No me enteré muy bien, pero la pierna no se le ha curado del todo. Mi tío dice que ya sospechaba algo. Un día se lo encontró en la carretera, se había bajado de la bicicleta y casi no podía andar.

—No tenía ni idea de que era tan grave.

—¿Cómo ibas a saberlo si estás siempre metida aquí, en la cocina, revisando las habitaciones de arriba, comprobando los apartamentos, hablando con los colombianos...?

—Ya vale, ya vale. Lo he entendido: estoy tan ocupada que no me entero de lo que le sucede a la gente que... —«quiero», iba a decir—... me rodea.

Sin embargo, los ojos de Silvia se ablandaron ante sus palabras.

—Bueno, yo tengo mucha suerte porque a mí sí que me haces caso. Me has servido de mucho apoyo.

La cogió de la mano y se la apretó. Irene se alarmó ante la muestra de cariño y la cara de temor de la joven.

—¿Ha sucedido algo? —preguntó, alarmada—. ¿El niño está bien?

—Esta noche se lo diremos a mis padres. Héctor quería venir después de dejar a su abuela en casa, pero le he dicho que prefiero hacerlo sola.

—¿Crees que es lo mejor?

—Me da miedo lo que pueda ocurrir si él está.

Irene puso su otra mano sobre los témpanos de hielo de Silvia. Temblaba. «Y no es para menos.» Como sus padres fueran la mitad de estrictos que su propia madre, la flota asturiana que faenaba en alta mar escucharía los gritos, sin necesidad de usar la radio.

—Lo van a entender —la animó, aun sin saber si sería cierto.

—¿Tú crees?

—Ya lo verás. En cuanto reflexionen y os vean juntos, entenderán lo que sois el uno para el otro. Solo hay que miraros para darse cuenta de cuánto os amáis.

—Les voy a contar lo del trabajo de ambos y que vamos a buscar una casa para vivir.

—Todo saldrá bien —ratificó Irene—. Tus padres te quieren y lo aceptarán a él. Además, no conozco a ningún abuelo que no se muera por tener un nieto. ¿No dicen que los niños vienen siempre con un pan bajo el brazo? El tuyo vendrá con una gran sonrisa y se la contagiará a tus padres.

La ilusión se instaló en la cara de Silvia. Irene deseó que en sus palabras operara la magia y se convirtieran en realidad.

—¿Te parece que será así de fácil?

—Bueno, igual cuesta un rato más —comentó con guasa fingida—. Tendrás que darles un poco de tiempo, pero seguro que lo aceptan al final.

—A veces me gustaría no tener diecisiete años, quisiera ser mayor y tener veinticinco. De esa manera podría hacer lo que quisiera sin tener que escuchar a nadie, como haces tú.

—Las cosas no son así, Silvia —intentó explicarle—. Todo el mundo depende de otro y necesita a los demás. Mírame a mí, ¿crees que yo hago lo que quiero? Mercedes es la dueña de este hotel y yo trabajo para ella. Ella es la que pone el dinero y yo tengo que aceptar lo que ella dice y si no...

—Si no a la calle.

—Eso mismo.

—Bueno, eso es distinto. Esto es un trabajo, pero mira lo tuyo con Iago.

El comentario dejó a Irene descolocada.

—¿Lo mío con Iago?

—Sí, os mirasteis, os gustasteis y ahora estáis juntos. Nadie os ha dicho si podíais o no «hacerlo», a nadie le importa. Vosotros lo habéis hecho y listo.

—Bueno, yo... él... nosotros... Ya no estamos juntos. Creo.

—¿Cómo que no? ¿Cómo que crees?

Irene carraspeó. Se sentía de lo más incómoda hablando de su relación —o-lo-que-fuera— con Silvia.

—Ayer... bueno, que se ha marchado.

—¿Ayer?, pero si acaba de volver.

—Ya ves.

—Ahora lo entiendo; mi tío dice que está muy raro con lo de la pierna, que está deprimido. Eso es lo que pasó, ¿verdad? —Silvia no hizo ni un comentario sobre la sospecha que había sembrado en ella, como si aquella conversación no hubiera existido—. Tú lo viste raro y él, en vez de contarte lo que le ocurría, te lo ocultó y tú te enfadaste porque sabías que escondía algo. A mí también me pasa con Héctor. Siempre me entero cuando no me cuenta lo que le sucede.

Silvia volvió a cogerle una mano y le dio unos golpecitos para animarla.

—Algo de eso hay —concedió Irene, sin pararse a dar más detalles—. No me contó lo de la pierna, de todas maneras ahora pienso que de haberlo hecho no hubieran cambiado las cosas.

—¡Pero, Irene!

—Lo nuestro no es una relación como la vuestra. Vosotros sois felices juntos.

—¿Y vosotros no? Todo el mundo es feliz cuando está con una persona a la que quiere.

—Nosotros cuando nos vemos... —«nos comemos el uno al otro»—... hablamos poco —terminó diciendo.

—Ya.

La sonrisa cómplice de Silvia mostraba a las claras que la había entendido a la perfección.

—Si no hay comunicación, falta todo lo demás.

Ahora Silvia se rio abiertamente de ella y de su forma de hablar.

—¿Si no hay qué?

—Que no hablamos. Como él no me cuenta en realidad lo que siente, yo no puedo consolarle.

—Yo te lo he dicho, ya lo sabes. No tienes razón para no hacerlo esta misma tarde.

Irene salió del paso como pudo.

—Ya sabes cómo es Iago, se marchó del hotel. No creo que quiera el consuelo de nadie.

—Pero es que tú eres alguien y seguro que él necesita que estés a su lado, como yo necesito que Héctor esté conmigo.

—Él es deportista, está acostumbrado a esforzarse, caerse, volverse a levantar y seguir. No creo que quiera mi consuelo ni el de nadie.

—¡No digas tonterías! Tú hazme caso a mí, esta noche le vas a buscar y lo arreglas.

Con esas palabras, desapareció del despacho, tan deprisa que hasta Irene dudó de si había estado y si había mantenido aquella conversación.

«Le vas a buscar y lo arreglas», repiqueteó en su mente.

—Como si fuera así de simple —musitó.

No había ido a buscarlo, ni siquiera le había llamado, ni él a ella. Llevaba un rato sentada en la tumbona en el jardín, fuera de su habitación, con la mirada clavada en los ventanales de la habitación de Iago, que ahora permanecía oscura y distante.

Había robado una manzana de la cocina y la mordisqueaba distraída cuando Luz llegó.

—¿Leyendo un rato? —le preguntó con los ojos fijos en la portada del libro que Irene tenía sobre el estómago.

—Ni una sola línea. Este sitio tiene una influencia negativa sobre mí; no me concentro. Estoy perdiendo mis hábitos de siempre.

—¿Cenando sola? —señaló ahora la manzana mal comida.

—Si quieres compartir cena, tendrás que ir a buscarla a tu propio apartamento.

—No, gracias, toda tuya. Estoy de vacaciones, nada de dieta —rechazó su invitación. Se tumbó en la hamaca de al lado—. He dejado a Leire preparando una cazuela de espaguetis que pienso comerme a tu salud.

Irene se encogió de hombros y levantó la fruta hacia Luz antes de dar otro mordisco.

—¿A qué hora llegan los chicos?

—Dicen que van a salir antes de las siete de la mañana, así que a las diez y pico están aquí. Esto no se lo confesaré nunca a él; pero estoy deseando volver a verlo.

—Suerte tú que tienes un maridín que te quiere.

—¿Sabes una cosa?

—¿Qué?

—Que seas mi hermana pequeña no lo hace más fácil.

—¿De qué estás hablando?

—De las ganas que tengo de levantarme y de darte un buen meneo, por no decir un par de tortas, para ver si espabilas.

—No sé de qué me hablas.
—De lo que haces siempre con los hombres.
—¡Ah, de hombres!
—Sí, de hombres, de «tu» hombre en concreto.
—Iago no es mi hombre.
—Porque no te da la gana.
—Ayer, en cuanto llegó, se marchó del hotel.
—¿Discutisteis?
—Ni tuve oportunidad. Tenía mala cara. Es su pierna, al parecer no evoluciona como debiera.
—Buen momento para consolarle.
—¿Consolarle? —bufó Irene—. Por poco me manda al infierno. Me rehusó, Luz, rechazó mis caricias y mi consuelo.
—Eso es porque está más agobiado de lo que quiere aparentar y tiene miedo de derrumbarse.

Irene no le contó lo que le dolía su rechazo, no le contó que volvía a sentirse indefensa, como la primera vez, como cuando tenía veinte años y aquel terrible problema.

—Además, ya os expliqué el otro día lo que pasaba con él. Si quieres que vuelva a...

Luz levantó la mano para hacerla callar.

—No hace falta que me corees las mil razones por las que no puedes salir con él; puedo repetirte varias de las más absurdas. —Luz comenzó a recitar sin darle tiempo a Irene a contestar—. La primera, tenéis aficiones distintas; la segunda, no os conocéis; la tercera, tu jefa es su prima; la cuarta, no habéis ido nunca juntos al cine, no tienes ni idea de si le gustan las películas de acción o las prefiere de miedo; la quinta, tú odias las palomitas y él las adora; la sexta...

—¡Oye, que yo no he dicho nunca lo de las palomitas! —se quejó Irene.

—Pues si no es eso, habrá sido cualquier otra tontería.

—¡A mí me parecen razones de peso! —replicó de nuevo a Luz.

—¿Sabes lo que es una razón de peso para que él estuviera aquí o tú estuvieras en el pueblo con él? Yo te la diré.

—No quiero oírla.

—Me da igual. La vas a escuchar quieras o no: eres infeliz de esta manera.

Irene dio un suspiro; sin embargo, no contradijo a su hermana.

—La felicidad es una cosa muy subjetiva.

—No me líes con tus razonamientos.

Irene siguió adelante con sus explicaciones.

—Tú y yo somos muy distintas. Tú necesitas hacer cosas diferentes cada día y buscas la aventura detrás de las esquinas de cada calle; yo, en cambio, necesito tenerlo todo controlado. No me gustan las novedades, no me adapto bien a ellas, me cuesta acostumbrarme a los cambios.

—¿Y con todo ello qué me quieres decir?

—Iago no es el hombre que busco. El hombre del que me enamore tiene que ser como yo: alguien que disfrute con la rutina, que sea ordenado y al que le guste la tranquilidad.

—Ya, culto, leído, aburrido y que se pase el invierno en casa con bata y zapatillas de casa. Vamos, un sieso.

—Hay millones de hombres como ese que encuentran pareja todos los años.

—También hay millones de divorcios todos los años. Apuesto a que las parejas no les duran más que un par de meses, lo que tardan en descubrir que los bostezos no se deben a la falta de sueño sino al aburrimiento. De todas maneras, no me lo creo.

—¿No te crees lo que te digo?

—Siempre has sido la más inteligente de las dos, pero desde que he venido y te he oído este discurso que repites a todas horas en cuanto alguien saca el tema, me lo estoy planteando.

—No es un discurso.

—De los malos y, además, preparado. ¿Crees que no me he dado cuenta de lo que te sucede?

—No me sucede nada.

—Estás tan asustada por lo que ese hombre despierta en ti que buscas cualquier excusa para apartarlo de tu lado antes que enfrentarte a ello.

—Yo no le tengo miedo.

—No, claro que no, son tus propias reacciones las que te asustan.

—No soy una cobarde.

—Delante de la gente no, no en tu profesión. Te ponen nuevos retos y tú los asumes. Viniste a este hotel; la dueña lo dejó caer encima de ti y tú lo sujetaste. Pero las cosas son muy distintas cuando se trata de tus sentimientos. Prefieres enterrarlos a veinte metros de profundidad debajo de una lápida de granito que afrontar los vaivenes y las contradicciones de una relación de verdad. ¿Buscas estabilidad, una vida ordenada? Eso de lo que hablas no existe en una pareja, o no debería existir. —Luz se sentó en la hamaca y puso los pies en la hierba—. Dices que yo necesito aventuras y tú rutina, pero no sabes de lo que hablas. Hace cinco años que conocí a Martín y esas aventuras que cuentas dejaron de tener sentido para mí. Ahora tengo una vida muy normal, como esa que describes y que te parece tan maravillosa, pero hay algo que me sucede cuando me despierto por las mañanas y cuando me acuesto por la noche y de lo que no has hablado ni una sola vez. —Irene no dijo ni una sola palabra, apenas podía respirar—. ¿Quieres saber qué es? Todavía me emociono cuando lo miro. Hay días que me pregunto qué he hecho yo para merecer semejante premio.

—Ser tan maravillosa como eres —murmuró Irene, conmovida con las palabras de su hermana.

—Lo que todo el mundo necesita es tener una oportunidad, una sola oportunidad, para ser feliz. Yo ya la he encontrado y nada deseo más que tú también lo hagas, porque eres lo que más quiero en este mundo. —Le cogió la manzana, que Irene todavía sujetaba con pulso tembloroso, y la dejó a un lado. Le acarició la mano sin dejar de mirarla a los ojos—. Es tu vida y no quiero meterme en ella. No hay cosa que más odie de nuestra madre que su empeño en que vayamos por la raya que ella pintó en el suelo para nosotras. Lo que te quiero decir es que esconderse dentro de una concha no siempre es la decisión acertada. Eso te protegerá, sí, de los huracanes que a veces llegan sin avisar y asolan nuestras defensas, pero también te perderás la lluvia de verano, el sol de primavera, el ruido de las hojas secas al ser pisadas, la brisa refrescante; no podrás adivinar las formas en las nubes, no podrás llorar ni reír. No podrás vivir. Yo no quiero eso para nadie y mucho menos para ti. —Se levantó y le dio un beso en la mejilla—. Piénsalo. Hasta mañana, cariño —añadió y se marchó igual de silenciosa a como había llegado.

«Hasta mañana», intentó decir Irene. No le salió la voz.

24

Fernando miró el reloj en cuanto entró en el bar.

—¿No tienes casa o qué? ¿Qué haces aquí a estas horas?

—Lo mismo que todos esos —señaló Iago a los turistas que llenaban el local—. En el cartel pone «Se hacen bocadillos» y yo quiero uno. ¿Algún problema? —se enfrentó a Fernando.

El dueño del bar en vez de ponerse a atenderlo, como hubiera hecho con cualquiera de los clientes, se rio a carcajadas. En su propia cara.

—¿Desde cuándo no cocinas? Hasta hace poco lo hacías, hasta que te fuiste a vivir al hotel. ¿Acaso se te ha olvidado?

—Hoy no me apetecía.

—Ni ayer, que comiste y cenaste aquí. Lo único que has hecho en tu casa es tomarte el café porque para el resto has venido aquí. —A Fernando se le debió de ocurrir una brillante idea porque se le iluminó la cara—. ¿No desayunas en casa?

—Ponme uno de lomo con pimientos —gruñó Iago sin contestar a su pregunta.

—Por tu humor, veo que tampoco tienes compañía a

primera hora de la mañana e intuyo que tampoco por las noches.

—Si quisiera un adivino llamaría a uno de esos programas de la noche de la tele —masculló, al tiempo que le echaba una mirada cansada.

Su amigo entendió que no estaba para bromas y le sirvió una Coca-Cola. Un instante después entró en la cocina.

—¿Cómo vas con la pierna? —le preguntó cuando le colocó el pedido delante.

—Voy, que ya es algo —refunfuñó Iago, echando mano del bocadillo. Eran más de las once de la mañana y todavía no había metido nada en el cuerpo, ni siquiera el café que había mencionado Fernando.

—¿Sigue doliéndote?

—Apenas nada.

—¿No estarás entrenando de nuevo?

—Ya te dije el otro día que no lo iba a hacer.

—Sí, y también me dijiste que era como si hubieras tirado al cubo de la basura una parte de tu vida y que te sentías como una mierda.

—Una parte no es toda la vida —declaró.

Iago se sorprendió de lo excitantes que le parecieron sus propias palabras.

—Ayer te vi con el traje de neopreno y pensé que volvías de hacer cualquier locura.

—Salí con la piragua. —Al ver la cara de susto de su amigo, añadió—: Ejercicio de brazos, nada de piernas. Llegué hasta Isla Ravión y volví.

—Eso para ti es como ir a la vuelta de la esquina. Con ese entrenamiento, este sábado no bajas el Sella ni de broma.

—No voy a ir.

—¿Cómo que no? Será el primer año que te lo pierdes.

—El segundo —masculló Iago.

—Bueno, sí, pero el del accidente no cuenta. No podías ni andar, ¿cómo ibas a remar? Todavía me acuerdo de la bronca que tuvimos tu prima y yo contigo. Tú, empeñado en que te lleváramos hasta allí y te subiéramos a la piragua con la pierna inmovilizada y nosotros diciéndote que te quedabas en la cama sí o sí.

—¡Mira qué suerte! —ironizó Iago—; este año no vais a tener ese problema.

—Este año el que no tiene problemas para participar eres tú. ¿Por qué no vas?

—Porque solo tengo una pierna, igual que hace dos años.

—No jodas, que no es lo mismo. Aquella vez no podías moverte por ti mismo y esta vez sí. ¿No dices que solo necesitas los brazos?

—Me da igual lo que digas, no voy.

—¿Te has desapuntado? —le preguntó Fernando mientras iba al otro lado de la barra a atender a un cliente.

—No, pero no creo que me echen en falta —contestó Iago cuando el chico se marchó hacia la mesa donde se había sentado su acompañante.

Lo vio colocar un vaso en la cesta del lavavajillas.

—Aún te quedan dos días, si te pasas el día entrenando seguro que haces una buena marca.

—He dicho que no voy y no voy.

—No lo entiendo. Vas de un extremo a otro, pasas de ser un adicto al ejercicio a portarte como un jubilado que se limita a darse un paseíto los días que sale el sol. Ahora dime que desaprovechas el resto del día sentado en el sofá, con el mando de la tele a un lado y el periódico en el otro, y me lo creeré.

Aquella burla fue suficiente para Iago. Tiró el resto del bocadillo sobre el plato y dio un puñetazo sobre el mostrador.

—¿Y tú te llamas amigo? ¡No tienes ni idea de lo que

es perder aquello que lo ha significado todo para ti durante tantos años, así que cállate!

Se arrepintió de aquellas palabras nada más pronunciarlas. Cuando rescató de sus recuerdos la imagen de Fernando y de Rosa saliendo de la iglesia. Ella vestía de blanco y a él se le veía el hombre más feliz del mundo. Después, lo vio sentado en el suelo del cementerio, llorando desconsolado, mientras el sepulturero levantaba la pared que tapaba el nicho y los separaba definitivamente uno del otro por el resto de sus vidas.

Su amigo se acercó hasta él. En contra de lo que esperaba, su cara era la de una persona que está en calma consigo mismo.

—Lo sé mejor que nadie, por eso te lo digo. Y por eso te digo también, que serás un cobarde si dejas que esa pierna gobierne tu vida. —Le quitó el refresco a Iago, que todavía no lo había probado, y le dio un trago—. Y ya que estamos, aprovecho para aconsejarte otra cosa —añadió sin soltar el vaso de tubo.

—No quiero oírla.

—Me da igual porque no pienso callarme. Si yo fuera tú, tiraría ese orgullo tuyo al mar, cerraría la puerta del piso de tus padres y me volvería al hotel. Porque como no reacciones, un día de estos cuelgo el cartel de «Cerrado por asunto familiar» y no la vuelves a ver.

Iago le arrebató el vaso y lo apuró del todo.

—No serás capaz.

—Tú espera y verás.

No tuvo que aguardar mucho tiempo para comprobar que Fernando estaba dispuesto a cumplir su amenaza; aún no había terminado con el bocadillo cuando Irene entró en el bar con su hermana y su amiga.

Lo hicieron charlando alegremente, riéndose entre bromas. No quedaba ninguna mesa libre y se acomodaron en la barra. Irene se colocó de espaldas a él. Ni se enteró que estaba allí. En ese momento entraron dos hombres mayores y se situaron en medio, y él pudo mirarla sin que se notara demasiado.

Fernando le hizo un gesto chulesco con la cabeza y se apresuró a atender a las chicas. Pidieron tres cafés; cortado la del pelo rojo, Irene y la otra, con leche.

Fernando les preguntó si querían algo para mojar. Irene rechazó el ofrecimiento, pero las otras le pidieron una tostada con mantequilla y mermelada.

Iago no le quitó la vista de encima. Observó el cuidado con el que rasgaba el sobre del azúcar y contó las veces que le dio vueltas con la cuchara: veintitrés. Se fijó en la tranquilidad con la que cogía la taza y se la llevaba a los labios. Se percató de la atención que ponía en lo que le decía todo el mundo. Sobre todo, cuando le hablaba Fernando.

Irene presentó a su amigo. Iago se enteró que la más alta era su amiga y se llamaba Leire, y la del pelo extravagante era la hermana inoportuna. No les vio el parecido por ningún lado; Irene era más joven, más alta y, le pareció, más sensata. Su hermana no hacía más que hablar. Al parecer, era muy graciosa porque todos, Fernando el que más, se reían con cualquier cosa que decía.

Iago, sin embargo, no tenía ojos más que para Irene. Se había lavado el pelo y no se lo había secado; todavía se le podían ver algunos mechones húmedos en la parte posterior. Había cambiado los pantalones de siempre por una falda blanca y una blusa de tirantes repleta de flores rosas y verdes. La correa de un pequeño bolso marrón le cruzaba la espalda. No podía verle la cara; se la imaginó relajada y divertida, sonriendo en silencio a las ocurrencias de Luz.

Su amigo le echó un par de miradas a él mientras hablaba con ellas, pero ninguna de las chicas se dio cuenta de las intenciones del dueño del bar. Iago hizo un gesto que indicaba que no le importaba que Irene no supiera lo cerca que estaba de ella. Fernando se rio de él desde la distancia.

Aunque la diversión le duró poco a su amigo; las chicas aún no habían terminado su desayuno cuando aparecieron ellos. «Ellos» eran altos y guapos a rabiar. «Ellos» vestían de camiseta y vaqueros, aunque ni sus camisetas estaban tan viejas como se las solía poner él ni los vaqueros tan raídos como los suyos. «Ellos» eran las parejas de «ellas», de Luz y de Leire. Iago respiró cuando vio cómo se les echaban al cuello y los besaban en la boca mientras que Irene se limitaba a comprobar el teléfono móvil a la espera de que las muestras de cariño finalizaran. Sonrió cuando vio aparecer su lado más tímido, y sonrió más aún al evocar las veces que él había visto su lado «menos tímido».

—Qué, ¿envidia, eh? —le susurró Fernando cuando se despegó de Irene y se acercó a donde él estaba.

—Déjame en paz —farfulló de malos modos.

Pero Fernando no estaba dispuesto a hacerle ese favor y señaló a la hermana de Irene, que todavía colgaba de su chico igual que la cámara de fotos que este llevaba al cuello.

—Tú podrías estar haciendo lo mismo con la otra hermana.

Iago se bajó del taburete, era hora de largarse de allí antes de que Fernando hiciera más el ridículo o, lo que era peor, que lograra que lo hiciera él. Le tendió un billete de diez euros.

—Anda, déjate de chorradas y cóbrame.

No lo había pensado, ni siquiera tenía ganas de ir al baño, pero de repente se encontró camino de los servicios del bar. Pasó al lado de Irene y de sus amigos, familia o lo que fuesen, y siguió hasta el fondo. Cuando cerró la puerta detrás de él se arrepintió de lo que había hecho: lucirse. «Una tontería más.» Y todo para que ella lo viera.

Ahora, cuando saliera, tenía que volver a pasar delante de ella y ¿saludarla, hablarle, besarla como decía Fernando?

Empezó a sudar sin razón aparente. Abrió el grifo del lavabo y se mojó la cara varias veces. Arrancó una toalla de papel y se secó después. Todavía esperó un poco antes de decidirse.

Salió de allí con su mejor cara de «deportista convencido de ser futuro ganador». No había alcanzado la mitad del bar cuando vio cómo Irene aparecía ante él. Con las manos en los bolsillos y una sonrisa tímida en la cara. Se había pintado los ojos, los labios le brillaban. Estaba muy muy guapa, muy muy sexy.

—¿Cómo te encuentras? —le preguntó con la preocupación pintada en el rostro—. Es más grave de lo que me dejaste ver, ¿verdad?

Así que lo sabía. Dos días habían pasado y ya sabía que lo de su pierna era definitivo. El cotilleo en los pueblos a veces superaba el nivel de curiosidad y se acercaba más al de enfermedad.

—¿Quién te lo ha dicho?

—No sé, lo he oído por ahí.

Iago no tuvo que pensar demasiado para establecer una conexión directa: Fernando, Silvia e Irene.

—Ya casi no me duele.

—No te estoy preguntando por la pierna, te estoy preguntando por ti.

A Iago dejó de importarle la fisura, el hueso, el músculo o lo que estuviera jodidamente mal porque empezó a dolerle el corazón.

Quería de Irene muchas cosas, empezando por un beso de aquella boca tan apetitosa, pero lo que no quería era que le tuviera lástima; por eso no tuvo más remedio que decir lo que dijo.

—Bien.

—¿Seguro?

—¿Es que nadie va a creerme cuando hablo?

La respuesta fue un zumbido que procedía del bolso de Irene.

—Perdona un momento —le cortó ella y se apresuró a coger el teléfono.

—¿Problemas en el hotel?

—Es el novio de Silvia.

—«Ese» al que has contratado de jardinero y chapuzas varias.

—No le llames así, se llama Héctor y es muy responsable —lo defendió a la vez que pulsaba el botón de rellamada.

—Sí, Héctor. Habla más despacio que no te entiendo. ¿Qué pasa con Silvia? No, no había llegado cuando yo me he ido, pero he imaginado que estaría a punto de hacerlo. ¿Cómo que no ha...? ¿La has llamado a casa?... ¿Sus padres? ¿Se lo dijo ayer? Pero ¿cómo que no te dicen qué pasa con ella? ¡Ay, Dios! No, no te preocupes, yo me acerco. No, no vengas. ¡Héctor! —gritó al móvil—. Mierda, ha colgado.

Iago no pudo contenerse y le rozó el brazo.

—¿Qué sucede?

—Un desastre, eso es lo que sucede. Lo siento, pero tengo que irme —se disculpó con él y se volvió hacia sus amigos a toda prisa—. Tengo que solucionar un problema, idos sin mí.

Su hermana no se conformó.

—Pero...

—Luz, ya te lo explico luego —la cortó seria y, sin embargo, cariñosa.

Iago la vio mirar hacia Fernando, que se metía en la cocina en ese momento. Notó la duda en su rostro. Se acercó a ella.

—¿Cuál es el problema en el hotel?

—No es nada del hotel —dijo sin darle más explicaciones—. ¿Tú sabes dónde vive Silvia?

—Claro, en la plaza de Pedro.

—Descríbeme la casa.

Iago la empujó hacia la puerta.

—Voy a hacer algo mejor; te acompaño y por el camino me cuentas qué le sucede a Silvia.

—No creo que sea buena idea que vengas conmigo —rechazó su ayuda al salir a la calle—. Es un tema muy personal.

Iago echó a andar, seguido por Irene.

—No me importa lo personal que sea, por lo que he oído se avecina una buena bronca en casa de los Campos y tú te vas a meter en medio. No voy a dejar que vayas sola.

—Al padre de Silvia no le va a hacer ninguna gracia verme aparecer por allí y calculo que lo que hagas tú, menos aún. Pensará que la noticia se ha corrido ya por el pueblo —argumentó detrás de él en un intento de convencerle.

—Pues si se supone que sé lo que sucede será mejor que me entere de una vez. Cuéntamelo.

—No voy a hacerlo, no tengo derecho a meterte en...

Iago se detuvo en seco e Irene, que no esperaba que lo hiciera, tropezó con él. La sujetó para que no se cayera. Cuando recobró el equilibrio, la sujetó por la barbilla y la obligó a sostenerle la mirada antes de hablar.

—Quieras o no, ya estoy metido en esto. Voy a ir contigo, así que será mejor que me cuentes lo que ocurre.

Irene resopló antes de empezar a hablar.

—Silvia está embarazada. Se lo dijo ayer a sus padres y ahora no la dejan salir de casa ni siquiera para ir al hotel. Me ha llamado su novio, va camino de su casa para ver si puede hacer algo.

Aquello sí que dejó a Iago sin palabras.

—¡¿Que Silvia qué?!

—¿Ves? No tenía que habértelo contado.

—¡Pero si es una niña! —exclamaba Iago, incapaz de creer lo que acababa de escuchar.

—Una niña de casi dieciocho años, con novio y con trabajo.

—¿Desde cuándo lo sabes?

—Desde hace tiempo —reconoció ella—. La encontré un día en el hotel llorando y me lo contó.

—¿Y no has dicho nada hasta ahora?

—¿Qué querías que hiciera, salir corriendo a chivárselo a sus padres o a Fernando? Era ella la que tenía que hacerlo, no yo.

—¿Sabes lo que van a decirte sus padres?

—Me echarán parte de la culpa —asumió.

—O mucho me equivoco o esa será la reacción de Juan Cruz.

—Ya lo había pensado.

—¿Todavía quieres ir?

—No me queda otro remedio. Héctor va hacia allí —le recordó— y acabas de confirmarme que no puede llegar solo. No me imagino lo que puede hacerle el hermano de Fernando si le ve aparecer.

Iago confirmó la opinión de Irene.

—Sinceramente, yo tampoco. ¿Todavía quieres ir? —repitió él—. Me temo que no va a ser agradable. —Ella asintió. ¿Qué otra cosa podía hacer? Iago le cogió la mano y tiró de ella—. Démonos prisa —dijo.

Salieron corriendo.

Silvia vivía en una pequeña casa de solo dos vecinos. En la parte baja del edificio había una tienda «de todo un poco»; arriba estaban las viviendas.

Las voces se escuchaban desde la calle.

—¿Cómo vamos a entrar? —preguntó Irene, desanimada después de confirmar que el portal estaba cerrado—. Si llamamos al timbre y decimos quiénes somos, no van a abrirnos. Con suerte tampoco habrán abierto a Héctor.

—No las tengo todas conmigo, igual hasta está dentro. Juan Cruz tendrá unas ganas locas de estrangularlo. Le habrá dejado pasar solo para poder hacerlo.

—¿Cómo lo sabes?

—Porque es lo que yo haría si le sucediera algo así a una hija mía.

Irene sacó el teléfono a todo correr.

—¿A quién llamas?

—A Héctor, espero que no haya llegado todavía.

Iago oyó el sonido amortiguado de cuatro, cinco, seis llamadas, pero nadie contestó.

—¿Lo has oído ahí dentro? —preguntó Iago con la vista puesta en las ventanas del primer piso.

—No tengo ni idea. —De nuevo más gritos—. Tenemos que entrar como sea.

—Déjalo de mi cuenta.

Se metió en la tienda e Irene entró detrás de él.

Dentro, había una chica joven, con un par de rastas que le colgaban por la espalda.

—Elisa, ¿tu abuela?

Del fondo del local, le llegó la voz de una mujer mayor.

—¿Quién me busca?

—Señora Pura, soy Iago, el hijo de Fulgencio y de Ana Mari. ¿Puede abrirme la puerta de su casa? Necesito hablar con Juan Cruz.

—¡Ay, sí, hijo, que se oyen muchas voces y a mí me da apuro subir! Elisa, ¿las llaves?

La dueña de la tienda se acercó hasta ellos con un llavero en la mano derecha.

—Precisamente le decía a la abuela que si seguían así, iba a llamar a los municipales. La del portal es esta.

Ni se fijaron en cuál les indicaba y salieron a la carrera.

El portal era estrecho y oscuro. Irene consiguió ver una puerta a la derecha y unas escaleras a la izquierda.

—Arriba —le indicó Iago, que comenzó a subir por delante de ella.

Arriba solo había otra puerta. Irene no tuvo que preguntar si aquella era la casa que buscaban, los sollozos de Silvia traspasaban las paredes.

No había timbre a la vista y Iago comenzó a aporrear la puerta.

Las voces callaron de repente.

—Pu... Pura, ¿eres tú? —se escuchó una voz muy femenina.

Irene supuso que sería la madre de Silvia. Hablar con otra mujer sería más sencillo. Empujó a Iago para hacerse un hueco en el último escalón e intervino antes de que a este le diera tiempo a contestar.

—Soy Irene, la jefa de Silvia. Hoy no se ha presentado en el trabajo y vengo a ver si le ha sucedido algo —justificó su presencia en aquel lugar. Como nadie respondió, continuó—: Estaba preocupada.

Fueron las palabras mágicas. La puerta se abrió hasta atrás con ímpetu y un hombre de entre cuarenta y cinco y cincuenta años apareció ante ella. Tenía el rostro desencajado y los ojos inyectados en sangre.

—¡Usted! —la apuntó—, ¡usted tiene parte de culpa!

Irene dio un paso atrás, aterrorizada ante el ataque

imprevisto. Notó la palma de la mano de Iago en su espalda; no supo si era para insuflarle ánimo o para evitar que huyera y lo dejara solo.

—No creo ser merecedora de una acusación como esa, pero si quiere que hablemos...

Pero el hombre tenía los ojos clavados en el acompañante de Irene. Mostraba el rostro algo más relajado que al abrir la puerta.

—¿Qué haces aquí, Iago? Esto no tiene nada que ver contigo. —Irene observó cómo el hombre se transformaba de nuevo en el protagonista del *Exorcista*—. ¡A él, lo habéis traído, a él! —Miró con la vista clavada en el portal. Se tiró, literalmente, por las escaleras. A punto estuvo de arrastrarlos a Iago y a ella hasta el piso de abajo.

—¡Noooooo! —gritó alguien desde dentro de la casa.

Una sombra pasó a su lado como una exhalación.

Irene apenas tuvo que girar la cabeza hacia el portal para ver que el padre de Silvia se abalanzaba contra Héctor, lo cogía por las solapas y lo estampaba contra la pared con toda la furia del mundo. Silvia golpeaba a su padre con los puños en la espalda mientras que Iago intentaba, sin éxito, separar a los dos hombres. La madre de Silvia, una mujer menuda y delgada, contemplaba la escena desde arriba, con los labios apretados y las manos unidas, frotándoselas sin cesar.

Irene decidió que su presencia era más necesaria abajo que arriba y siguió los pasos del resto.

Cuando se unió a ellos, Iago había conseguido apartar al padre de Silvia de Héctor y lo sujetaba por los brazos.

—Cálmate, Juan Cruz.

—¡Déjame! ¡Voy a matar a ese desgraciado! —Forcejeaba sin conseguir soltarse.

Irene dio las gracias al cielo por que Iago tuviera mucha más fuerza en los brazos que cualquier otra persona.

Otro no hubiera podido controlar la rabia del hermano de Fernando e impedir que siguiera golpeando a Héctor.

Silvia se abalanzó hacia su novio.

—¿Estás bien, te ha hecho daño? —le preguntaba esta sin descanso.

—Sí, ¿y tú, te ha golpeado?

—Bien, estoy bien, bien —le contestó ella.

Pero de lejos se podía ver que no era cierto; estaba más pálida que el papel.

—Yo creo que deberíamos calmarnos y hablar tranquilamente —intervino Irene.

El padre de Silvia cambió de víctima e hizo amago de lanzarse hacia ella, pero Iago lo atrapó con más fuerza.

—¿Calmarnos? ¡No es usted a la que le han hecho un bombo!

—No, no es a mí, pero de nada sirve gritar o desesperarse.

—Tiene diecisiete años. Ese... ese... ¡malnacido! se ha aprovechado de una cría.

—¡No se ha aprovechado! Ya te he dicho... —defendió Silvia a su novio.

—¡Tú, cállate! —gruñó su padre, que parecía haber perdido parte de la furia con el último abrazo de Iago—. ¡Él es un hombre y tú no eres más que una mocosa! ¡Voy a matarlo en cuanto pueda!

Iago intervino en ese momento.

—Juan Cruz, ¿cuántos años tenías cuando empezaste a salir con Margarita?

Irene imaginó que la tal Margarita era la madre de Silvia.

—Veintitrés —contestó la aludida—. Tenía veintitrés y yo quince.

—¡Cállate, Marga!

Marga se calló, pero no así Iago.

—¿Cuántos años tenía ella cuando os acostasteis por primera vez?

Juan Cruz intentó de nuevo sacudírselo, pero no pudo porque Iago le sujetó otra vez los brazos a la espalda.

—¡No te importa!

—Fue el veintitrés de diciembre, el mismo día que yo cumplí los dieciocho —contestó de nuevo la mujer—. No era mucho mayor que Silvia.

Silvia dio un respingo ante la sorprendente noticia e Irene notó cómo se transformaba el ambiente. La crispación disminuyó de intensidad; lo suficiente como para que Iago pusiera un poco de cordura.

—Ahora —anunció— voy a soltarte y nos vamos a portar todos como personas y no como animales. ¿Está claro? —Todos hicieron un gesto afirmativo, todos menos Juan Cruz. Iago le apretó los codos uniéndolos por detrás de él—. ¿Está claro? —repitió.

Aquella segunda vez, el padre de Silvia soltó un gruñido que Irene y el resto de los presentes interpretaron como una respuesta afirmativa.

Iago fue aflojando la presión hasta que lo soltó por completo. Irene no esperó a que el padre se arrepintiera de la promesa arrancada, vio que la madre de Silvia había decidido no quedarse aparte y bajaba las escaleras. Comenzó a hablar para centrar la atención en ella y desviarla de la pareja de jóvenes.

—Margarita —empezó Irene con idea de buscar una aliada en favor de Silvia—, creo que no nos han presentado antes. No hemos tenido la oportunidad de conocernos. —Le tendió una mano—. Soy Irene Ramos, directora de La casona de la Paca —dijo con toda formalidad.

Después se la tendió a Juan Cruz. El padre de Silvia la miró un instante, receloso, pero al fin estiró una mano un poco e Irene se apresuró a apretársela con confianza.

—Sé que no soy quién para estar aquí tratando este tema con ustedes.

—No, no lo es —masculló el hombre.

—Pero tanto Silvia como Héctor son unos de nuestros mejores trabajadores y todo lo que les suceda a ellos afecta al funcionamiento del hotel.

La noticia de que Héctor trabajaba también en el hotel no cayó en saco roto. El hombre se volvió hacia su mujer.

—Así que era verdad. ¿Ves como ella tenía parte de culpa? Los tiene trabajando juntos. ¡Bien podía yo pasarme el día velando para que no se vieran y ella los contrata y los cobija bajo el mismo techo!

Irene retuvo aire para no alterarse más todavía.

—Ellos se quieren y nada de lo que usted haga puede cambiar eso.

—Sí, ya veo cómo quiere «ese» a mi hija ¡y cómo la ha respetado! —se encaró con Héctor.

Iago dio un paso adelante para intervenir si era necesario, pero el padre de Silvia, por fortuna, no fue a más.

—No es una situación sencilla la de su hija y Héctor. Son muy jóvenes e imagino que ustedes estarán pensando que unos irresponsables. Pero por lo que yo les conozco, no hay nada de eso. Ambos quieren a ese niño y han decidido tenerlo.

—¡Faltaría más que se lo quitaran de encima de un zarpazo! ¡Aquí a las duras y a las maduras, aunque el padre sea «ese»... «ese»... indio!

—¡No es un indio, es colombiano, a ver si te enteras! —gritó Silvia, que debía de estar harta de que su padre descalificara a Héctor a todas horas solo por su procedencia.

—¡Pues no sé qué hace aquí y por qué no se ha quedado en su país! —añadió el padre.

Aquello sacó a Irene de sus casillas.

—Todo el mundo tiene derecho a sobrevivir. No hace mucho tiempo, parte de los hombres y mujeres de Asturias emigraron precisamente al país de Héctor en busca de lo mismo que él ha venido a hacer aquí ahora: a trabajar.

—Acuérdate de tu tío Raimundo y de tu tía Alejandra, que se fueron cuando tú eras un niño —intervino la madre de Silvia.

Irene le dio las gracias a la mujer en silencio.

—No seas borrico, Juan Cruz —intervino Iago—. Héctor es un tío de ley, yo confío en él. Este sábado voy a la bajada del Sella y va a ayudarme con la piragua, ¿no es cierto?

Irene no sabía si aquello era cierto o una mentira para minar el rechazo del padre de Silvia por el novio de su hija. Decidió poner su propio grano de arena.

—Yo no conozco mucho al novio de su hija, pero como trabajador mío solo tengo alabanzas para él. Es formal, organizado, meticuloso, no deja el trabajo hasta que ha terminado toda la tarea, presta atención a lo que se le dice y siempre está dispuesto a hacer aquello que se le manda y lo que no se le manda, también. Es, junto con su abuela, el mejor trabajador que tengo.

—¿Su abuela? —preguntó Margarita.

—Héctor vive con su abuela, ¿no lo sabían? —La mujer negó—. La familia de Héctor se mudó al sur, pero él decidió quedarse con ella para cuidarla y protegerla. —Irene se olvidó a propósito de mencionar que para entonces este ya salía con Silvia y que la abuela de Héctor no era una ancianita precisamente—. La mujer es la cocinera del hotel; como les digo, estamos encantados con ambos.

—Ya, pero la abuela no va a tener un hijo, es mi hija la que ha destrozado su vida con esa criatura que está de camino —insistió el hermano de Fernando por si a su mujer se le ablandaba el corazón.

—¡No estoy destrozando nada! —saltó Silvia—. Es mi vida, nuestra vida, y hemos decidido que queremos a ese niño —sollozó.

Irene vio cómo Héctor, a pesar del riesgo que corría de que Juan Cruz lo estampara de nuevo contra la pared, la acomodaba contra su pecho para reconfortarla.

—Señor, yo... —empezó el novio.

—¡Cállate!

—Yo creo que debería escuchar lo que tiene que decirle —le recomendó Irene.

—No me interesa oírlo.

—Pues a mí sí. —Todos se volvieron hacia la madre de Irene, incluida Silvia, que salió del abrazo de Héctor—. Yo sí quiero saber lo que quiere decirnos.

—Yo quiero a su hija, señora. Es lo único que me importa. Bueno, ella y mi abuelita y el niñito que está en camino. Ellos son todo lo que tengo, me moriría sin ellos y los voy a cuidar toda mi vida. Hasta hace poco no tenía trabajo y no podía hacerlo, pero la señorita Irene ha sido como un ángel; confió en mí y no la voy a decepcionar. Voy a trabajar todo lo que pueda para que a mi familia no le falte de nada. Ya van a ver. —De repente fue como si a Héctor le entrara la timidez—. Solo quería «desirles» eso —terminó con un hilo de voz.

—Mi hija no necesita a nadie que le dé de comer —contestó el padre de Silvia de malos modos—. Ella gana su dinero y aquí están sus padres para ponerle un plato en la mesa si es necesario, a ella y a su hijo.

Irene no estaba segura de si aquellas palabras eran una amenaza. Esperaba que Silvia y su novio no se las tomaran como tal, sino como el orgullo herido de un padre que quiere a su hija. Pero Silvia no lo vio de aquella manera.

—¡No vas a separarme de Héctor!

—¡Tú harás lo que yo te mande!
—¡No!
—¡Sí!
—¡No!
—¡He dicho que sí!
Irene se vio obligada a intervenir otra vez.
—Estoy segura de que usted no quiere que su hija sea una desgraciada. Porque eso es lo que sucederá si continúa con su empeño en alejarlos uno de otro. No es fácil, ¿sabe? En realidad es muy difícil tener la felicidad al alcance de la mano y no poder o no saber cogerla. Estoy convencida de que con tesón y mucho empeño conseguiría hacerles desgraciados, lograría que Silvia se quedara con usted y que Héctor se alejara de ella. ¿Ha pensado bien si es eso lo que quiere? —De refilón vio a Iago, que continuaba hasta entonces detrás de Juan Cruz, separarse del grupo, apoyarse en la puerta de la vecina y cruzar los brazos. Alejó de ella la momentánea distracción y prosiguió—: Su hija no se lo perdonará. No hay nada que compense la ausencia del ser amado. A veces pensamos que sí, que el cariño paterno, la amistad o el trabajo pueden hacerlo, pero cuando una se va a la cama y descubre que lo único que desea es tener a su lado a la persona amada y no puede hacer nada para lograrlo, solo quiere meter la cabeza debajo de las mantas y desaparecer. Espero que entienda que ese niño que Silvia lleva dentro no sería nada sin el amor de Héctor, no tendría razón de ser si él no está. Su hija ha sido muy valiente al tomar la decisión de seguir adelante con su embarazo y lo ha hecho exclusivamente por amor, porque es el hijo de la persona que ama. —Irene notó el ahogo de la emoción en la garganta y el escozor de las lágrimas en los ojos. En su vida también hubo otro tiempo, otro hombre, otro niño, otra situación muy distinta. Tragó saliva y continuó—: Sinceramente, creo que

usted es un padre que quiere a su hija y actuará pensando solo en ella. Yo, por mi parte, le garantizo que mientras yo esté en el hotel, Silvia y Héctor continuarán en sus puestos y podrán, de esta manera, hacer frente a su nueva vida en común.

Irene no estaba preparada para lo que vino después; Silvia se echó en sus brazos llorando como una Magdalena y su madre otro tanto de lo mismo. Héctor se acercó a ella y le dio unas palmaditas en la espalda mientras le decía que «siempre le estaría agradecido». El padre de Silvia se quedó plantado en medio del portal sin saber qué hacer.

Al final, fue Iago el que puso un poco de cordura.

—Ya va siendo hora de que Silvia y Héctor empiecen con la tarea por la que Irene les paga —dijo en alto.

La mención del trabajo hizo que las mujeres se secaran las lágrimas y que los hombres se convirtieran en los trabajadores del año.

Después de un «Mucho gusto, señora. Mucho gusto, señor», susurrado por Héctor, Silvia y su novio se marcharon, contentos, pero a todo correr y sin despedirse. Irene no se lo tuvo en cuenta, las cosas habían terminado mucho mejor de lo esperado, pero no era plan de quedarse a ver si el padre de Silvia se lo pensaba mejor y volvía a increpar a Héctor.

Iago e Irene salieron del portal de la casa y vieron a los novios al final de la calle marchándose abrazados hacia el hotel. Irene se quedó sin saber qué hacer ni qué decir.

—¿Un paseo? —sugirió Iago.
—No, gracias —rechazó ella.

Después de la dosis de adrenalina, después de todos aquellos sentimientos mencionados y sentidos, necesitaba un rato a solas. Sabía que si se marchaba con él, no habría vuelta atrás. Ella misma lo había dicho: «No hay nada que compense la ausencia del ser amado.» «Y menos el trabajo.» Tenía que alejarse de Iago. Porque lo que había descrito era lo mismo que le pasaba a ella por las noches. Porque lo necesitaba demasiado.

25

Al final no se había cogido el día libre. Luz, Leire, David y Martín se habían marchado sin ella hacia Luarca y Navia, con idea de llegar incluso hasta Ribadeo. Podría haber cogido su coche y haberse encontrado con ellos, pero había preferido quedarse en el hotel.

Aunque más tranquilo, Iago y ella habían dejado al padre de Silvia todavía muy alterado. En cambio y a pesar de la angustia sufrida, a Silvia se la veía feliz. Resplandecía por las esquinas. Solo por eso ya merecía la pena haber intervenido.

Se aburrió aquella tarde, sin Luz, sin Leire, sin las bromas de su cuñado, sin que Mercedes hiciera aparición —a pesar de su dejadez, nunca pasaba tantos días sin dar señales de vida. ¿No se habría marchado al Caribe sin avisar? Irene hizo memoria; fue capaz de recordar la conversación en la que le decía que se iba a ir, pero no en la que le anunciaba su partida—. Sin Silvia. Irene la entendía, era el primer día desde hacía casi dos meses que podía disfrutar de su novio sin esconderse.

Sin Iago. Después de tantos días, le dolió no tenerlo cerca. Aunque fuera algo elegido por ella misma. Porque era algo decidido por él.

Pasó por la cocina por quinta vez, a pesar de saber que Santa lo tenía todo controlado.

—Señorita Irene, ¿gusta algo que comer? —le preguntó la mujer cuando la vio aparecer de nuevo—. Le preparo lo que desee en un momentito.

—No, muchas gracias, estoy esperando que me llame mi hermana para salir a cenar con ella y con mi cuñado.

Sin embargo, Luz no llamó, se limitó a mandarle una foto junto a un mensaje que decía: «Esto es precioso. Deberías haber venido. No nos esperes levantada.»

—Estupendo, y ahora hasta me quedo sin cenar —se quejó en voz alta.

Decidió que no tenía ganas de aparecer por la cocina y explicarle a Santa que su hermana la había dejado colgada, y se marchó a su habitación. Pero fue llegar y entrarle unas ganas inmensas de salir de allí. Cogió el bolso, una chaqueta por si se le hacía tarde y se metió en el coche.

Cinco minutos más tarde aparcaba en Cudillero.

El pueblo estaba lleno de turistas. No había un solo sitio libre en las terrazas de la plaza. Si quería comer algo, sería de pie, en la barra de alguno de los bares. Le resultó un plan horrible.

Estuvo un rato acodada en la barandilla del camino al espigón nuevo y, después, lo recorrió hasta el final. Fue un buen paseo, acompañada únicamente por sus pensamientos y el sonido del mar chocando con los bloques de cemento del malecón. Recordó que en algún lugar de Galicia —¿o era en Asturias?— el artista Agustín Ibarrola había pintado esos bloques de colores y los imaginó decorando el mar de Cudillero.

Con la mirada en el horizonte volvió a dejar pasar el tiempo. El sol seguía bajando. El mar pasó de azul a naranja. Comenzó a plantearse regresar al pueblo. Paseó la mirada por el camino que tenía que recorrer hasta llegar a él. La plaza seguía repleta. Le dio pereza unirse a ellos, a la alegría de los días de vacaciones de toda aquella gente. Siguió el perfil del acantilado que tenía enfrente hasta llegar al faro, en lo más alto del monte.

No había subido nunca hasta él; en aquel instante le pareció tan buen lugar como cualquier otro. O mejor.

No se cruzó con nadie. Estaba claro que había pasado el «momento cámara de fotos» y había llegado la «hora ¡qué buenos están estos calamares encebollados!».

La subida no era demasiado inclinada, pero el hecho de que la oscuridad fuera atrapando sus pasos y la estrechez del sendero por el que caminaba hicieron que el corazón se le acelerara. Por miedo y por el ejercicio.

Cuando llegó arriba, le palpitaba más de lo debido. «Irene, no te vendría mal hacer ejercicio más a menudo», se dijo. Según lo pensó, lo desechó, como tantísimas veces había hecho a lo largo de los años. No tenía tiempo ni ganas para leer, ¡como para ponerse a sufrir!

El sol ya se había puesto. La decepción aumentó al descubrir que no podía llegar hasta la punta del acantilado. El faro estaba rodeado por un muro y cerrado por una verja de hierro. No se podía pasar.

Se entretuvo unos minutos a mirar el pueblo desde la distancia. Pensó que era un lugar especial; siempre lleno de gente extraña que llegaba, pasaba el día, disfrutaba, reía y se marchaba. Todo el que apareciera por allí pensaría que era un lugar feliz, sin fijarse en las desdichas y los enfados que se escondían dentro de los portales.

Dio un suspiro con la mirada fija en las luces que iluminan las coloridas fachadas de los restaurantes.

Ya se marchaba cuando la vio. La brasa de un cigarro. Alguien fumaba sentado en la estrecha franja de tierra que se extendía a un lado del camino.

Un estremecimiento le recorrió el cuerpo cuando se supo espiada y sola.

—No tienes que quedarte, no por mí.

Se quedó en contra de lo que pensaba y lo que había decidido aquella mañana.

Justo alcanzaba a ver el perfil de Iago. Estaba sentado de espaldas al pueblo, de cara a un mar que se extendía hasta los confines de la tierra, pero que él no miraba. Se acomodó a su lado.

Permanecieron callados durante mucho rato. Las únicas muestras de que él seguía ahí, a su lado, era la luz del cigarro cada vez que le daba una calada y el sonido del humo al salir de los pulmones. Ni una palabra ni un solo movimiento. El nerviosismo de Irene fue *in crescendo* hasta que el silencio fue opresivo. No aguantó más.

—Siempre me extraña cuando te veo fumar. Pensaba que era incompatible con el deporte.

—Lo es.

—Entonces, ¿por qué lo haces?

—Algunas veces por puro deseo de ponerme a prueba y vencer. Me fumo un cigarro y no vuelvo a hacerlo hasta meses después.

—¿Y ahora? ¿Por qué lo haces ahora?

—Es esto o liarme a puñetazos con el primero que se me ponga delante.

A Irene se le encogió el estómago. Se moría de ganas de preguntar si el motivo de esa rabia contenida era ella o su pierna. No lo hizo por miedo a la respuesta. No, en realidad no, no lo hizo por miedo a «su» propia respuesta.

—Ya.

De nuevo el silencio, de nuevo la quietud de la noche, de nuevo los dos, tan cerca y tan lejos a la vez. Irene fue consciente de que al fondo se oía el agitar de las olas; tan rítmico, tan regular, tan tranquilizador.

Se arriesgó de nuevo.

—¿Crees que el padre de Silvia entrará en razón?

—Lo hará con el tiempo.

—Esta mañana ha habido un momento, cuando apareció Héctor en el portal, que pensaba que presenciábamos una tragedia.

—La sangre no ha llegado al río.

—No, menos mal.

—Juan Cruz no es mal tipo, un poco burro, bastante más que su hermano, pero quiere a su hija. Claudicará.

—No sé, aún queda una parte mala, en breve se empezarán a escuchar los cotilleos de la gente.

—Eso sí —afirmó Iago, lacónico.

—Menos mal que la madre parece que está de parte de los chicos.

Iago exhaló la última calada y apagó el cigarro aplastándolo contra la tierra.

—¿Por qué lo has hecho? —le preguntó él un instante después.

—No te entiendo.

—¿Por qué te has involucrado en lo de Silvia?

—¿No está claro?

—No, no lo está.

Irene se sintió analizada y se puso en guardia.

—Porque es mi amiga y la aprecio mucho. Ella tenía un problema y yo he querido colaborar para que las cosas no se complicaran más de lo que estaban. ¿A qué venía esa pregunta?

—Quería saberlo.

—¿Para algo en concreto?

—Claro.

—¿No me lo vas a decir?

—Cosas mías.

—Ya. —De nuevo pasó uno, dos minutos, y de nuevo fue Irene la que rompió el silencio—. Así están las cosas.

—Sí.

—Supongo que no puedo decir que me extrañe; no hemos sido de mucha ayuda ninguno de los dos.

—Más bien de ninguna.

—¿Qué te han dicho los médicos?

—Hay que esperar a que la fisura desaparezca antes de saberlo definitivamente.

—¿Y después?

Iago demoró la respuesta. Irene lo oyó tragar saliva antes de hablar.

—Seré peatón para toda la vida.

—Tendrás que abandonar el deporte.

Respiró hondo dos veces antes de contestar.

—No me lo han dicho con esas palabras, pero sí. Tendré que limitarme a unas carrerillas sin importancia.

—¡Oh, Iago! —Y para darle ánimos posó la mano sobre su brazo.

A pesar de la fresca brisa que llegaba del mar, Irene sintió el calor de su piel. Justo en ese momento, el faro se encendió y barrió el mar con su luz intermitente. La claridad que se hizo a su alrededor posibilitó que Irene pudiera verlo. Tenía la vista perdida en el mar. Durante el tiempo que estuvo mirándolo, él pestañeó varias veces repetidamente e Irene supo que luchaba por contener las lágrimas.

—No es el fin del mundo. El triatlón no es el único deporte. Hay otros —dijo él cuando dominó la congoja.

A Irene le entraron ganas de llorar. Su voz sonaba como la de un niño que repite lo que otros le han dicho para convencerse de que podrá llegar a suceder.

—Seguro que sí, y todos los harás genial.

—Es curioso cómo cambiamos nuestro proceder para adaptarnos a las circunstancias. Hasta hace poco no me imaginaba haciendo otra cosa, y en cambio ahora... Y mírate tú.

—¿Yo?

—Llegaste hace dos meses dispuesta a no tener más problemas que los del hotel y ahora haces de paladín de una chiquilla.

—No sé si tomármelo como una crítica o un halago.

—Si quieres que te diga la verdad, yo tampoco. Supongo que es un halago. Aunque en el cambio yo haya salido perdiendo.

—Te he fallado —asumió Irene. Se echó las manos a la cara y se frotó los ojos—. Lo siento, lo siento, lo siento. Lo nuestro, nuestra historia, ha sido muy rara desde el comienzo. Empezamos por el final y ahora no es fácil llegar al principio. Yo nunca he tenido una relación como esta, donde el caos domina mi mente y me muevo a base de golpes.

—¿De golpes?

—De deseos, de una fuerza interna que me arroja contra ti, llámalo como quieras. Mis otros novios eran mis amigos, los conocía, y a ti, en cambio... si me dijeras que mañana es tu cumpleaños, no tendría ni idea qué comprarte.

Iago rio entre dientes.

—La chica del control —se burló, pero en su voz no había ni pizca de diversión—. Supongo que ese es el problema: yo recorro el camino todo lo deprisa que puedo para llegar a la meta cuanto antes y tú prefieres no llegar nunca, no sea que al cortar la cinta descubras que detrás no hay más que un precipicio y te caigas a él.

—Y en todo ese tiempo solo coincidimos en la salida, ni durante el camino ni a la llegada.

—Estar juntos en el pistoletazo de salida no es suficiente para ti.

—No, no lo es. Creo que para nadie. ¿Para ti?

Iago se encogió de hombros.

—Supongo que tampoco.

Saber que él estaba de acuerdo con ella aligeró la carga que portaba desde que había salido de la casa de Silvia. Irene notó que desaparecía la presión que le oprimía el pecho.

—Es la primera vez que estamos de acuerdo en algo —intentó bromear.

Él volvió la cara hacia ella. Irene no pudo verle la expresión con el faro enfrente de ella.

—No, no es la primera vez —dijo simplemente con la voz más grave que antes.

Le dio miedo preguntar cuál había sido. Demasiado arriesgada la respuesta. El peligro duró poco porque Iago en seguida giró el rostro hacia la inmensidad del mar y se alejó de ella.

Fue el fin de la conversación. Él no volvió a decir nada más, ella tampoco. Irene en varias ocasiones tuvo la determinación de hacer un comentario, pero al verle ajeno a ella, con los ojos fijos en la oscura lejanía, desistió. Unos minutos después, tomó una resolución.

—Se está haciendo tarde —comentó—. Me marcho antes de que mi hermana envíe a la policía local a buscarme.

—Sí, será lo mejor.

Irene no pudo controlarlo y depositó un suave beso en su mejilla.

—Gracias por ser tan maravilloso —susurró con la emoción contenida

Iago aún tenía los ojos cerrados cuando ella se levantó, se dio media vuelta y se marchó.

Abrió los ojos en cuanto la notó partir. Vio su espalda, iluminada por la luz del faro, y la siguió con la vista hasta que la pendiente hacia el pueblo la hizo desaparecer.

Del bolsillo trasero de sus vaqueros, sacó el paquete de tabaco y encendió otro cigarro. Sabía que el bloqueo de su cabeza no desaparecería por más pitillos que se fumara, pero era lo único que se le ocurría hacer.

Era eso o salir corriendo detrás de ella, sujetarla bien y besarla. Como Dios manda. Pero ¿qué ganaría si lo hacía? Quedar como un idiota. Irene había tomado su decisión. Era muy fácil de entender. No lo quería en su vida. Quería orden y tranquilidad y sabía que no lo encontraría con él.

Lo cierto era que él también estaba de acuerdo en eso. Su vida era una mierda, una auténtica mierda. Vivía con el temor de que sus sueños, aquellos a los que había dedicado la vida, se hicieran polvo y desaparecieran. Estaba aterrado entonces, lo seguiría estando durante los siguientes ¿tres meses, tres años? hasta comprobar si recuperaba la pierna. Se conocía, durante aquel período se pasaría los días enfadado, con el mundo y consigo mismo. Con el mundo, por ser él al que le ocurría aquello; consigo mismo, por haber forzado la máquina como lo había hecho. Trabajaba en aquello, sabía a lo que se arriesgaba, pero así y todo no había parado. Solo a un perfecto imbécil se le ocurría entrenar de aquella manera.

No volvería al hotel, se quedaría en el piso de sus padres, rumiando a solas su desgracia. Era lo mejor para Irene. Fingiría ser su amigo. No sería difícil, no tenía por qué cruzársela. Él no iría por la casona, ella no bajaba demasiado al pueblo. Y si alguna vez se encontraban en el bar de Fernando le preguntaría «¿qué tal?», sonreiría, intervendría en la conversación y sería el «amigo» más agradable del mundo. Fingiría que no era más que una conocida y se olvidaría del tacto de su piel, del calor de sus suspiros y de la suavidad de sus besos. Arrinconaría la sensación de euforia que le entraba al verla y apartaría los ojos cuando pasara por su lado.

La olvidaría.

Era lo mejor para él.

Ella quería primero un amigo y luego un amante. Él podía ser su amante, pero no estaba seguro de si lograría ser el amigo que ella necesitaba. Si no podían estar juntos, no como cada uno deseaba, estarían mejor separados.

Sería mejor así, sería mejor para todos.

Pero como Fernando cumpliera su amenaza y se le ocurriera ponerle una mano encima, lo mataría.

26

—Mañana no voy con vosotros —anunció Irene a punto de levantarse del apartamento de su hermana y su cuñado, donde había cenado, para irse a su habitación.
—¡¿Cómo?!
Los ojos de Luz, Martín, Leire y David se clavaron en ella. Su hermana fue la primera en reaccionar.
—¿Qué has dicho?
—Es sábado y me voy a quedar a trabajar.
—Le dijiste a tu jefa que te cogías el día libre porque nos íbamos a ver la bajada del Sella. Ella estaba de acuerdo.
—Ya sé lo que dije y también lo que me dijo Mercedes, pero he decidido no hacerlo.
—¿Por qué?
—Porque sí.
—Luz tiene razón —intervino Leire—; habíamos dicho que iríamos todos, tú también. ¿Cuál es la razón de ese cambio de opinión?
—Prefiero quedarme y ver cómo se organiza Julia.
—Julia lleva dos días llevando el hotel sin ti —añadió Martín, su cuñado.
—Pero yo estaba aquí, al lado. Lo más lejos que me he ido ha sido al faro del pueblo.

Según lo dijo, se arrepintió. «¡Mierda!», se increpó a sí misma.

—¿Al faro? —se interesó su hermana que tenía un radar para pillar sus secretos—. ¿Cuándo has ido tú al faro?

—El jueves, cuando vosotros ya os habías marchado. Tenía el día libre y todavía no había estado.

—¿Fuiste sola?

—Pues claro, ¿con quién iba a ir?

—Eso es lo que quiero que me digas. ¿Con quién fuiste?

—Sola. So-la. S-o-l-a. ¿Entiendes? ¿Entendéis todos? —explicó al resto. Apenas se distinguían sus sonrisillas, pero Irene sabía que estaban.

—Bueno, da igual. Mañana vienes sí o sí —sentenció su hermana.

—No, no voy a ir.

—Dame una razón convincente, una sola, y te dejo en paz.

—Ya os lo he dicho: me da miedo que Julia me necesite y no estar cerca para solucionar el problema.

—¿Cuántas veces te ha llamado en estos dos días?

Irene no tuvo que pensar, conocía la respuesta a la perfección, pero se demoró en contestar porque sabía que perdía.

—Ninguna —reconoció al fin.

—Un punto para mí. Otra excusa.

—Soy la responsable del hotel, tengo que estar al pie del cañón. Sea lo que sea lo que diga la dueña, como suceda algo grave soy yo la que va a tener que darle explicaciones.

En ese momento, como por arte de magia, sonó el teléfono.

—¿Mercedes?

—...

—Sí, mañana era el día que me cogía libre, pero... ah, que ya te acordabas... ¿todo el día? No hace falta porque... Bien, vale. Hasta mañana.

Irene colgó el teléfono y levantó la cabeza. De nuevo tenía cuatro pares de ojos clavados en ella.

—¿Y? —le preguntó Leire.

Irene era incapaz de mentir, menos cuando habían estado atentos a la conversación y se habían enterado de todo.

—Era Mercedes, que se acordaba que mañana yo no iba a estar tampoco y que viene ella.

—Bien, no hay problema entonces, nos vamos todos.

Se levantó del sofá, dispuesta a terminar la conversación.

—No voy a ir, Luz.

—No lo acepto —se enfadó su hermana—. Siguiente excusa y espero que esta vez sea más convincente.

—Siempre soy la quinta en discordia. Estoy segura de que vais a estar más cómodos sin mí.

—¡Vaya bobada!

—Me entra complejo de carabina.

—¡A buenas horas! —exclamó Luz con toda su ironía y su mal humor.

—Eso es una tontería —comentó Leire con mucha más calma.

—Llevas cinco años viniendo con los cuatro a mil sitios —añadió David, el marido de Leire.

—Cuñadita —comentó Martín con simpatía—, creo que este asalto lo tienes perdido.

—No lo sabe ella bien —intervino Luz de nuevo—. Mañana vienes con nosotros. Mercedes estará en el hotel. ¡Que solucione ella los asuntos como hacía antes de que llegaras tú! Olvídate de todas esas tonterías de las carabinas.

—Preferiría quedarme —insistió.

—Ni hablar. —Luz se levantó, la sujetó por un brazo y la llevó hasta la puerta—. Yo sé perfectamente por qué no quieres ir mañana.

Irene dio un respingo.

—¿Sí?

—Porque prefieres esconderte en tu cuarto a lamerte las heridas. ¿Te crees que no me he dado cuenta de que desde el jueves, cuando saliste del bar con Iago para socorrer a Silvia, estás muy rara? Sucedió algo con él, ¿verdad?

—Nada, no sucedió nada. Hablamos, simplemente, como nunca lo habíamos hecho. Fue todo muy tranquilo y civilizado.

—Os despedisteis como amigos —añadió su hermana con sorna.

—Pues sí.

Luz parecía decepcionada.

—No me pega.

—Yo siempre he procurado...

—No lo digo por ti, sino por él. Me ha decepcionado.

—¿Decepcionado?

—Esperaba que fuera lo suficientemente inteligente para no escuchar todas esas memeces que dices de vez en cuando.

—¿Memeces?

—Sí, todo eso sobre tu propia tranquilidad, sobre las relaciones maduras y no sé qué tonterías más.

—¡Pero bueno! ¿Con qué derecho...?

Luz la interrumpió de nuevo.

—Bueno, da igual, es un memo como tú. Deberías pensar en liaros otra vez ya que habéis resultado ser el uno para el otro. —Abrió la puerta y le dio un beso—. Vete a dormir y descansa. Mañana yo misma te despierto. No hay peros que valgan, te vienes con nosotros a ver la bajada del Sella —le dijo al tiempo que la empujaba fuera.

Le cerró la puerta en las narices.

Irene estaba demasiado agitada para volver a llamar y seguir discutiendo con su hermana y el resto de la «familia».

Mientras recorría el jardín camino de su habitación los nervios volvieron a aparecer. Se dijo que eran por el hotel, por alejarse del trabajo durante tanto tiempo sin saber qué sucedía. Pero la realidad era que desde que Iago había dicho en casa de Silvia que él también participaría en la bajada del Sella no se lo había quitado de la cabeza.

—Seguro que fue solo una mentira piadosa para dar su apoyo a Héctor delante de sus futuros suegros.

«Seguro.» Una mentira piadosa. A su hermana le había dicho que habían quedado como amigos, pero por alguna extraña razón no se imaginaba dándole dos besos asépticos en las mejillas cada vez que se encontraran.

—¿Siempre es así?

Se suponía que Héctor tenía que ayudarle a descargar la piragua del techo del coche, pero no lo estaba haciendo; no tenía ojos para observar todo lo que ocurría a su alrededor.

—¿No habías estado nunca? —le preguntó Iago, soltando uno de los enganches y esperando a que el novio de Silvia saliera de su estupor para que le echara una mano.

—Había escuchado de ello, pero no me imaginaba a tanta gente.

Estaban en Arriondas, lugar de salida de la bajada. Ellos y la mitad del planeta. Chicos y chicas disfrazados con todo tipo de ropas cantaban y saltaban por todas partes.

—Llevan de juerga desde anoche. El viernes por la noche se celebra aquí la Fiesta de las piraguas. Seguramente la mayoría no ha parado de beber sidra desde ayer. Esta noche seguirán en Ribadesella.

—¿No intentarán subirse también a una embarcación?

Le hizo gracia la preocupación de su ayudante.

—Probablemente a alguno le vendrá bien acabar en el río para despejar la cabeza. En cuanto salgamos los participantes, el resto se montará en sus coches y saldrán corriendo hasta la costa para estar a la llegada.

—¿Yo también?

—Si no tienes mucho interés en ver al ganador, yo me esperaría un par de horas antes de salir. La caravana que se monta de aquí a Ribadesella suele ser brutal.

—¿Usted cuándo llegará?

—No te preocupes que para cuando tú llegues yo llevaré tiempo allí. Y ahora ayúdame con esto que no tenemos tanto tiempo.

Tenía que presentarse a las once de la mañana en la salida para conseguir la acreditación. Eran poco más de las diez y media, pero casi llegan tarde. Tardaron más de veinte minutos en recorrer menos de cincuenta metros. Sortear a padres, madres, abuelos, niños y todo tipo de jóvenes no era fácil, sobre todo si estos se empeñaban en ponerlo difícil. Los niños les paraban —«¿Vas a ganar?»—; los padres los entretenían —«¿Cuánto tardará el ganador en atravesar la meta?»—, y los abuelos les palmeaban la espalda —«¡Ánimo, valiente!».

La cosa se relajó un poco al llegar a la zona de seguridad, que separaba a los deportistas de los mirones. Iago cargó la piragua en el hombro izquierdo —no se atrevía a poner más peso del necesario sobre su pierna derecha— y se despidió de Héctor.

Fernando se había ofrecido a acompañarlo, pero él había rechazado la ayuda. Delante de Juan Cruz había asegurado que le había pedido a Héctor que le acompañara y no podía desdecirse. Esa era la única razón por la que se presentaba, para que el novio de Silvia le acompañara, aunque Fernando se ufanara de haberle convencido él de participar en la carrera.

Los participantes comenzaban a reunirse en la extensión de hierba y arena al borde del río con la piragua encima. Descendió las escaleras y se colocó donde le había tocado los años anteriores, algo más atrás del puente sobre el Sella.

Azules, rojos, naranjas, amarillos, verdes, rosas. Un sinfín de colores tapizaban el suelo a su alrededor, lleno de piraguas. El nerviosismo se palpaba en el ambiente, en el movimiento y en los ejercicios de estiramiento de hombros y brazos que los competidores hacían sin parar. La mayoría eran hombres, más jóvenes que él, aunque cada año el número de féminas aumentaba de forma notoria y ya empezaban a destacar las coletas y los cuerpos más finos sobre los más musculados.

Media hora antes de la salida empezó a dudar de sí mismo. Pretender hacer veinte kilómetros sin haber entrenado lo suficiente era una locura. Claro que se podía retirar en cualquier momento y nadie se enteraría. «Es lo bueno de ser un don nadie en una competición», aceptó con amargura.

Echó un vistazo a la explanada de arena llena ahora de piraguas. Le rodeaban cientos de adversarios a los que batir. La mayoría llevaba todo el año preparándose para aquello.

Echó un último vistazo a su embarcación en la orilla y se dirigió al borde de la hierba, hacia los cepos para enganchar su pala antes de que dieran la salida.

—¡Eh, tú, que esa es mi posición! —le gritó un chaval de unos veinte años.

Iago se percató por primera vez del número de su dorsal. Aquel año le tocaba salir en «cabeza de carrera».

Le vendría bien. «Al fin y al cabo, estoy lesionado», se alegró.

Se echó la piragua al hombro de nuevo y avanzó hacia la delantera de la playa.

El puente estaba, como siempre, abarrotado de curiosos que querían ver en primera línea cómo todos aquellos locos corrían hasta la orilla, empujaban la piragua dentro del agua, daban un salto y comenzaban a remar como si les fuera la vida en ello. Había bastantes mayores, pero sobre todo muchos niños, vestidos de asturianos y asturianas. Ellas con camisa blanca y falda roja y ellos con chaleco negro, calzones hasta la rodilla, faja roja y la sempiterna montera coronándoles la cabeza.

Pasó por debajo del puente y siguió avanzando por la arena.

No supo qué fue, estaba seguro de que no había sido un grito, sin embargo, algo lo hizo girarse y mirar hacia arriba.

El corazón le comenzó a palpitar más deprisa. Y más aún cuando se dio cuenta de que se estaba comportando como un adolescente. Solo con ver a la hermana de la chica se le aceleraba la sangre y ni siquiera estaba ella.

Luz lo miraba fijamente. Su marido abrazado a ella y, a su lado, apoyados en la barandilla, los otros amigos. Ni aquel ni estos lo habían visto, ella, sí. Tenía los ojos clavados en él y cara de estar protegiendo a sus cachorros.

Iago ignoró aquella mirada de «como toques a mi hermana pequeña, te las verás conmigo» y barrió todas las cabezas a su alrededor en busca precisamente de la hermana pequeña, esa a la que no podía tocar. Ni mirar tampoco, porque no estaba.

Escondió la decepción ante el convencimiento de que Irene se había quedado en el hotel; apartó la vista de Luz y buscó el lugar en el que situar su embarcación.

A pesar de la música, los aplausos, los gritos, los pitos y el final del *Asturias, patria querida*, la apertura de los cepos le pilló desprevenido.

Una montonera de embarcaciones plagaban las aguas del río cuando logró llegar a la orilla. Se metió dentro tarde y mal.

Fatal presagio para la jornada.

—Por fin llegas —exclamó Luz cuando vio aparecer a Irene en medio del prado en el que se habían detenido—. No contestas al teléfono. Estábamos a punto de ir a por ti.

—No sé cómo te ibas a arreglar para llegar de nuevo hasta Arriondas. ¡Menuda locura! Nunca había visto tanta gente junta intentando llegar al mismo sitio a la vez. Por cierto, me he debido de dejar el móvil encima de la cama porque no lo encuentro por ninguna parte y no me suena haberlo metido al bolso. Voy a tener que regresar al hotel. No puedo estar ilocalizable.

Su hermana la sujetó con fuerza del brazo.

—De eso nada, tú te quedas con nosotros. —Metió la mano en el enorme bolso rojo que llevaba, rebuscó durante un rato hasta que encontró lo que buscaba. Sacó su teléfono y se lo tendió—. Tómalo, todo tuyo, esta noche me lo devuelves. Problema resuelto, y ahora ¿dónde has aparcado?

—En medio de un millar de coches. De una cosa estoy segura, no van a robármelo, primero tendrán que llevarse los de todos los demás.

—Tú y tu empeño en venir por tu cuenta. Si hubiéramos traído un solo coche, habrías acabado antes.

—Ya te he dicho que quiero volverme pronto.

—No sé por qué.

—Vale ya, Luz, no tengo ganas de discutir. —Irene

siguió andando hacia la orilla—. ¿Han pasado muchos ya?

—Unos cuantos, y antes de que nosotros llegáramos. ¡Vaya tíos! ¡Van como motos!

Buscó un hueco entre el montón de gente que se había detenido a media bajada para ver pasar a los participantes.

Las piraguas no dejaban de pasar. En su mayoría eran parejas masculinas, sin embargo, también había femeninas. Los que participaban en solitario eran los menos, pero de esas también había.

Las piraguas de dos bajaban a mucha más velocidad que aquellas en las que iba uno solo. Irene imaginó que habría distintas categorías, de otra manera sería de lo más injusto.

—Pues sí que van deprisa —admiró la velocidad en la que daban las paladas. En apenas unos segundos pasaron delante de ellos media docena de embarcaciones—. ¿Cuántos participantes habrá?

—Antes he oído que el año pasado hubo más de mil quinientos —comentó David por encima de los aplausos de los curiosos, que animaban de ese modo a los competidores.

—¿Tú crees? ¿Tantos? —se extrañó Leire un poco más allá.

—Es un concurso internacional, viene gente de todo el mundo.

—No hay más que ver a todas estas personas —constató Irene—. Vaya negocio para los hoteles y los bares de la zona. Con lo que saquen el día de hoy, hacen el año completo.

—Ya te salió la vena. Desde que estás en el hotel, te has convertido en una mujer de negocios —se burló su hermana.

—No digas tonterías. —La empujó para hacerse un hueco mayor y poder ver bien a los piragüistas.

Irene llevaba desde que había llegado buscando a Iago entre los que pasaban por el río. Sin embargo, la pesada de su hermana no la dejaba concentrarse con tanta conversación. Por eso se alegró tanto cuando esta se ofendió, se pegó a Martín y la dejó a ella en paz.

Ya habían pasado muchos de los participantes y seguía sin encontrarlo. Tampoco lo había visto en Arriondas, aunque sabía que estaba. Claro que había llegado tarde, a menos de dos minutos de la salida. Estar estaba, no le cabía duda. Había sido lo primero que le había contado Silvia cuando llegó aquella mañana: que Héctor había acompañado a Iago a la bajada del Sella.

Ante ella pasó una piragua naranja, como la de Iago. Dio un respingo. No era él. Un poco más atrás, había otra, ocupada por una chica rubia. El ritmo de la palada le marcaba todos los músculos. Por un momento sintió envidia. Toda la vida cultivando la mente para que llegara el momento de arrepentirse.

Notó el temblor en la barbilla y la humedad en los ojos. Inspiró hondo, apretó los labios y parpadeó más deprisa de lo normal para alejar el fantasma del arrepentimiento.

—¿Nos vamos hacia Ribadesella antes de que toda esta turba de gente decida moverse? —propuso Martín.

—Espera un momento —pidió Irene sin apartar sus ojos de las piraguas naranjas y de los piragüistas.

—Eso, espera un poco —la apoyó su hermana.

Pero su cuñado no esperó, no para besar a su hermana.

—Confío —oyó Irene que le decía a su mujer— en que tu motivo para no querer moverse no esté relacionado con ese banquete de bíceps que te estás pegando.

Irene sonrió al volver a constatar cómo conocía Martín a Luz y cómo la aceptaba con todos sus defectos, que eran muchos. Eso era amor y lo demás... La embargó la tristeza al pensar en que ella no había podido mantener una relación como la suya, basada en la confianza mutua.

—No pienso confesarlo —contestó su hermana juguetona antes de darle un beso a su marido—. La que espero que esté disfrutando es Irene.

—¡Eh! —entró ella en el juego también—, ¡ni que fuera una solterona desesperada!

—Una solterona no estoy segura, pero un poco desesperada creo que sí —le contestó Luz mientras le daba un empujón.

Casi la manda al río. Estuvo a punto de volar, literalmente.

—¡Ay, ay, ay, ay! —fue lo único que gritó.

Luz se abrazó a ella para sostenerla. Fue lo peor que podía haber hecho, a partir de entonces fueron dos las que movían los brazos para intentar... algo.

Se habrían bañado en las aguas del Sella si no llega a ser por su cuñado que las sujetó a ambas.

—¿Estás bien? —preguntó Irene cuando tuvo claro que seguía con los pies en la tierra.

—¡Uf! Hemos estado cerca —comentó Luz.

—Las hermanas Ramos a punto de convertirse en truchas de río —dijo Martín al tiempo que les pasaba un brazo por los hombros y las besaba en la sien, primero a una y después a otra—. Si lo llego a pensar antes, os dejo caer.

Ellas se miraron a los ojos. El brillo de una sonrisa apareció en la retina de Irene. Y en la de Luz.

Estallaron en carcajadas ante el asombro de la señora de al lado.

27

Palada, giro, palada, giro, palada, giro. Iago movía la cintura rítmicamente a la vez que hundía la pala en el agua. Estaba a mitad de recorrido y le estaba costando más de lo imaginado.

Había al menos una docena de participantes delante de él, y más adelante... ¿quién sabía cuántos estarían?

Se concentró en respirar con lentitud, sin la aceleración propia del que está haciendo un esfuerzo por encima de sus posibilidades. Recorrer veinte kilómetros impulsándose solo con sus brazos no era tan fatigoso. Ya lo había hecho otras veces, el año anterior sin ir más lejos. Apretó los dientes. Lo había hecho antes, sí, pero antes de que la horrible noticia hubiera abierto un boquete en la escalera construida para estar en condiciones de enfrentarse... a lo que fuera.

Volvió a fijar la mirada en los dos tipos que bajaban unos metros por delante de él. La cadencia de la palada y la velocidad con la que se movía la embarcación cada vez que hundían el remo en el agua indicaban que iban muy bien de fuerzas, como para pelear por una plaza entre los primeros.

Jadeó por primera vez y volvió a mirarlos. Iban en

perfectas condiciones, no como él que no iba a poder mantener ese ritmo mucho tiempo más.

La idea de acercarse a la orilla y salir del agua se abrió paso entre el resto de pensamientos. Tendría que asumir que la palabra «fracaso» formaría parte de su diccionario particular a partir de entonces. Solo de imaginarlo se le revolvió el estómago.

No fue premeditado. Sacó la cuchara izquierda de la pala, hundió la derecha y... se quedó quieto. La corriente del río y el impulso anterior hizo que siguiera deslizándose por el agua. Nadie notó la diferencia, nadie sino él.

Era la primera vez en sus treinta y ocho años que tiraba la toalla.

Miró a la gente en los márgenes del río que animaba a los participantes con sus gritos de aliento. No le valían ya. Se sentía frustrado y avergonzado a la vez, como el saltador olímpico que derriba la pértiga una y otra vez muy por debajo de su marca personal. Todas aquellas personas serían testigos de su fracaso. Se imaginó el silencio que se haría al acercarse a la orilla y le entraron ganas de vomitar.

Dio una palada más para disimular ante toda aquella gente. Y otra más cuando se dio cuenta de dónde estaba; un poco más adelante el río giraba a la derecha. Detrás del recodo no era fácil que la gente se pusiera, el terreno estaba demasiado alto sobre el agua y no se veía bien. Se pararía al final de la curva.

Ya veía el lugar. La gente seguía gritando y aplaudiendo. Levantó la pala de nuevo y la colocó sobre sus piernas. Abandonaba. Aquella vez sí.

Un movimiento en la orilla, a su derecha, lo hizo mirar hacia allí. Un hombre y dos mujeres jugaban a tirarse al río. Los vio abrazarse, los vio soltarse y los vio reír. Vio cómo el hombre abrazaba a Irene y la besaba, vio cómo se reía con ella, cómo disfrutaban juntos, confiados y relajados.

Se enfureció. Por no ser el que la abrazaba, por no ser el que la besaba. Por no ser él el que estaba a su lado. Por no ser él el que le alegraba el día.

Sin pensarlo, hundió la cuchara en el agua y orientó la piragua hacia allí.

Irene lo descubrió en ese instante.

Iago no la había visto nunca en ese estado. Ni siquiera era capaz de imaginar que fuera capaz de gritar como una posesa, de saltar como un canguro y de mover las manos como un palmero.

—¡Venga! ¡Vamos, que puedes hacerlo! ¡Rema! ¡Corre! ¡Date prisa! ¡Te espera la meta! ¡Adelante! ¡Sigue! ¡Corre! ¡No te pares! ¡Sigue, sigue, sigue! ¡Iago, sigue y adelanta a todos esos que van por delante de ti! ¡Tú eres de los buenos! ¡Eres el mejor! ¡Lo has demostrado los últimos dos años! —Irene puso las manos a modo de bocina—. ¡Puedes ganar! ¡Cómetelos con patatas!

Irene le animaba, le gritaba, le aplaudía y se le iba la vida en ello.

Iago miró hacia delante. Los de las piraguas contiguas a la suya, algunas de las cuales no había perdido de vista desde que salieron, le habían sacado ventaja.

Desvió de nuevo la mirada hacia la orilla. Irene seguía saltando y empujándole con sus voces, pero sobre todo con su entusiasmo.

De pronto, se sintió distinto. Volvió a notar el cosquilleo de la ambición, el hormigueo de la adrenalina, subiéndole por las piernas y los brazos y concentrándose en la base de su cuello.

Ganar era una palabra preciosa, «la más maravillosa del mundo», rectificó, la segunda más maravillosa del mundo porque la primera era «Irene».

Ganaría, lo haría, pero no por él, no por demostrarse a sí mismo hasta dónde podía llegar. Lo haría por Irene, acababa de revelarle que tenía una confianza ciega en él. Le demostraría que así era.

Ganaría por Irene.

Echó una enorme sonrisa a la mujer que le gritaba desde el borde del agua, metió el remo en el agua y le imprimió todo el impulso que pudo. Lo hizo una, dos veces, tres. La piragua avanzó los metros que había perdido anteriormente.

Las paladas se siguieron con rapidez y entusiasmo, el mismo que ella acababa de insuflarle.

Unos segundos más tarde, apenas medio minuto más, sus gritos se mezclaron con los del resto de seguidores que se arremolinaban en la orilla aguas abajo, pero en la cabeza de Iago resonaban sin medida.

«¡Puedes ganar! ¡Cómetelos!»

Lo haría, se los comería.

Y a ella, después.

CATEGORÍA SÉNIOR — MODALIDAD K1

Gral	Tiempo	Dorsal	NOMBRE
9	01:15:31,44	0103	RODRIGO BLANCO, LUIS
10	01:15:57,18	0035	SÁNCHEZ NÚÑEZ, MANUEL
13	01:15:59,97	0108	LÓPEZ SALMERÓN, DAVID
15	01:17:12,84	0101	RAMALHO, JOSÉ
18	01:17:36,88	1002	IGLESIAS JACA, DIONISIO
21	01:18:06,96	0102	LUIS DE LEÓN, GUILLERMO
27	01:18:09,18	0100	GUTIÉRREZ ÁLVAREZ, ASÍS
30	01:18:33,50	0123	HERNÁNDEZ BLANCO, ÓSCAR
32	01:18:42,20	0083	MARTÍNEZ ALONSO, IAGO
43	01:19:33,72	0104	ARCOS GONZÁLEZ, RODRIGO
45	01:19:41,28	0654	RODRIGO IGLESIAS, BORJA

No había ganado, pero casi. Un honroso puesto entre los diez mejores de la categoría K1, el 32 de la general. La sonrisa no le cabía en la cara.

Estaba tan emocionado que no le importó que el listado fuera solo provisional. Aún se podían mover algunos puestos y sacarle del pódium de los diez mejores. Sinceramente, le daba igual.

Se había esforzado al máximo, lo había dado todo y su cuerpo había reaccionado estupendamente. Se sentía cansadísimo, agotado física y mentalmente, de maravilla, liberado de la losa que le aplastaba hasta no dejarle casi moverse.

Se había demostrado a sí mismo que todavía estaba en pie. A pesar de los pesares. Sin embargo, lo mejor había sido comprender que el problema con la pierna no era tan importante para él como había imaginado. Lo principal, lo verdaderamente valioso, había sido ver a Irene en aquella curva animándolo a seguir, a continuar, a no desfallecer, a intentarlo de nuevo y pese a todo.

La música empezó a tronar por los altavoces. La mayoría de los que habían llegado a la vez que él hacía mucho tiempo que habían sido recogidos por los clubs de piragüismo o por sus amigos y familiares. Ya apenas quedaban participantes en el agua. Los mejor entrenados ya habían terminado y los menos avezados o se habían retirado o se habían quedado en Llovio, lugar de llegada de algunas categorías.

Pero él tenía que esperar a que Héctor llegara con el coche para cargar la piragua antes de moverse. Quiso imaginarse el lugar donde podía estar ahora Irene. «En medio de la fiesta, seguro.» Pocas eran las referencias que tenía de su hermana —esa era otra de las carencias que tendría que solucionar—, pero sabía que le gustaba la juerga muchísimo más que a Irene. Parecía una mujer de las que si se les metía algo en la cabeza, no cedían ni un ápice. «En eso también se parece a Irene.» Si no estaba equivocado, Luz habría conseguido arrastrar al resto de sus acompañantes al lugar de la juerga por excelencia. En Llovio se entregaban los trofeos, en Llovio estaba la comida, la bebida y la gente. Estarían en Llovio, comiendo fabes y arroz con leche y regándose los pies con la sidra que no sabrían escanciar.

—Señor Iago —dijo una voz a su espalda.

Se levantó a todo correr con la pala en la mano.

—No te esperaba tan pronto. ¿Mucho lío para llegar hasta aquí?

Héctor parecía desesperado.

—Nunca imaginé a tantos coches juntos.

—Espera a que estemos entre la gente y te arrepentirás de haber venido.

Pero Héctor, al parecer, tenía prisa por acabar con la tarea de recoger la piragua porque se inclinó y la sujetó por el hueco del asiento.

—Ya la llevamos entre los dos —se ofreció Iago.

—No es necesario. Usted no está bien. —Pareció darse cuenta de que era una noticia de la que igual no tenía que estar enterado—. Me lo dijo Silvia, usted sabe.

No le importó. Como decía el chico, bien sabía que era difícil guardar el secreto en un pueblo como el suyo.

Siguió a Héctor al lugar donde había aparcado.

—Ni un solo rasguño —le mostró el joven con orgullo.

—Como que lo has dejado bien lejos —gruñó mientras miraba el cartel de la estación del tren.

—Para que nadie se lo estropeara —contestó Héctor tan tranquilo mientras subía la embarcación al techo del coche. Como si caminar un kilómetro no fuera nada para él.

El novio de Silvia le entregó las llaves y esperó junto a la puerta a que se acomodara. Solo cuando vio que cerraba la puerta, dio la vuelta al coche y se metió dentro.

—¿Tratándome como a un inválido o como a un señorito de una hacienda colombiana?
—Quería... bueno, yo solo hacía... quería darle las gracias... Usted y la señorita Irene se portaron muy bien con nosotros... el otro día cuando fueron a ayudar a Silvia, y claro...

Iago le tendió una mano como si se acabaran de conocer.

—Si no te importa prefiero que seamos colegas, esta situación me molesta un poco. ¿De acuerdo?

Héctor sonrió tímidamente, pero no tardó en aceptar la mano.

—De acuerdo.
—Bien. —Iago arrancó el motor del coche—. ¿Te gustan las fabes?
—¿Los frijoles? Bien puede apostar a que sí.
—Pues no te hagas muchas ilusiones que con suerte los probamos.
—¿Entonces a qué vamos?
—A comer lo que podamos y a encontrar a gente perdida.

Por la forma en la que lo miró Héctor, Iago supo que lo de su fisura en la pierna no era lo único que su novia le había contado. Aquel colombiano se rio en su cara.

—¿A la señorita Irene?
—También.
—¿Y a quién más?
—Lo tienes a tu lado.

—¡Menos mal que al final no hemos ido a Llovio! Apuesto a que no hay nada que hacer. Por lo que vi en el mapa no es más que un pueblillo rodeado de prados. No entiendo por qué organizan allí la entrega de premios y la comida.

Irene miró a su hermana y después a la multitud que las rodeaba. Llevaban diez minutos esperando en aquel bar improvisado en la Avenida de los marqueses de Argüelles y todavía ninguno de los camareros había reparado en ellas.

—Imagino que se trata de eso —afirmó Irene—, de poder reunir a cuanta más gente mejor. ¿Dónde iban a juntar a toda esa gente que había a lo largo del río? A mí me parece que lo lógico hubiera sido ir, eso es lo que se supone que hay que hacer.

—¿Querías haber ido? ¿Por qué no lo has dicho?

—Porque tú has sugerido venir a Ribadesella y el resto estaba de acuerdo. No voy a ser yo la que dé la nota.

—Estás disgustada, por eso llevas todo el día callada y con cara de vinagre.

—No llevo todo el día así —le discutió a su hermana.

—El único rato que te he visto animada ha sido cuando has visto a ese novio-no-novio.

—¿Crees que habrá llegado?

—¡Pues claro que sí! ¿No has notado cómo remaba? Ahí viene un camarero, no le dejes escapar. ¡Eh, tú, guapo! ¿Quieres hacer el favor de...? Ni me ha mirado.

—Va a ser mejor que nos vayamos. Esto es una locura. No entiendo cómo David y Martín han conseguido los bocadillos de la comida. Hay miles de personas intentando que les atiendan en todos los bares.

—Porque son tíos, porque son altos y porque son guapos.

—Eso sí es verdad —le dio la razón a Luz.

—Y porque han entrado en el bar en el que detrás de la barra solo había chicas. ¡No veas cómo se los comían! Cuando he ido a ayudarles me he encontrado a tres atendiéndoles a la vez.

—¿En serio?

—Las he tenido que espantar. Claro que primero me he asegurado de que los bocadillos estaban encima de la barra.
—Cuéntame cómo...
—No cambies de tema que estábamos con tu novio. ¿Qué vas a hacer después de lo de hoy?

Irene contuvo la respiración antes de contestar. Su hermana, como siempre, había dado en el clavo.

—¿Qué tiene hoy de especial?
—Cuéntamelo tú. ¿Qué te ha sucedido en el río? Nunca te había visto así de emocionada.

Uno de los camareros pasó ante ellas y ni se enteraron.

—Ha sido increíble. Hasta esta mañana creía que no participaba. El otro día, el de la bronca en casa de Silvia, dijo que vendría con Héctor, pero pensé que solo lo hacía para convencer al padre de Silvia de que confiaba en él. No me imaginaba que estaba pensando en competir a pesar de lo de su pierna.

—No me parece que haya ejercitado la pierna de ninguna manera, más bien era un asunto de brazos. Por cierto, no tienes mal ojo a la hora de elegir quién te dé un abrazo. ¿Cómo es que...?

—¡Luz!
—Bueno, bueno, lo dejaremos para otro momento. Creías que no estaba, pero sí estaba... —retomó Luz la conversación.

—Lo he visto de repente, y ¿sabes una cosa?
—¿Qué?
—Me he sentido orgullosa de él. Ha sido muy especial. He pensado: «No hace unos días que se ha enterado de que aquello por lo que ha luchado toda su vida puede quedarse en una quimera y ahí está levantándose de nuevo y peleando como el mejor para llegar.»

—Solo eso. ¿Nada de «este tío que está en la piragua naranja tiene que ser mío y solo mío»?

—¿No es lo mismo que acabo de decirte?

—Lo que yo he escuchado me ha sonado a madre total. ¡Estoy orgullosa de mi hijito, qué ilusión me hace verte triunfar! —exclamó con voz de falsete—. ¡Irene! Deja de racionalizar todos tus sentimientos. ¿No te das cuenta de que te pasas el día diseccionándolos? Déjalos salir de donde los tienes escondidos y échalos al aire para que vuelen. Y vuela tú con ellos. Si él estuviera en una acera y tú en la otra, te quedarías sin cruzar solo porque a alguien se le olvidó colocar un semáforo en ese lugar. Suéltate la melena de una p... ¡maldita! vez y piensa qué habrías hecho con Iago si hubiera bajado de la piragua en ese instante y se hubiese acercado a ti. Esa es la clave. Olvídate de todo lo demás.

Todos los que estaban a su alrededor se habían callado para escuchar la conversación de las dos hermanas. Todavía se oía la música saliendo de los bares, pero no las voces de los más cercanos a ellas.

—¡Vete a la mierda! —fue lo único que pudo contestar Irene antes de marcharse de allí.

Se acercó a donde Martín, David y Leire esperaban.

—Me marcho —anunció—. No sé por qué he venido.

Sin más, se alejó de allí.

—¿Qué ha sucedido? —preguntó Martín en cuanto Luz apareció

—¿Por qué ha tenido que suceder algo?

—Porque te conozco y la conozco a ella. Irene no se iría por nada. ¿Qué ha pasado?

—Lo que tenía que pasar, que ya era hora de que alguien le dijera que suelte ese lastre que lleva a cuestas, que ya era hora de que se dé cuenta de que quedarse siempre en la orilla mirando cómo el resto juega con las olas no es divertido. Mucho menos da la felicidad.

Llegaron al pueblo antes de las siete. Iago se había hartado de niños y viejos, de pucheros cociendo, de que le mojaran los pies con sidra, de la voz que salía de continuo por los altavoces con los nombres de los ganadores, de trofeos y de felicitaciones. Si había aguantado más tiempo era porque Héctor parecía estar pasándoselo bien y porque hasta mucho después de las cinco y media no perdió la esperanza de encontrar a Irene.

—¿Quiere que le ayude a llevar la piragua a su casa? —se ofreció el novio de Silvia cuando detuvo el coche junto al mar en Cudillero.

Iago salió del coche antes de que este soltara los pulpos que sujetaban la embarcación al techo del coche.

—Prefiero que me acompañes a un sitio. Quiero presentarte a alguien.

Héctor nada dijo, lo siguió sin rechistar, «más por hacerme el favor» que por propias ganas. Daba igual, había empezado aquello e iba a intentar que se encarrilara de la mejor manera posible. Irene ya había puesto su granito de arena, ahora le tocaba a él poner el suyo.

Fernando se alegró cuando lo vio entrar en el bar. Aunque le cambió la cara cuando se enteró quién lo acompañaba. No se acercó hasta él como hacía siempre.

—¿No vas a preguntarme qué tal me ha ido?

—Me lo vas a contar igual —contestó su amigo desde el otro lado de la barra.

—El noveno de K1.

—¿Cuántos había?

—Trescientos cuarenta y siete.

Fernando hizo un gesto de no importarle lo más mínimo.

—No has ganado.

—Aunque no te lo creas, he ganado muchas cosas. —Pasó un brazo por el hombro de Héctor—. Un amigo, por ejemplo. Te lo presento.

Fernando observó a su acompañante con desconfianza. Iago notó cómo el futuro sobrino de Fernando se encogía bajo su mirada.

—Ya lo conozco. De vista.

—No seas capullo.

En contra de lo que había pensado que haría, Fernando se acercó; de mala gana, pero lo hizo.

—Héctor, este es el tío de Silvia y mi mejor amigo.

—Mucho gusto —susurró este.

Su amigo nada dijo, fue suficiente con lo que hizo. Aquella mano tendida por encima de la barra sustituía cualquier palabra. «Valdrá por ahora.» Como Héctor no parecía reaccionar a la sutil bienvenida del tío de su novia, le dio un empujón con el codo. Un ligero apretón de manos. Aquella pequeña satisfacción le sirvió para restar la frustración con la que había regresado de Ribadesella y de Llovio.

—Ponme dos cervezas.

Fernando sacó dos jarras de debajo de la barra.

—Así que no has ganado. Eres un vejestorio.

—Y tú, un bocazas. Este año entre los diez primeros, espera a que el año que viene le quite el cero de detrás.

—¿Qué te apuestas a que no lo consigues? —le desafió mientras abría el grifo de la cerveza y dejaba caer la espuma.

—¿Qué te apuestas a que lo hago?

Fernando colocó la primera jarra delante de él y la segunda delante de Héctor.

—Voy a esperar a ver qué sucede con lo otro que tenemos a medias y, dependiendo del resultado, lo pienso.

—¿Qué otra apuesta? No tenemos ninguna.

Su amigo miró de reojo a Héctor.

—¿Tú lo has visto remar?

El chico pareció impresionado por que Fernando le dirigiera la palabra y le costó reaccionar.

—La verdad es que no. Yo... estaba con el coche. Era mi trabajo.

—Apuesto a que se ha bajado en el primer recodo, lo has recogido y lo has llevado hasta poco antes de la meta.

Héctor se alteró ante la idea de que les estuviera tildando de tramposos a Iago y a él.

—¿Cómo cree usted que...?

—No te preocupes, nos está tomando el pelo.

Héctor parecía fuera de lugar, dijo algo sobre llamar por teléfono y salió a la calle.

—No tienes testigos de haber llegado por tus propios medios.

—No dirías eso si hubieras visto cómo me animaba Irene.

Una media sonrisa burlona se pintó en la cara de Fernando. Iago supo que había caído en la trampa como un imbécil.

—Así que estaba —dijo con voz sugerente.

—Estaba.

—Y te animó.

—Lo hizo.

—Mucho.

—Más que mucho.

—Quería que ganaras.

—Con todas sus fuerzas.

La carcajada hizo volverse al resto del bar hacia ellos.

—Eso me lo dices porque te amenacé con quitártela.

—No vas a poder hacerlo.

—Estás muy seguro de eso.

Lo estaba. Se lo había visto en los ojos, lo había notado en su voz, en su piel resplandeciente, en su boca, en sus labios, en sus dientes, en su garganta, en las manos agitándose desenfrenadas. Ella que era la contención en persona. Siempre, menos en aquel momento. Toda ella le había transmitido el entusiasmo.

Ella. Lo había hecho por ella. Había ganado por ella. Ella le había dado el impulso, la valentía, el empujón definitivo. Ella le había puesto las alas.

No lo habría logrado sin ella.

Se dijo que aquello que había visto en sus ojos no había sido la alegría del padre, del hermano, del amigo. Había salido de su necesidad por que él ganara, por que lograra su sueño, por saberle feliz. Si aquello no era amor, que bajara aquel que habitaba más allá de las nubes y se lo dijera.

—Lo estoy, completamente seguro. —Sacó del bolsillo un billete de cinco euros y lo dejó encima de la mesa—. Cóbrame lo de los dos. El resto, para el bote.

Dio un largo trago y se levantó del taburete.

—¿Adónde vas? —le gritó Fernando cuando lo vio alcanzar la puerta.

—A hacer que muerdas el polvo. —Pasó al lado de Héctor con paso ligero—. Tómatela a mi salud. Ya está pagada.

Héctor no llegó a pronunciar la primera sílaba de la pregunta y él ya estaba abriendo la puerta de su coche. Un minuto más tarde, pasaba por el hotel y dos después tomaba la carretera N-632 camino de Ribadesella.

28

A Irene le hubiera encantado llegar al hotel cuanto antes. Pero tuvo que aguantarse y tragarse un atasco de parecidas dimensiones al de la mañana. Miró al carril que llevaba de vuelta a Ribadesella, más vacío que las playas del Cantábrico en pleno invierno. El carril por el que ella conducía en cambio...

Nada más pensarlo, el Peugeut 307 gris tras el que iba se movió. Irene metió primera, levantó el pie del embrague y arrancó. Despacio al principio, mejor luego y menos de tres minutos después circulaba a noventa kilómetros por hora. Siempre pasaba lo mismo, imposible averiguar qué o quién hacía que se formaran las caravanas.

No tener que preocuparse de la distancia que mantenía con el coche precedente dejó a su mente libre para recordar el rapapolvo de su hermana. Se puso de mal humor. De muy mal humor.

Manipuló los mandos del volante para conectar la radio y buscar una emisora con noticias. No quería poner música. Escuchar a un locutor cualquiera contando desgracias ajenas era lo mejor para olvidar las penas propias.

Quiso poner la radio; sin embargo, saltó el reproductor de CD. Se juró que en cuanto parara el coche aprendería cómo funcionaba aquel trasto. Alargó la mano hasta el centro del salpicadero y a base de miradas rápidas y de toquetear a ciegas consiguió conectarla. «Música no.» Volvió a palpar. «Más música, tampoco.» De nuevo a dar a los botones y de nuevo a no acertar. Bajó la cabeza un instante, lo suficiente para lograr pulsar el botón que buscaba.

De refilón, vio una sombra ante ella. Fue el instinto lo que la llevó a pisar el freno a fondo y a aferrarse al volante como una posesa.

El coche se deslizó unos metros antes de detenerse.

Un niño de unos cinco o seis años la miraba muy serio desde el centro de la calzada. Calculó que no estaba a más de un metro de distancia de los focos de su coche. Había estado a punto de atropellarlo.

Se le había parado el corazón. Se había muerto. Espera, no, no se había muerto, en realidad le latía desaforado. Tan deprisa que era incapaz de seguir el ritmo de sus latidos.

El niño parpadeó un par de veces con los ojos fijos en los suyos. La expresión hierática, los brazos caídos. No se movía, parecía de piedra. Si no llega a ser porque se sostenía en pie, habría pensado que lo había matado del susto.

Cuando fue consciente de lo que había estado a punto de suceder por no ir atenta a la carretera, soltó el volante y se llevó las manos a la cara.

Su movimiento debió de hacer despertar al niño del susto porque vio cómo se movía y se alejaba. Cruzó el otro carril, completamente vacío de coches, y se metió entre la hierba a todo correr. Cogió algo del suelo: un bulto color beis, con patas y cola. No tuvo que esperar nada para ver qué era en realidad. El niño atravesó de nuevo la carretera por delante de su coche.

Un cachorro de labrador le lavaba la cara a besos.

El chiquillo se paró otra vez ante ella. Serio al principio. El perro le dio otro lametón y todo cambió. Contento en grado sumo, era lo que reflejaba su rostro. Levantó un momento al perro y se lo mostró. La sonrisa de aquel niño era lo más luminoso que había visto en los últimos tiempos. El orgullo de haber rescatado a su amigo desbordaba sus pupilas.

Alguien pitó por detrás. El niño echó a correr y regresó al terreno del que había salido.

Irene lo siguió con la mirada hasta ver cómo se reencontraba con su familia. Y mientras, solo podía pensar en que a aquel niño no le habían hecho falta los semáforos. Apenas levantaba tres palmos del suelo y se había atrevido a cruzar la carretera para acudir en ayuda de lo que más quería. No como ella que había elegido la seguridad de la acera antes que la incertidumbre de la calzada, perdiendo, quizá, la posibilidad de disfrutar de lo que la esperaba al otro lado de la vía.

Un claxon volvió a sonar en algún lugar e Irene fue consciente de que era ella la que estaba deteniendo el tráfico. Intentó arrancar. Le temblaban las manos, y la pierna. Giró la llave y metió la marcha. Sin embargo, no pudo avanzar. Las ganas de ponerse a llorar eran demasiado intensas. Unos metros delante reconoció el lugar; el mismo en el que habían parado por la mañana para ver pasar a los piragüistas, el lugar donde había visto a Iago.

Sin pensarlo, se hizo a un lado y se detuvo.

Tardó bastante tiempo en bajar del coche. Le costó reponerse. No dejaba de pensar en la última mirada de aquel niño. Resonaba en su mente como un grito: «¡arriésgate», le decía, «¡arriésgate a cruzar!».

Iago vio el coche de Irene cuando ya había pasado de largo. Tuvo que seguir un par de kilómetros más hasta que encontró un lugar en el que dar la vuelta. Aparcó detrás de donde ella lo había hecho, pero no la encontró por ningún lado.

A su derecha, se abría una zona llena de maleza. No se veía a nadie. Algo le dijo que Irene no andaría muy lejos. Siguió un sendero de hierbas aplastadas, hecho gracias a las pisadas de los visitantes de la mañana; se acercó a la orilla.

Distinguió el agua antes de encontrarla a ella. Estaba en el mismo lugar en el que la había visto. Solo que entonces estaba de pie, alegre, eufórica. Viva. Y ahora estaba sentada, melancólica. Apagada.

Le dolió el corazón y le entraron ganas de echar a correr, abrazarla y apretarla muy fuerte contra él. Sin embargo, se quedó quieto, con miedo a que se diera la vuelta, lo descubriera y volviera la mirada al agua, apartándola de él.

¿Desde cuándo?, se preguntó, ¿desde cuándo era tan cobarde? Desde aquella misma mañana en la que había descubierto que ella le importaba demasiado, que quería seguir adelante únicamente porque ella también lo quería, que quería estar a su lado solo para hacerla feliz. Aquella certeza lo había convertido en un hombre temeroso. Le daba pavor encontrarla en una situación y con un talante diferente al que le había visto durante la bajada del río.

Sin acercarse lo suficiente para no ser descubierto, siguió con la vista sus movimientos. Irene dejó el bolso un poco más allá, sobre una roca de mayor tamaño que las otras. Después cogió una piedra y la lanzó al río. Iago observó las ondas que se formaron en el agua mientras se alejaban unas de otras hasta desaparecer. El fin de la última ondulación fue el inicio de su decisión.

Volvió a posar los ojos en su espalda y se alejó poco a poco y sin darse la vuelta.

Irene había perdido la cuenta de las piedras que había tirado y que se habían ido directamente al fondo. Como el lastre que ella misma se había impuesto y del que deseaba desprenderse. Con todas sus fuerzas.

Arrojó otra más. La furia que había ido acumulando hizo que se fuera más lejos que las anteriores. Alargó la mano y cogió otra. La lanzó con más fuerza.

El ruido le indicó que el guijarro no había caído precisamente en el agua. Lo buscó con la mirada. Una mancha anaranjada llenó sus retinas; su voz, sus oídos.

—No pienso marcharme, aunque me recibas a pedradas.

Iago descendía por el centro del cauce. En la mano, la pala; una gran sonrisa en medio de la cara.

—¿Qué haces aquí?

—Depende de ti.

La corriente lo llevaba hacia ella.

—No entiendo lo que quieres.

Lo vio pasarse la mano por el pelo, con gesto desesperado. Estaba a punto de llegar enfrente de ella. No remaba, simplemente se dejaba arrastrar por el agua.

—De ti depende. Un solo gesto y me bajo de esta piragua.

—No quiero que renuncies.

La parte delantera de la embarcación sobrepasó el punto en el que estaba ella. Unos segundos más y Iago pasaría de largo, unos segundos más e Irene lo perdería.

—Dilo, Irene.

Centímetro a centímetro Iago seguía avanzando, con los ojos clavados en ella. Su cuerpo llegó. Y cuando delante de los ojos apareció de nuevo el color naranja de la parte trasera de la piragua, le entró el pánico.

«¡Arriésgate a cruzar!», le gritó algo dentro de ella.

—¡Quédate conmigo!

La luz del cielo fue lo que se reflejó en el rostro de Iago nada más oírla. Metió la pala en el agua y obligó a la piragua a girar. Después, cuando la parte delantera apuntaba hacia ella, empezó a remar. Como un loco.

No le costó mucho llegar a la orilla. Se acercó a la pequeña playa de guijarros y arena. Irene se levantó para ayudarlo. No hizo falta, porque en cuanto la piragua rozó el fondo, Iago saltó fuera. Con los pies en el agua, metió la mano en la zona de asiento, la levantó y la dejó sobre la tierra. En dos zancadas estaba junto a Irene.

—Repítelo —le instó.

—Lo he pensado mucho y...

—Dilo de nuevo.

—No quiero obligarte a nada, así que si tú no... lo comprenderé...

—¡Irene!

—¿Qué?

Iago alargó un brazo y la tocó. Irene notó los círculos que su dedo pulgar trazaba en el dorso de su mano.

—Repite las palabras que me has dicho antes o cállate.

—¿Las palabras?

—Las de antes. Quiero oír exactamente lo mismo.

—Quédate conmigo —susurró ella.

—Ahora júrame que lo dices con el corazón en la mano.

—Creo que no voy a poder metérmelo de nuevo en el pecho.

Pero Iago no estaba para sutilezas y mucho menos para adivinanzas.

—Júralo.

—Lo juro.

Lo vio cerrar los ojos, echar la cabeza hacia atrás, llenarse los carrillos de aire y soltarlo poco a poco. Los abrió en la siguiente respiración.

—Ven aquí —farfulló, aliviado, como si acabara de salir del fondo de una mina. La atrajo hacia él y la abrazó.

Irene se aferró a él como un náufrago a su tabla de salvación.

Estuvieron así unos instantes, él con la barbilla apoyada en su cabeza y ella escuchando los latidos de su corazón. Pero pronto Irene descubrió la necesidad de tocarlo. ¿Cuánto tiempo hacía desde que no sentía sus dedos en la piel y la suavidad de sus labios en los suyos? Desde antes de que se marchara a Madrid. Demasiado. Irene se movió para reparar la pérdida. Internó sus manos en su pelo y lo besó en el cuello. Él la detuvo sujetándole las manos y alejándola de él.

—Quiero que comencemos por el principio —declaró—. Tú misma dijiste que lo nuestro había empezado por el final. Tenías toda la razón y pienso repararlo.

—¿Qué quieres decir?

Iago se sentó sobre las piedras y cruzó las piernas, hizo que ella se acomodara también.

—Necesitas un amigo antes que un amante. Aquí me tienes. Querías conocerme, pregunta lo que quieras.

—No es el momento. —Irene se inclinó hacia delante buscando su boca—. Ya hablaremos luego.

Él la empujó para que volviera a su lugar.

—Nada de eso. Nuestra relación está llena de luegos. Ahora, vamos a hablar ahora. —Como vio que Irene no parecía estar dispuesta a ser la primera en empezar, lo hizo él—. Me llamo Iago Martínez Alonso. Tengo treinta y ocho años. Nací en Oviedo un quince de marzo, soy hijo único. Mis padres me tuvieron bastante mayores. Ya han fallecido. Mi padre hace más de quince años; una angina de pecho se lo llevó por delante. Mi madre hace cuatro, un infarto cerebral. Trabajo en Madrid, soy psicólogo en un centro de alto rendimiento para deportistas, ayudo a los chavales a soportar...

Irene le tapó la boca.

—No necesito que me hagas una biografía completa. No es eso lo que quiero saber de ti.

Él le apartó la mano.

—De acuerdo. A ver esto. Mi color preferido es el azul, normalmente no me ducho por las noches sino durante el día cuando llego de entrenar; hay días que lo hago varias veces. Nunca me echo jabón sobre la piel, la reseca. He leído cuatro libros en mi vida que no sean manuales técnicos. *El nombre de la rosa* es uno de ellos. Me gustó, sin más. Me gusta el cine; sin embargo, no estoy al tanto de la cartelera. Soy socio de Canal + y aprovecho a ver las películas por la tele. Sobre todo últimamente...

Irene volvió a silenciarle.

—Aunque antes pensaba que sí, tampoco quiero que me cuentes eso. Prefiero descubrirte poco a poco.

Iago volvió a quitar la mordaza de su boca.

—Hoy, en cuanto volvamos a Cudillero, empiezo el período de reposo que me han recomendado los médicos. Pienso quedarme en el sofá durante tres meses, viendo la tele y bebiendo cerveza para olvidarme de mi desgracia. Voy a ponerme insoportable durante ese tiempo. Me conozco, puedo llegar a ser borde e insolente, insufrible a todas luces, el hombre más inaguantable del mundo; gruñón como nadie. No me importa que no me dejes opinar sobre tu trabajo, que me obligues a no inmiscuirme en los asuntos del hotel, que discutamos a todas horas. No me importa poner tu vida patas arriba y desordenarte el cuarto, dejar tirada la ropa sucia en el suelo del baño, me da igual que no puedas tener una vida organizada. No me importa que te enfades a todas horas. No me importa que sufras, siempre que sigas a mi lado. Soy así de egoísta.

La declaración arrancó a Irene una sonrisa. Invadió de nuevo el espacio de Iago y entrelazó los dedos con los de él.

—¿Qué se supone que vas a ofrecerme para que me quede a tu lado? Porque me está pareciendo un plan poco atractivo.

—A mí, me estoy ofreciendo yo. Con mis miserias y mi idealismo, con mis fallos y mis aciertos, con mis buenas noches y mis malos días. Te estoy rogando que hagas un hueco en tu vida y me dejes meterme en ella.

Irene dio un respingo, se puso muy seria y se soltó de él.

—No.

Iago se quedó mudo. Absolutamente desconcertado.

—¿No? —balbuceó.

La alegría asomó de nuevo en los ojos de Irene.

—Eres mal perdedor —se burló de él, divertida—. No voy a hacerte ningún hueco en mi vida. —Se puso de rodillas y se echó sobre él, hasta que estuvieron tumbados en el suelo—. Y no lo voy a hacer porque lo vamos a hacer juntos; tú cogerás una pala, yo otra y los dos juntos cavaremos un agujero lo suficientemente grande como para meternos dentro y vivir allí.

Irene sintió las manos de Iago sobre su espalda.

—¿Estás segura? —le dijo con las pupilas clavadas en las suyas.

—Segurísima —respondió ella antes de besarlo.

El júbilo al saberse libre del miedo a la incertidumbre sustituyó a la reflexión. El futuro quedaba demasiado lejos. Lo real, lo único real, era el presente. Iago era su presente.

Sabía a cerveza y a tabaco, pero también a la sal del mar de Ribadesella. Irene sintió en sus labios la frescura del río.

Si en algún momento había supuesto que Iago se mostraría cauteloso —¿no se suponía que quería empezar por el principio?—, la previsión le falló por completo. Él atrapó su boca con la impaciencia de quien consigue algo deseado desde tiempo atrás. Irene unió su lengua con la suya. Hambrienta de besos y de caricias. Liberada de las cadenas de la sensatez, que ella misma se había infligido, y despreocupada por las que se acababa de colgar. Lo deseó con más fuerza que nunca. Más aún cuando se dio cuenta de que lo suyo no era un enfrentamiento de caracteres sino un encuentro de voluntades.

Gimió cuando se separaron. El beso se quedó corto, interrumpido por una presencia extraña.

—¿Qué haces aquí? —gruñó Iago al desconocido que había aparecido detrás de unos arbustos y que los observaba con los ojos muy abiertos.

—Estoy buscando a mi perro —explicó. El niño desvió la cabeza y vio a su mascota. El perro había decidido quedarse con el sitio que Irene había dejado libre y se había subido a las piernas de Iago. El pequeño no parecía interesado en lo que hacía el perro sino en Irene—. Tú eres la chica del coche. No te has ido, te has quedado.

—Eso que has hecho en la carretera ha sido muy valiente.

El niño señaló al perro.

—Tenía que ir a buscarlo.

Irene apartó al labrador de las piernas de Iago y se lo puso al niño entre los brazos.

—¿Sabes una cosa? —le llamó la atención antes de que se marchara—. Cuando he visto cómo lo cogías, me he dado cuenta de que yo también había perdido algo.

El niño pegó al perro a su cuerpo.

—¿Y lo has encontrado?

Irene puso una mano sobre el muslo de Iago en un gesto claro.

—Sí. —Lo miró a los ojos—. Y es mucho más maravilloso de lo que me imaginaba.

Pero el niño ya no la escuchaba porque en cuanto oyó el «sí» empezó a subir el sendero hacia la zona más llana del prado.

—¿Crees que volverá? —preguntó ella.

Iago contestó la pregunta metiendo una mano por debajo de su blusa.

—Que no se le ocurra.

Volvió a clavar la mirada en ella. Parecía muy serio, demasiado formal.

—¿Qué estás pensando?

—En que no sé el tipo de idiota que soy para haber estado a punto de perderte —contestó de mala gana.

Si Irene no hubiera estado convencida de que el hombre que tenía enfrente era quien iba a compartir en adelante sus noches y sus días, la hubiera ganado con aquellas palabras.

Deslizó las manos por su nuca y lo empujó de nuevo hasta el suelo. Acercó la boca a sus labios.

—La única idiota habría sido yo si dejara que mis complejos te alejen de mí.

—Vaya par de idiotas —farfulló él antes de besarla.

—¿Iago? —preguntó ella un rato después, cuando se hubo saciado de besos—. He estado pensando.

—¿Sí?

—Antes, cuando me dijiste que te ofrecías a mí.

—¿Yo dije eso?

—Lo hiciste.

—Humm —fingió pensar—. No lo recuerdo.

Irene le dio una palmada en el pecho.

—Pues lo dijiste. ¿Ya estás con lagunas mentales? Creo que voy a devolverte.

Él levantó la cabeza y le dio un beso en el pelo.

—No llevo remitente, tendrás que quedarte conmigo.

—Bueno, si es así, me lo pensaré —continuó Irene con la broma—. Ahora en serio. Yo también quiero ofrecerte algo.

Iago, goloso, le acarició la curva de la cadera.

—Ya lo has hecho y ha sido maravilloso.

Se ganó otra palmada.

—¿Quieres tomarme en serio?

—Vale, venga. ¿Qué es lo que querías darme?

—No se trata de una cosa, es más bien un cúmulo de cosas, cosas que dejaré de hacer. —Iago estuvo a punto de hablar. Irene lo amenazó con el dedo—. No digas nada y escucha. —Levantó la mano derecha, como si fuera a jurar algo y empezó—: He decidido cambiar.

—Ahora que empezabas a gustarme —se quejó él en broma.

—A partir de ahora —siguió ella, sin hacerle caso—, no voy a respetar los semáforos.

—No me lo creo.

—Espera a verme cruzar la calle en rojo. Prometo también no cambiarles el agua a las flores del hotel todos los días.

—Se estropearán.

—Compraré otras. Este año no pienso hacer la declaración de la renta.

—Te pillarán.

—Pagaré la multa. Voy a comer con vino en vez de con agua.

—Eso ya lo hacías.

—Solo en ocasiones. Organizaré los turnos con una semana de antelación en vez de dos.

—¡Esa es mi chica! Arriesgada como la que más.

—Voy a abandonar la lectura de *Anna Karenina*, no puedo con Vronsky.

Iago le levantó la barbilla y depositó un suave beso en sus labios.

—Buscaremos otro entretenimiento para los ratos libres.

—Dejaré de llamar a mi madre todos los domingos.

Él deslizó una mano más abajo de la columna, por dentro de la braguita, le rodeó una nalga y la apretó.

—Mala hija —murmuró.

Irene estiró una pierna y rodeó el cuerpo de Iago. Se subió encima de él. Hizo coincidir su pelvis con la parte más sensible de su cuerpo y empezó a moverse rítmicamente.

—No hagas eso a menos que quieras...

Irene no esperó a que terminara la frase.

—Quiero —afirmó sin reservas.

Él se movió con rapidez. Irene ni se dio cuenta cómo había llegado debajo cuando estaba encima. Le sujetó las manos contra el suelo y se apoderó de su boca. Irene le mordió el labio inferior y con él entre los dientes dejó escapar un suspiro. Justo en el mismo instante en el que su móvil empezó a sonar dentro del bolso.

—No lo cojas.

—Será...

Iago se hizo a un lado y se metió las manos debajo de la cabeza.

—Sé perfectamente quién es: tu hermana, la «inoportuna».

Irene se soltó de él y se cerró la camisa con la mano. Se acercó hasta el bolso y sacó el teléfono.

—Es mi hermana —anunció con el aparato en la mano.

—No era difícil de adivinar.

—Solo es un segundo —se disculpó y pulsó el botón

de contestar—. Estoy bien. Lo hice, me atreví a cruzar —dijo al micrófono. Después, lo apagó, lo tiró dentro del bolso y regresó junto a él a todo correr.

Iago se apresuró a cubrirla a toda prisa con su cuerpo para que no se escapara de nuevo.

—¿Qué tenías que cruzar? —le preguntó él, curioso.

—Tenía que pasar al otro lado, adonde estabas tú.

—¿Al lado oscuro?

—No, ahí era donde me encontraba yo. Tú estabas en el lado bueno, en el de la felicidad.

—Te aseguro —contestó Iago muy serio—, que la felicidad no estaba conmigo. Se vino contigo, tú la trajiste y llenaste mis días con ella.

Epílogo

Estaban todos allí: Luz, su hermana; Martín, su cuñado; Leire y David, sus mejores amigos; Silvia y Héctor y, por supuesto, el pequeño Jaime, que no se perdía ningún evento dentro de la mochila en la que su padre lo transportaba de un lado a otro.

Y menos aquel. «El acontecimiento del año en el pueblo», había dicho Silvia que era. «Todo el mundo habla de ti y de Iago.»

Irene lo había podido comprobar en carne propia la semana anterior cuando lo había acompañado al Centro de Salud para una de sus revisiones periódicas. A pesar de llevar más de un año en Cudillero, sus conocidos se limitaban a Silvia, Héctor y un grupo de amigos de Iago y de Fernando con los que solían salir a cenar de vez en cuando. Por eso le resultaba tan raro que las mujeres y los hombres del pueblo la saludaran como si fuera una conocida de toda la vida.

Y es que las cosas estaban cambiando muy deprisa y a la gente le gustaba demasiado el cotilleo.

La casona seguía siendo su segundo hogar. A pesar de que Iago la había convencido para que se mudaran al piso que este tenía en Cudillero, el hotel era el lugar en donde pasaba la mayoría de las horas. Había noches que dormía en su antigua habitación del fondo del jardín. Nunca lo hacía sola. Una llamada de teléfono y Iago subía a caldearle las sábanas. Y la mayoría de las veces, la piel también. A Irene le encantaban esas noches, salir de la rutina diaria y poder revivir sus primeros escarceos amorosos le resultaba tan vivificante como un soplo de aire fresco en una noche bochornosa.

Ella seguía trabajando tanto o más que al principio, pero con la ayuda de Julia, Héctor y su abuela, siempre dispuestos a quedarse más tiempo de lo que estipulaba su jornada laboral, se las arreglaba para salir de los atolladeros. Iago también era un pilar en el que apoyarse. A Irene le había costado aceptar que volviera a tener voz y voto en los asuntos del hotel, pero al final había tenido que ceder. Sobre todo después de que comprara parte del negocio a Mercedes. «Soy el propietario de la mitad más uno», le había dicho Iago. «Así, en caso de discusión, seré yo el que tome las decisiones.» Aunque en verdad no habían tenido ninguna. Mercedes se había marchado al Caribe tal y como había anunciado el agosto anterior. No la habían vuelto a ver.

Silvia le había contado que en el pueblo se rumoreaba que se había marchado con el agente de seguros de Mapfre, el mismo que había desaparecido con la recaudación de la oficina. Al principio, ella también lo había pensado, pero hacía ya muchos meses que habían recibido una foto suya y les había quedado claro que la prima de Iago tenía mejor gusto de lo que el pueblo imaginaba y que estaba dispuesta a alargar su «juventud» todo lo que pudiera. En la imagen aparecía Mercedes con un minúsculo biquini blanco abrazada a otro hombre. Muy morena y con el pelo más corto, su ex jefa no aparentaba los cincuenta años que tenía, pero el chico no aparentaba ni los veinticinco que Irene deseaba que tuviera.

—Espero que sea mayor de edad. No pienso sacarla de la cárcel como la acusen de corrupción de menores —había mascullado cuando vio la foto.

No le había confesado a Iago que se alegraba por su jefa. Y por ella mucho más, cuanto más «entretenida» estuviera en Jamaica —porque como todo el mundo del pueblo sospechaba, estaba en la isla natal de Bob Marley— menos ganas tendría de volver e Irene no correría el riesgo de tenerla de nuevo, interfiriendo en el día a día del hotel.

—¿Nerviosa?

La pregunta de Iago la sacó de sus cavilaciones. Le sonrió en silencio al tiempo que cogía la mano que le tendía.

—Bastante.

—Solo unos segundos y habrá empezado.

—Se supone que el novio tiene que tranquilizar a la novia.

Él le devolvió una sonrisa reconfortante y le apretó la mano.

—Terminará antes de que te des cuenta, ya lo verás. Cuando lo haga, espero que seas tan feliz como yo.

—No sé por qué me dejé convencer. Sí, porque soy una chica fácil.

Él le dio un beso rápido.

—Sigue siéndolo, al menos durante un rato más.

Irene no entendió su comentario, pero no pudo pensar en ello porque lo siguiente que oyó fue un sonido seco y un griterío que la dejó desconcertada. Iago tiró de ella para hacerla reaccionar.

—¡La salida!

Corrió, con todas sus fuerzas, como si el fin de su mundo dependiera de ello.

Irene estaba callada, pendiente en lo que hacía, aplicando la fuerza y la concentración necesarias que tantas veces Iago le había explicado.

Los nervios se habían quedado atrás, en medio de la marabunta que les había despedido a la orilla del río Sella hacía más de media hora.

—Llegamos a la curva —le avisó Irene.

La curva y la playa de piedras en la que un año antes habían borrado todo rastro de desconfianza entre ellos. La curva en la que habían dejado todos sus temores y se habían lanzado de cabeza y sin pensarlo a una relación sincera y tolerante.

—¿Quieres que paremos? —sugirió Iago.

Irene hizo amago de girarse hacia atrás para darle la contestación que se merecía, pero en cuanto la piragua se inclinó hacia ese lado, se quedó más quieta que una estatua.

Escuchó la risa de Iago ante su pavor por caerse al agua.

—Un chapuzón no hace daño a nadie.

—¿En esta agua tan fría? A mí, sí.

—Lo que más me atrajo de ti es tu vena aventurera —volvió a reírse él mientras impulsaba la piragua hacia la orilla.

—Todavía no entiendo cómo conseguiste convencerme para que me apuntara contigo a la bajada de este año —contestó ella, luchando para llevarlos de nuevo al centro del río.

—En cualquier momento te recuerdo lo que estábamos haciendo cuando me dijiste que sí —comentó él con voz sugerente—. ¿Paramos?

—¿Estás loco? —Irene echó un vistazo rápido al reloj de su muñeca. Metió la pala en el agua e impulsó con fuerza—. Vamos fatal. Nos estamos quedando atrás. Ponte a remar o llegaremos fuera de tiempo.

—He creado un monstruo —bromeó él al tiempo que levantaba la pala para dejarse conducir por Irene.

Sin embargo, un instante después comenzó a remar; la piragua avanzó varios metros de repente. Ella se unió a su ritmo, mejor dicho, intentó seguirle el ritmo porque por mucho que hubiera practicado durante aquellos últimos meses, ni de lejos tenía la fuerza ni la resistencia de Iago.

Había sido él el que se había empeñado en que le acompañara aquel día. Aunque Irene sabía que, con ella como acompañante, el mejor puesto al que podían aspirar era el último.

—Iago.

Irene lo oyó respirar deprisa, debido al esfuerzo.

—¿Sí? —contestó en la siguiente palada.

—¿De verdad que pararías si te lo pidiera?

Él dejó de remar. Por la derecha les adelantaron una pareja de hombres, y otra de mujeres por la izquierda.

—¿Quieres hacer la prueba?

—¡No, no, no! ¡Sigue remando! —exclamó e hizo un esfuerzo sobrehumano para relevarle—. No quiero que por mi culpa pierdas esta carrera.

Pero Iago no metió la cuchara de su pala en el agua. Irene renovó su trabajo para conseguir que la embarcación avanzara a la misma rapidez que cuando él trabajaba, pero una mano acariciando su pelo la hizo detenerse.

—¿Perder? Perderé esta carrera, pero ganaré otra cosa. Perdería todas las carreras solo por verte feliz. Ese es mi premio, tú eres mi premio —susurró a su espalda—. Solo deseo que yo sea el tuyo.

Irene se quedó sin respiración. La emoción se le agarrotó en la garganta y las lágrimas en el borde de los ojos. Dejó de remar porque se quedó sin fuerzas. La impresión de sus palabras había sido demasiado.

Iago, decidido, acercó la piragua a la orilla del río. Cuando vararon, salió de un salto, le quitó el remo y la tiró sobre los cantos rodados.

—Fin del trayecto —dijo con alegría. La obligó a salir de la embarcación. La hizo sentarse en el suelo, igual que había hecho un año antes. Irene siguió sin reaccionar, enredada en sus palabras anteriores. Él se acomodó detrás de ella y la instó a que se apoyara en él. Irene se acurrucó entre sus brazos. Le besó el pelo.

—¿Era este tu plan, traerme aquí otra vez para...? —tartamudeó. Se calló de golpe—. ¿Iago, no habrás pensado... no estarás pensando en...?

—¿En pedirte que nos casemos?

—S-í —balbuceó Irene.

—Lo dices como si te diera miedo —se burló él de ella.

—Bueno, yo... no es que no quiera... que sí, digo, que si tú quieres... —se aturulló.

Iago se rio de su rubor y depositó un suave beso en la punta de su nariz.

—Admite las veces que lo has pensado.

Irene se puso aún más nerviosa. Muchas, muchísimas veces, pero no había querido planteárselo hasta que no le dijeran que su pierna ya estaba del todo curada. Hasta entonces él seguía de baja y en Asturias, pero en cuanto le dieran el alta tendría que reincorporarse en su trabajo de Madrid.

—¿Por qué sabes que lo he hecho? —se le escapó a Irene, a pesar de que la pregunta era una auténtica confesión.

—Porque te conozco y sé las vueltas que puede dar esa cabeza a lo largo del día.

—Bueno, la verdad, es que... alguna vez.

—Y como te conozco sé que también te has preguntado qué va a pasar con mi trabajo.

Irene no tuvo más remedio que admitirlo.

—¿Qué va a pasar?

—Tengo un hotel que supervisar.

—¿Vas a dejar tu puesto en Madrid? —se emocionó Irene.

—¿Y cambiar la seguridad de la administración por un negocio arriesgado?

—¿Entonces qué...?

Irene estaba aterrorizada.

—¿Has oído hablar de las excedencias?

Miedo que desapareció de golpe.

—¿Vas a pedir una?

Él dejó asomar esa media sonrisa que tan atractivo le hacía.

—Y no es la única cosa que pienso pedir en estos días. Espera un poco —dijo.

Antes de que a Irene le diera tiempo a girarse, Iago ya había desaparecido entre los arbustos. Le entró el pánico ante la posibilidad de haber espantado al hombre al que amaba y se puso en pie de un salto.

El susto duró poco porque él apareció con la misma celeridad con la que se había marchado. Llevaba las manos a la espalda, como si escondiera algo.

—¿Adónde has ido?

—Extiende la mano derecha. —Como Irene dudaba, insistió—: Hazlo.

En cuanto la tuvo ante él, le sujetó el dedo anular. De su espalda hizo aparecer una hierba larga. Le dio tres vueltas alrededor de él y, con delicadeza para que no se rompiera, hizo varios nudos en la parte superior. Cortó lo que sobraba.

—¿Qué es esto?

Iago en vez de contestar le dio un beso en la boca.

Irene notó la suavidad de sus labios al mismo tiempo que algo se colaba en el mismo dedo en el que le acababa de atar la pajita.

Se separó de él y alzó la mano para ver de qué se trataba. Junto a su anillo vegetal había otro aro, dorado, brillante, del color del sol, que él le había puesto a escondidas.

—Esto... ¿es lo que parece? ¿Un anillo? —Miró a su alrededor—. ¿Para esto me has traído aquí engañada?

—Siempre has sido una chica lista. ¿Crees que podrás aguantarme los próximos... digamos... sesenta años?

Ella se le echó al cuello y lo besó con toda su alma.

—Y los siguientes, también.

Agradecimientos

Primero, a una mujer a la que admiro por encima de todo: María Jesús Juan, profesora incansable y escritora, que con su tesón y alegría me muestra día a día cómo deberíamos seguir siendo. ¡Mucha suerte en tu aventura literaria, sabes que la sigo con entusiasmo!

Después, a los propietarios de La casona de la Paca y, en especial, a Montse Abad, que contestó tan amablemente a mis solicitudes. El hotel y sus jardines han sido una auténtica inspiración para muchas de las escenas más «excitantes» de la novela. Desde aquí invito a todos los lectores a que se animen a conocerlo. Sin duda, La casona, Cudillero y Asturias lo merecen.